freedom letters

Nº 34

Алексей Макушинский

Димитрий

Роман

Freedom Letters
Баден-Баден
2023

freedom letters

Сайт издательства freedomletters.org
Телеграм-канал freedomltrs
Инстаграм freedomletterspublishing
Магазин freedomletters.gumroad.com
Издатель *Георгий Урушадзе*
Художник *Елена Волленвебер*
Технический директор *Владимир Харитонов*
Корректор *Елизавета Мансурова*

Алексей Макушинский. Димитрий: Роман. — Баден-Баден: Freedom Letters, 2023.

ISBN 978-1-998265-03-9

Роман знаменитого прозаика Алексея Макушинского «Димитрий» — настоящая машина времени, переносящая читателя то в зимнюю Москву начала 90-х, то в эпоху Смуты. Исторические события — «первый путч» 1991 года, защита «Белого дома», царствование и гибель того таинственного персонажа, которого мы привыкли называть Лжедмитрием Первым, — складываются в единую фантастическую картину: то ли в реальности, то ли в уме, то ли в безумии рассказчика, который сам по себе и является, может быть, главной загадкой этой необыкновенной книги.

Предисловие

Предпочел бы обойтись без предисловий. Предисловия разрушают стеклянную сферу книги: если не разбивают ее — надеюсь, что нет, — то царапают. А хочется, чтобы сфера сверкала, блистала. До роковой даты из одной четверки, двух нулей и пяти зловещих двоек я бы и оставил ее сверкать, как ей хочется. Теперь, однако, когда время распалось на *до* и *после*, читатель имеет право знать, что же было написано после, что до начала трагедии. Большая часть этой книги была написана *до*, а задумана задолго *до*; первые заметки в моих тетрадях относятся к первому году нового тысячелетия; больше двадцати лет, следовательно, я прожил под знаком этого замысла, вот наконец отмененного своим же осуществлением. В 2001 году все еще было очень смутно; очертания книги в лучшем случае едва намечались; с трудом наметились лишь спустя десять лет. В 2013-м, закончив «Пароход в Аргентину», я попробовал за нее приняться, впервые всерьез; ее главный *фокус* — в разных смыслах этого слова — все еще найден не был; оптическая ось отсутствовала и фразы не наводились на резкость. Все это вскоре нашлось — как обычно бывает: внезапно, на берегу реки, посреди других мыслей, — но я уже успел погрузиться в писание «Остановленного мира», из которого выбрался лишь спустя четыре года. Когда выбрался, наступила эпоха отвлечений от «Димитрия» и новых к нему возвращений. Я отвлекался от него ради «Предместий мысли», ради «Одного человека», наконец, ради большого романа, которого не называю — он еще не дописан; — вновь и вновь возвращался к «Димитрию». Эту крепость не взять было ни с первого приступа, ни даже с десятого; нужны были новые войска, свежие силы, упорство в уловках, неожиданные подкопы, апроши, сапы, метательные машины. В феврале 2022 года случилось то, что случилось. Я пришел к этим зловещим двойкам с двумя недописанными книгами. Сперва, в оцепенении ужаса, ярости, стыда и сострадания, не писал вообще ничего; потом, понемногу приходя в себя, пытался писать другую книгу; в августе 2022-го возвратился, в последний раз, к этой. Оказалось, что дописать «Димитрия» для меня сейчас важнее всего: не только потому, что в этом тексте так много перекличек с происходящим. Читатель может мне верить или не верить, но кажущиеся отсылки к современности — только кажущиеся. Все уже было там до февраля 22 года, вплоть до мелких деталей, отчасти анекдотических. Дело не в этих деталях, не в этих отсылках. Дело в том глубоком и горестном звуке, который, при всех ее шутках и шуточках, мне самому слышится в этой книге. Я слышал этот звук с самого начала. Я его слышу теперь и в книге, и вне ее; он делается все глубже, все горестней.

Был театр, где каждый вечер мы собирались. У нас еще не было пьесы; был только смутный замысел, понемногу обретавший очертания (так, пожалуй, и не обретший их в полной мере). Мы знали, что речь пойдет о Димитрии (пишет Димитрий); ни одна из бесчисленных пьес о нем нас не устраивала: ни бессмертный шиллеровский набросок, ни даже, сказать страшно, «Борис Годунов» (ни, тем более, Хомяков, Островский, Фридрих Геббель et cetera…). Всякое время пишет своего Димитрия (пишет Димитрий); вот и мы надеялись написать своего. Шел мокрый снег за окнами; сверкал и кружился под фонарями; выходить в ночь не хотелось. Никто не знает, кто он на самом деле, и тот, кто делает вид, что знает, тот обманывает себя и других. Мы не знали, кто наш Димитрий, мы только знали, что он не такой, как у Пушкина, не такой, как у Шиллера, и уж точно не Гришка Отрепьев. Поначалу еще мы спорили об этом, как до сих пор спорят историки, но тот, кто писал нам текст, наш, следовательно, автор (А. Макушинский) в конце концов убедил нас, что никаким он не мог, не может быть Гришкой Отрепьевым. Мы были еще очень молоды в ту далекую зиму (улыбаясь, пишет Димитрий). Мы были просто кружком молодых

---

*   В этом представленье
Актерами, сказал я, были духи.
И в воздухе, и в воздухе прозрачном,
Свершив свой труд, растаяли они.
Шекспир, «Буря», перевод Михаила Донского

людей с довольно смутными театрально-литературными интересами. Почему, собственно, остановились мы на Димитрии, я не помню; полагаю, что именно А. Макушинский подбил нас на эту безумную авантюру. Но пьесы и у него не было, и как написать ее, он, по-моему, тоже не знал. Он только рассказывал, помнится, протирая свои круглые очки, какую отличную пьесу написал бы он, если бы… что — если бы, так никто и не понял. Сергей Сергеевич, руководитель нашей студии, был высокий, сухой человек, имевший привычку складывать руки на груди и шевелить потихоньку пальцами. Почему он позволял нам все это, осталось загадкой, одной из многих. За окнами шел снег, иногда шли прохожие, редкие прохожие, пересекавшие площадь. Площадь была тихая и маленькая, почти невозможная в том окружении больших шумных улиц, в котором она находилась (и находится, пишет Димитрий: я люблю бывать там по-прежнему).

*

Площадь не изменилась, но театра давно уже нет. Шел снег (мокрый), шли прохожие (редкие); шли, по большим и соседним улицам, нам невидимые троллейбусы, нам невидимые трамваи; шло время (счастливое время, как я теперь понимаю). У нас было поначалу две актрисы на две женские роли — Марина и Мария (в монашестве — Марфа). Всё на м-, как нетрудно заметить. Марина была холодная худенькая блондинка, Мария была старше нас всех, и мы все были в нее влюблены, все надеялись чему-то у нее научиться. Мы и научились у нее важнейшим вещам (пишет Димитрий). Что я когда-то влюблен был в Марину Мнишек, это, конечно, выдумки; тут было дело государственное, державное… Еще был Шуйский (необыкновенно противный), Мнишек-папа (противный не менее, толще Шуйского раза в два с половиной), Басманов, Петр (краснощекий, печально-веселый), Маржерет (настоящий француз), Буссов (немец, ландскнехт и задира), хворостообразный Хво-

8

ростинин, еще всякие-разные. Рубец Мосальский, записной злодей, добрейшей души человек... Что ему Гекуба? Что он Гекубе? Что нам Шуйский и как удалось Макушинскому втянуть нас в эту историю? Как, опять Шуйский? говорил, смеясь густым баритоном, руки складывая на груди, Сергей Сергеевич (наш режиссер). Зачем я Шуйского не вижу между нами?.. Хорошо, пускай будет Шуйский-Муйский. Да дело не в Шуйском, отвечал А. М., дело даже не в Муйском, дело в Димитрии. Что Димитрий будет у нас не Гришка Отрепьев, решили мы очень быстро; многое, в самом деле, говорит за то, что никаким Гришкой он не был, тот Димитрий (пишет Димитрий), которым был я, который был мною, который был кем-то, и мы уже никогда не узнаем, наверное, кем. Сам-то знал он, кем был? Никто не знает, кто он на самом деле, и всякий, кто делает вид, что знает, обманывает других, обманывает себя. Он только знал, что никакой и ни в коем случае он не Гришка Отрепьев. Какой-то был, действительно, Гришка Отрепьев, которого (как, протирая свои очки, снова и снова рассказывал нам Макушинский) объявил самозванцем испугавшийся Годунов, но вряд ли сумел бы этот Гришка Отрепьев, запойный пьяница, беглый монах, выдать себя за Димитрия, *моего* Димитрия, сияющего и страшного.

*

Я читал в ту пору так много обо всем этом, что иногда мне казалось, голова моя скоро распухнет и лопнет, и когда лопнет, посыплются оттуда все эти Шуйские, Муйские, Мстиславские, Мосальские, Маржереты, Хворостинины, Басмановы, Мнишки, шахматные фигурки, пешки, ладьи, слоны; Ксения хохотала до слез, на весь ночной переулок, когда я это сказал ей. Мнишки, пешки... Кто была Ксения? Этого читатель пока не знает (усмехаясь, пишет Димитрий); читателю этого знать пока и не нужно. Да поначалу и не было никакой Ксении; была только Марина, холодная, худенькая блондинка; была

Мария, Мария Львовна, как мы все ее почтительно называли; был Шуйский-Муйский, мерзкий и гнилозубый, иногда гнойноглазый; был Хворостинин, хворостообразный (как же иначе?); был краснощекий Басманов, старинный друг мой. Лехаим, бояре! как, по словам Макушинского, говаривал его (очень русский) дедушка, выпивая предобеденную стопку водки, первую и вторую. Ну что ж, лехаим так лехаим, бояре! Не знаю, кстати (среди прочих незнаний), что связывало А. М. с Сергеем Сергеевичем; какая-то, казалось мне, давняя история, начала восьмидесятых. Пару раз поминали они при мне какого-то Макса, но кто это, я так и не выяснил. А на дворе, на улице, на проспектах и площадях, был уже конец этих самых восьмидесятых и даже начало уже девяностых — смотря как считать: девяностый год, например, это первый год нового или последний год старого десятилетия? — во всяком случае: другое время, счастливое время.

*

Вы еще помните это время, сударыня? Еще по улице проезжали в час две машины, одна «Волга», одни «Жигули»; еще не было компьютеров; а если были компьютеры, то занимали целую комнату; а те, которые не занимали целую комнату, были у четырех человек в Москве; еще в помине не было интернета; и в телевизоре было четыре программы: «Ухнем, девахи!», «Знатоки под следствием», «Время вечности», «И снова ухнем, девахи!»; в магазинах бойко торговали импортным французским товаром под названием «шаром покати»; торговали консервами; торговали презервами; потом засмущались и оставили одни консервы, без всяких презервов; еще только первые счастливчики ездили за границу; и чтобы поехать за границу, нужно было получить выездную визу в ОВИРе (Отделе Виз и Регистрации… многих Виз и всего одной Регистрации) и помимо выездной визы — въездную в консульстве какой-нибудь недружественной державы; то есть сперва получить, вместе с выездной визой, заграничный паспорт в этом самом ОВИРе (Отделе многих Виз и по-прежнему только одной Регистрации), потому что не было у вас никакого заграничного паспорта в столе, или в тумбочке, или где он у вас теперь хранится, сударыня, а только на время поездки вашей вам выдавал его, вместе с визой, суровый полковник, обыкновенно усатый; и как же я шел по Сретенке, мимо Чистых прудов и затем по бульвару, впервые получив от сурово-усатого полковника такой паспорт с выездной визою, чтобы поехать… отнюдь не в Польшу, как вы, конечно, решили, потому что куда же еще и ехать Димитрию? прекрасно понимаю вас, ясновельможная пани, но все же нет, не в Польшу, а в Швецию, тоже, впрочем, замешанную в наших делах и наших историях (но это в скобках, это сейчас неважно, с довольным видом пишет Димитрий); а вот как я шел тогда по Сретенке из ОВИРа (Отдела одной большой Регистрации и множества мелких Виз: большая толстая Регистрация величественно сидела, а мелкие Визы вокруг нее бегали): как, значит, шел я тогда, пообщавшись с полковником, как смотрел на желтые домики, магазины с вечной вывеской «Молоко» и не менее вечной вывеской «Канцтовары» — мне ли, мне ли забыть это, этот хлюпающий снег под ногами?

*

Это было чуть позже. Поначалу не было никакого ОВИРа, никакого полковника; одни канцтовары. Но был, был театр, где каждый или почти каждый вечер, иногда и каждое, почти каждое утро мы собирались, где А. Макушинский (зануда) рассказывал нам, протирая очки, кто что когда написал о Димитрии. А кто только не написал о Димитрии! Первым был Лопе (я уж извиняюсь) де Вега. Лопе (уж я извиняюсь) де Вега еще при жизни Димитрия написал о Димитрии (пишет Димитрий). Причем у него Димитрий был в самом деле Димитрий, что, конечно, характеризует его самым лучшим образом (пишет Димитрий). Правда, он, Димитрий, оказался у него не сыном, а внуком Ивана Грозного, называемого в пьесе Басилио (то, что осталось от Васильевича, я так полагаю; о котах же забудьте; коты ни при чем), сыном же Теодора (Федора), про которого Лопе все-таки знал, что он был не совсем… того, в уме-разуме (как и мы с вами, мусью). Дальше больше, и дальше хуже, и жену Теодора (мою, получаются, маму) зовут Кристина, а жену злого Хуана (Ивана) — прямо-таки Исабела, и за одной несуразицей следует другая нелепица (которые А. М. пересказывал нам во всех невероятных подробностях, но я здесь пересказывать не буду, чтобы не утомлять вас, синьор с синьоритою, тем более, что теперь есть русский перевод, которого тогда не было; Макушинский, зануда и задавала, все, я помню, пытался нас убедить и заставить поверить, что по такому случаю разобрал Лопино сочинение в оригинале, даже вытаскивал из кармана помятую книжицу, якобы присланную ему если не из Мадрида, то еще из каких-то, не менее экзотических мест — с островов, что ли, Самого Зеленого Мыса, Самых Фиолетовых Гор).

*

Там у Лопе (говорил Макушинский) такие все добродетельные, что хочется удавиться. У Лопе добродетель всех слопала. У Фридриха Геббеля потом тоже от добродетели продыху не было. Фридрих Геббель на самом деле Hebbel и никакого отношения к Геббельсу, который Goebbels, не имеет, как вам бы хотелось. Эта реплика *a parte* (подмигивая, пишет Димитрий). У Лопе слопала, у Геббеля проглотила. То ли дело наш Сумароков (говорил Макушинский, пишет Димитрий). У Сумарокова Димитрий — настоящий злодей; и знает, что он злодей; и все знают, что он злодей; и он хочет быть злодеем; остается злодеем; наслаждается злодейством; как выходит на сцену, так сразу же и сообщает зрителем, что он-де — злодей; что и будет злодеем; что и пребудет злодеем до самого скончанья времен.

Зла-де фурия в нем, Димитрии, смятенно сердце гложет, зло-
дейская душа, ясное дело, спокойна быть не может.

*

Тут все начинали, разумеется, хохотать — даже Сергей Сергеевич, хохотавший негромко, уверенно, откидываясь на спинку кресла, шевеля пальцами, с лицом непроницаемым, длинным, сухим и спокойным. Басманов, Петя, хохотал, багровея.
Мария, она же Марфа, нежно посмеивалась. В Марию были
все влюблены, все обращались к ней почтительнейше, только
по отчеству: Мария (все обращались к ней) Львовна. Львовна:
звук любви, звук влюбленности. Мария (говорили мы) Львовна.
Сколько любви можно вложить в это *ль*, это *в*? Кто сколько мог,
столько вкладывал. Она была Львовна, Львица; мы были влю-
бленные в нее львята. Вот только не надо, сударь (с внезапной
яростью пишет Димитрий): не надо рассказывать мне, что Мария Нагая никакая была не Львовна, а Федоровна, дочь бояри-
на Федора Нагого; я это не хуже вашего знаю, мусью, я знаю все
это, мусью, назубок (на крепчайший зубок, на зуб мудрости),
я читал и Карамзина, и Костомарова, и Ключевского, и всех тех,
кого вы тоже читали, и тех, о ком вы даже не слыхивали, и все
пьесы, которые притаскивал в театр Макушинский (зануда), от
Лопе, пардон, де Веги до Алексея, скажем, Суворина (у Алексея
же, скажем, Суворина пьеса получилась обо мне замечательная; плохая, но замечательная), так что не надо ничего мне
рассказывать, я сам расскажу вам множество прелюбопытных
историй, презанимательнейших историй, преупоительней-
ших историй, только дайте мне собраться с силами, с мыслями;
потому что они скачут, мои мысли, куда хотят; они разбегаются (тоже как львята); попробуй-ка догони их.

*

Был театр (начиная сызнова, пишет Димитрий), где каждый
(почти каждый) вечер, да и каждое (почти каждое) утро мы

собирались (как мои мысли собираются у меня в голове); была маленькая площадь перед этим театром — казалось бы, невозможная в окружении огромных проспектов, оглушительных улиц, — не площадь, а простой, в сущности, перекресток, образованный неожиданным для них самих слиянием четырех переулков, из которых два вливались с одной, третий с другой, четвертый с третьей стороны несусветного света; с четвертой же ничего не вливалось; с четвертой была сплошная, по счастью задняя, стена громадно-грозной домины (ударение на *и*), воткнутой посреди старых домиков дядей Джо (как неизменно называл его друг мой Басманов), любителем архитектурных, а также исторических экспериментов. Эксперименты дяди Джо давно закончились, эксперименты его преемника, Кукурузного Короля, давным-давно закончились тоже. Потом был бережно-бровастый правитель, эталон красноречия, экспериментов не одобрявший. Потом было два Кощея, на наше счастье оказавшихся не бессмертными. Потом вышел на историческую сцену Минеральный Секретарь, Райкин-муж, и опять начались разнообразные опыты. На исторической сцене эксперименты шли через пень-колоду, а вот на сценах театральных шли полным ходом. То было время студий, ах, сударыня, время юности нашей… Помните студию «Человек» в Скатертном переулке, которую Сергей Сергеевич считал главной соперницей нашей студии, «На маленькой площади»; вы ее помните ли, мадам? Вы должны их обе помнить, сударыня! Если вы их обе не помните, то я даже уж и не знаю, что делать с вами. Да вы помните, помните, я уверен. А я вот помню студию при Дворце (прости господи) культуры (помилуй мя грешного) имени Россельтягмашжелатома, и студию при (тоже) Дворце (и тоже культуры) имени Жиртресткомбината, куда мы с только что прибывшим в столицу московитов Маржеретом ходили смотреть первую, и если не самую первую, то вторую из первых, постановку до того времени запрещенного у московитов Ионеско (в царстве абсурда театр абсурда не дозволяется), причем оба чуть не на пол падали, так хохотали над похождениями отсутствующей в пьесе ее имени лысой певицы, хотя он, Маржерет, хохотал, полагаю я, еще и от того, как странно и дико звучал знакомый ему текст на варварском языке, изучать который только-только он начал.

*

Конечно, его звали не Маржерет. И Басманов был не Басманов. И Шуйский был Муйский (с удовольствием пишет Димитрий). Только Сергей Сергеевич был Сергеем Сергеевичем, и Мария Львовна была Марией Львовной, и Макушинский был Макушинским (хотя уверенности у меня нет, честно скажу). А я был… вот это и есть главный вопрос, сударыня; кто же был — я (содрогаясь, пишет Димитрий; потом останавливается; отрывает перо от страницы, взгляд от бумаги; долго и очень долго смотрит в окно, где на ветру шевелят своими кронами, своими ветками гущи сада, купы деревьев; принимается снова писать).

*

Россельтягмашжелатома больше нет. И Жиртресткомбината, по-моему, больше нет. И нашего театра («На маленькой площади», на маленькой площади) больше нет. Театра больше нет, а площадь по-прежнему есть. Так же там снег идет, так же фонарь там качается. И жестяной навес над бывшим входом в бывший театр там такой же, не тот же. Тот был косой и ржавый. И сам домик казался тогда косым. И казалось, мечтал обвалиться. Обвалиться ему не дали; укрепили и перестроили; вымазали ядовито-яркою желтою краской; присобачили новый навес, мерзко-медный; Мельпомену выселили; Полигимнию прогнали; все отдали богиням коммерции (Лаверне, Лабазии). Богиня Лабазия повсюду правит ныне свой призрачный бал. Тогда на стенах были стеклянные стенды с афишами; были ступеньки под навесом, не очень даже и стоптанные; и в вестибюле одно зеркало отражало другое; призраки появлялись во всех. Прошу в зал. После вас, сударыня, после вас. Полюбуйтесь на эту стоптанную черную сцену, эти черные, плотные, пыльные шторы (иногда задернутые, иногда незадернутые), эти фанерные кресла, с последними, уже едва различимыми остатками черной краски. Сцену стоптали, кресла ссидели. Ссиженные фанерные кресла, сударыня, имеют свойство скрипеть. Нет, нет, я верю, когда вы садитесь в такое кресло, оно не скрипит. Но как усядется в него дородный боярин, так оно в ужасе вскрыпывает, так в страхе Божием оно сотрясается. А как встанет с него дородный боярин, так сиденье, на пружине отскакивая, бах по спинке изо всех сил: знаю, мол, какой человек сидел на мне, грешном.

*

Еще был комически узенький коридор, пытавшийся (но не вполне у него получалось) обогнуть зал и сцену с безоконной стороны (и кто с кем только в этом коридорчике не целовался, не обнимался, даже не… умолкаю, сударыня); во всяком случае, он выводил за кулисы, доводил и до темной лестницы на второй этаж, где были гримерные общие и гримерная Марии Львовна, очень отдельная, и комната (слишком маленькая для того дела, на которое обрекли ее) с зеркальными стенами и блестящими поручнями у стен, где *студийцы* (как снисходительно, в минуты своей нелюбви к нам, именовал нас всех Сергей, случалось, Сергеевич) разучивали балетные *па* (или *ма*) под ироническим руководством все той же Марии Львовны; наконец, в глубине, с видом на площадь и переулок: пятиугольный, как ни удивительно, кабинет Сергея Сергеевича (одна стена, самая дальняя, шла почему-то наискось, затем загибалась, образуя дополнительный угол и дополнительный простенок с шатким на вид, но крепким по сути креслом, в котором никому, кроме Марии, опять же, Львовны сидеть, мне кажется, не дозволялось). Горьковатый, какой-то вербный запах ее духов перекрывал все прочие запахи, даже когда самой ее не было в кресле: запах пыли, старого дерева, сигарет дешевых и дорогих. Накурено было страшно. Сергей Сергеевич курил болгарские сигареты «БТ» в белых пачках (вы помните ли такие, сударыня?), считавшиеся высшим шиком и классом на фоне болгарских же сигарет «Стюардесса», «Опал» (хотите «Стюардессу»? — нет, у меня «Опал»; шутка пошлейшая, но мы уж сохраним ее для истории, с удовольствием пишет Димитрий; история нам мать, мы ее дети); Мосальские, Хворостинины перебивались со «Столичных» на «Яву». Уже, впрочем, первое Marlboro, первый Camel, и первый Winston, и даже Dunhill, для самых изысканных, самых богатых (плоские пачки, золотой ободок) — уже все это начало появляться на нашем духовном и жизненном горизонте; что до Маржерета, то Маржерет, как настоящий француз, авантюрист, д'артаньян, курил, понятное дело, «Голуаз», покупаемый им в «Березке» возле метро, кажется мне, Профсоюзная. И как же мне нравилось все это; даже все эти запахи нравились мне; остались во мне; ко мне теперь возвращаются.

*

О Шиллере, Фридрихе: вот о ком всего охотней разглагольствовал Макушинский (расхаживая перед стоптанно-черной сценой; случалось, и между ссиженно-черных кресел; случалось, но редко, и наверху, в пятиугольном кабинете Сергея Сергеевича; вновь и вновь, с бессмысленным упорством протирая очки); о Шиллере — и об его, Шиллеровом (как он, Макушинский, имел идиотическое обыкновение выражаться) бессмертном, предсмертном фрагменте. Фрагмент Фридриха остался фрагментом; всего-то ему было отпущено полтора месяца, чтобы попытаться его написать. За полтора месяца — полтора акта; еще бы три с половиной — и дело было бы сделано. Но этих трех с половиною месяцев уже ему отпущено не было; зато сохранились наброски, заметки, планы и выписки. Осторожный Фридрих вообще-то уничтожал свои наброски (заметки и выписки), чтобы никакие грядущие германисты, грядущие гунны не смели копаться в его черновиках, тайных мыслях, отброшенных вариантах. Только в нашем сияющем случае черновики не погибли, за гибелью самого автора; по ним-то мы теперь и восстанавливаем недописанную пьесу, которой, полагает он, Макушинский (разглагольствовал Макушинский, пишет Димитрий), суждено было стать его (Шиллера) величайшей — какового мнения придерживался, кстати, и Гете, Иоганн Вольфганг, после смерти диоскура попытавшейся оную пьесу дописать до конца, за него, затем благоразумно отказавшийся от этого замысла (уж слишком был далек олимпиец от наших с вами славянских страстей). К нашим с вами славянским страстям благоразумным немцам вообще не следует прикасаться; что немцу хорошо, то русскому смерть; обратное тоже верно. Другой Фридрих, Геббель, дотянул аж до середины пятого акта (такого же скучного, как четыре предшествующих: один другого, увы, добродетельней): тут смерть все-таки забрала его в свои чащи и кущи. Нет, разглагольствовал Макушинский, расхаживая перед сценой, протирая очки, не нужно немцам браться за возлюбленного Димитрия нашего; опасно для ихней жизни. Что до него, Макушинского, то он, Макушинский, пусть отчасти германофил и собирается скоро в Германию (если Буссов ему поможет получить стипендию, ein Stipendium), но пишет он все же по-русски, почему и надеется, что сия безумная затея сойдет ему с рук, вот с этих, разглагольствовал Макушинский, показывая нам свои пустые руки (пишет Димитрий), как сошла Суворину, сошла Сумарокову.

*

У Сумарокова Димитрий с первой сцены до последней строчки — злодей; знает, что он злодей; остается злодеем; хочет остаться злодеем; только тем, по своим же словам, себя увеселяет, что россам ссылку, казнь и смерть определяет; когда же, наконец, закалывается (как злодею оно и положено), то отправляет душу свою прямым путем во ад, высказывая при сем вполне понятное пожелание, чтобы она, душа, навеки оставалась там пленна — и чтобы вместе с ней, вместе с ним погибла вообще вся вселенна (прочувствуйте рифму). Все хохотали, прочувствовав; даже Мария Львовна; даже (недолго) Марина (блондинка худенькая, холодная). У Шиллера, разглагольствовал Макушинский, не только он не злодей, но у Шиллера он замечательный, у Шиллера он добр, как солнце, — покуда верит, что он и вправду Димитрий. Покуда он верит, что он Димитрий, он Димитрий и есть, разглагольствовал Макушинский (пишет Димитрий). Его вера делает его действительным Димитрием, настоящим Димитрием. Вопросы веры — самые сложные на свете, самые трудные в мире. Димитрию, покуда он верит, что он Димитрий, совсем не нужно притворяться Димитрием. Он начинает притворяться, когда теряет веру в то, что он вправду Димитрий. Тогда правда заканчивается, начинаются притворство и ложь. Он был обманутым, теперь он сам начинает обманывать. Димитрий у Шиллера не самозванец, разглагольствовал Макушинский (пишет Димитрий); Димитрий у Шиллера *становится* самозванцем. Покуда он не стал самозванцем, все у него получается, все ему удается. *Все за меня: и люди и судьба,* как говорит у Пушкина *его* самозванец, *его* Недимитрий. Он бог и полубог для всех сердец, летящих ему навстречу, пишет Шиллер о своем Димитрии, своем несамозванце; восходящее солнце русского рейха (так прямо и сказано, с явным удовольствием разглагольствовал Макушинский, с неменьшим удовольствием пишет Димитрий); его Фортуна неодолима, непобедима. Все заканчивается, когда он узнает свою страшную тайну; когда решается играть роль Димитрия; изображать того, кем только что был. Удача его покидает; судьба и люди от него отворачиваются; Фортуна оставляет его дураком, в дураках.

Мы сами сидели как дураки; или как умные? или как не-со-всем-дураки? или как — кто? или как я-не-знаю-кто, слушая или не слушая макушинские разглагольствования о Шиллере и Нешиллере, о самозванце и несамозванце. Жизнь промелькнула, вечность прошла — а все я вижу, как мы сидим там, в театре, которого больше нет, в театральном зале, которого больше нет, слушая, не слушая, вполуха слушая Макушинского (который, говорили мне, все еще где-то есть). Сергей Сергеевич, наш режиссер, сидел, как всегда, со скрещенными на груди руками, откинувшись на спинку кресла, шевеля потихоньку пальцами, с лицом непроницаемым, длинным, спокойным. Басманов, Петя, Петр Федорович, сын опричника и внук же опричника, сидел смешной, краснощекий, старинный друг мой, упирая локти в коленки и в кулаки — подбородок, отчего щеки его еще больше надувались, бугрились и багровели. Хворостообразный Иван Хворостинин закидывал хворостину левой ноги на хворостину правой ноги, болтал ботинком и пучил глаза; я должен был бы любить его; но я не любил. Рубец Мосальский, записной злодей, поводил могучими плечами, всем показывая, какой он злодей, какой он добряк. Мнишки, пешки… Мнишек, как ему и положено, был толстый, приземистый и противный; не противней, впрочем, Шуйского-Муйского. Маржерет? Маржерет был француз; в таковом своем качестве соблазнял всех подряд. Марину — нет. Марину-блондинку не дано было до поры до времени соблазнить никому. Марина-блондинка, с лицом таким правильным, что делалось даже страшно, слушала, снисходя. Мария Львовна сидела, по своему обыкновению, очень прямо, с улыбкой нежно-насмешливой, не снисходительной, но с-ума-всех-сводительной, в уголках долгого рта превращавшейся в две дополнительные, вертикальные улыбки, от крыльев носа сбегавшие к подбородку. Мария Львовна вплетала, случалось, красный, манкий (по ее же собственному выражению; мне ли забыть это? со вздохом пишет Димитрий) платок в свои черные (рыжевато-черные, то более рыжеватые, то менее черные) волосы, на затылке собранные сложным пучком (с отдельными, прочь от всех остальных устремленными прядками). Мне ли, мне ли забыть это (с новым вздохом пишет Димитрий)? Я так часто и так подолгу всматривался в это лицо, из-за отведенных назад волос казавшееся тугим и нагим, всегда остававшееся прекрасным, возлюбленным. Каким же и быть лицу Марии Нагой, если не (так я думал) нагим; и не надо (еще раз) мне рассказывать, что она была — Федоровна, не перебивайте меня; была — Федоровна; но у нас была — Львовна; а почему была Львовна, вы не знаете, и я вам ни за что не скажу.

*

Можете думать, что в честь Толстого Льва, любимого вашего. Уж я-то, конечно, предпочитаю ему Толстого другого, Алексея Константиновича (смягчаясь, пишет Димитрий). Константинович вообще мой герой. Константинович все понял правильно. О Константиновиче тоже любил поразглагольствовать А. Макушинский (зануда), расхаживая перед стоптанно-черной сценой, иногда останавливаясь, протирая очки, глядя в окно. Мы все глядели в окно, или в другое окно, рядом с первым. Если мы утром репетировали, то шторы были отдернуты. Вечность промелькнула, жизнь прошла, а я все вижу нас в этом зальчике с его фанерными креслами, в зимнем свете, падающем из не задернутых шторами окон; вижу, как и мы тогда видели, в этих окнах большие снежинки, медленно-медленно, в нескончаемом моем сне, кружащиеся над маленькой площадью; вижу и прохожих на площади: унылого дядьку в рыхлой ржавой ушанке, каких теперь уж не носят (ностальгически пишет Димитрий); веселых вечных мальчишек, всегда готовых, утерев сопли, забросать снежками товарища; красавицу в яркой-оранжевой, дутой, явно заграничной курточке, какой, наверное, ни у кого в Москве больше не было, так что она даже площадь переходила, гордясь собой и оглядываясь, какое, мол, впечатление произвела ее курточка, вкупе с шапочкой, с шарфиком, на занесенные снегом карнизы, на газетный стенд с партийно-правительственными портретами товарищей Рыжкова, Слюнькова и Чебрикова (вы же их помните, сударыня? вы же их еще не забыли? о! не забывайте их, помните их! — с восторгом пишет Димитрий), какое впечатление произвела ее курточка, произвел ее шарфик на самого Чебрикова, на самого, что важнее, Слюнькова; потом, увы, не вижу оранжевой курточки; вижу тетку с сумкой, совсем не красавицу; вижу снова дядьку в столь же ржавой ушанке; еще мальчишек, еще и еще, веселых, вечных, сопливых, бросающих снежки, бросающих бросать снежки, собравшихся сооружать снеговик.

*

О снеговиках чуть позже. О Константиновиче тоже потом. Сначала о Шиллере, о любви, о славе, о Пушкине. У Пушкина, разглагольствовал Макушинский, Димитрий (Недимитрий) твердо знает, кто он такой; или думает, что знает; или верит, что знает. Вопросы веры — самые трудные в мире. У Пушкина, продолжал разглагольствовать Макушинский, Димитрий знает, что он не Димитрий; не сомневается, что он не Димитрий; даже мысли не допускает, что он может быть в самом деле Димитрий; верит всем своим существом, каждой фиброй и фиброчкой, что он не Димитрий, что он Гришка Отрепьев, из роду Отрепьевых, беглый монах Чудова монастыря. Пушкин сам поверил Карамзину, рассуждал и разглагольствовал Макушинский (зануда), протирая свои круглые очки; к несчастию нашему. Пушкин, к несчастию нашему, поверил Карамзину, разглагольствовал Макушинский (пишет Димитрий). Не поверил бы, все пошло бы иначе. Не поверил бы, не был бы я оклеветан; так плотно, так прочно, так навеки не был бы я оклеветан (с отчаянием в почерке пишет Димитрий). Потому что, видите ли, клевета клевете рознь; не всякая клевета навеки; бывает и клевета преходящая. Годунов, подлец, придумал первым, что я — Гришка Отрепьев, беглый чернец, и Шуйский перенял, и Романовы подхватили. Еще бы, им всем это было на нечистую руку. Все же это еще полбеды, даже четверть. Годуновская клевета, и шуйская клевета, и романовская клевета, и карамзинская клевета сами по себе еще бы ко мне не пристали. Но Пушкин, сударыня, Пушкин, понимаете ли вы, как много в этом звуке… Понимаете ли вы, что, вот, Пушкин… и уже все, и уже навеки ты Гришка Отрепьев, уже припечатан ты Гришкой Отрепьевым, раздавлен ты Гришкой Отрепьевым, и уже не спасешься, уже не отмоешься. Так и хочется сказать ему: что ж вы? что ж вы так со мной-то, Александр Сергеевич? За что ж вы меня-то? Эх, пропади оно пропадом, решилась Расея, сам запалю… Это откуда цитатка? А сами догадайтесь откуда. Не царское это дело (хохоча, пишет Димитрий) объяснять вам происхождение каждой цитаточки.

*

У Пушкина (еще раз) он твердо знает, что он не Димитрий, разглагольствовал (зануда) Макушинский (уже без хохота пишет Димитрий); что он всего лишь Григорий, Гришка; и если не Гришка, то Юшка, Богданов сын, из роду Отрепьевых, беглый монах, злой чернец, обманщик и самозванец. Но — вот они, вопросы веры-то, самые в мире мучительные, — но ему так хочется поверить в свой же обман, так жаждет он поверить в свой же обман, так мечтает он наконец уже поверить в свой же обман, рассказывал нам Макушинский, расхаживая между фанерными креслами в том маленьком зальчике, где мы играли и репетировали, в зимнем свете, падавшем из освобожденных от черных штор окон, — так мечтает он, Гришка Отрепьев у Пушкина, уже поверить, наконец, что он и в самом деле Димитрий, так стремится сделаться и вправду Димитрием (мною! мною! — пишет Димитрий), что — что? Вот что — что? А то, что все очень сложно, сударыня, все очень запутано,

23

и вопросы веры — самые мучительные в этом мучительнейшем из миров. Потому что никто не знает, кто он на самом деле; и тот, кто делает вид, что знает, тот обманывает других и себя... И потом, сударыня, позвольте спросить вас (с новой и столь же внезапной яростью пишет Димитрий); позвольте спросить вас: неужели нет у нас выбора? Мы, что же? не можем выбрать себя такого или себя другого? мы, что же? не вольны над собою? мы, по-вашему, над собою не властны? Если мы не властны, то кто же, сударыня, кто же властен над нами?

*

Мария Львовна властна была над нами; над нами всеми, влюбленными в нее львятами; Мария Львовна, когда спектакль заканчивался и мы стояли перед ней полукругом, в гардеробе со всеми его зеркалами, отражаясь во всех, говорила: *ты!*, без улыбки, показывая пальцем на одного из нас, всякий раз другого, и тот, на кого она показала, ехал провожать ее в Беляево, только провожать, более ничего. По крайней мере, более ничего не было с ней у меня. И не было, как он уверял, у Басманова. И у Хворостинина не было, и даже у Маржерета (хотя уж у него-то почти со всеми что-нибудь было... еще бы! француз, авантюрист, ус такой черный, таким торчком, любая Аглая таяла и сдавалась). И почему-то верили мы, что ни у кого не было (даже у Маржерета), хотя ведь у кого-то, наверное, было (все же у Маржерета?) Когда-нибудь, говорил (зануда) А. М., Беляево переименуют в Бердяево. Мне это было совершенно все равно, я Бердяева не читал, то есть может быть и читал, запретный плод сладок, но если и читал, то не понял, не до того мне было, а вот стоять в гардеробе перед Марией Львовной, отражавшейся во всех зеркалах со своими тремя улыбками — одной основной, двумя дополнительными, со своим, в другие дни, манким платком, вплетенным в рыже-черные волосы, — отражавшейся в них целиком, во всей своей прелести и со всеми своими прелестями, сводившими нас с ума

24

(своим беззастенчивым бюстом, своими низкими и широкими — о, поверьте, сударыня, в самую меру низкими, отнюдь не слишком широкими, — а все же всегда, во всех юбках и платьях, почти архаическими, почти, нет, прямо библейскими бедрами, своими полными икрами и девически-легкими щиколотками) — стоять так перед нею, в свою очередь отражаясь в зеркалах гардероба, в надежде, что она твоему отражению скажет сегодня: *ты!*, было счастьем; и счастьем было выходить с Марией Львовной в синюю скользкую ночь, идти с ней в теплоте московского холода к Пушкинской площади, где навеки оклеветавший меня Александр (эх, решилась Расея!) Сергеевич старался не смотреть на серо-мявшуюся толпу, в любое время дня и ночи, в стужу и вёдро, припадавшую к стендам газеты Moscow News.

*

О, невероятные news, сообщаемые газетой сей! Вы помните ли их, о, сударыня, читательница, слушательница? О, оглушительные, ошеломительные новости, на пару и перегонки с журналом «Огонек» возвещаемые миру и городу сей славной газетой! Советская власть, оказывается, не совсем была уж такая хорошая, как мы с вами думали. Сталин был усат, Ленин был лыс, Гумилева расстреляли большевики, Каспийское море куда-то там впадает по-прежнему, не приведи Господь увидеть русский бунт, бе и бе. От бе и бе спасает лишь заячий тулупчик, подаренный Пугачеву. Заячьего тулупчика у меня не было; было пальто, сперва не-пижонское, потом очень даже пижонское; у Марии восхитительной Львовны была шубка совершенно-не-помню-какая; зато шапка была незабвенная; нет, не львиная — лисья; de jure лисья, но de facto все-таки львиная; нагло-рыжая и с такими узкими, такими длинными *ушами*, каких больше ни у кого я не видывал: *ушами* длиннейшими и узейшими (можно сказать так? если нельзя, то теперь будет можно — царевич я или нет?), спускавшимися вдоль щек и шеи, по воротнику и на грудь к ней (на прекрасные перси ея); и она прятала под этой нагло-рыжею шапкою (которую, помнится, называла, всегда смеясь, *малахайкой*) свои черно-рыжие волосы, свой манкий, ярко-красный, пропущенный сквозь волосы и не менее наглый платок; и брала меня под руку (меня, сударь, вовсе не вас); и мы скользили с ней к Пушкинской площади (что ж вы так, Александр Сергеевич?) и после ехали до станции какого-то Ногина (куда он исчез? где его ноги?), или по другой линии до станции Новых Кузнецов (куда делись старые?), или (если московский холод был особенно теплым и нежным) шли от Пушкинской (за что ж вы меня-то?) по тогдашней улице Горького (теперешней, понятно, Тверской) в самый центр, мимо памятника Юрию Долгорукому (основателю державной моей столицы, Мономахову сыну), не сворачивая в Камергерский переулок (в ту пору именовавшийся почему-то проездом, и даже не просто проездом, но проездом Художественного театра, или проездом замшелого МХАТа, презираемого нами, бунтарями, авангардистами, анархистами, Макушинским в особенности… но Макушинского, слава Богу, не было с нами; был только я, Димитрий, и Мария прекрасная Львовна, по-прежнему державшая меня под руку), и дальше и дальше вниз, к Охотному ряду (или уж, если вам больше нравится, к Площади потрясшей мир революции), чтобы там уже спуститься в метро, доехать до все той же Новокузнецкой — и затем по оранжевой ветке (как теперь говорят, как в то время не говорили, ностальгически пишет Димитрий) долго ехать в Беляево, до последней (теперь далеко не последней) станции, потом идти от нее пешком или пару остановок ехать еще на автобусе; и там все было белым, зимою; снег был белым, уже не по-городскому, не по-московскому, уже как где-нибудь в деревне или где-нибудь, черт возьми, в Угличе, и дома были белыми, и дымки в небе белыми, и пар изо рта шел тоже исключительно белый; и по дороге от автобуса к ее горевшему бесчисленными окнами дому (сперва по широкой улице, по-

том дворами и пустырями, по раздолбанным и скользким дорожкам между низенькими зелененькими заборчиками) еще
старался я сказать ей что-нибудь, что, как наивно полагал я,
могло произвести на нее впечатление (о лысом Ленине, расстрелянном Гумилеве); и конечно, очень хотелось верить мне,
что я влюблен в нее, так сильно хотелось мне верить в это, что
даже, в общем, я верил, но, если сказать вам правду (а я только
правду и собираюсь говорить вам, сударыня, зачем мне лгать,
мне лгать уже поздно, со вздохом пишет Димитрий) — не так
уж сильно бывал я разочарован, когда прекрасная Мария
Львовна, уже в лифте (в том крошечном, затхло-вонючем, голубенько-пластиковом лифте, какие так свойственны были
этим бесчисленно-оконным белым домам; непристойные и совсем непристойные царапины на этих голубеньких стенках
умножались при каждом моем появлении), — когда, значит,
Мария Львовна, уже в затхло-непристойном лифте снимавшая
свою львино-лисью, узко-ушастую шапку-малахайку, вновь
являвшая мне свой манкий красный платок в рыжих восхитительных волосах, обдавая (окатывая и окутывая) меня, сквозь
затхло-лифтовый, своим собственным, упоительным, как все
в ней (но кто дарил ей духи? вот вопрос), каким-то вербным,
с легкой горчинкою, запахом, — когда, следовательно, уже
в лифте, или уже возле двери своей квартиры (а я, как вы догадываетесь, всегда старался так встать и устроиться, чтобы,
пропуская ее вперед — из затхло-непристойного лифта на
затхло-лестничную площадку — почувствовать прекрасные
ея перси, задевающие меня: одно касание, легчайшее, затем
другое, легче легчайшего, — или, сквозь ее шубку, мое пальто:
одно-единственное, зато уже несомненное, прикосновение
волшебного выступа ее персей, — или легкий, легче легчайшего толчок ее божественного бедра, когда в кабинке лифта она
поворачивалась, прежде чем ступить на твердую землю; она
же все понимала, смеялась глазами) — когда, следовательно
и еще раз, она говорила мне: *нет*. Нет, конечно, она не гово

рила этого *нет*. Она говорила: *вот;* говорила (смеясь глазами): *вот, спасибо, до завтра.* Но на самом деле она говорила мне: *нет.* Нет, вот, до завтра. До — когда-нибудь, может быть. А может быть — до никогда.

*

И нет, сударыня, я неправду сказал вам (сделав прямо из бутылки глубокий глоток Grand Marnier, пишет Димитрий). Не потому что хотел солгать (мне лгать уже поздно; да и не умею я лгать; али я самозванец какой?), а потому что правда — где она? как ее выскажешь? Я был разочарован, бывал разочарован, еще как бывал и был разочарован, сударыня, когда обворожительная Мария Львовна, упоительная Мария Львовна, в очередной раз говоря: *вот*, говорила мне: *нет*, и быстро поцеловав меня в щеку, обдав, окатив и окутав меня своим запахом (но кто же все-таки дарил ей духи?), исчезала за обитой ромбистым коричневым чем-то (я чай, дермантином?) дверью своей квартиры, каковая дверь смотрела на меня одним, циклопьим, шкодливым глазком. А в то же время я чувствовал облегчение; а в то же время злился на себя за то, что чувствую облегчение. Я был разочарован, раздражен, я чувствовал облегчение. Я хотел, чтобы она сказала мне *да*; я боялся, что она скажет мне *да*; я был в ярости от ее *нет*; я был рад ее *нет*; я ничего не понимал сам в себе.

*

Я выходил во двор; во дворе был каток. Были горящие окна, дети в вязаных шапочках, их клюшки, обмотанные обтрепанной изолентой (у кого черно-серой, у кого ярко-синей), их крики, гики, острый скрип коньков, глухой стук шайбы о дощатые бортики. Кто болеет за «Спартак», тот придурок и дурак. Кто болеет за «Динамо», у того на жопе яма. Слышь, Старшинов, отдавай мяч Майорову. Мой мяч, мой мяч, не отдам, не отдам. Какой мяч? Шайбу, шайбу. А мне все равно, все равно. Наплевать мне (с наслаждением пишет Димитрий). Будете еще мне указывать. Еще… еще там бывали снеговики. Нет, мистер, не на самом катке, где-то возле. Нам такой хоккей не нужен. Понимаешь, Эспозито? Не на самом катке, но где-то возле катка там, сударыня, бывали снеговики, снежные бабы-с; бабы-с, понимаете, снежные-с. Или там бывал один снеговик, одна баба-с. На большее тех детей не хватало, тех детишек, старшино-майоровых. У них и фантазия была небогатая. Они лепили сперва один шар, катили его по снегу, потом другой шар громоздили на первый, потом третий, потом невинную морковку втыкали в него вместо носа. Морковка была красная-красная, все вокруг было белое-белое. А я-то получше снеговики, помудренее снеговики, позатейливей снеговики делал и слугам своим приказывал делать там, в Угличе (с оживающей страстью пишет Димитрий); в углу мира (пишет Димитрий); я прямо снежные статуи делал и приказывал делать там, в Угличе; в моем углу; в углу мира; сам наряжал их, украшал их разными тряпками. В углу мира угли втыкал им в головы, чтобы смотрели они на меня. Они на меня, я на них. Вот Шуйский, вот Воротынский. А вот, главное, Годунов, узурпатор моего трона. Шапку на него наденем, кафтан напялим поярче. И угли выберем самые черные, еще измажем его золою. Вот он, брюнет такой. А теперь давай, царевич, сабелькой, сабелькой. И какое же это было счастье, сударыня. Сперва одному срубишь голову, потом другому, потом медленно-медленно, тихонько-тихонечко подберешься к проклятому Годунову — и хрясь, уж он и без головы. Вот она, голова-то, вот она катится. Голова катится, уголья глядят на тебя. Молодец, царевич, так его, так его. И глазищи ему давай выколи, угли выковыряй. Как Шемяка, твой тезка, ослепил твоего прапрадеда, отправил его в тот же Углич. Люблю Шемяку, за одно его прозвище. И за то, что он тоже Димитрий. Мы все потомки Димитрия Донского, во всех течет благородная кровь. Какое счастье, какая злоба пела в груди, как снег скрипел, как солнце сияло, давай, царевич, сабелькой, сабелькой, и когда выбегали мы к Волге, сверкающей пустыней, чистой гладью лежала она перед нами, еще не исписанной страницей нашего будущего, и так хотелось написать на ней какую-нибудь невероятную историю, какую-нибудь великую историю, чтобы о ней пели потом рапсоды, аэды, чтобы трагики сочиняли свои трагедии, свои трагические трилогии, чтобы и романисты не брезговали сим славным сюжетом, как Фаддей, например, Венедиктович всем вам известный, но никем из вас не читанный, чай, Булгарин, чтобы и какой-нибудь Макушинский (зануда) рассуждал, расхаживая перед вытерто-черною сценой, в маленьком театрике на маленькой площади, посреди огромной Москвы, какого Димитрия следует нам (кому?) показать современникам нашим (кто они?) в конце одной эпохи, в начале другой.

*

Никаких современников не было на катке. Детей не было на катке. Никого не было на катке. Были только горящие окна и я сам, ничего не понимавший в себе. Я ничего не понимал, поэтому злился на себя, на нее, на весь мир; однажды, помню, обнаружив возле катка обломанную, с обвисающей изолентою, клюшку, палку без лопасти, сшиб ею на глазах у бесчисленных окон ни в чем не повинную голову снежной, дебелой бабы, содрогнувшейся от моего царственного удара, — и посмотрев на несчастную морковку, ткнувшуюся в истоптанный снег, подумав о неизбывности нашей вины, о безмерности причиняемой нами боли, зашагал, помню, прочь, даже не к остановке, на автобус уже не надеясь, но прямо к белой-белой, как окружный снег, как наши души (покуда мы не оскверним их болью, причиненной людям и бабам), станции Беляево, отнюдь не Бердяево; и на другой день все началось, на всякий другой день все начиналось сначала; и Мария Львовна, в театре, кивала мне, смеясь глазами, так заговорщицки, дружески, как если бы, в отличие от меня самого, она-то как раз прекрасно понимала, что происходит со мною, вообще все понимала (как оно и было, конечно) и даже пыталась меня поддержать, меня ободрить; и затем, похоже, переставала обо мне думать, сосредотачиваясь на очередных разглагольствованиях А. Макушинского, рассуждавшего, расхаживая то перед сценой, то по проходу между рядами, о том, что Гришка (будь он проклят) Отрепьев у Пушкина так мечтает поверить в то, что он — я, так стремится сделаться мною, что и вправду, пусть лишь на два коротеньких, как щелчок пальцев, мгновения, становится мною, Димитрием (с удовольствием пишет Димитрий).

*

Давно подмечено, с важным видом, расхаживая, рассказывал нам (зануда) Макушинский, — давно и не раз подмечено, что Пушкин то так, то эдак называет невероятного своего персонажа. То он у него Григорий, то Самозванец, то, например, Лжедмитрий. И только в двух важнейших местах, в двух решающих сценах Пушкин называет Димитрия — Димитрием (меня — мною, улыбаясь пишет Димитрий); во-первых, перечислял А. М. (не загибая палец (мизинец), как полагается делать порядочному русскому человеку, а сжимая все пальцы в толстый кулак, затем отгибая один (указательный), как делают только иностранцы, безродные космополиты, предатели родины, с наслаждением пишет Димитрий) — во-первых (или, точней, во-вторых), в том месте, на равнине близ Новгорода-Северского (о, мужики-севрюки! надежнейшая опора моя, в меланхолических скобках замечает Димитрий), где казаки, поляки и не-поляки Димитрия (мои поляки, мои не-поляки) побеждают годуновское войско, возглавляемое французским и немецким наемником (Маржеретом и Розеном; Маржерет удовлетворенно поддакивал; Розена у нас не было, был только Буссов) — причем очень хорошо видно, с явным удовольствием разглагольствовал А. М., расхаживая между рядами (с неменьшим удовольствием пишет Димитрий), как прекрасно

31

Пушкин говорил и писал по-французски и как прост был его, напротив, немецкий, отчего реплики Розена приобретают некую классическую краткость и почти античную простоту (Oh, ja! Sie haben Recht. Ich glaube das), на каковом фоне Маржерет (оставивший, между прочим, прелюбопытнейшие воспоминания обо мне и моем времени, посмеиваясь пишет Димитрий; потому, небось, уже он записывал что-то в карманную книжечку, стараясь все понять, склонившись вперед) — Маржерет, на каковом фоне, выглядит прямо-таки болтуном, легкомысленным французиком, вертопрахом, щеголем, ловеласом, повесой, поэтом, почти поэтессой; — вот тут-то, когда Димитрий, появляясь верхом на коне (из чего, по-моему, следует, что Пушкин думал не о театре, а видел все вживе, все вправду, потому что как бы он въехал, как бы я въехал на сцену верхом? да ни за что, сударыня, не стал бы я въезжать на сцену верхом, хоть я и прекрасный наездник, уж поверьте мне на слово; на велосипеде, впрочем, в моем нынешнем воплощении, мне ездить сподручней, сподножней) — вот тут-то, когда произносит он свою патетическую реплику «Ударить отбой! мы победили. Довольно; щадите русскую кровь. Отбой!», тем самым показывая, что он настоящий русский царевич, не отщепенец, не предатель родины и не безродный космополит, — вот тут-то Пушкин и называет его Димитрием, разглагольствовал Макушинский (пишет Димитрий): не Григорием, не Гришкой, не Самозванцем, но именно Димитрием (мною), потому что он тут становится мною (Димитрием), дорастает до меня, до Димитрия.

*

И во-второй, точней, в первый раз, как давно уже подмечено исследователями, не-исследователями, просто читателями, Пушкин позволяет своему Димитрию быть Димитрием (мною), разглагольствовал Макушинский, в знаменитой сцене у фонтана, когда, ошалев от страсти к Марине Мнишек, гордой полячке, которой плевать, конечно, и на Димитрия, и на

Григория, и на кого угодно, которой нужно только царство, царство и царство, — когда, окончательно ошалев, безрассудный самозванец открывает перед безжалостною Мариной (как вам мои эпитеты?) свое истинное лицо… но какое лицо у него истинное? вот в чем вопрос. Он сам-то верит, что он самозванец, что он Григорий Отрепьев, беглый Гришка, бывший чернец, и Пушкин верит в это, поверив Карамзину, к несчастию нашему и на мое горе (со вздохом пишет Димитрий). Но даже поверив Карамзину и годуновско-романовской клевете, передаваемой Карамзиным, Пушкин, разглагольствовал А. М., все же не мог спрятать истину и скрыть правду от себя, от читателя. Правда — она глаза колет, она прорывается. Истина — есть она. Форель разбивает лед. Я тоже, сударыня, владею искусством центона (не скрывая от себя своего удовольствия, пишет Димитрий). Это сцена разоблачительная — совсем не в том смысле, в каком автор задумал ее. Здесь не жалкий самозванец открывает перед Мариной свое истинное лицо, лицо Гришки Отрепьева, беглого чернеца. Здесь царственный лик Димитрия проступает сквозь все обличья и все подлоги (говорил Макушинский, пишет Димитрий).

*

Царевич я. Довольно. Стыдно мне. И я вовсе не был влюблен ни в какую Марину Мнишек (гордую полячку); никогда я не был влюблен ни в какую гордую полячку (Марину Мнишек); тут было дело государственное, державное; тут был великий замысел (мой и старого Мнишка) объединить скифов с сарматами; мечта об унии, о новой Ядвиге и новом Ягайле; мечты и замыслы еще более дерзновенные, о которых, сударь, я, уж так и быть, расскажу в свое время (только не торопите меня, брезгливым почерком пишет Димитрий); но сердце мое, сударыня, но несчастное сердце мое, мадам, всегда принадлежало другой, до сих пор принадлежит, наверно, другой, только это ей все равно, да она и не знает об этом, знать не хочет, и поделом мне (с понятным вздохом пишет Димитрий). Тогда еще не было этой другой; тогда, в начале, была Мария (Мария Львовна), монахиня Марфа; была Марина Мнишек (все на м, все на м); и ни в какую Марину Мнишек не был, не был, не был влюблен я; это Пушкин придумал (поверив Карамзину); а если Пушкин придумал, то — все, то никуда уже не уйдешь и не денешься, постыдной страсти жар уже тут, уже навеки и, нет, не проходит; а его не было, мадам, его не было (с внезапной яростью пишет Димитрий); и если бы встретил я где-нибудь Александра Сергеевича, я бы так и сказал ему: что ж вы так, я сказал бы, Александр Сергеич, за что ж вы меня-то? И Отрепьевым сделали, и в Марину Мнишек влюбили; а я смотрел на нее, бывало, в зимнем свете, падавшем из освобожденных окон, и думал, вполуха слушая Макушинского, что никогда, ни за какое царство-государство, ни за какую польскую помогу и вообще ни за какие коврижки не влюбился бы в эти пугающе правильные черты, в этот холод, излучаемый ими, излучаемый ею. А ведь есть мужчины, которых холод притягивает. Холодна как что? Неужели как лед? Таких простых сравнений, сударыня, вы от меня не дождетесь (с новым наслаждением пишет Димитрий). Не как лед, а как гелий. Холоднее гелия, говорили мне, ничего нет в природе, в народе. И Макушинского она слушала с таким презрительным к нему снисхождением, что он, бедняга, вздрагивал, и оглядывался, и принимался протирать свои круглые, запотевавшие от смущенья очки. Никто не любил ее, и она никого не любила. Мы все любили Марию Львовну (уж простите, сударыня); все влюблены были в Марию Львовну (уж извините); или делали вид, что влюблены в Марию Львовну; или уверяли себя и друг друга, что влюблены в нее — в восхитительную Марию Львовну, обворожительную Марию Львовну, в сногсшибательную Марию и сумасводительную, соответственно, Львовну (с восторгом, смехом и отчаянием пишет Димитрий).

И мы ничего не знали; мы знали только, что наша пьеса начнется там, где пушкинская заканчивается, хотя, разглагольствовал Макушинский, ничего в этом нет ни особенно нового, ни слишком оригинального — все русские пьесы о Димитрии, написанные после Б. Г. (на этом месте Басманов, Петя, принимался хохотать изо всех своих сил, всей своей краснощекостью; Басманов, Петя, был вообще хохотлив, похотлив) — все эти русские пьесы пытаются его, Б. Г. (Басманов, Петя, хохотал еще пуще) развить и продолжить; например — Погодин; например — Хомяков; к примеру — Островский. Кричите: да здравствует царь Димитрий Иванович! Народ… что же? Народ, между прочим, в первой и, возможно, более подлинной, более правильной редакции пушкинской пьесы (разглагольствовал Макушинский, расхаживая перед сценой и между кресел) — пьесы, которая еще не называлась тогда Б. Г. (Басманов, Петя, хохотал оглушительно), не называлась даже трагедией, а называлась (тут Макушинский протирал очки, делал паузу) — как называлась? — комедией, вот как: «Комедией о царе Борисе и Гришке Отрепьеве», вот как она называлась (а я не был Гришкой! кем угодно, но Гришкой не был я никогда!): народ (снова начинал Макушинский), в этой первой (и возможно, более правильной) редакции пьесы, кричит, что ему велено; занавес падает. Кричите: да здравствует царь Димитрий Иванович! Кричим: да здравствует царь Димитрий Иванович! Это только потом, во второй редакции, через пять лет после первой, народ на горе наше начал безмолвствовать. Из этого пресловутого, на горе наше, безмолвствования (разглагольствовал Макушинский) вышла вся русская философия и пол русской литературы. Какой пол? Женский, какой же еще? Вся русская философия и пол (женский) русской литературы вышли из этого пресловутого, достопамятного, невыносимого, беспощадного, бессмысленного безмолвствования. Все пытались разгадать это безмолвствование, бе, бе и бе, понять загадочную душу народную. А понимать там, быть может, и нечего. Все это выдумки, все это мифы, разглагольствовал Макушинский (предатель родины, безродный космополит). Нам было все равно. Мы стояли на пустой сцене с Басмановым, Петром Федоровичем (краснощеким, печально-веселым); Москва, темный зал, лежала вся перед нами. Вот твой город, говорил мне Басманов, вот он, твой город, со всеми его площадями, проспектами, его куполами, башнями, банями, кабаками, пивными, пельменными, заставами, слободами, его ГУМами, ЦУМами и «Березками», недосягаемыми для смертных, его «Домом дозволенной книги» на проспекте Козлиной Бороды и магазином грампластинок фирмы «Мучительная Мелодия» на проспекте Всесоюзного Старосты; твой город со всеми его темницами (не забывай о них! говорил Басманов, пишет Димитрий), его Бутыркой, Таганкой, Лубянкой; его, разумеется, ресторанами; рестораном «Пекин» (слава Конфуцию); рестораном «Прага» (да здравствуют танки); рестораном «Арагви» (мечтой нашей молодости, ура шашлыку); твой город со всеми его троллейбусами, автобусами; его маршрутными такси (попробуй-ка втиснуться); его просто такси (вечно ищущими таинственный парк); его, действительно, парками; его бульварами; его Камер-Коллежским валом, от которого и следов не осталось; вот он, короче, твой город; возьми его; вступи в него, наконец.

*

Слово *город* здесь не подходит (говорил, перебивая Басманова, Макушинский). Слово *город* в его мужескородности, мужескополости здесь (говорил Макушинский) решительно неуместно. Здесь нужен пол женский, истинный пол русской литературы. Очень женский, самый женский, окончательно женский. Москва (восклицал Макушинский)! Москва, Россия, страна и душа. Москва, вот она, возьми ее (восклицал, науськанный Макушинским, Басманов). Она твоя, она ждет, она жаждет.

Москва — женщина; овладей ею. Ее не надо насиловать; она сама тебе отдается… Мы поехали, помню, с Басмановым на Воробьевы горы, тогда еще Ленинские (в ту пору, кажется, Ильича уже провозгласили грибом, и если еще не провозгласили, то уже готовились провозгласить грибом, на весь мир, крещеный и некрещеный). Был зимний, но таявший, растекавшийся лужами день, серенький-серенький, печальный-печальный. Мы стояли с Басмановым (старинным другом, краснощеким потомком опричников), глядя на реку, на Лужники и все прочее, отыскивая Кремль во всем этом прочем, не в силах найти его. Мы видели разные трубы, паутину Шуховской башни, видели хижины дяди Джо, одну и другую, видели Министерство иностранных дел (я иностранными делами всегда любил заниматься; даже турка, помнится, хотел воевать; а почему же не воевать его, сударь мой? Константинополь-то, ведь знаете сами, рано ли, поздно ли, а должен быть наш), гостиницу «Украина» (славно, черт возьми, сражались мои запорожцы). Не видели никаких небоскребов, стеклянных, сумасшедших, сверкающих, завинченных вокруг своей же оси. Мы сумасшедшими были сами. Были, остались. Мы долго смотрели на все это, и на не менее безумный трамплин для лыжных прыжков в Лужники. Куда ж на лыжах и прыгать-то, если не в Лужники? Лыжи, лужи. Ложь луж, лажа лыж. Облыжные лыжники в лужах лежат. Облажались на лужах лыжники ложные. Лыко лыж в строку дней. Налаживай лыжи на Ладогу Ладомира. Красным клином бей боль. Был бел, стал сталь. Компривет Крученыху. Хорошо-с, передам-с. Кто здесь, позвольте спросить, сумасшедший? Я сумасшедший, ты сумасшедший. Я стоял с Басмановым на смотровой площадке над городом, огромным городом, необозримым городом, моим городом, ждавшим меня. Да не годится здесь город, здесь женский нужен род, нужен пол. Самый женский, исключительно женский. Вот она, Москва, говорил мне Басманов, она ждет, она жаждет, она готова отдаться облыжному лыжнику. Я лыжник не облыжный, я подлинный. Царевич я. И — довольно. И — стыдно мне унижаться тут перед вами. И — да, я возьму ее, еще бы, Басманов. Я готов, и войска мои вот уже в нее входят. Вон казаки, вон и поляки. Хорошо гарцуют лансьеры-то. Знамена вьются, пушки гремят. Еще что? Штандарты? Никаких штандартов у них, по-моему, не было. Пускай на них будут какие-нибудь, например, доломаны. Хорошо, пускай доломаны. Пускаю, пожалуйста.

*

Очень маловероятно (следует, впрочем, заметить), чтобы Димитрий с Басмановым смотрели отсюда на затаившуюся в ожидании Москву (и уж никак это не могло быть зимою; Димитрий вошел в столицу славного нашего царства, любимого государства 20 июня 1605 года); и не только вошел он в столицу нашего обожаемого царства-государства в июне, но он, Димитрий (как любил и обожал рассказывать Макушинский, вечно занудствуя) дожидался сперва в Туле, потом в Серпухове, чтобы в Москве случилось все то чудовищное, вовсе им (как он хотел бы верить сам) не задуманное, что случается в финале Б. Г.; затем, когда чудовищное случилось, помедлил, перед самым въездом в столицу, в Коломенском — как оно и происходит, например, у Островского (стремившегося, подражая Сергеичу — и в резком отличии от Фридриха нашего Лопе — к исторической точности, к которой мы отнюдь не стремимся, не правда ли? разглагольствовал Макушинский; что нам в ней? да и что ей до нас?): в Коломенском (еще не превращенном в аттракцион для радостных ширнармасс), куда мы тоже, разумеется, ездили и с Басмановым, и с Небасмановым. Увы, оттуда видны были только призрачно-белые новостройки за волшебной излучиной вечной Москвы-реки. А нам хотелось видеть ее во всем ее необозримом безмолвии, со всеми ее башнями, уже поваленными, еще не построенными, всеми ее кабаками, колокольнями, куполами, темницами, эту Москву, которую Басманов, Петя, потомок опричников, вновь и вновь предлагал мне наконец уже взять (не насилуя).

*

Я возьму ее, но даю тебе слово, Басманов, что кровь не прольется, что казней не будет. Довольно уж было казней в этой Москве, довольно уже в ней четвертовали, колесовали, поднимали на дыбу, били батогами, отрезали языки, выкалывали глаза, вырывали ноздри и ногти, заживо закапывали, на крюке подвешивали, на кол сажали, в масле варили, да и с ядами мастерски обращались. В чем в чем, а в этом мы мастера, никаких иноземцев не надобно. Вот этого не будет больше, Басманов. Та кровь, что уже пролилась, пролилась. Но больше крови не будет, клянусь тебе, верь не верь. Мы же клятву должны давать здесь, на Воробьевых горах. Что же еще и делать-то на Воробьевых горах? Клянусь тебе, Герцен, что казней не будет, пыток не будет, колесований не будет, четвертований не будет, батогов — и тех больше не будет. Огарев, клянусь тебе, что кровь не прольется. Ну хорошо, тогда поедем в театр. А давай еще посмотрим немного. Давай посмотрим на это огромное плоское небо, эти дымные тучи, блуждающие над миром, эти промельки чистого голубого, эти извивы Москвы-реки, быстрый блеск. Еще ничего не началось, но сейчас все начнется. Еще есть покой и невинность начала. Сейчас все начнется, сейчас все закончится. Народ безмолвствует? Как же! Народ кричит что ему велено, разглагольствовал Макушинский (в тот же день, на другой день, кто теперь вспомнит?), протирая очки, впадая в идиотский восторг. Народ всегда кричит, что ему прикажут кричать. Это Димитрий безмолвствует. Димитрий, когда приносят ему страшные вести, безмолвствует. Мария Годунова и сын ее Феодор отравили себя ядом. Мы видели их мертвые трупы. Вот переломный момент в судьбе нашего героя (в моей судьбе, в вашей судьбе). Он безмолвствует, он потрясен. Он не хотел этого. Он правда не хотел этого. Он понимал, что это случится, но он точно этого не хотел. Он был уверен, что это случится, посылая в Москву своих приспешников, во главе с князем Рубцом Мосальским, Васильем Ивановичем, разглагольствовал А. М., показывая на Рубца Мосальского, смотревшего бравым злодеем. Рубец должен рубить, что ж ему еще делать? Это точно, говорил Рубец Мосальский, покачивая плечами. Все-таки втайне он, пожалуй, надеялся, что как-нибудь... как-нибудь, Бог весть как, не случится этого ничего. Что как-нибудь и вправду они сами себя ядом отравят — и Мария Годунова, дочь Малюты, и Федор, Малютин внучок, Борисов сынишка. Малюта был мастер четвертований-колесований. И Годунов был не ангел. Но сынишку его за что? Сынишка его боролся как львенок, когда пришли по его душу Молчанов с Шерефетдиновым и стрельцами, намеренно зверовидными, по приказу Рубца Мосальского, знатного злодея, добрейшей души человека. Из зверовидных один наступил ему в итоге (скажем прямо, просто, простите, Мария Львовна) на яйца. Наступил? Раздавил. Тут-то его и прикончили. И вот с этим всем я теперь должен жить? Да, сударик-государик, вот с этим ты теперь должен жить. Так что врал ты, говоря Басманову, что не обагришь в крови свои руки. Уже с них кровь капает. Леди долго руки мыла, леди крепко руки терла. Я не хотел ее смерти, пистолет мой не заряжен. Как же, как же, слышали, слышали. Пистолет заряжен и пистолет должен выстрелить. Вот он, пистолетик-то. Как же ему не выстрелить, раз уже вот он. Вот же он, такой уютненький, тяжеленький, черненький. И вот твой город, Димитрий, возьми его; твоя Москва, Димитрий, овладей ею. Я овладею, я возьму, но казней, нет, Басманов, казней не будет, хошь мне верь, хошь не верь, кровь, Басманов, еще и еще раз скажу тебе, хоть ты мне уже и не веришь, нет, Басманов, кровь не прольется. А она уже пролилась. Уже пролилась, как всегда проливается. Всегда проливается, до сих пор льется. И этого уже не изменишь, не отменишь, мертвые трупы живыми не сделаешь. И вот стоишь теперь, безмолвствуя, на Воробьевых горах, на пустой сцене, перед темным залом, огромной Москвою, и понимаешь, что — все. Все началось, все закончилось. Все сразу пошло — не так. Все — пошло, и сразу пошло — не так. Все всегда идет в жизни не так. А ведь мы еще надеялись, что все может пойти в жизни — так; мы еще были юные, глупые.

*

Очень юные и глупые тоже очень. Мы просто были мальчишки (с сожалением пишет Димитрий); мы верили, что все сумеем; все сделаем правильно; еще верили, что все у нас в жизни получится. Нам весело было. Мы шли, бывало, с Басмановым из театра после спектакля и после репетиции, все к той же, вечной (за что ж вы меня-то?) Пушкинской площади — и просто так смеялись, вообще чему-то и сами не зная чему; и похотливый Петя, приметив очередную оранжевую курточку, очередные оранжевые (или неоранжевые) *штаны-бананы* (какие тогда были в моде), хохотнув, подмигнув, принимался делать вид, что сейчас облапит красавицу, прижмет к груди чаровницу, отчего она вздрагивала, отшатывалась, возмущалась (вправду ли, понарошку), показывала глазами, что и она не прочь быть облапанной краснощеким Басмановым, прижатой к груди его, Басманова, удивительным спутником, тайным царевичем (с наслаждением пишет Димитрий); нахохотавшись и намигавшись, продолжали наш путь и наш разговор — наш неизменный разговор о Мнишках и пешках, об Островском и Хомякове, наш неизменно-изменчивый путь по изменчиво-неизменной Москве, — по той, тогдашней, еще серо-советской, уже более невообразимой Москве, — по Москве совершенно той же, всегда узнаваемой, со времен моего безумного батюшки (вдруг мрачнея, пишет Димитрий), даже и со времен моего великого пращура, собирателя земель русских, со времен, быть может, Шемяки (моего тезки), со времен Василия Косого, Василия Темного (веселея вновь, пишет Димитрий); и на

41

Тверском бульваре еще был красный гравий, сударыня, во всех аллеях: и в главной, и в боковых; еще не было педерастического Есенина, впоследствии вдруг возникшего в соседстве с Литературным, прости господи, институтом; был только Тимирязев у Никитских ворот: строгий, серый, весь вертикальный, никому все-таки не интересный Тимирязев у Никитских ворот; и по правую руку открывалась, со своим темным и круглым куполом, в окружении проводов и заборов, еще белая, бело-серая, бело-грязная, нисколько не желтая, церковь, та, где Пушкин (Пушкин, Пушкин и снова Пушкин, сударыня) венчался, на свое несчастье, с балованной московскою барышней (причем, по разным легендам, все у него упало, из рук вывалилось и на пол свалилось: по одной версии — крестик, по другой — обручальное кольцо, по третьей — Евангелие, по четвертой — свеча погасла, по двадцатой пятой — купол обрушился, по тридцать девятой — Москва-река вместе с Яузой вышли из берегов... а потому что не надо делать того, про что ты втайне знаешь, что не надо этого делать; а ведь мы всегда и снова делаем то, чего, мы знаем, делать не надо, и от этого все наши беды, от этого все наши несчастья); и если к церкви мы не сворачивали, то, оставив слева бледно-зеленое заведение с комическим и трогательным названием «Кинотеатр повторного фильма» (сколько же этих *повторных фильмов* я посмотрел за свою жизнь, сударыня? да и вся наша жизнь не есть ли *повторный фильм*, мадмуазель? разве все не повторяется в ней? не возвращается к нам? не проходит, понемногу стираясь, рябящим рядном, рвущейся кинолентой, перед нашими изумленными глазами, синьора?), не свернув к церкви, позади и слева оставив бледно-зеленый кинотеатр, шли мы, как уже догадался читатель, тем более догадалась читательница, по когдатошнему и теперешнему Никитскому, тогдашнему Суворовскому (отнюдь не Суворинскому; в той Москве никто не помнил никакого Суворина; да кто его и теперь-то помнит?) бульвару; и там тоже был, разумеется, гравий, то мокрый и хлюпкий, то сухой, скрипучий, суровый, суворый...; и в том подвале, где теперь, если я правильно понимаю и ничего не перепутал, «Жан-Жак» (вы ведь там вчера были, мадмуазель? это ведь вас я застукал за поеданием *tarte tatin*, за чтением «Исповеди», с презреньем к диете?) — там было крошечное кафе, с растоптанным, как правило, снегом на кафельном грязном полу, где все же кофе наливали не из ведра, а из рычащей, с рычагами, машины (или я все путаю? все опять перепутал? все путается во мне; Путаница, она же Психея, охватывает меня, с отчаянием в почерке пишет Димитрий); и только (в какой-то зимний, слепящий, здесь в подвале тут же померкший день) приготовились мы с другом моим Басмановым откушать этого машинного кофию, закусывая то ли коржиком (вроде школьного), то ли песочным пирожным, сухим и солодистым, с вареньем внутри и орехами сверху (все путается, все перепуталось в несчастной голове моей, пишет Димитрий), только заговорили, в очередной раз, об Алексее, моем любимом, Константиновиче Толстом, о той невероятной сцене в пятом акте первой из трех трагедий («Смерть Иоанна Грозного»), в которой Борис (узурпатор трона моего) Годунов, или, если уж угодно, Б. Г. (Басманов, разумеется, хохотал) узнает, в день, действительно, смерти моего страшного батюшки, о своем будущем, уже известном читателю, зрителю (с всегдашним восторгом пишет Димитрий) — только, помню, заговорили мы об этой великой сцене с Петей Басмановым, как вдруг ввалилась орава питерских хиппи, длинноволосых и, похоже, обкуренных, очень громко, совсем не по-питерски, сообщивших себе, миру, подвалу, что вот он, вот он, московский «Сайгон», они нашли его, наконец; на что Басманов, Петя, краснея всеми своими щеками, ответил, так же громко и так же решительно, под рык и дрыганье рычагов кофейной машины, подтвердившей его слова, что нет в Москве никакого «Сайгона», а как он был бы нужен нашему суровому, суворому городу, но его нет, нет в заводе, а вот (понижая голос) разжиться травкою, ежели нужда приперла, в Первопрестольной тоже нетрудно.

*

А нет, может быть, во всей русской драматургии (как имел обыкновение выражаться патетический Макушинский в бесконечных своих разглагольствованиях; и тут я не мог с ним не согласиться) — нет, может быть, во всей русской драматургии сцены прекраснейшей и величайшей, чем та, в пятом акте первой трагедии, когда Борис Годунов в день смерти моего ужасного батюшки беседует (если это можно назвать так) с волхвами и прорицателями (Кашпировским и Чумаком; вы же еще помните, сударыня, Кашпировского? еще помните, мадам, Чумака? о не забывайте их! храните их, вместе со Слюньковым и Чебриковым, в сокровищнице памяти вашей) — когда Борис, следовательно, Годунов (еще молодой, еще только втайне, втайне, совсем еще втайне помышляющий о власти, о троне) беседует с прорицателями, волхвами, узнавая от них свое будущее, нам ведомое с яслей, с колыбели, с рождения и даже еще с до-зачатия. Сплетаются созвездия твои (продекламировал Басманов на радость питерским хиппи) с созвездьями венчанных государей, но три звезды покамест затмевают величие твое... Еще он сам себе, быть может, не признается в эту историческую минуту, что мечтает о власти и троне, но кудесники (Чумак, Кашпировский) уже видят его насквозь, уже видят его в бармах и венце, на престоле, к его же ужасу и восторгу; на вопрос, как он достигнет власти, отказываются (понятное дело) ответить; на вопрос же, кто главный его противник, говорят вещи поразительные, от которых мороз бежит у меня по коже, как часто ни перечитывал бы я это место (пишет Димитрий), от которых (я чувствовал) и Басманов, хоть похохатывая, втайне все-таки содрогался, в том кафе, за тем столиком, в окружении питерских хиппи.

Там нужно было самому себе брать кофе и коржик, отстояв очередь перед стойкой, в этом кафе; очередь толпилась темная, дерганая, наползавшая друг на друга, как все советские очереди; мы на нее не смотрели; мы смотрели, как и сам Годунов, в темную бездну его будущего, нашего прошлого. Я словно в бездну темную гляжу (продекламировал Басманов, на радость питерским хиппи), рябит в глазах, и путаются мысли… Мы-то знаем уже его будущее; мы в этой сцене тоже волхвы, ведуны; наше знание сталкивается с его неведением, уделом всех смертных, ждут их бармы или не ждут. О, этот главный противник (отвечают кудесники): темны его приметы. Он слаб, но он могуч. Сам и не сам. Безвинен перед всеми. Враг всей земле и многих бед причина. Убит, но жив… Нет смысла в сих словах! восклицает несчастный Б. Г. Есть смысл (ответим мы от себя); есть; очень страшный. Он, впрочем, и сам скоро догадывается, о ком идет речь. Кем же и быть ему, этому главному противнику, этой третьей (после умирающего в тот исторический миг Иоанна, моего ужасного батюшки, и слабоумного Федора, моего единокровного братца, пишет Димитрий), самой яркой, самой опасной для него, для Годунова, звезде, как не… кому же? Как не (говорит он) младенцу? как не (говорит он) Димитрию (пишет Димитрий, уже отнюдь не младенец)? Слаб, но могуч, безвинен, но виновен: это он еще понимает. Убит, но жив: этого он понять не в силах (зато мы понимаем прекрасно). Кем (он спрашивает, уже на краю бездны): кем будет он убит? И если кто-то (кто же и кто же?) решится поднять на него руку, то как (он спрашивает): как ему, убитому, воскреснуть? Он шатается; он (говорил Басманов, на радость всем хиппи) в этот миг почти падает; вот сейчас, должно казаться зрителю, он просто бухнется со сцены в оркестровую яму (если есть яма) — или прямо в зал (если ямы нет, и бездна только метафорическая, метафизическая).

∗

Главное (говорил Басманов, и я говорю теперь, пишет Димитрий) — главное все-таки: сам — и не сам. Сам — и не сам, сударыня: вот роковая формула моей жизни. Всякой жизни? Да, наверное, всякой жизни, согласен. Роковая формула всякой жизни — это: сам — и не сам. Потому что никто не знает, кто он на самом деле, кто он сам по себе, сам собой, и тот, кто делает вид, что знает, тот обманывает и себя, и других, и партер, и галерку. О, это *сам*, сударыня! Это страшное, коротенькое словечко. Самолет, самосвал. Грех бывает свальный и самосвальный, как говорил совершенно не помню кто. Все путается в несчастной голове моей (пишет Димитрий); мысли мои разбегаются; слова наползают друг на друга, как льдины (на море, на реке). Никто не знает, кто же он — сам. Сам-то он — кто? Самолет, самокат. Самозванец и самодержец. Самозванец, сам званец. Сам себя званец. Сам Самыч. Хорошо быть Сам Самычем… А я зову себя — и не могу дозваться, дознаться. Вы — можете? Нет, и вы, конечно, не можете. Сударыня, я успокаиваюсь (объявляет Димитрий); я поднимаю голову от писания; я гляжу в окно, в шелест веток, в древесный шум жизни. Как мне нравится эта зелень, эти гущи и кущи в окне. Я — тот, кто смотрит в это окно, в этот шум; тот, кто видит эти ветви и кроны, это небо над ними. Это я, сударыня, сам. Сам я смотрю. Все прочее, может быть — ложь, быть может — иллюзия; но это я, сам, смотрю. Я, смотрю, сам. Сам, смотрю, я.

∗

В том кафе я тоже поднял, помнится, голову. Подняв голову, в том кафе, увидел в темной очереди у стойки Сергея Сергеевича, в широком буром пальто бесстыдно советского покроя, прямо каком-то (подумал я) москвошвеевском, с мокрой дрипаной шапкой в руках — и в сопровождении юной особы, которую едва ли не поддерживал он под локоток, к несказан-

46

ному изумлению нашему, одетой тоже как-то очень немодно, как-то трогательно немодно (я подумал), как-то (подумал я) до смешного немодно — если и в *дутике*, как в ту пору оно полагалось, то в каком-то (мне помнится) сереньком или желтеньком, каком-то очень социалистическом, хорошо если польском, складчатом и нескладном. Басманов их тоже видел; С. С. нас не замечал. У девушки, когда посмотрела она в нашу сторону, глаза оказались ночные, восточные. Она сняла шапочку, лыжно-вязаную, немодную не менее всего остального, с елочками, что ли, по краю; под шапочкой обнаружились сложно-сочиненные волосы, непонятно как помещавшиеся под ней; девически-русые (потом потемневшие, повзрослевшие). О *потом* речи не было. Она выглядела хрупкой и маленькой рядом с высоченным Сергеем Сергеевичем, склонявшимся к ней со смущенной почтительностью средних лет господина, пустившегося ухаживать за *молоденькой*; когда дошла до них очередь, когда, верней, они сами дошли и дотолкались в этой очереди до стойки, спросил ее бережно-покровительственным шепотком, слишком все-таки актерским и явственным, чтобы я мог его не расслышать: тебе большую или малую? Большую или малую — что? я не помню — наверное, булочку; дело не в том — что, а дело в эпитете. Не маленькую, сказал он, но — малую. Я долго думал потом, почему он сказал так. Он кого-то, похоже, изображал. То ли чудаковатого дядюшку, выведшего на прогулку племянницу, то ли придурковатого профессора, решившего приударить за студенткой после не сданного ею экзамена. Я у вас экзамен приму, голубушка, только давайте встретимся, заодно уж и обсудим тему вашей, извините меня, курсовой. Вы о чем, бишь, собирались писать? О термодинамической изоляции гидромеханического турбофазотрона? Или о роли препадежных полупредлогов в синтагматических деконструкциях брахмапутрийского диалекта авалакитешварского языка? Славно, славно. Он, похоже, показывал, что он вот такой, пожилой и со странностями, вот даже и говорит, как никто уж больше не говорит на Москве, да никто никогда и не говорил, может быть, на Москве (малую, милая, куплю тебе булочку!), и что в этом-то вся суть и все дело, вся соль, вся изюминка (из булочки же, наверно, и выковырянная). Она подняла на него свои восточные, ночные глаза — и выбрала, конечно, большую. Аппетит у нее был отличный. Наконец он заметил нас, когда уже шли они в поисках столика, под одобрительными взглядами очарованных хиппи, кивнул нам нарочито-небрежно, так что и мы рукой ему помахали, ей поклонились, допили кофе, вышли на улицу (во вновь засверкавший день).

*

Басманов, когда мы вышли во вновь засверкавший день и на улицу — верней, на бульвар (Суворовский, ныне Никитский), затем на широкую (как всегда, как в «Войне и мире») Арбатскую площадь — где тоже был (и есть) кинотеатр с не менее, в сущности, комическим названием «Художественный» (все прочие, значит, нехудожественные, или маловысокохудожественные, как писывал Зощенко), — Басманов, глядя в сторону «Праги», щурясь на яростном солнце, заговорил, мне помнится (или мне неправильно помнится? или все опять путается? и это было в другой раз? это часто бывало) о наследственности, — вновь и в очередной раз заговорил о наследственности, о том, какое страшное дело наследственность, как трудно жить на этом слепящем свете, если твой папа-опричник убил твоего дедушку, тоже опричника, то есть своего же собственного папу-опричника, по приказу царя-батюшки (моего батюшки, пишет Димитрий, моего, а не вашего, вот в чем все дело), и не просто убил, но замучил в застенке (попробуйте представить себе это, пишет Димитрий; щажу ваши нервы, сударыня); не договорив, оборвавши себя же, побежал догонять (или мы оба побежали догонять? кто теперь разберет?) троллейбус № 2, тогда еще ходивший, потом уставший, переставший ходить по Новому Арбату, тогда Калининскому проспекту (как вы еще помните, или уже не помните, или мне все равно, скорбя пишет Димитрий), проспекту Козлиной Бороды, Всесоюзного Старосты — и дальше, через мост, на Кутузовский, мимо гостиницы «Украина» (славно, черт возьми, сражались мои запорожцы!) или «Хижины дяди Джо» (по Басманову любимому выражению) к Дорогомиловской заставе, где он, Басманов, потомок опричников, жил в имперских дебрях, каменных джунглях, на месте былых лачуг построенных все тем же дядею Джо, тем же И.В. (Иваном Виссарионовичем, Иосифом Васильевичем, уж как вам будет угодно).

*

Я устал, сударыня. Я тоже устал (как троллейбус). Воспоминания одолевают меня; мысли мучат; слова не смолкают в страдающей моей голове; эпохи жизни, с отчаянным треском, подступают ко мне все ближе, налезают друг на друга, как льдины на реке или на море (на реке, например — на Волге, например — в Угличе; на море, например — на Балтийском, например — в Курляндии, в заколдованном герцогстве), когда оно, море, или она, Волга, вдруг пробуждается под еще недавно мертвою гладью, и эта гладь идет трещинами, и превращается вдруг в торосы, и все крушится, все рушится, ломается и грохочет — и как же любил я смотреть на эти буйные, безумные (аминазина нет на них) льдины, в моем далеком детстве, на Волге, в моем далеком отрочестве, в Курляндии. Вы же знаете, что я был спрятан в Курляндии? что я таился в Курляндии? Вы этого не знаете, о, конечно (пишет Димитрий, поднимая голову, прислушиваясь к шуму веток в окне, склоняясь вновь над бумагой); вы этого и не можете знать; никто не знает этого; но я расскажу вам. Я еще много чего расскажу вам, сударыня; успокоюсь и расскажу.

Так давно было все это, что я уже почти не верю, что — было. Даже юность была так давно, что словно ее и не было. Но это было, было; была эта московская зима; эти серые улицы; была (и есть до сих пор) эта маленькая площадь и театр (которого больше нет) в углу ее, на повороте в сугробистый переулок; и мы были просто компанией более или менее молодых идиотиков, которым Сергей Сергеевич, режиссер и глава нашей студии, позволял экспериментировать (мерзкое слово, но так это называлось) в наше, да и в свое удовольствие. У Сергея Сергеевича была очаровательная привычка руки складывать на груди и шевелить потихоньку пальцами, сим шевелением ясно и явно показывая, с каких высот он снисходит к нам, молодым идиотикам, как смешны ему и в то же время как умиляют его, изнуренного жизненным опытом, тяжелыми мыслями, невинные наши проделки. Мария Львовна снисходила к нам, сшибая нас с ног, сводя нас с ума своей нежной, тройной, никогда не всем сразу, но каждому по отдельности — и каждый думал, что ему, кому же еще? — предназначенною улыбкой; своим манким платком; своим безудержным бюстом; своими библейскими бедрами.

Еще был примечательнейший персонаж, которого все называли Перов, просто Перов (и даже — Просто Перов, Простоперов); то ли потому его называли так, что он сам так всегда представлялся — называйте меня, мол, просто Перов, без околичностей, — то ли потому что он играл Просперо в шекспировской «Буре» — и тут уж Ариэль с Калибаном не могли удержаться от каламбура. Этот просто Перов (Просто Перов, Простоперов) был их всешный (такого слова нет? теперь будет!) давнишний приятель — и Сергея Сергеевича, и Марии Львовны, и А. Макушинского; он тоже, случалось, в разговоре с А. Макушинским поминал какого-то Макса; был чудесный человек; щеголял в свитерах грубой вязки; являл на щеках симпатичную синеву; ее же на подбородке с тенденцией к раздвоению. В Грузии на дороге нарисованы два яйца. — Почему? — Дорога опять *раздваяйется...* Шутил, короче; с большим успехом у дам. Успех у дам был велик; успех на сцене почему-то не очень; с моим, впоследствии, ни в какое сравнение не шел (довольный собою, пишет Димитрий). Хотя он был такой красавец; герой-любовник, потрепанный жизнью; меланхолический Ромео; постаревший Казанова; Ловелас со страданием в глазах; Вальмон, уставший от приключений. В студию заходил он в память о каких-то давних делах и спектаклях, если я правильно понимаю (продолжает писать Димитрий, прислушиваюсь к шуму веток в окне, шуршанию прошлого); в то время играл уже в «Современнике», откуда Галина Волчек его, впрочем, скоро и выставила. Я пишу только правду, сударыня; мне врать уже незачем; али я (действительно) самозванец какой? Кем-кем (с наслаждением пишет Димитрий), а самозванцем я отродясь не бывал... Я стоял на пустой сцене, над городом, и Басманов, краснощекий друг мой, говорил мне: вот она, Москва, возьми ее, овладей ею; она по праву — твоя; ты — царевич; а я безмолвствовал, в ужасе от известия о мертвых трупах (очень мертвых, отнюдь не живых); а больше ничего мы не знали, и Макушинский, протирая очки, разглагольствовал, расхаживая по проходу, о том, что наша пьеса, да, начинается там, где пушкинская заканчивается, хотя ничего в этом нет ни нового, ни оригинального — все русские авторы, писавшие о Димитрии после Пушкина, пытаются его развить и продолжить, все идут по его божественным стопам, бессмертным следам, теряя их, сбиваясь с пути. А это дело само по себе безнадежное. Надо своими путями топать, хоть куда, хоть в болото. В болото безыдейности: вот куда мы пойдем. Пойдем? обращался он к Сергею Сергеевичу. Тот только пальцами шевелил, с неизменным умиленным высокомерием.

Пойдем, пойдем, нежно и снисходительно улыбалась Мария Львовна. C'est quoi ça, bezideinost? вопрошал Маржерет. Макушинский губу выпячивал, головой дрыгал — как объяснишь, мол? Маржерет все равно принимался быстро-быстро, почерком меленьким-меленьким строчить что-то в записной свой книжечке, уже готовясь, видно, к составлению прославленных мемуаров. Да я и не вылезал оттуда, из болота-то bezideinosti, замечал, краснея, Басманов. И правильно, разглагольствовал Макушинский. Потому что, продолжал он свои разглагольствования, у них же у всех был… этот… народ. У них народ, понимаете ли, то безмолвствовал, бессмысленно-беспощадно, то не безмолвствовал, беспощадно-бессмысленно, то творил свой высший суд и говорил свое веское слово, и все языком таким… таким… народным, что прямо жуть берет, прямо мурашки бегают по всему телу несчастных интеллигентов, очки у них лопаются. Как прочитаю у Островского слово *робяты*, так только и думаю, куда бежать, куда спрятаться. У нас не будет народа. У них были драмы народные, у нас будет антинародная. Да и нет никакого народа, разглагольствовал Макушинский, размахивая руками, все более возбуждаясь. Народ — романтическая выдумка, более ничего. Народ! Где вы его видали, этот народ? что это вообще такое — народ?

*

Отщепенец вы, вот вы кто, говорил на это Просто Петров (Простоперов), если (по старой памяти) заходил к нам в театр. Отщепенец, безродный космополит… А ведь не обойтись вам без народа-то, говорил Просто Перов, придавая своему голосу бессмысленно-беспощадную вкрадчивость. Хоть вы тут и безродные космополиты, предатели родины, а все ж без народа-то никак вам не обойтись. Особенно вы, Макушинский, говорил он, вплотную подходя к Макушинскому, в упор глядя в его, макушинские, запотевавшие в страхе очки. Вы вообще тут, как я посмотрю, распоясались. Вы поосторожнее, знаете ли. Следите уж, хоть чуть-чуть, за собою. Мы этого так не оставим. Мы не потерпим. Вы у нас узнаете, в какой речке рачки зимуют. Покажем вам бабушку Лигачева… Еще вы помните эту чудную шутку, мадам (хохоча сам с собою, пишет Димитрий)? Был такой Лигачев во времена нашей с вами мятежной молодости, безудержной юности (стараясь хоть почерк свой удержать от хохота, пишет Димитрий), член Боярской думы и прочего Политбюро, Егор Кузьмич, как же, как же, борец с прогрессом, поборник реакции. Он тем хорош был, на общем фоне окольничих, что хоть что-то о нем можно было сказать. О Слюнькове никто ничего не мог сказать, помимо того, что он, бедняга, — Слюньков. О Чебрикове, что он — Чебриков. О Рыжкове, по крайней мере, что он — плакса. Чуть что, начинал плакать с высокой трибуны. Зато о Лигачеве, Егоре Кузьмиче, моем фаворите, все точно знали, что он борец с прогрессом и защитник реакции, что не мила ему гласностройка, не по сердцу ему перетрезвость, что как сойдутся вельможи в Боярбюро, так он, Егор Кузьмич, сразу начинает всем показывать Кузькину мать, свою бабушку, прямо вынимает ее из кармана и тут же показывает, а бабушка, бедная, совсем не хочет показываться, все просится обратно в карман, но Егор Кузьмич не знает к ней снисхождения, Егор Кузьмич говорит ей, потерпи, мол, бабушка, во имя великого дела, борьбы с прогрессом и защиты реакции, потерпи, милая, потерпи, сердобольная, многострадальная, слезообильная, сейчас я тебя Слюнькову покажу, и Чебрикову покажу, и Шеварднадзе покажу, и Пятнистому покажу, а там уж полезай в карман, лежи себе в тепле и уюте, сколько душеньке твоей будет угодно.

*

Вы, Макушинский, вообще, похоже, жидомасон, говорил тем временем Простоперов, ко всеобщему удовольствию. Я вот позвоню сегодня в общество «Память», говорил Просто Перов, поднимаясь на сцену, сообщу им, что завелся тут один такой-сякой Макушинский, жидомасон, безродный космополит. Прямо Васильеву позвоню, нашему общему коллеге и вашему тезке, говорил Простоперов, поворачиваясь ко мне (тоскуя по прошлому, продолжает писать Димитрий); мы с ним еще по МХАТу знакомы, говорил Просто Перов, от меня отворачиваясь, обращаясь к Сергею Сергеевичу (складывавшему руки на груди, шевелившему пальцами), да и в кино мы вместе снимались, говорил Простоперов Сергею Сергеевичу (шевелением пальцев подтверждавшему его, Перова, правдивейшие слова). Позвоню ему, скажу, завелся тут один, Макушинский разэтакий, жидомасон, предатель родины, низкопоклонник перед западом, агент империализма, сионист, троцкист, декадент и авангардист. И правильно, отвечал А. М., позвоните, скажите. У меня отец — еврей, мать — масонка, хоть ей об этом еще и не сообщили, так что я жидомасон самый подлинный, самый располинный, чистейшей воды и пробы, так и передайте Васильеву, тезке Димитрия. Почему-то антисемиты всегда Васильевы, говорил А. М. Хотя Васильевы — не всегда, наверно, антисемиты. Только половина Васильевых — антисемиты, другая половина — просто Васильевы. Был такой Сергей Васильев, отец известной нашей актрисы, автор бессмертной поэмы «Без кого на Руси жить хорошо», разглагольствовал А. М., расхаживая по залу, подходя к окну, за которым, в прорези штор, продолжали падать тихие ночные снежинки, в качающемся мерцании фонарей; не родственник вашего? Ах нет, всего лишь однофамилец. Вот я и говорю, антисемиты всегда Васильевы, хотя и не все Васильевы, к сожалению, антисемиты. Вот было бы здорово, если бы все антисемиты были Васильевы, а все Васильевы — безусловно антисемиты. Тогда наступил бы в мире хоть какой-то порядок. Потому что нет в мире порядка — и в земле нашей, как она ни богата, порядка все нет и нет, о чем так прекрасно, на все века нашей истории, написал Константинович, обожаемый нами, вообще лучше кого бы то

ни было разобравшийся в этой самой истории, заодно с гео-
графией.

*

Все же не обойтись вам без народа-то, говорил (тем временем)
Простоперов (которому надоедало, похоже, слушать бесконечные макушинские разглагольствования; как мы только тер-
пели их? сам не знаю); народ-то (как вы заметили уже) не безмолвствует. Народ кричит: да здравствует царь Димитрий
Иванович! А как завидит Димитрия Ивановича, так кричит
ему: прийди, батюшка! Прийди, свет ты наш, царевич наш
ненаглядный! Заждалась земля-то наша, соскучилась. Прийди, сокол ты наш ясный (причитал Перов, обращаясь ко мне,
Димитрию, с понятной гордостью пишет Димитрий)! Законный царь, настоящий царевич, прогони всех этих кровопийц,
охальников, безродных космополитов, басурман из Боярбюро,
нехристей окаянных, покажи им, батюшка, бабушку Лигачева.
Ох, измучили, ох, извели, еще и самозванцем тебя, отца нашего, обзывают. Это они самозванцы, а ты-то званец, ты-то
всей-землей-званец, всем-миром-желанец. Прийди, голуб-
чик (голосил Перов, пишет Димитрий), прийди, ненаглядный,
взойди на трон отцов твоих, дедов твоих и прадедов, и пра-
прадедов, и пращуров, и прапращуров, и прочих (причитал
Перов) ящеров, птеродактилей, динозавров. В общем, давай,
товарищ Димитрий, дерзай и действуй во благо мировой революции, во славу всеугнетенного пролетариата, всемарксовой
бороды, всесветной победы коммунистического труда и пруда,
во имя золотой рыбки и любви всех трудящихся, всех стражду-
щих и увечных, всех актеров, электриков, сталеваров...

*

Вы думаете, сударыня, мне сейчас весело (прерывая себя же,
пишет Димитрий)? Вы думаете, я смеюсь? Думаете, сижу, за-
ливаюсь? на стуле раскачиваюсь? Я печален, сударыня. Пе-

55

чаль, сударыня, охватывает меня; печаль, с которой я не знаю, что делать, как справиться. Вы вообще, верно, думаете, что я здесь шучу, что я здесь паясничаю, что юродствую, что лицедействую, а я вовсе не шучу, прекрасная мадмуазель, я пишу о вещах серьезных и грустных, о далеких временах, когда все начиналось, когда все, начавшись, сразу пошло не так, о временах печальных и радостных, от которых только печаль и осталась, та же печаль, наверное, с которой (в которой) я, бывало, ехал домой от Марии Львовны, когда в очередной раз сказав мне *вот*, она говорила мне *нет*, в метро пустом и шипящем, пахнувшем пылью и одиночеством, с продавленными сиденьями и всегда грязным полом, ехал долго, от станции Беляево (не Бердяево; станции Блябляево, как выражался Простоперов) до станции, скажем Кировская (еще не очистившейся до Чистых прудов), не понимая, что со мной происходит, не в силах разобраться в своих собственных чувствах, собственных мыслях, мечтая о Марии Львовне, об ее персях, ланитах, ее, также, что греха таить, стегнах, проклиная свою нерешительность, мне вообще-то не свойственную, убеждая себя, что в следующий раз все случится, не в силах не признаться себе, что я рад, что хоть в этот раз не случилось; и на другой день, в театре, смотрел на нее, на Сергея Сергеевича, на Простоперова с еще не остывшей печалью, оставшейся во мне навсегда.

*

Сергей Сергеевич, хотел бы я тут заметить (как-то надо же мне бороться с моей печалью) — Сергей Сергеевич, в отличие от Просто Перова, не щеголял, о нет, в свитерах грубой вязки; Сергей Сергеевич ходил в костюмчиках исключительно москвошвеевских, серо-советских, старивших его, как и кретинские широкие галстуки; и верхнюю пуговку рубашки под этими широкими галстуками застегивал не всегда — или даже никогда не застегивал (каковая незастегнутость верхней пуговички под галстуком казалась мне в ту пору прегрешением непростительным, грехом, которого ни Папа Римский, ни Патриарх Всея Руси не отпустят — другие грехи отпустят, чего им стоит? но этого никогда, ни за что, ни за какие коврижки, просвирки, — позором и преступлением, высшим проявлением не-пижонства, символом окружающего убожества, постылой советской жизни, непереносимой совковой действительности). До всего этого ему, Сергею Сергеевичу, ни малейшего дела не было; плевать ему было на все наше фатовство и весь наш снобизм; даже в таких костюмах, таких галстуках он выглядел замечательно, шикарно, роскошно; все равно и при всех обстоятельствах был хозяином положения, театра, сцены и мира; говорил одному, где встать, другому, как идти, третьему, какую рожу состроить; руки складывал на груди и пальцами шевелил с выражением столь, бывало, высокомерно-властительным, что все вокруг замирало, даже снежинки в окне останавливали свой лет, прекращали свой пад. Не надо, сударь, учить меня русскому языку; он мой; мое царство. Что до царства моды, сударыня, до возлюбленного вами королевства пижонства, мадам, империи щегольства, мировой монархии *крутого прикида*, то пижонами, щеголями и франтами были, повторяю, другие (юные, глупые); пижоном, причем парижским, был, разумеется, Маржерет; остроусатый Маржерет, пленявший всех Аглай и даже всех Неаглай; черноусатый Маржерет, блистательно совмещавший предводительство моей личной охраной (увы, со вздохом пишет Димитрий, в решающую минуту и она мне не помогла) с учебой в Институте русского языка для иностранцев, иноземцев, иноверцев (не иноков), каковой в ту мифологическую эпоху тоже назывался, помнится, Пушкинским (куда мне деться от тебя, Александр? куда, Сергеевич, мне от тебя убежать?) и находился… вот решительно не могу теперь вспомнить, где находился он, да и какая, в сущности, разница? Все это, сударыня, никакого значения уже не имеет (с содроганием пишет Димитрий); все эпохи закончились. А вот джинсы, мадмуазель:

джинсы всегда имеют значение, какое тысячелетие ни стояло бы на дворе. У него были джинсы такие узенькие, что ноги его определенно превращались в хворостинки, на черную зависть хворостообразному Хворостинину; джинсы исключительной линялости, сударыня, но конечно не те примитивные, грубые, убогие, от своего собственного убожества страдающие *варенки* (на полпути к валенкам), в которых являли себя миру и городу местные пацаны, шпана из электрички, пригородная урла, запускавшая их, я слышал, вместе с мелкими камешками в бетономешалку, чтобы они уж там прокрутились по всем кругам ада (были, были, мсье, и другие способы изготовления оных варенок, все же не валенок, о которых, scilicet способах, мы здесь и сейчас распространяться не будем, не отвлекайте меня и уж тем более не смейте перебивать, царевич я или нет, с новой яростью пишет Димитрий, разбрызгивая чернила по страницам своего манускрипта); — нет, мсье и мадам, даже намека не было на те варенки и валенки в великолепных джинсах Маржерета, которые носил он, к окончательному несчастию нашему, с непрерывно менявшимися пиджаками (чего никто не делал в ту пору в уже готовой провалиться Совдепии), потрясающими пиджаками, то твидовыми, то вовсе не нетвидовыми, то с зеленой искрою, то с оранжевой искоркой, то (о недостижимые вершины пижонства, о Монбланы, о Эвересты!) с кожаными заплатами на рукавах, но всегда и при всех обстоятельствах столь непохожими на москвошвеевские, что дыхание хворостообразного Хворостинина перехватывало и челюсть гнилозубого Шуйского (Муйского) отвисала; пиджаками, своей непрерывной изменчивостью оттенявшими постоянство джинсов, как смена погоды лишь подчеркивает постоянство климата, а смена режимов — неизменность державных навыков, государственных, черт бы побрал их, привычек.

*

Из них из всех я сам был главнейшим пижоном, как наверняка вы уже догадались; и особенно после того, как сурово-усатый полковник в Отделе восторженных Виз и радостной Регистрации выдал мне заветную паспортину и я, не будь дурак, отправился тут же в Стокгольм посмотреть на разные, для меня и моей истории важнейшие места и портреты, заодно и договориться со шведами, чтобы они, шведы, если что, пришли мне на помощь в борьбе за отеческий престол с захватчиком Годуновым или, если другое что, за сохранение отеческого престола в борьбе с пронырливым Шуйским, и если не все шведы, то друг мой Эрик, сын Густава (когда-нибудь все поймете); из Стокгольма же, договорившись, вернулся в чудном синем двубортном пальто, в вельветовых болотных штанах, а главное, сударыня, с рюкзаком на левом плече. Еще только появлялись тогда рюкзаки, мадмуазель, как вы, наверное, помните; не те советские *сидоры*, которые ни одному пижону и в голову не пришло бы перекинуть себе через левое плечо, даже и через правое (с которыми лишь несчастные жители уездных городков, рабочих слободок приезжали, в мечтах о докторской колбасе, в Белокаменную; выходили с Белорусского вокзала, с Киевского вокзала, Казанского вокзала на стогны первопрестольного града, шли и шли по ним, от одного пустого гастронома к другому гастроному, пустейшему, угрюмыми и все более угрюмыми толпами, сквозь которые мы, первопрестольные пижоны в наших синих длинных пальто и вельветовых джинсах, проходили как сквозь толпы теней, скопища душ, не глядя на них, не зримые ими); — нет, еще раз, мсье и мадам, даже намека не было на те сидоры в наших невероятных рюкзаках с их плотными широкими лямками, — рюкзаках, отнюдь не брезентовых, но из дотоле неведомой человечеству материи, из прорезиненного пропиэтилена, бензоэтилфосфата и протоэтилсолицила, — рюкзаках, которые только начали тогда появляться (мой был одним из первых! что значит: одним из?

мой был первым — и баста, и нечего со мной спорить) и которые ни одному тогдашнему щеголю и в голову, опять-таки, не пришло бы надеть на оба плеча. Торжественно свидетельствую, сударыня, что пижонские рюкзаки в эпоху перестройкогласности надевались только на одно плечо, причем левое. От каковой носки оно, плечо, получало тенденцию к задиранию и возвышению над правым (можете, если хотите, видеть здесь политическую аллегорию; а можете и не видеть; мне совершенно все равно, в ядовитых скобках замечает Димитрий); московского денди эпохи гласноперестройкости можно было узнать по легкому скосу плечей, скриву спины. И я был главным среди них всех, я был первым (пишет Димитрий). Я всегда был первым, как вы уже догадались. Когда я шел, сударыня, по тогда еще горькой Тверской, этак поигрывая глазами, плечами, еще никому не ведомый юноша, одинокий герой еще не написанной книги, не сыгранной пьесы, тогда девушки, барышни, барыни смотрели на меня с тем, мое великое будущее предвосхищавшим восторгом, с каким они смотрят теперь, если (что, впрочем, редко случается) я почему-либо забываю надеть или зачем-нибудь снимаю свои черные (черней души вашей) непроницаемые очки, свою длиннокозырную, бейсбольную (бей, так с болью, чего уж там?) кепку, — с той лишь (трагической) разницей, что тогда-то угадывали они мое будущее, теперь, узнавая, думают скорее о прошлом. Все ж, потрясенные, они кидаются ко мне отовсюду, из Малого Гнездниковского переулка, из Большого Гнездниковского переулка, мечтая об автографе, поцелуе, допуске к астральному телу, кунилингусе, римминге, фистинге, фейсинге, урологии. Ученость Димитрия не знает границ.

*

А ведь и вы узнали меня, сударыня? Вы давно уже догадались, кто я, не правда ли? Вы только сидите вся такая невинная, поджав губки, а сами-то вы давно уже поняли, кто я, уже млеете от восторга и ужаса. Да и как можно не узнать меня (набирая воздух в легкие, пишет Димитрий)? Кого и узнают-то у нас на Москве? Сережу Маковецкого, да Сережу Безрукова, да меня, безгрешного, хоть я, конечно, и не Сережа (с наслаждением пишет Димитрий). Так что вы повнимательнее смотрите на постаревших пижонов в черных очках, в бей-с-больных кепках с большим козырьком. Там я могу быть, под козырьком, за очками. Приходится прятаться, а то ведь пристают с автографами, как, бывает, идешь по Тверской. Как выйдешь на Тверскую, так девки на тебя и кидаются. Еще бы, это же я (с неизменным наслаждением пишет Димитрий), это же я, сударыня, как вы уже догадались, играл в девяностые годы в таких шедеврах, как «Месть Лысого» и «Возвращение Крутого», это же я потом исполнил главную роль в бессмертном лирически-эротическом триллере «Теплое тело», а после, в двухтысячных, ну, вы уже поняли, это я был доктором Матвеем Стрептококкиным, в ста пятнадцати сериях. Доктор Матвей Стрептококкин, любимец пациенток и зрительниц, незабываемый доктор Матвей Стрептококкин, одним своим появлением, со своим стетоскопом, спасающий, всех скопом, и больных, и здоровых, от самой науке неизвестных болезней, — вот он, вот же он я (с восторгом пишет Димитрий), теперь глядящий в древесные гущи, райские кущи, ровным, хотя и неразборчивым докторским почерком заполняющий страницы своей исповеди… сударыня! Вы же обожали меня, признайтесь! Вы же с ума сходили при виде моего стетоскопа! Вы же не могли дождаться вечера, чтобы посмотреть новую серию! Вы бежали к телевизору, как на первое свидание в общежитие МТПТИРИПИТИ, к белокурому студенту Валерию! А он потом вас бросил, и вы вышли замуж за чернобрового аспиранта из МПИРИРРИТИРИ, не Валерия, а, например, Валентина, но с ним тоже все не сложилось, сперва он пил, потом стал колоться, и кандидатскую забросил под старый пыльный диван, на котором целый день и лежал, плевал в потолок, и хорошо хоть, что детей у вас не было, и вы сами послали его, поддавшись родительским уговорам, к чертовой бабушке, к прабабушке Вельзевула, и вышли за хорошего человека, электронщика, с глазами такими чистыми-чистыми, честными-честными, только красными от компьютера, и денег не было ни фига, ни гроша и ни грошика, ни полушки, ни полсушки, и пришлось вам ездить в Турцию за колготками из кожзаменителя, возить оттуда огромные пластиковые сумки в квадратиках, и пытаться кому-то где-то сдать комнату, продать чью-то дачу, даже квартиру, но потом все стало налаживаться, и вы даже сами купили квартиру, у станции Братиславская, очень миленькую, в стоэтажном домике, с видом аж до Коломенского, и главное, каждый вечер был я в телевизоре, я, Матвей Стрептококкин, утешавший вас почище всякой Изауры, и даже ваш муж, электронщик, хоть и посмеивался над вами, а все же, случалось, присаживался на ручку дивана, уже икеевского, чтобы посмотреть вместе с вами триста пятую серию, своими чистыми красными глазами, хотя сам-то, в глубине честнейшей души, предпочитал меня в роли майора Иннокентия Фуражкина, которую играл я с таким мрачным блеском, да и до сих пор играю с таким зловещим огоньком, таким чертовским задором. Да, сударыня, это я, это все я, как вы уже догадались, майор МУРМУРа Иннокентий Фуражкин, из серии в серию преследующий симпатягу-авторитета, Ахмада, Абрама, Ашота, и как же мы лихо летели в прошлой серии по Бутырскому Валу (вы видели? видели?), как гнались за белым мерседесом, на котором Ашот от нас улепетывал, и вылетели на площадь перед Белорусским вокзалом, перекрыв все движение (вы же это видели? не могли не видеть, сударыня?), и как я выскочил из моего фирменного фордика (на котором езжу со второй серии: в первой еще его не придумали; фиолетового фордика, призванного оттенить мою меланхолическую мужественность), на ходу, без всякого каскадера; какой блатной развязной походочкой подошел к упавшему на руль своего мерса Ахмаду. Все кончено, Абраша, поехали в отделенье. Узнал меня? Это я, Матвей Стрептоккокин. Кто-о? Пардон, перепутал. Сиди тихо, Ашотик, не рыпайся. Я это, Иннокентий. Когда майор МУРМУРа Иннокентий Фуражкин говорит тебе сидеть тихо, то уж сиди, брат, сиди. Сидеть будешь долго. Моя коронная фраза, вошедшая в поговорку. Вы все ее знаете. Мои две коронные фразы, вошедшие в поговорку. Сиди, брат, сиди. Сидеть будешь долго. Я их сам придумал, сообщаю вам по секрету.

*

Полет моей мысли неудержим, мадам, даже и не пытайтесь его прервать. Я прерываю сам его, возвращаюсь в давние времена. Потому что все это было позже, позже, сударыня: и «Месть Гундявого», и «Шепелявый в Нью-Йорке», и я успел состариться, играя всех этих Стетоскопкиных, вам на потеху, всех этих Фуражиркиных, вам в утешение, и у меня было (если не путаю) три жены, триста тридцать три любовницы (хотите быть триста тридцать четвертой? нет, просто четвертой? поговорим об этом по окончании сеанса), но тогда, сударыня, тогда ничего не было этого; был театр (на маленькой площади); был снег и фонари под снегом; был ОВИР и первая заграница; перестройкогласность, пятнистый генсек; была девушка в оранжевой курточке, шедшая через площадь; был Сергей Сергеевич, Мария Львовна и все прочие, уже мной перечисленные персонажи; был Просто Перов (или Простоперов), говоривший мне в изысканной роли опереточного народа: прийди, прийди, батюшка, свет ты наш ненаглядный, сядь на трон свой, свет ты наш негасимый, властвуй, царствуй, насилуй нас, сколько душеньке твоей будет угодно, а мы-то уж потерпим, мы-то уж, отец родной, за тебя пострадаем, животов своих не пощадим; и я стоял там, на сцене, и думал о мертвых трупах; стоял на сцене и думал: зачем? думал: стоит ли? Стоит не стоит ли, а уже поздно было; уже все свершилось, решилось; уже Москва лежала передо мною, готовая мне отдаться; уже отступать было некуда. Москва перед нами, отступать некуда (отнюдь не смеясь, очень плача, пишет Димитрий). Уже хочешь не хочешь, а должен быть подлинным Димитрием, настоящим царевичем. А что делает настоящий царевич, когда Москва лежит перед ним и опереточный народ в лице Просто Перова говорит ему: прийди, батюшка, овладей, сядь на трон свой, свет ты наш ненасытный? Вы правы, сударыня, вы все верно поняли, ясновельможная пани: ежели так говорит ему несуществующий, но все-таки очень и очень, со своей небритостью и раздвоенным подбородком, симпатичный народ (в лице Простоперова), то — что же? — то милостиво склоняет голову настоящий царевич, уступая мольбам и крикам, шепотам, шорохам, плачу детей и сирот, скрежету шестеренок истории, как бы ни было ему все это отвратительно, как бы ни был он потрясен и несчастен. Трупы очень мертвые, отнюдь не живые, все сразу пошло не так, а делать уже нечего, отступать уже некуда, месть гундявого свершается над тобой.

*

Настоящий царевич… В том-то и беда моя (тихо пишет Димитрий), в том-то и ужас мой (еще тише пишет Димитрий), что все-таки я был не уверен. Никто ведь не знает, кто он на самом деле, и тот, кто делает вид, что знает, тот, сударыня, обманывает себя и других. Мы все обманываем и других, и себя, все ломаем комедию, все делаем вид (глупый вид, мерзкий вид), все притворяемся. Вы надеваете маску и носите ее целую долгую жизнь. Я не хотел носить эту маску, я чувствовал, как она сползает с лица моего, с моего истинного, мне самому, может быть, неведомого лица. Вот в чем ужас, сударыня (так же тихо пишет Димитрий). Что там, под этой маской? есть ли там вообще что-нибудь? Я потому, может быть, и затеял все дело, и в Польше объявился, и к Вишневецкому пошел в услужение, хоть мне это мерзко было, меня недостойно, и открылся ему, когда счел, что время созрело, минута настала, и с Мнишком связался, и с Сигизмундом встретился, и Рангони, папскому нунцию, позволил, в тайнейшей тайне, обратить себя в католичество, и рать собрал на Москву, и Днепр перешел возле Киева на лодочках восторженных киевлян, и вообще проделал все то, о чем писали и пишут бесчисленные историки, бессчетные драматурги. Может быть, поэтому, а быть может, и не поэтому. Власть? Власть, конечно, дело приятное. Приятное, ужасное, богомерзкое, беспросветно влекущее. Как вино и бабы, сударыня, только хуже. Но главное все же не в этом. Узнать бы, кто я. Понять бы, что там, под маской. Сам — и не сам, сударыня, как сказано в любимой пьесе любимого моего Константиныча. Кто из нас не чувствует, что он — сам, и все же — не сам? А кто же он — сам? Я жаждал знать, я страшился этого знания. Большое удовольствие быть сыном Ивана Грозного… Может быть, лучше быть беглым монахом? Совсем неплохо, наверное, быть беглым монахом, чернецом-расстригою, Гришкой Отрепьевым. Очень, наверное, хорошо и приятно быть Гришкой Отрепьевым, беглым расстригою. Ты знаешь, кто ты; ты снимаешь маску, ты вновь ее надеваешь. Ты сам ее снимаешь, сам надеваешь ее, по своей вольной воле. Ты знаешь, главное, что ты не сын кровавого чудища. А если ты сын его? Если вот этот монстр — твой батюшка? Вот этот, с его жидкой бородкой, червяками чувственных губ, крюком мясистого носа, его сонными убивательными глазами (или таким, по крайней мере, изобразил его хворостообразный Хворостинин, по совместительству с прочими ролями игравший роль декоратора).

*

Хворостообразный Хворостинин эту роль играл лучше прочих своих ролей, по моему нескромному мнению; за пару дней, помню, намалевал преогромный портрет, перед которым стоял я уже как бы в Кремле, или вправду в Кремле, или в Некремле, или какая-вам-разница-в-Кремле-или-в-Некремле; намалевал портрет сей, не сей лишь, в стиле russe, в стиле politburusse (о, остроумный Димитрий, уже не тихо пишет Димитрий); в стиле тех партийных парсун в кумачевых рамках, что висели тогда повсюду; а ведь и не мечтал, небось, Чебриков, да и Слюньков, поди, в сладчайших, страшнейших снах своих и не грезил о сходстве, пускай отдаленнейшем, с моим ужасным папашей. Они с площади заглядывали внутрь, завидовали. В Кремле не надо жить; в Кремле и не живут; в Кремле, под низкими сводами, задыхаются, как в могиле. Здравствуй, батюшка; вот я; сын твой, Димитрий. Он не отвечал мне. Я блудный сын твой, Димитрий. Он не снисходил до меня. Я вернулся, я покончил с твоими врагами. Молчишь? Ну, молчи. Он молчал насмешливо (пишет Димитрий). Он своим молчанием показывал, что он-то знает, сын я ему или нет, но мне не откроет этого, еще поиздевается, еще помучает, всласть помучает, поиздевается тоже всласть. Был большой затейник, мой батюшка. Если вешал человека по фамилии Овцын, то рядом вешал овцу. Чего, чего, а чувства языка и юмора у него не отнимешь. А вот Овчину-Оболенского, посмевшего, прости, друг Басманов, обвинить твоего батюшку в сожительстве с моим, говорил я печальному Пете (пишет Димитрий), — Овчину этого Оболенского позвал на пир свой опричный, огромную чашу вина ему подал да приказал одним духом выпить. Тебе твой-то батюшка об этом, поди, не рассказывал? Нет, не успел. И мне мой не успел рассказать. Да и не рассказал бы. А кто ж рассказал-то? А добрые люди сказывали, добрые люди обожают рассказывать про чужие злодейства. Позвал, значит, мой батюшка по доносу твоего батюшки, говорил я Басманову, этого самого Овчину-Оболенского на пир свой опричный да и прикажи ему выпить одним духом полную чашу. Тот не сдюжил, не выпил. Так-то, сказал ему мой батюшка, говорил я Басманову (пишет Димитрий), так-то служишь ты своему государю. Вот и отправляйся в погреб, там питья много, напьешься за мое здоровье. Ступай, мол, в застенок к Малюте. В застенке его и прикончили. А на другой день, такой затейник, посылает мой батюшка слуг своих в дом Овчины звать его на свой пир, а жена-то, уже вдова, говорит, как же так, мол, он к царю-батюшке еще вчера, мол, отправился. Ох, хохоту было, ох, и потешались тут наши папаши, говорил я Басманову (пишет Димитрий).

А вот и мой дедушка, Василий, соответственно, Третий; Хворостинин, хитрец такой, нарисовал его хоть и в стиле politburusse, в стиле parteigenusse, но законченным греком, истинным сыном Софии Палеолог (моей прабабушки, коварнейшей византийки) — с вываливающимися маслинами глаз, загогулиной ориентального носа, густо-курчавою бородою — каковую бороду он, кстати, сбрил (неслыханное дело!) уже взрослым дядькой, увлекшись Еленой Глинской, Еленой Польской, Прекрасной Польской Еленой, моей бабушкой, в рассуждении коварства и хитрости не отстававшей от прабабушки моей, своей свекрови, с которой ей, впрочем, уже не довелось познакомиться на земле. Все мы любим младых полячек, все мы сыновья Будрыса. Неправда и еще раз неправда, сударыня, я не любил холодную, аки гелий, Марину, что бы ни рассказывал обо мне А. С. Пушкин; а вот мой дедушка, похоже, и вправду увлечен был своею полячкой. О, я знаю, мадам, ему нужен был наследник, еще бы, он уже мечтал произвести на свет монстра, моего батюшку; для того и развелся с первой женой своей, Соломонией несчастной Сабуровой, матерью разбойника Кудеяра. Ах, вы не верите, что она была матерью Кудеяра, мадам? Вы считаете это благородной легендой, прекрасным вымыслом и возвышенным мифом? Считайте, что вам угодно, думайте, что хотите. А я думаю о том, как он сбривал свою бороду, ухаживая за Прекрасной Польской Еленой, мой дедушка; и как пустился подражать тогдашним московским щеголям, которые, не в пример (или, наоборот, в пример?) нам с вами, тоже пижонам, имели обыкновение навешивать на себя ожерелья и пуговицы (что за пуговицы такие, хотел бы я знать?), на каждом пальце носили по перстню, благовониями мазались, щеки румянили, глазами подмигивали, ногами дрыгали и пальцы (в перстнях) особенным образом расставляли (мизинец, что ли, отодвигали от всех остальных? или средний с указательным отделяли от безымянного?). А когда добился своего, женился на Елене Прекрасной, будущей маме монстра, моего батюшки, что же, бороду снова отрастил, отпустил? Вот вопрос, на который должны были бы ответить историки, а не болтать о всяком там служилом сословии. Отпустил, я уверен; отрастил, нет сомнений. Они были все бородатые, мои предки; все, как один; бородатые страшные дядьки. Бородатые против бритых — вот (с важным видом пишет Димитрий) величайший конфликт трагической нашей истории. Я был первым бритым, предтечей Петра и Павла (Петра — во многом, но и Павла, увы, кое в чем). Мне трудно было; мне по-прежнему тяжело. Они смотрели на меня с осуждением, с негодованием, со своих партийных парсун — и дед, и прадед, собиратель русских земель, и — самый страшный, в черной маске — мой пращур, Василий Темный, Кровавый Слепец. У него глаз не было, но все-таки он смотрел. Я видел, что он меня видит. Я стоял на сцене среди этих косматых чудищ, как маленький мальчик, заблудившийся в собственных снах. Их становилось все больше — вот и Калита, вот и Дмитрий Донской, — они двигались, на меня надвигались. Они вырастали, я съеживался. Что общего у меня с ними? Как мне в голову могло прийти встать в их ряд, с ними рядом? Я впервые понял, может быть, на что отважился, на что покусился. Я не привык бояться; я отказывался бояться. Я все-таки испугался; в первый раз в жизни (в финале будет второй).

*

Не хочу писать о своем страхе, ненавижу свой страх; поговорим уж лучше о прекрасных полячках, о не-полячках, прекрасных не менее. Мой дедушка влюблен был в свою Елену

68

(как я не влюблен был в Марину) и в мечтах о наследнике развелся с несчастной Соломонией (дело по тем временам столь же неслыханное, невиданное и преступное, как сбривание великокняжеской бороды, расставление великокняжеских пальцев); дело неслыханное, но идея блистательная, главное — глубоко гуманная, впоследствии так прекрасно развитая моим батюшкой, тоже, по мере возможности, не убивавшим своих бессчетных жен, всех этих Темрюковных и Собакиных, но просто-напросто отправлявшим их в монастырь, чтоб уж они там всласть помолились за грешную его душу (а потому и в моей грешной душе, в ее дальнем углу, дальнем угличе, уже, признаюсь вам, намечалась мыслишка о разводе, неизбежно следующим за свадьбой: если прародителям моим было можно, то мне почему же нельзя? — так я думал, признаюсь вам, всматриваясь в их, прародителей, бородатые лица, косматые лики; если дед мой развелся с русской ради полячки, то почему бы и мне когда-нибудь не развестись с полячкой ради… еще сам не знал я ради кого; так что пусть, я думал, она приезжает из своей Польши, холодная, как гелий, Марина; а там посмотрим; я не боюсь ее; как не боюсь и старого Мнишка, которому наврал с три короба, наобещал с три комода). Они все любили жениться-пережениться, мои прародители; уже великий прадед мой, собиратель земель русских, был женат на двоих — он-то, впрочем, прибег-таки к яду, чтобы избавиться от первой ради второй; или не прибег; или кто-то прибег, предупреждая его желания… поди теперь разбери; не сомневаюсь в его способностях в смысле отравления неугодных жен, отслуживших слуг, посмевших что-нибудь крамольное провякать придворных. Он на портрете был грозен, не менее Грозного: Иван Великий, собиратель русских земель, в своей меховой, мономаховой шапке, со своими тоже выпученными, выкаченными глазами; глазищами; со своей доадамовой бородою; московские барыни, тем более барышни просто падали все подряд в обморок при его появлении. И да, сударыня, я думаю, он все-таки отравил свою первую жену, Марию Тверитянку (мою не-прабабушку; а жаль; предпочел бы происходить от нее), на которой женил его, Ивана, его, соответственно, батюшка, Василий, соответственно, Темный (вот он, вот он, Кровавый Слепец; как страшно все-таки смотреть на него), потому что ему, Василию (вот он, но я не смотрю) нужен был союз с тверским князем в борьбе с Шемякой, моим тезкой, моим любимцем, вот и Шемяка. Шемяка был прекрасен на партийной парсуне, наскоро написанной Хворостининым; был похож на меня и уже потому, понятное дело, прекрасен. Мы все, Димитрии, друг на друга втайне похожи (с удовольствием пишет Димитрий). На меня и на своего великого дедушку, Димитрия, как вы уже догадались, Донского, был похож он на этой парсуне, на скорую, но легкую руку намалеванной лихим Хворостининым. Мы все, Димитрии, — потомки Донского; во всех течет благородная кровь.

*

О, конечно, сударыня, согласен с вами, Шемяка, любимец мой, не очень хорошо поступил, ослепив моего пращура, Василия-потому-то-и-Темного, затем сослав его в Углич (они там все и всех ссылали по возможности в Углич, страшный угол нашей истории), но ведь Василий первый начал, ослепив Шемякиного брата, тоже Василия, не Темного, а Косого. Ослепив его, заточив, продержав в темнице черт знает сколько лет. А где была эта темница? А все в том же Кремле, сударыня, только вы не видывали ее, еще бы, когда в детстве водили вас в Кремль на патриотически-педагогическую прогулку, а я-то, стоя перед косматыми, не мог не думать, что она здесь рядом, эта темница, и если не эта, так другая, не тот подвал, так другой, что вот здесь их всех держали, томили, пытали: и Василия Косого, и Димитрия Внука, другого моего тезку, еще одного героя моих мифов и снов… В России, мсье, темница всегда где-то рядом, тюрьма за углом и пыточный подвал под ногами, прости-

70

те мне сей трюизм. Увы, не удалось им — ни Василию Косому, ни Димитрию Шемяке, ни их батюшке, Юрию Галицкому, он же Звенигородский, — не удалось им удержаться в многоглавой Москве. Они ее захватывали, эту Москву (со всеми ее темницами, ее теремами), начинали княжить в ней (со всеми монастырями и всеми кабаками ее) — а потом срывалось что-то, не получалось, не поддавалась Москва им, призывала, вновь и вновь, Василия Еще-не-Темного, Затем-уже-Темного, Кровавого Слепца в черной маске, наслаждаясь злодейством, отдаваясь тиранству; и все всегда крушилось, все рушилось; и что же теперь кручиниться? Не принимает нас, волков вольных, Москва; предпочитает нам кровавых слепцов. Я только одного не пойму, о Шемяка! Одного лишь, о возлюбленный мой Шемяка, не пойму и никак не пойму я. Как мог ты, Шемяка, волк вольный, герой мой, взять на службу к себе повара по кличке Поганка? Повар Поганка; подумай! Чего и ждать от повара Поганки, если не отравленной курицы? Еще бы не подкупил его Темный, чтоб уж и вправду покончить с тобою, заодно и с нашей свободой… *Зелие в куряти* (как гласит многоумная летопись). Зелие (еще раз) в куряти! Да такому Поганке ни поганок, ни мухоморов не надо. От повара Поганки к грибу Ленину — вот он, светлый путь нашей славной истории… Прости, брат Дмитрий, отвечает Шемяка; не соображу даже, о чем ты.

*

А вы, сударь, я вижу, уже готовы спросить меня о диагнозе (моем, не Шемякином). Уже, я вижу, вспоминаете вы бессмертных шизофреников (которые вяжут веники), не менее бессмертных параноиков (пишущих нолики). Вы, верно, думаете, по глазам чувствую, что я сумасшедший, что я псих ненормальный, что сижу в психушке, в Кащенке, в Кощеевом логове, что это больничный садик у меня за окошком, что придут сейчас санитары, медбратья, медсестры, медкузины и медплемянники, что вколют мне амитриптилин с димедролом, аминазин с тазепамом, и тогда будет тихо, и вы сможете наконец пойти по своим делам, вернуться к своей мирной, ничтожной жизни. Вы никогда не вернетесь к вашей ничтожной жизни, прочитав мою исповедь, мое бесподобное сочинение; никогда, никогда. А впрочем, думайте что хотите (улыбаясь деревьям, пишет Димитрий). Что хотите, думайте; не думайте только, что я стану вам что-то доказывать. Царевич я или нет? Настоящий царевич никому ничего не доказывает. Это самозванцы доказывают, пыжатся. Настоящий царевич стоит на сцене, среди партийных парсун, косматых чудищ, бросая им вызов, побеждая свой страх. Мы еще поборемся, мерзкие маски, еще посмотрим, кто с кем справится, проклятые предки. Проклятых предков *кровопивственный род*, по очень точному выражению князя Курбского, одного из моих предшественников, моих тайных прообразов… Они по-прежнему двигались, на меня надвигались. Их становилось все больше (по замечательному замыслу Сергея Сергеевича), они сами становились все больше (все косматей, все волосатей), они наезжали на меня, они уже готовились закрыть от меня зал и свет — но я их уже не боялся, я (по замечательному замыслу Сергея Сергеевича) останавливал их движение, на-меня-надвигание — простым, легким, почти небрежным взмахом руки. Еще мы с вами поборемся, бородатые, еще поглядим, пучеглазые. И они уже склонялись передо мною. Они сами — нет, но уже из-за них высовывались, уже вылезали, уже лебезили передо мною все эти Шуйские, Муйские, Мстиславские, Воротынские, уже говорили мне: государь-батюшка, свет ты наш, подражая народу, и снова прятались, и опять вылезали из-за портретов, как будто из-за портьер, так что и портреты начинали на колосниках своих колебаться, колыхаться, почти… да, почти склоняться передо мною, а Муйские, Шуйские все продолжали угодничать, расшаркиваться, размазываться, уже злоумышляя, уже, в душе, куя свои козни, мечтая о мятежах… Вот, сударь мой, как ведет себя настоящий царевич (а вы — аминазин, аминазин…), и даже если втайне сомневается он, что он — настоящий, то никому никогда не показывает он своих сомнений, не открывает он своей тайны; он милостиво, сударыня, принимает подлые поклоны придворных, как бы ни мерзило ему их раболепье, ни мерзили ему они сами, высокомерные холопы, ненавистники свободы, обожатели своих дач, своих *спецпайков*, своих *членовозов* (вы же помните это прекрасное слово, моя прекрасная леди? не забывайте его, умоляю, храните его, вместе с Чебриковым, в святая святых вашей памяти и души).

*

А что, если я выдумал все это? Что, если я выдумал, вам на радость и на потеху: и этого психа в Кащенке, и этого лицедея, начинавшего паясничать в скромной студии, в центре Москвы, в благословенную, уже почти позабытую всеми вами и всеми нами, гласноперестроечную эпоху? Что, если я и в желтом доме не сидел, и в «Смерти Рогатого», и даже в «Мести Горбатого» не снимался, и в «Похождениях Плешивого», «Возвращении Вшивого» не играл, и Стрептофуражкиным не был, и главнейшей роли в бессмертном боевике «Трупешник в загашнике» не исполнял никогда? Что, если… что, если… о, что, если я и в самом деле Димитрий? А? (с восторгом пишет Димитрий). Как вам такая мысль? такая мыслишка? такая мыслишечка? Мыслишечка хоть куда, хоть сюда. Вот вы, сударь, такую возможность допустить, конечно, не можете, а вы сударыня, по глазам вижу, каким-то краешком души допускаете. Ну, самым крайним краешком, самым угловым уголком. Угличем души вашей, мадам. Больничный садик? Да нет же, райские кущи. Это райские кущи, пущи и чащи у меня за окном, и я сижу здесь, вечный Димитрий, записывая для вас, моя вечная читательница, слушательница, мою вечную, хотя и трагическую, историю. Ведь все, что происходит, происходит всегда. Все, что однажды произошло, происходит снова и снова (о, Фридрих!). Все, что произошло, повторяется в вечности, сохраняется в точности. Однажды был Димитрий, но есть (всегда есть, навсегда есть) идея Димитрия, эйдос Димитрия (о, Аристокл!), есть (как его?) архетип (о, Карл! о, Густав!) Димитрия. И это я, сударыня, это я. Это я взираю на вас с заоблачных высей, с небосклона неизменных образчиков земной и призрачной жизни. Вы не верите? Очень зря вы не верите. Вы поверьте, попробуйте, постарайтесь. У вас получится, если вы постараетесь. Здесь в раю вообще здорово, уж поверьте. Во-первых, кормят отлично, амврозией чистейшей воды. Во-вторых, пишешь, пишешь, потом, хлебнув нектарчику, отложишь писание, пойдешь на прогулку — кто тебе только не встретится в тиши благоухающих рощ, то один Фридрих (знаток вечного возвращения, угадавший самое главное; усы его так нежно развеваются в дуновениях эфира, он же зефир), то другой Фридрих (тоже угадавший важнейшее, понявший тебя лучше всех). А как завижу Алексея Константиновича, любимого моего, так прямо ликую душой. А уж он как радуется, прямо любо-дорого смотреть. Вообще любо-дорого смотреть на него, Константиныча. Всегда так вальяжно прогуливается он по Эдемскому саду, по его прозрачным аллеям, сквозящим вечновесенней листвой; так вальяжно, спокойно проходит, в своем нетленного шитья сюртуке, руки заложив за широкую спину, что даже, бывает, ангелы умолкают, райские птицы садятся ему на плечи, львы ласкаются, леопарды жаждут внимания. Здравствуй, говорю, Константиныч. А он мне: здравствуйте, ваше величество! Не надо, говорю, никакого величества, зови меня просто Митей. Спасибо тебе, говорю, Константиныч, что вывел на сцену этого Гришку, этого Отрепьева, ничтожного пьяницу. А меня-то вывел каким таинственным молодцом, как я вдруг там появляюсь среди славных разбойничков, удалых душегубцев, у дяди Хлопко-Косолапа, даже не понятно, это я или нет, как таинственно вдруг исчезаю… На всю вечность благодарен я Константинычу за попытку спасти мое доброе имя. Увы, уже не справиться ему было с Сергеичем. С Сергеичем вообще не поспоришь. Поспоришь, не поспоришь, а какое все-таки счастье посидеть с Сергеичем под Древом Познания, в его благосклонной тени, в ласковом обществе прирученного Змия, тоже при случае принимающего участие в просвещенной беседе нашей. Не могу не отдать должное душевному такту Сергеича. Всякий раз с извинений за проклятого Гришку начинает он просвещенную нашу беседу. Что делать, государь батюшка, Димитрий Иванович, попутал меня Карамзин, говорит Сергеич, легким взмахом всегда ухоженной, с необыкновенными ногтями, руки указывая на робко подходящего к нам Михалыча. Попутал, что ж тут поделаешь? Да и все вокруг: Гришка, Гришка… А признайся, говорит Сергеич, что ведь и я вывел тебя молодцом! Ты у меня (будь не во гнев) и вор, а молодец. Не стоит, говорю, Сергеич, теперь раскаиваться, сетовать и скорбеть, посмотри лучше на Фридриха, вот он идет к нам, под руку с прекрасным Проспером (Мериме, как вы уже поняли). Фридрих (не во гнев тебе), говорю я Сергеичу, что-то понял важнейшее про меня; жаль только, не дописал до конца своей пьесы. Проклятая чахотка, говорит Фридрих, присаживаясь. Но я очень старался, Majestät, вы знаете сами. Я до самых последних деньков, последних часиков своей краткой жизни писал о вас, ваше величество, Zar aller Reußen, все надеялся дописать до конца. Уже у меня все органы отказывали — и легкие, и печень, и селезенка, — так что коллеги мои по лекарской части потом прямо диву давались, когда делали вскрытие, а я все писал и писал, все надеялся открыть миру то, что мне самому открылось в предсмертных моих видениях, или, может быть, Majestät, то, что вы соизволили открыть мне в предсмертном моем бреду. Вам, немчинам, говорит на это язвительный Константиныч, вообще не следовало бы браться за нашего возлюбленного Димитрия, всегда вы умираете, не дописав до конца, вот и Геббель, твой тезка, почти уже справился, дошел аж до середины пятого акта, а все-таки глубокоуважаемый Змий (с поклоном в сторону Змия говорит Константиныч) забрал его с зеленой земли, далекой звезды. Пришлось (говорит Змий). Что поделаешь, служба такая.

*

Геббель — бог с ним. Геббель — скучняга. А вот о Шиллере, в самом деле, обожал разглагольствовать Макушинский, расхаживая по залу, в то далекое гласно-перестроечное время, когда я начинал лицедействовать. Вы ведь все равно не верите, сударь, что я вправду Димитрий (издевательски пишет Димитрий). И вы, сударыня, если верите в это, то лишь самым крайним краешком бессмертной вашей души. Да и как вам поверить в это? как вам жить с этой верой? Вопросы веры, как я уже имел удовольствие говорить вам, самые сложные в мире. Что станется с вашей бессмысленной жизнью, мадмуазель, если вы вдруг в это поверите? Мне жаль вас (пишет Димитрий, чувствуя, как внезапные слезы подступают к его глазам, удивляясь себе самому). Ради вас, сударыня, я готов лицедействовать дальше, паясничать и скоморошничать дальше. Продолжайте думать, что был театр, где когда-то мы собирались, была площадь за окнами, был снег за окнами, была девушка, идущая через площадь, был А. Макушинский (зануда), в снежном свете разглагольствовавший о Шиллере.

*

Шиллер, следует сказать правду, не справился с поставленною задачей, разглагольствовал Макушинский (пишет Димитрий); история и Россия этого Шиллеру не простят никогда. Вот если бы справился Шиллер с поставленною задачей, если бы написал Шиллер ту отличнейшую, отменнейшую пьесу о Димитрии, которую начал писать, если бы шла эта пьеса во всех театрах всей просвещенной Европы, то поняла бы нас, наконец, просвещенная-то Европа, то главная загадка нашей несчастной родины была бы разгадана, ее величайшая тайна раскрыта, ее лучший, заветнейший миф вошел бы в храм и хранилище,

в казну и копилку мифов европейских и человеческих, и все
знали бы, все человечество, все школьницы в Дублине, все дет-
садовцы в Лиссабоне, что у немцев есть Фауст, у англичан —
Гамлет, у испанцев — дон Жуан с дон Кихотом, а у русских —
кто? — у русских Димитрий, трагический царевич, истинный
самозванец, и вся наша история, вся наша жизнь сложилась
бы по-другому, кто знает? не так ужасно, не так беспросветно.
Вот какая ответственность лежала на Фридрихе, по его, макушинскому, мнению. Но подвел нас Фридрих, не сдюжил Фридрих, не совладал Фридрих с нашими архетипами. В общем, на
вечный русский вопрос «что делать?» ответа как не было, так
и нет, а вот на вечный русский вопрос «кто виноват?» ответить
легко. Виноват — Шиллер.

*

У Шиллера, разглагольствовал далее Макушинский, дождав-
шись, чтобы отхохотал Басманов, отсмеялась Мария Львовна:
у Шиллера Димитрий твердо верит, еще раз, что он — Димитрий, и покуда верит в это, все ему удается, все за него —
и люди, и судьба, и сама эта вера делает его благородным, добрым, счастливым. Все меняется, когда уже в Туле, перед самой
встречей его с матерью, Марией Нагой, монахиней Марфой,
появляется некто Икс, fabricator doli, как Шиллер его называет
в дошедших до нас набросках; некто Икс, открывающий царевичу тайну его судьбы. — В Туле, сударыня; подумайте только!
Ну да, там и до Ясной Поляны недалеко. А Толстого Льва мы
любим; хотя Константиновича, не могу не заметить еще раз,
любим больше, сильнее, страстнее. Я был в Туле, кто ж спорит?
Я дожидался в Туле, чтобы случилось все то чудовищное, что
случается в финале Б. Г. (втайне надеясь, что оно не случится;
понимая, что не случиться не может); но что я там встретился
с Марией, она же Марфа, Нагой, а перед тем — еще и с неким
Икс, создателем моей судьбы, фабрикатором моей доли, — все
это, скажу я вам, беспардонные выдумки. Торопился, похоже,

наш Фридрих, сочиняя, наперегонки со смертью, свой феноменальный фрагмент (оцените мои аллитерации, мадмуазель); не удосужился и на карту взглянуть; не подумал, наверное, что трудновато все-таки инокине Марфе, едущей в Москву с Белого озера (которое иногда он путает с Белым морем), оказаться так далеко к югу от Первопрестольной. Я ему так и говорю при случае, когда здесь встречаюсь с ним, в эдемских садах. Хоть бы ты, говорю, Фридрих, на карту взглянуть удосужился. Простите, говорит, Majestät, недоглядел, оплошал. Впрочем, что ему география? Он и с историей-то обращался по-свойски. У него и Жанна д'Арк патетически погибает не на костре, а в бою с английско-фашистскими захватчиками, разорвав все оковы и цепи благодаря прямому божественному вмешательству, с громадным знаменем в девически-тонкой руке. Зато костер, большой-пребольшой, пожар пожарович, разводит он в Угличе. В этом пожаре будто бы и погибает настоящий Zarowitsch. Именно так — Zarowitsch (на протяжении всей рукописи, всех, дошедших до нас черновиков и набросков). И вот этого я уже простить ему не могу (с отвращением пишет Димитрий). Неужели русские, с которыми встречался он в своем Веймаре, произносили царёвич (с непреходящим отвращением пишет Димитрий)? Царёвич! Подумайте только — царёвич! Нет, сударыня, нет, нет и нет. Никогда никаким царёвичем я не был, не мог быть. Царевич я. Довольно. Стыдно мне. Пожар, короче, разводит он в Угличе, пожар пожарович, большой-пребольшой; царёвич будто бы в пожаре этом и погибает (туда и дорога; только царевич, сударыня, без всякого ё, должен жить, должен действовать, побеждать, разрывать все оковы, всходить на трон предков; если гибнуть, то гибнуть геройски, как самая орлеанская дева); сына же гипотетического слуги, участника царёвичевых детских игр (экзекуции снеговиков), похищает вышеупомянутый Икс, тоже совершенно гипотетический, чтобы впоследствии выдать его за, опять же, царёвича.

*

Еще раз (если кто не понял): было два мальчика, сын слуги и настоящий (писать противно) царёвич; еще был некто Икс, подосланный Борисом Годуновым, чтобы убить будущего соперника в борьбе за престол. Убить-то он убил, но сына слуги прихватил с собою, убегая из Углича; не сомневался хитрец, что Борис и его попробует уничтожить; готовил оружие против тирана, месть кровавому деспоту.

*

Все это уже очень сильно отзывается авантюрным романом, разглагольствовал, помнится, Макушинский, расхаживая по проходу между рядами, потом поднимаясь на стоптанную черную сцену, всего одной ступенькой отделенную от крошечного нашего зальчика, вечность назад; впрочем, вся история Димитрия, в любой ее обработке, отзывается авантюрным романом; почему не признать, что это один из лучших авантюрных романов на свете, достойный занять почетное и самое почетное место в славной серии «Библиотека приключений», которой наслаждались мы в нашем советском детстве, если вы еще помните (разглагольствовал Макушинский). Мы помнили, мы молчали. В зимнем, очень солнечном, свете, падавшем из освобожденных окон, нагое лицо Марии Львовны казалось мерцающим пятном, куском белого блеска. Я закрывал глаза, я вновь открывал их. Я видел этот блеск, этот свет, это сиянье, мерцанье, молчанье. Я почти не слушал, помнится мне, Макушинского. Этот Икс куда-то девается (продолжал тем временем разглагольствовать Макушинский); бедный Фридрих, похоже, так и не придумал куда, впопыхах; прежде чем куда-то деться, отдает мальчика в монастырь; из монастыря тот бежит; оказывается (непонятно почему, неизвестно как) в Польше. Он все забыл; он не знает, кто он такой. В Польше авантюрный роман становится все авантюрнее (как в Польше обычно и происходит); чуть ли не казнить его собираются за то, что он, простой слуга, посмел глаза поднять на Марину Мнишек, дочь своего господина, даже, совсем осмелев, ненароком прикончил какого-то ее ухажера, возмущенного столь наглым его поведением; тут обнаруживают на нем драгоценный крест, который носил он с детства; тут же, очень кстати, появляются приезжие русские, узнающие в нем царевича (или все же царёвича?); заодно уж он предъявляет пораженным полякам псалтырь с греческой записью, повествующей об его невероятном происхождении… Все это выдумки; важно другое. Важно (пишет Димитрий), что он сразу же себя узнает, себя сознает. Он был сам себе чужд; он обретает себя. Не крест с псалтырью и не случайные русские убедили его в том, что он — он, но та внутренняя вера, тот внутренний голос, то биение сердца, без которых ничего не стоят все наши слова и поступки (с содроганием пишет Димитрий). Загадка его судьбы разгадана (или так ему кажется); завеса падает с глаз его; воспоминания оживают в нем: в глубочайшей глубине, в самой дальней дали его прошлого. Они загораются там, в самой дальней дали его прошлого, как башни в последних золотых лучах солнца; он видит пожар — и видит побег: пожар, разведенный Фридрихом в Угличе, — и свой побег оттуда вместе с таинственным Иксом; и после этого уже не сомневается в том, что он — он; уже твердо, биением сердца, верит, что загадка его жизни разгадана; и эта вера ведет его за руку; и приводит в Тулу, где он должен встретиться с Марией Нагой (что все-таки очень смешно, разглагольствовал, помнится, Макушинский, размахивая руками, протирая очки) — и где вдруг снова (непонятно почему, зачем и откуда) появляется таинственный Икс (а в авантюрных романах только так и бывает, в «Библиотеке приключений» по-другому и быть не может), чтобы открыть ему истину, рассказать ему правду. Он всего лишь сын слуги, не сын Иоанна… Все оказывается обманом, ошибкой. Обнаженная истина отменяет обман. Провозглашенная правда разоблачает ошибку. Ярость обманутого безмерна. Его гнев, его отчаяние понятны. В ярости, гневе, отчаянии убивает он своего обманщика, своего спасителя, убийцу своего прототипа. У Фридриха (разглагольствовал, размахивая руками, А. М.) персонажи вообще чуть что хватаются за кинжал (Dolch) и этим кинжалом закалывают (erdolchen) или кого-нибудь другого, или себя самих. Самого себя он отнюдь не закалывает; от своих замыслов не отрекается; начинает сам обманывать мир. Мир обманешь, а судьбу не обманешь. Судьба теперь против него; его гибель предрешена. И когда встречается он с Марией Нагой, монахиней Марфой, то уж она ни на секунду, ни на секундочку, ни на мгновеньице не верит, что он — это он, что он — ее сын, да он и не пытается ее убедить в этом, скорее пытается убедить ее принять участие в обмане и заговоре, и это удается ему… поначалу. Судьба-то от него отвернулась, звезды встали иначе, колесо Фортуны закрутилось быстрее.

*

Все было не так, сударыня; все было совершенно и в высшей степени, сударь, не так; я непременно расскажу вам, как — было… Позвольте мне для начала проронить пару ученых слов о fabricator'е doli. Fabricator doli: выражение восходит к Вергилию; Макушинский, очкастый зануда, ходивший в университет учить латынь, учить древнегреческий, с важным видом, поглядывая то на Марию Львовну, то на Простоперова, цитировал строки из «Энеиды», повествующие о деревянном коне, в котором, как все мы знаем с первого класса, первого куна, коварные греки проникли в несчастную Трою, чтобы радостно перерезать простодушных обитателей оной, приволокших в свой город этакое диво — деревянный конь, посмотри-ка, Приам! полюбуйся, Гекуба! — как их ни отговаривали Кассандра с Лаокооном. При дружественном молчании луны, per amica silentia lunae (мечтательно-вкрадчиво, чуть не облизываясь, выговаривал Макушинский) выбрались из своего убежища коварные греки — среди них Менелай с мечтой об Елене, Улисс с мечтою о Молли Блюм, а также некто Эпей (не Эней!), коня-то как раз и смастеривший, fabricator doli, строитель засады. Dolus, doli, masculinum (облизываясь от счастья, возглашал Макушинский) — это значит по-латыни: уловка, хитрость, обман, надувательство, проделка, афера, блеф, шахер-махер, мистификация, туфта, лажа и липа. Dolus не значит: доля; но теперь будет значить. Латинский dolus, как и русская доля, ведут к немецкому Dolch; мир соткан из созвучий, сударыня. Доля нам подходит (возглашал Макушинский); доля, судьба, удел, участь, жребий, планида. Все эти слова нам подходят; но мы, конечно, не назовем его Иксом. Зачем нам называть его Иксом, когда во всех польских источниках, которые он, Макушинский, изучал очень тщательно (может, кто не изучал, а он изучал), его зовут Симоном. Не Семеном, а Симоном, как волхва. Он и был, по-видимому, по-своему, волхв. Он также был врач; он был влах (а это, разглагольствовал Макушинский, могло значить в ту пору почти что угодно; скорее всего, он был итальянец); и уж конечно, никакой Годунов не подсылал его убийцей к царевичу и ни в какой Туле не появлялся он (неизвестно почему и откуда) со своими разоблачительными откровениями (все это выдумки умиравшего Фридриха, достойные «Библиотеки приключений»), но он сам внезапно умер задолго до начала нашего действия, успев спасти царевича, подменив его в самом деле, сыном безымянного слуги, или безымянной служанки, или вообще каким-то другим мальчиком (мало ли их там бегало в Угличе?), успев его воспитать (где-то на берегу *Ледовитого моря*, как говорит один польский источник, которого мы-то не читали, а он-то, Макушинский, прочел), но уже не увидев, не застав ни его взлета, ни его, к несчастью, падения. Иначе снова спас бы его. И это все, что мы знаем. Мы не знаем, история не сообщает, и он, Макушинский, еще не придумал, кто был этот человек, какой он был, как он выглядел, где он умер. История (не вообще история, но наша история, история, которую он пытается рассказать, а мы попытаемся разыграть на сцене и в лицах): эта история, она же истина, открывается ему понемногу, по частям и кусочкам. Он кое-что уже знает, а кое-что даже ему, Макушинскому (разглагольствовал Макушинский) еще не ведомо; скоро будет ведомо все; тогда-то он и пьесу допишет.

*

Зато мне все ведомо: и я обязательно (я ведь уже обещал) расскажу вам (и кем он был, и как дело было): так же честно расскажу вам, как потом рассказывал Ксении, во мраке московской ночи, прислушиваясь к далекому грохоту города (и как же она меня слушала!). Но пока еще не было Ксении; была только Мария очаровательная по-прежнему Львовна; Марина, холодная, аки гелий; была Москва, ночная и дневная, все более странная, куда уже устремлялись, чуя грядущие бунты, великую смуту и большую замятню, разнообразные громилы, верзилы, головорезы и просто мазурики; где восхищенные жители Стрелецкой слободы, Китай-города, Скородома и города Земляного, впервые прослышав, что в их чудесной стране, сиречь в их стране чудес, секс все-таки есть, глаз не могли отвести от какой-то маленькой, но верной своему призванию Веры, вновь и вновь, на сеансах дневных и вечерних, в кинотеатрах Художественных и Маловысокохудожественных, заодно и с экранов их заветных, обожаемых телевизоров, к которым в ту пору они принялись подсоединять всяческие видики, видаки и видяшники (видюнчики, видюдяшнички) — вновь и вновь, следовательно (с неизменным наслаждением пишет Димитрий), показывавшей им, жителям Скородома и Мясников, что секс не только есть в их чудесной стране, но что ежели доходит дело до этого самого секса, то, скажем, барышня, боярышня, красна девица может оседлать своего громилу, верзилу наподобие эллинской амазонки, или уж как ее там (вот тебе и Гекуба, вот тебе и Менелай с Молли Блюм), о чем, похоже, насельники Стрелецкой слободы до сих пор тоже не слыхивали, отчего, видяшник с телевизором выключив, сейчас же пускались оприходовать своих стрельчих в свете только что полученных указаний партии и правительства, инструкций горкома, резолюций опричного комитета, — но стрельчихи не всегда им давались, сударыня, я вынужден сообщить вам, — стрельчихи, презрев Лаокоона с Кассандрою, стремились вновь включить заветный свой телевизор, откуда пронзительными глазами смотрели на них то ведьмак Чумак, то ведун Кашпировский, заряжавшие своей пассионарной энергией всю их воду в заранее припасенных бадьях, и квас в бочках, и сбитень и медовуху в заранее заготовленных жбанах, и посылали им пассы и давали им установку, — такую (с наслаждением пишет Димитрий) давали им установку, какая и в страшном сне не снилась всяким там вертлявым маленьким Верам, так что если уж устанавливались они, после просмотра, на своих стрельцах и пищальниках, то уж так устанавливались, что и сами пищальники начинали пищать о пощаде, обещали им новый телевизор, новый жбан, новую жизнь; — была, еще раз, вокруг нас и нашей маленькой площади, эта все более удивительная, все более буйственная Москва, и почти в Москве, прямо рядом с Москвою, было (есть по-прежнему) таинственное Тайнинское, где, как любил и обожал рассказывать нам, расхаживая по проходу между кресел, невыносимый в занудстве своем Макушинский, — где (а вовсе не в Туле! что за глупости, честное слово…) уже взошедший на трон своих (или не своих) отцов, пращуров, ящеров Димитрий (пишет Димитрий) встретился (вправду ведь встретился!) со своей (или не своей) матерью Марией Нагой, в монашестве Марфой, вызванной им в столицу из далекого северного монастыря, точно неизвестно какого, на Белом ли, не на Белом ли озере, и уж не на Белом ли море, во всяком случае где-то там (провозглашал Макушинский, взмахивая рукою в каком-то, как ему, наверно, казалось, северном направлении), где она, прекрасная Мария, несчастная Марфа томилась, проклиная

Годунова и весь род его, с самого Углицкого Убийства (кто бы уж там ни был убит, тот ли мальчик, не тот ли), четырнадцать долгих лет, наверняка казавшихся ей одним полярным нескончаемым днем, одной полярной беспросветной и тоже нескончаемой ночью.

*

И этот день, и эта ночь вдруг закончились. Они не тогда закончились, хотел бы он поведать присутствующим (разглагольствовал, бывало, А. М., расхаживая, протирая очки и продолжая расхаживать), когда взошедший на трон своих отцов и ящеров Димитрий вызвал ее в столицу, но когда в ту же столицу повелел привезти ее еще не сошедший с захваченного им трона Борис Годунов, дабы она, монахиня Марфа, подтвердила, что нет никакого Димитрия, погиб Димитрий, убился в Угличе четырнадцать лет назад. А она и не подумала подтверждать этого, как это прекрасно показано нашим возлюбленным Алексеем Константиновичем в его третьей трагедии, но она явилась ему, Годунову, и его жене, царице Марии (тоже), но Григорьевне (не Федоровне, и уж никак не Львовне, разглагольствовал Макушинский с поклоном в сторону восхитительной Марии Львовны, спокойно сидевшей в третьем ряду) Годуновой, дочери, как всем известно (а кому неизвестно, тот пусть провалится со стыда прямо в пыточный подпол) Малюты Скуратова, — явилась им, в ночной сцене, в кремлевских покоях, как ангел мщения и гибели, как закутанная в иноческое платье эринния, готовая признать своим сыном кого угодно, любого проходимца и самозванца (с сочувственной горечью пишет Димитрий), лишь бы отправить их обоих во ад (куда вскорости они и вправду отправились), своими проклятиями и речами превратив Марию Годунову, дочь Малюты Скуратова, в разъяренную фурию, так что та (Мария Григорьевна) бросилась на эту Марию (Федоровну) с тяжелым подсвечником (в котором свечи полыхали пламенем уже, наверно, геенн-

85

ским, уже готовясь поджечь и Кремль, и Москву, и всю Русь), и только осторожный Борис остановил ее, отослал ликующую в предвкушении своего триумфа инокиню обратно в северный монастырь, на чем-то белом, то ли озере, то ли море; Мария Львовна, в третьем ряду, выслушивала макушинские разглагольствования с полным набором улыбок на прекрасном лице, всякий раз распускавшемся, как только она убирала из-под волос свой манкий платок, повязывала его вокруг шеи, не столько в предчувствии, сколько в сознании своего собственного триумфа, своей всегдашней победы.

*

А вот встреча Марии Нагой с Димитрием в таинственном Тайнинском (ухитрилась же история выбрать местечко с таким названием, патетически разглагольствовал Макушинский, возводя очи и воздымая руки горе́) — встреча, воссозданная, к примеру, Погодиным; воссозданная и Островским в очень (по его, макушинскому, мнению) слабенькой сцене его (Островского) тоже очень слабенькой, слащаво-квасно-укропно-солено-огуречной трагедии (уже звоню в общество «Память», вставлял довольный Перов) — эта встреча прошла иначе, без всяких фурий, без всяких эринний. Если были фурии, были эриннии, то ждали снаружи. В огромном шатре, установленном на берегу Яузы, они были двое, мать и сын (псевдомать? псевдосын?) Она признала его. Они вышли, держась за руки, к ликующему народу. Он пешком шел, до самого Кремля, рядом с ее каретой. Путь, кстати, не близкий. А мы поехали в таинственное Тайнинское, чтобы уж хоть посмотреть, пусть в современных промышленных декорациях, на место патетического действия. Обращаю просвещенное внимание ваше (глаголал Макушинский по дороге от театра к метро), что тогда было лето, было, если он правильно понимает, 18 июля 1605 года, а сейчас все что угодно, но уж точно никак не лето, сейчас, вот, тающий снег и мартовская московская мокредь.

Маржерет, помнится, записал в свою книжечку редкое слово. От мокреди метро нас укрыло, на конечной станции в ту же мокредь выбросило опять. На станции Медведково, мадам, я уверен. Я больше никогда не бывал там, но я уверен, мадам, что мы доехали до станции Медведково и долго потом плутали по каким-то новостройкам, мимо каких-то уже деревенских и деревянных заборов, сквозь мартовскую мокредь, по ноздреватому снегу, прежде чем выйти к еще полузаколоченной церкви, бело-прекрасной, эпохи (как провозгласил зануда Макушинский) Алексея Михайловича (кто из нас мог это проверить, оспорить?), на большом лугу у пробивавшейся из-под снега реки, высокой травы. Это какая река? Это Яуза? Нет, сударыня, это не Яуза; это река с завлекательным названием Сукромка; Яуза рядом, с другой стороны от церкви. Мы Яузы не видели, или я не помню ее (пишет Димитрий), мы видели только речку Сукромку, уже оттаявшую, пробивавшуюся сквозь снег, сквозь буро-желтые камыши; и за ней — какую-то пустошь, полуснежное поле, большое пространство, и еще дальше — трубы, тонкие длинные трубы с красными полосами, и короткие толстенные трубищи, сужавшиеся кверху, извергавшие белый пар. Пар поднимался сквозь мартовскую мокредь, явно стремясь дотянуться до низкого, грязно-серого, в редких просветах, неба; нет, не дотягиваясь. И нет, даже Макушинский (всезнайка, зануда) не знал, как называются такие трубы. А они называются градирни, вот как они называются, объявил ко всеобщему изумлению хворостообразный Хворостинин, наконец-то получивший возможность продемонстрировать свои тайные знания. Тайны Тайнинского. Как таинственны эти далекие трубы, эти снежные пятна, эта серь, эта даль, эти небесные просветы. Сукромка, сукровица. Сукромка, кромка, укромное место. Таинственная кромка души.

*

Не угомонить было (задиру, зануду) Макушинского после *градирни*. Чтобы кто-то что-то знал, а он чего-то не знал — ох, не любил этого Макушинский (зануда, задира). Градирни задиру задели. Так что уж мы получили лекцию, по полной программе, топчась в снегу, в разъезженной глине перед церковью, бело-прекрасной, с одним высоким крыльцом и другим, высоким не менее, справа и слева от входа, с витыми, мощными, короткими колоннами (тоже, пожалуй, похожими на градирни) узких и низеньких галерей — и с поразительно большой *бочкой*, да-с, *бочкой* (тут уж раззадоренный градирнями А. М. не позволил сбить себя с панталыку): надвратной, между лестницами, полой луковицей, дополнительным теремком, — церковью, которая как раз и только что (если я правильно понимаю историческую минуту) перестала быть столярной мастерской, или складом утильсырья (что бы сие ни значило), или местом изготовления кукол, бармалеев и буратин (вот это мне нравится, усмехаясь, пишет Димитрий), или чем бы еще ни была она в готовившуюся к гибели эпоху всеобщего братства и безбожно-бармалейской любви, но вновь собиралась сделаться, или почти уже сделалась, храмом Небесного Батюшки, в которого у меня никогда не получалось поверить (впрочем, не слишком-то я и старался); полную и полнейшую лекцию получили мы, топчась в снегу перед церковью, от раззадоренного градирнями Макушинского, о тайнах этого места, о путевом дворце моего отнюдь не небесного батюшки (моего бармалейского батюшки): дворце, стоявшем, возможно, вот прямо здесь, где теперь стоит церковь и для того здесь поставленным, чтобы он, мой батюшка, нисколечки не небесный, мог отдохнуть душой и телом по дороге в Лавру на богомолье; для отдохновения души стояли, впрочем, здесь же рядом еще и палаты, прозываемые Садомовыми, в палатах коих царь-государь собственноручно, случалось, али с сердечным другом своим Малютою, дедушкой Ксении, прощупывал раскаленными щипцами иных охальников, иных ослушников, иных святотатцев, — и нет, он, Макушинский, вовсе не утверждает, что название сие происходит от слова «Содом», тем более не стал бы он утверждать, что оно происходит от слова «Гоморра», но если второе следует, увы, признать решительно невозможным и совершенно немыслимым, то первое и мыслимо, и возможно, потому что от какого же еще слова должно происходить название пыточных палат, поставленных Иоанном Террибилисом на высоком берегу Яузы, рядом с путевым дворцом, где он имел обыкновение отдыхать по пути в Лавру на богомолье или по дороге обратно; с просветлевшей и ввысь вознесшейся на богомолье душой пытать, полагает он, Макушинский, особенно отрадно, утешно и весело: ликует душа ведь, вырывая ноздри у ворога, выжигая крамолу, в окружении верных кромешников.

*

Но я-то, сударыня, не в Садомовых палатах, и не в путевом дворце встречался со своей (своей?) матерью Марией Нагой; но повелел я, как вы уже знаете, разбить здесь шатер, такой роскошный, такими, самыми персидскими (подарок шаха) коврами устланный, чтобы ей радостно, весело было со мною встречаться, — и такой огромный, чтобы никакой Шуйский-Муйский, никакой Мстиславский-Милославский не сумел нас подслушать, даже если бы вдруг, паче чаяния, их подпустили к шатру мои верные немцы, мои не очень верные жолнеры; и как же все это сияло, сверкало, как флаги веяли, доспехи блестели, кони ржали и толпа глухо ухала, и летнее небо благословляло нас своей безоблачной, беспримесной, беспощадной к миру голубизной; и никаких, конечно, не было за рекою градирен, никакой снежной глины, и никаких новостроек, на которые теперь мы смотрели сверху, с высокого крыльца, с галереи над высоким крыльцом, где мы — Мария Львовна и я, она и я, Мария Львовна, прекраснейшая, — попытались, пом-

89

ню, спрятаться от макушинского разглагольствования, но все равно его слышали, потому что уж никак, нет, никак не мог он не рассказать нам, усиливая свой гнусоватый голос по мере нашего от него ухождения, и о Садомовых палатах, и о путевом дворце, впоследствии перестроенном при Елизавете Петровне, Елисавете Веселой, потом при Екатерине Великой и Восхитительной, Просветительной, Поработительной, потом пришедшем в запустение, потом и вовсе сгоревшем, так что вот мы стоим и смотрим теперь (разглагольствовал Макушинский) на эту речку Сукромку, эти желтые камыши, лезущие из-под уже ноздреватого снега; смотрим, смотрим — а ничего-то не видим; камыши видим, а дворца не видим, палат не видим, Ивана Террибилиса не видим, Екатерину Магниссиму и Грандиссиму тоже не видим, даже Тютчева, Федора Ивановича, не видим, лишь вспоминаем его бессмертные строки о том, что твой, природа, мир, о днях былых молчит с улыбкою двусмысленной и тайной. Двусмысленной и тайной! а? как сказано-то! а? как сказано! возглашал Макушинский, топчась в снежной глине. А дальше? Так отрок, чар ночных свидетель быв случайный, об них и днем молчание хранит… Какая бесконечная, сложная строчка; ее, кажется, и до конца нельзя дочитать; наберешь воздух в легкие, начнешь читать — а до конца-то дочитать и не можешь, разглагольствовал Макушинский (пишет Димитрий), чуть ли не по складам выговаривая: так отрок, чар ночных свидетель быв случайный…; и мы смеялись над ним с высокого крыльца, с узкой галереи над высоким крыльцом, я и Мария Львовна, отделившиеся от всех, уединившиеся вдвоем, а вместе с тем и она повторяла, с улыбкой тайной, двусмысленной, насмешливо-задумчивой: так отрок, чар ночных…; и да, сударыня, вы не ошиблись в язвительных предположениях ваших, да, на этой узенькой, низенькой (узейшей, низейшей) галерее над высоким крыльцом не только лишь ее львиная (de facto), лисья (de jure) шапка (с ушами длиннейшими, ушами узейшими), не только ее (как, всегда смеясь, выражалась она) *мала-*

хайка оказывалась рядом и совсем рядом со мною, но и щека ее (ланита ея) оказывалась в божественной близи от моих готовых ко всему губ; и на белой балюстраде рука ее… нет, сударыня, признаем правду, рука ее еще не касалась моей, зато, клянусь, перси ее вздымались; перси ея, под шубой (причем, заметим, распахнутой — как если бы им тесно и жарко стало там, этим персям, в этот тающий день) — потрясающие перси ея поднимались, опускались и поднимались опять, сотрясая воображение мое; и я уверен был, что скоро стану чар ночных свидетелем отнюдь не случайным; отроком, обретшим, наконец, свое счастье; и кто из нас (разглагольствовал подлец Макушинский) способен представить себе, как он себя чувствовал, в каких беспримесно-беспримерно-безоблачных небесах он парил, когда Мария Нагая, в темноте, тишине и покое устланного коврами шатра признала его (Димитрия) — своим сыном (Димитрием)?

*

Этого (пишет Димитрий) никто из нас представить себе не в силах. Это было счастье стремительное, стремглавное, страшное. А потому что она вовсе не из каких-то там видов, не из жажды власти и мести, и уж тем более не по принуждению — что ей, она и Годунова-то не убоялась! — нет, не из мести и не из злости признала она его своим сыном, — и не поддалась бы она ни его угрозам, ни его уговорам — как поддается у Шиллера, у Островского, — нет, нет и нет, господа, разглагольствовал А. М., стоя в грязном снегу, обращаясь к присутствующим — и к нам двоим на галерее, отделенным от всех, — нет, конечно же, она признала его в самом деле; она сразу же, сразу же, с первого взгляда, сказала ему, Димитрию: *ты!* Ты, сказала она, с взгляда самого первого, простирая к нему свою царственную руку: ты сын мой, Димитрий! И в это мгновение все стало правдой. Все, что могло быть неправдой, могло казаться неправдой, притворяться неправдой, — все стало правдой в это ослепительное мгновение. Он был Димитрий; перед ним, простирая сперва одну, царственную, потом обе, уже материнские, уже готовые обнять его руки, стояла она, Мария (никакая не Марина, дела нет ему до Марины), ради которой он все, может быть, и затеял. Он, пустившийся в свою безумную авантюру, чтобы узнать, наконец, кто он такой, — теперь знал. А мы теперь должны попробовать представить себе — мы не сможем, но попробовать мы должны, — как они стояли, всматриваясь друг в друга, в темноте и укрытости укутанного коврами шатра, в бесконечном отдалении от всего и всех, кто был и что было вокруг: от стрельцов, и жолнеров, и казаков, и народа, и Садомовых палат, и даже от грядущих градирен; и для него, так рано брошенного в чужой страшный мир, так рано, слишком рано, чудовищно рано (о, рана!) потерявшего того, кто заменил ему отца, кого Шиллер обозначает банальною буквой Икс, а мы обозначим иначе (назовем его Симон, как называют его разные польские и другие источники, которых мы, наверное, не читали, разглагольствовал Макушинский, скромняга, а он-то, Макушинский, читал) — для него, Димитрия (пишет Димитрий) это было так, как если бы он *дошел*, наконец, *пришел*, наконец, обрел, наконец, то, к чему он стремился, как если бы все, что было до сих пор, весь его долгий путь, воспетый бесчисленными поэтами, воссозданный на сцене великими, совсем не великими, гениальными, бездарными драматургами — и его внезапное появление в Польше, и весь спектакль, разыгранный перед одним Вишневецким, и перед другим Вишневецким, и перед Мнишком, и перед королем Сигизмундом, и перед папским легатом Рангони, и переход через Днепр на лодочках восторженных киевлян, и осада Новгорода-Северского, и поражение при недоброй памяти Добрыничах, и бегство в Путивль, и новое начало в Путивле, и поход на Кромы, на Тулу и Серпухов, — как если бы все это было лишь предисловием, лишь приступом, подступом вот к этому, сияющему мгновению. Здесь и только здесь он обретает себя, обретает родину, обретает все. Он смотрит в ее глаза, и видит в них, что все было правильно. Между ним и Марфой, утверждает Шиллер, становится что-то неведомое, непреодолимое. Природа не говорит. Die Natur spricht nicht. Все это прекрасно задумано, даже записи Фридриха приводят его, Макушинского, в содрогание восторга (разглагольствовал Макушинский, восторженно содрогаясь в снегу перед церковью, протирая очки и размахивая руками), но все это неправда, все обман, все ошибка. Природа, может быть, молчит о прошедших днях, по Тютчеву, но в том счастливом, стремглавном, ослепительном настоящем, в котором они стоят вдвоем, укрытые от всего мира, держа друга за руки и глядя друг другу в глаза, природа как раз говорит, die Natur как раз spricht; еще как говорит в них обоих; природа кричит, природа вопит в них обоих.

*

И это поворотный момент всей нашей истории — как (опять же) у Шиллера, с той лишь разницей, уж он позволит себе заметить (продолжал, к увеселению нашему, разглагольствовать Макушинский, топчась в грязном снегу, размахивая руками), что у нас поворот происходит совсем не в ту сторону, что у славного Фридриха, даже в прямо противоположную сторону, потому что у Фридриха перед этой встречей, и во время самой этой встречи, и после этой встречи Димитрий себя теряет, а у нас-то Димитрий, наш-то Димитрий при этой встрече окончательно обретает себя, находит себя, окончательно и неотменимо становится собою, Димитрием, хотя, если вдуматься и посмотреть беспристрастным взглядом на мир, и снег, и заборы вокруг, и новостройки вдали, — что может быть в этом мире, под этим небом, на этой земле окончательного, чего на ней нельзя при случае отменить?

А мы тоже смотрели — отнюдь не на мир, — но друг на друга в укрытости нашей низенькой галереи над высоким крыльцом, и мы там остались совсем одни, или так мне теперь это помнится, так мне это теперь вспоминается, потому что все они куда-то исчезли, как-то вдруг рассеялись и распались, растворились в воздухе и улетели с белым паром, по-прежнему поднимавшимся из далеких градирен, — и Макушинский, и Мосальский, и Шуйский-Муйский с Сергеем Сергеевичем, и все прочие лехаим-бояре, — и если я скажу сейчас, что мы там начали целоваться с Марией Львовной, в тот день, на той галерее, то вы, сударыня, или поверите мне, или мне не поверите (с удовольствием пишет Димитрий), тем паче если стану я утверждать, что мои готовые ко всему руки прекрасным образом и сами собою оказались под ее распахнутой шубой, в блаженном тепле под распахнутою шубой ея, нащупывая там тайные линии ее (ея? уж как хотите) вельми обильного (как выяснилось при ближайшем ощупе) тела, — если стану я утверждать такое (с удовольствием, смехом, отчаянием пишет Димитрий), то вы поверите мне или не поверите мне, и это — поверьте! — уж никакого значения не имеет, все это давно закончилось, и мы нагнали всех прочих — и Мнишка, и Шуйского-Муйского — на какой-то почти дачной, если не деревенской, с заборами и сугробами (покосившимися заборами, почерневшими сугробами) улице, по пути не к метро, почему-то, Медведково, а к железнодорожной станции с поэтическим названием Перловская (знаю, мистер-твистер, перловку вы ненавидите, вам только порридж подавай, такой вы эстет), откуда тоже можно было возвратиться в стольный град мой на электричке и где, прежде чем оная электричка подъехала, наметилась, помнится мне, в небольшом, но и не совсем уж малом количестве (один амбал, две шестерки, потом еще пара мордоворотов) классическая пригородная шпана, подмосковная урла (как тогда еще выражались, ностальгически пишет Димитрий), косившаяся на нас все задорнее, все заборнее… нет, мадам, ничего не случилось; драки не было; и не пришлось мне (а как хотелось!) защищать от мазуриков мою нисколько (надо заметить) не испугавшуюся красавицу; электричка подъехала в высшей степени вовремя. Зато я заметил испуг, дрожавший в глазах у Шуйского, даже у Муйского, постыдный испуг в глазах Макушинского, подлейший испуг в глазах Хворостинина.

*

Конечно, они скрывали этот испуг всю дорогу до Первопрестольной; всю дорогу делали вид, перед собой и друг другом, что ничего не было, ничего не случилось. А ничего и не случилось; а мне так хотелось, чтобы уже случилось что-нибудь, наконец; и Басманову, моему другу, смельчаку, как и я, тоже, я видел, хотелось этого. Но ничего не случалось ни в вагоне — где был обычный набор толстых теток с сумками, пареньков в лыжных шапочках, коробейников, предлагавших купить лыжную мазь, крем для загара, газету «Совершенно секретно», журнал «Лыжный спорт», каковые коробейники в ту пору уже начали ходить по вагонам пригородных и непригородных поездов, соперничая со скоморохами, певуньями, баянистами, стремившимися потешить угрюмую публику кто «Катюшей», кто «Муркой», — ни на вокзале, где Катюши с Мурками с невинным видом намечались среди ларьков, киосков, картонок, перевернутых ящиков, соблазнявших измученного путешествием пассажира шерстяными носками, мохеровыми шарфиками, поддельными джинсами, чебуреками и беляшами с котятиной, — нет, решительно ничего не происходило и не случалось с нами ни в электричке, ни на вокзале, где мрачные менты лишь посматривали на всю нашу шумно-актерскую компанию из-под своих козырьков, сразу, понятное дело, определив нас как врагов народа, нарушителей правопорядка, не зная, к чему придраться и ни малейшего внимания не обра-

95

щая на социально близких Катюш, еще более близких Мурок, на очередных и новых, всегда новых, всегда тех же мазуриков, тоже шнырявших среди беляшей и киосков, — ни, наконец, на площади перед вокзалом, где Мария Львовна, сразу ступив с тротуара в разъезженный снег мостовой, остановила первое же такси с полным презрением к очереди, так глубоко и сильно пораженной разлетом ее малахайки, львиностью ее облика, что даже не успела возмутиться, лишь крякнула; и если это было не такси, а *частник*, сударыня, то все равно (страдая, пишет Димитрий): все равно не мог я сесть вместе с нею ни в это такси, ни в этого *частника* на глазах у всех остальных и окольничих, всех муйских-шуйских и лехаим-бояр; и если промелькнула в многострадальной голове моей прекрасная мысль вернуться на вокзал, купить большой букет роз (плевать, что банально; я сам знаю, что это банально, сударь, не перебивайте меня), доехать на метро до Блябляева и заявиться к ней через полчаса после ее собственного возвращения домой, когда она уже успеет небось облачиться во что-то домашнее, халатообразное, пенюароподобное, во что-то легко и просто распахивающееся, с удовольствием падающее на пол, обнажая ее перси, и стегна, и лядвия, и все прочее, чего я еще не видел, но так жаждал увидеть, что наметилось и нащупалось под возбужденными моими руками, когда мы с ней стояли в таинственном Тайнинском, на высоком крыльце, на укромной кромке души; — если, о если, сударыня, эта прекрасная мысль и пронеслась в не менее рук моих возбужденной моей голове, то — так же она оттуда и вынеслась, так же и вылетела, когда услышал я адрес, который, прежде чем юркнуть в *частника*, громко, отлично поставленным голосом сообщила она этому *частнику*, — так громко, показалось мне, чтобы именно все услышали, и особенно я услышал, — причем Сергей Сергеевич, стоявший рядом, посмотрел на меня с высоты своего роста *со значением*, как некогда писывали; — и хотя непонятно было, и до сих пор не совсем понятно мне, что значило это *значе-*

ние, — адрес, во всяком случае, был не тот, не блябляевский. Она не домой ехала, она ехала еще куда-то; вот в чем все дело. Я не запомнил куда; на какую-то, вот это запомнил я, совсем другую окраину бесконечного нашего города; то ли в Строгино, то ли в Свиблово; может быть, даже и в Тушино. И если уж поджидал ее там какой-нибудь *тушинский вор*, то этого я не знал, не знаю, знать не хочу.

*

Он поджидал не ее, мой преемник, Лжедмитрий, как обыкновенно называют его, Второй; он поджидал Марину, холодную, аки гелий. Не надо, сударыня, не надо делать ученый вид; он не идет вам. Вы же забавница, вы же прелестница. Не надо мне рассказывать, что Лжедмитрий так называемый Второй (второй во всех отношениях... да нет же, во всех отношениях десятый, дюжинный, тысячный; второй лишь по счету) — что он появился уже потом, уже после, когда наша история, моя история закончилась (так трагически), завершилась (так страшно). Я лучше знаю, кто когда появился, мадам! Я царевич, я непобедимый император Деметриус (титул, коим брат мой Сигизмунд, сиречь Жигимонт, так омерзительно отказывался меня величать), так что уж я не советую вам спорить со мною. Вам, сударыня, забавница и прелестница, я все, конечно, прощу, но вы, сударь, остерегайтесь моего царского гнева, моей монаршьей немилости (с удовольствием пишет Димитрий); а кроме того (с неменьшим удовольствием продолжает писать он), кто, собственно, заставляет нас придерживаться той правды, которую историки, достойные, но, по большей, даже большущей части, лишенные задора и фантазии люди, имеют обыкновение называть своей, то бишь исторической? Вот именно, синьора, никто; мы вообще не любим, когда кто-то к чему-то нас принуждает. Мы свободные герои собственной вольной пьесы. И в этой пьесе уже появляется, скоро появится Лжедмитрий, как обычно называют его, Второй (на самом деле, дюжинный, тысячный… или Первый, на самом деле, потому что я-то — не Лже, я все, что угодно, но никакой, уж точно, не Лже); и я прекрасно помню то утро, когда А. Макушинский поразил нас этим открытием, сим откровением. Как, еще и Лжедмитрий Второй? Сергей Сергеевич хохотал уверенно и негромко, шевеля пальцами, откидываясь на спинку подобострастно скрипевшего кресла. Басманов, Петя, хохотал изо всех сил, всей краснощекостью. Маржерет хохотал по-французски. Рубец Мосальский рубил свой хохот щедрыми большими ломтями. Хворостинин похрипывал. Мария Львовна нежно посмеивалась; на меня не смотрела. Как, и Лжедмитрий Второй у нас тоже будет? Вот это здорово… Лишь Марина, холодная аки гелий, не смеялась нисколько, ни смешочком, ни хохоточком; Марина, аки гелий, холодная, смотрела с непроницаемым видом в окно, ничего в нем, я полагаю, не видя. Да, второй Лжедмитрий, Тушинский вор, и теперь он знает, он, Макушинский (пускай и очкарик, пускай и зануда), как все повернуть, завертеть, как так сделать, чтоб уж наша пьеса точно была не похожа ни на какую другую, ни на Мериме, ни на Лопе, ни на Шиллера, ни на Геббеля, ни уж тем более на все те озабоченные историей, опаленные Б. Г. сочинения (Басманов, Петя, ухал всем своим хохотом), которых в таком количестве насочиняли наши русские авторы, все идущие по бессмертным стопам А. С. П. И нечего хохотать, да-с, хохотать совершенно нечего. Он все придумал, он, Макушинский. В мгновенном озарении открылась ему истина, посреди ночи, незабываемой и бессонной. Он знает теперь, как Димитрий спасся, если он спасся, как Димитрий думает, что он спасся, и этого никогда, ни у кого еще не было, и да, разглагольствовал А. М. в таком отвратительном возбуждении, в каком я его не видывал до тех пор, запотевая всеми своими очками, у нас уже будет Лжедмитрий Второй, вот как будет, именно так. Он приедет в Москву в свите Марины Мнишек. Он примет участие в заговоре… Давай, очкарик мой, я тебя поцелую, провозгласила Марина Мнишек, отрываясь от окна, подходя к Макушинскому, превращая присутствующих в соляные столбы, в персонажей заключительной сцены величайшей русской комедии. Я потом часто думал, что это мне привиделось (с непреходящим изумлением в почерке пишет Димитрий); но это было; это и вправду было, сударыня: Марина, с ее по-прежнему холодным, аки гелий, лицом, с чертами этого лица столь правильными, что было страшно смотреть на них, обогнув один соляной столб и другой столб, не менее соляной, обойдя Городничего, не задевши ни Бобчинского, ни Добчинского, подошла и прямо в потрясенные губы поцеловала его, Макушинского; и я слишком поздно понял, увы, почему.

*

До этого *поздно* мы еще не добрались, сударыня (продолжает писать Димитрий, сам, в свою очередь, поглядывая в окно, на колеблемые эдемским, или вовсе не эдемским, ветром деревья); мы еще (как ни странно) в начале пьесы (которую Макушинский после своего умопомрачительного открытия уехал писать — не помню уже куда: на какое-то, но не помню какое море); мы здесь даже сделаем перерыв. Потому что все замерло; пьесы не было (Макушинский только ее дописывал: на каком-то, не помню уж каком море), Сергей (вот это помню) Сергеевич начал ставить что-то (бесконечно банальное, вроде «Трех Чаек», или «Дяди Иванова», или «Сестер в вишневом саду») отнюдь не в нашей гениальной студии (на маленькой площади), но в одном из тех (прости господи) академических театров, о которых, наставник юных авангардистов, анархистов, космополитов и предателей родины, он до сих пор отзывался с презрением, но куда, сохраняя, конечно, все свое москвошвеевское достоинство и всячески делая вид, что не бежит, не спешит, не торопится, — куда он, на самом деле, побежал со всех ног, сломя голову, едва лишь его позвали ставить там «Вишневую чайку». Мария Львовна снималась в кино,

99

Простоперов снимался в кино, даже Рубец Мосальский снимался в кино (по его словам, не в массовке), даже и я (можете мне не верить) снимался в кино (в массовке, но до Лысого и Крутого оставалось уже недолго); отснимавшись в массовке, получив заветный паспорт из крепких рук усатого полковника под одобрительным взглядом большой толстой Регистрации и подобострастные ухмылочки мелких Виз, уехал, причем на поезде, потом на пароме, в Швецию, где у меня был друг, которого назову Эрик (сейчас поймете, почему я назову его так). А если вы, к примеру, думаете, сударыня, что в поезде едучи, на верхней полке лежучи (прислушиваясь к стуку колес и следя за пролетающими огнями), я сам думал о Марии, исключительно, Львовне, об ее лодыжках и лядвиях, ее прелестной улыбке, ее библейских бедрах и лживо-нежных глазах, — и почему после Тайнинского она перестала меня замечать, на злорадость всего театра, всей труппы, всех трупов, — как может быть, что после Тайнинского, после речки Сукромки, укромной кромки наших взволнованных душ, после поцелуев на галерее, проникновения моих рук в подшубное тепло ее тела, — что после всего этого она и словом со мною не перемолвилась, ни разу на меня не взглянула, — если так вы думаете, что я думал, то да, вы правы, мадмуазель; старался думать об уже начавшемся путешествии, открытии нового мира, неведомых горизонтов, а думал только о ней, только о ней.

*

Эрик был прекрасен, как всегда (как в нашем фантастическом польско-курляндском детстве); прекрасен, белокур, чем-то словно смущен, потому, случалось, рассеян, потерян, по-северному задумчив. Вы еще ничего не знаете о моем детстве, сударыня; смешно даже, до какой степени вы ничего не знаете о моем детстве, но я расскажу вам, я обещал рассказать и расскажу вам, когда придет время (поверьте, сударыня, я веду вас по лабиринту моего сочинения уверенной царской рукою, не менее надежной, чем рука полковника, поклонника толстой Регистрации, повелителя мелких Виз). Эрик предпочел потеряться в жизни, среди сурово-доброжелательных шведских людей: благоразумный Эрик; здравомыслящий Эрик. Не в пример мне, дураку, с моей царской долей, трагической судьбой, мировой славой, здравомыслящий Эрик выбрал тихую жизнь в Стокгольме, в роли начинающего журналиста, обладателя огромного старого «Вольво», на которое железа не пожалели, на котором объехали мы пол-Швеции; его тихая скандинавская жизнь имела обыкновение прерываться путешествиями в опасные места, восточные страны, где в ту пору уже происходили или уже намечались волнующие мировую прессу события, читай: гражданские войны, смуты, замятни, соляные бунты, государственные перевороты, убийства местных цезарей, чаушесок маленьких и больших; таким-то образом побывал он в Иллирии, Далмации, Валахии, Метохии, наконец и в Московии (можете считать, что тут-то, *на самом деле*, мы и познакомились с ним, если уж вам так нужно это чертово *самое дело*, это призрачное, что вы зовете реальностью). Эрик, как большинство шведов, был (еще раз, но он был так белокур, что не мешает сказать об этом еще и еще раз) белокур (с отлично уложенною копною — даже скирдою — вверх и влево летящих волос); был легок, быстр; был с детства и по-прежнему чем-то смущен; даже напуган; затем и ездил, может быть, в места гибели маленьких цезарей и больших чаушесок, чтобы справиться с этим страхом, этим смущением; годился бы в государи, или хоть в правители какого-нибудь симпатичного скандинавского королевства, либо, на самый худой конец, в герцоги остерготландские, зёдерманландские, ингерманландские, если бы не это смущение, этот с детства засевший в нем страх да смешные детские привычки, от которых он не мог (похоже, что и не пытался) избавиться (отвратительная привычка грызть ногти, едва ли не обкусывать пальцы; отвратительнейшая, ни с королевским, ни даже с герцогским достоинством не совместимая привычка набирать в рот большое количество шведской, с сильным рыбным уклоном, запахом и вкусом, еды, отчего под правой его щекою образовывался быстро растущий, очень долго не спадавший желвак, с каковым желваком он продолжал жить, разговаривать, рассуждать о династии Ваза, пить кофе, пить водку «Абсолют», даже есть другую еду, с тем же уклоном и запахом, так что я предпочитал уж не смотреть на него во время наших совместных трапез в деревенских трактирах, придорожных харчевнях; до и после трапез смотрел всегда с удовольствием).

*

Надеюсь, сударыня, мне не надо напоминать вам, что такое был первый Стокгольм после непрерывной Совдепии? Или вы так еще молоды, что Стокгольм с Копенгагеном вам кажутся доступными, как Мытищи, и уж точно более привычными, чем Селищи, Столбищи, Кузьмищи и Чертовищи? Или вы даже не задумываетесь, покупая очередной билет на очередные Багамы, они же Бермуды, что железный занавес (желзанавес, как, наверное, называла его большая толстая Регистрация, давая руководящие указания мелким Визам и самому полковнику, поклоннику ее прелестей) — что желзанавес, подобно занавесу театральному, может подняться, но может и опуститься? А вот не захотели меня в цари, я бы его перековал на орала, переплавил на детские автомобильчики, взрослые мотоциклы. Шучу, шучу, сударыня, знаю, что вы ни в чем не повинны; это все Шуйский, все Муйский. Шуйский нашептывал, Муйский мутил; да и все прочие хороши; вот и получайте теперь… О Шуйском и о Муйском чуть позже; пока что возвращаюсь в Стокгольм, или в Стекольню (как называли сей стольный град во времена моего страшного батюшки, Ивана Террибилиса). Стокгольм, да и Стекольня явились мне после непрерывной Совдепии, бесперебойной Московии в той первозданной красе, той первородной прелести, в какой вряд ли видят их сами счастливые стокгольмичане (стокгольмичи? стекольники? стекольщики? стеколисты?). Для них это реальность (как вы изволите выражаться), действительность (как вам нравится говорить), для меня это был первый (после курляндского детства) глоток морского чистого воздуха. А также первое авокадо в моей жизни, первые анчоусы в моей жизни, первые киви в моей жизни, первая (и последняя) квашеная салака в моей жизни (большей гадости человечество не придумало), первый (и тоже, наверно, последний) шведский *торт принцесс* в моей жизни (сладкое ненавижу, но как было удержаться мне, принцу?), первые мотели, первые автомойки, первые дорогие магазины с завлекательными витринами, манящими манекенами.

*

Но если вы думаете, что я, непобедимый император Деметриус, стану глазеть на витрины — лизать витрины (lecher les vitrines), как, наверное, мог бы выразиться брат мой Генрих Наваррский — и как точно выражался приятель мой Маржерет (от которого и научился я сим славным словам), — если так вы думаете, мадам, то зря вы так думаете; что вы сами, впервые проскользнув на волю в дырочку прохудившегося желзанавеса, вылизали половину витрин Парижа, Мюнхена и Милана, в это я готов поверить, еще бы; вам же спешу сообщить, что лизание витрин никак не совместимо с моим царским достоинством (в отличие от лизания разных других вещей и прекрасных явлений природы… об этом чуть позже, мадмуазель); так что я сразу пошел вместе с Эриком в какой-то главный стокгольмский магазин и на половину всех моих денег (другую половину мы пропили) накупил всего наимоднейшего на все сезоны и случаи жизни: и пресловутое пальто, очень синее, очень двубортное, и вельветовые штаны божественно болотного цвета, и знаменитый рюкзак из бензопротоэтилсолицила, — чтобы потом уже об этом не думать, сосредоточившись на безумном Эрике XIV, тезке и дедушке *моего* Эрика, на его (безумного Эрика) детях от Катарины Монсдоттер (сейчас все поймете), его же брате Юхане III, его другом брате Карле IX… и еще на кое-каких королях, герцогах и, соответственно, принцах.

Если принц, то — Гамлет, сударыня. Если царевич, то — Димитрий, а если принц, то, разумеется, — Гамлет, мадам. И звезда с звездою говорит. С кем же и говорить мне, если не с Гамлетом, любимейшим из моих братьев? Потому мы первым делом поехали через всю Швецию, не глядя на нее, в Гельсингборг, чтобы оттуда переплыть на пароме в запретную для меня Данию (но паспортов, к незримому, хотя и явственному огорчению полковника, у нас не проверили), именно в Гельсингор, он же, соответственно, Эльсинор, он же, соответственно, замок Кронборг, где, как вы знаете, несчастному Гамлету сперва является призрак его отца (или не-отца?), на внешних террасах, затем, в самом замке, происходит все то чудовищное, что мы с вами выучили наизусть еще в колыбели и даже еще не родившись. Эльсинорских террас парапет. Террасы были, парапета я не нашел. Мир природы о днях былых молчит. Но ведь и мир не-природы тоже, на свой лад, молчит. Природа молчит на своем, неприрода на своем языке. Он был огромным, этот замок, и террасы были огромными, и почти бескрайним казался нам серо-зыбистый Зунд, который только что, беззаконным образом, переплыли мы на пароме. Шведский берег, покинутый нами, был виден, но пролив все равно казался бескрайним. А на карте он крошечный: узкая горловина, соединяющая внутреннее Балтийское море с безмерностью внешнего, Северного, переходящего в мировой океан. Океан же, как известно всем нам, читавшим Шекспира и Тютчева, объемлет своими снами и волнами всю нашу маленькую жизнь, вместе со всем земным шаром. Я стоял там, рядом с Эриком, у какого-то, помнится мне, слюдяного окна над террасами и проливом, сознавая огромность мира, огромность своих задач, величие своих замыслов. И московским царством овладеть, и к морю выйти, и флот построить, и отплыть к неведомым горизонтам. Петр, мой продолжатель и подражатель, сделал больше... потому что сомнений в себе был чужд, убийств не гнушался, пытать любил, казнить обожал. Потому что был Фортинбрасом. Фортинбрас в истории побеждает, Гамлет гибнет. Гамлет побеждает в вечности. А вот задумывался ли ты, Эрик, говорил я Эрику, когда мы стояли с ним в Кронборгском замке перед бескрайним и в почти-уже-сумерках совсем серо-зыбистым Зундом: задумывался ли ты, Эрик, что в вечности-то мы пребываем и побеждаем всегда (на то она вечность и есть), а вот во времени мы с датским принцем появились, как братья, в один и тот же исторический миг.

*

На сцену мира мы с Гамлетом вышли одновременно. Первое издание «Гамлета», еще неполное, так называемое «первое кварто», датируется (говорил я, сам ученый, ученому Эрику) 1603 годом: тем же 1603 годом, Эрик, подумай (говорил я Эрику в Кронборгском замке и теперь говорю вам, сударыня, с удовольствием пишет Димитрий), в котором я, Димитрий, объявил миру и князю Адаму Вишневецкому, что я — Димитрий, что Димитрий — жив, что Димитрий — вот он, перед вами и во плоти, сын Иоанна, истинный царевич, готовый идти сражаться за престол, принадлежащий ему по праву небесному и земному. Я хотел бы, сударыня, чтобы вы это поняли и почувствовали, чтобы вы ударили себя прекрасной ручкой своей по чистому высокому лбу читательницы, мыслительницы, прелестницы, чтобы, черт возьми, вы осознали: был мир, в котором никто не слышал о нас, мир без Гамлета, мир без Димитрия. Вдруг все меняется, одновременно. Вдруг это мир, в котором есть Димитрий, есть Гамлет; две величайшие истории, рассказанные когда бы то ни было кому бы то ни было. А как жить в мире, в котором никто не слышал о Гамлете, о Димитрии? Что это за мир такой, где никто не слышал о Гамлете? Хотели бы вы жить в мире, где никто не слышал о Гамлете? А в мире, где никто не слыхивал о Димитрии? Я не хотел бы. Да я задыхаюсь в мире, где никто не слыхивал о Димитрии. Вот почему мне пришлось вернуться в Россию, при всех ее мучительных свойствах, хоть Эрик и уговаривал меня остаться в Стекольне, даже знакомил с милейшей, увы, невыразительной девушкой (которую звали, кажется, Ингрид... потому что как еще могли ее звать?), готовой заключить со мною морганатический брак, чтобы спасти от возвращения в Московию, с ее мучительными свойствами, такого восхитительного, возвышенного, вдохновенного, умопомрачительно-прекрасного, искрящегося умом и юмором юношу, каким был я в ту далекую пору, каким навсегда и остался, так что вы крепче держитесь за поручни Центрального телеграфа, сударыня, когда мы с вами там встретимся (мы же встретимся? и почему бы не там?) по окончании сеанса. Сказать, что я хотел возвращаться в Московию: нет, сударыня, сказать так нельзя. И во всю эту материковщину, континентальщину возвращаться мне не хотелось. Вот если бы Шиллер не подвел нашу несчастную родину, если бы дописал свою пьесу, как обещал, если бы прославил меня на весь театральный и нетеатральный мир всех Европ и Америк, если бы ввел меня в семью архетипов просвещенного человечества, тогда другое дело, тогда бы, уж не сомневайтесь, я остался в морском стеклянном Стокгольме или уехал в ласковую Лютецию, куда влекло меня избирательное сродство и заманивал мушкетер Маржерет. К Шекспиру, замечу уж кстати, в отличие от Шиллера, у меня нет претензий. Шекспир ставил «Макбета» на сцене театра «Глобус», когда я сам сходил со сцены этого мира, мерзейшего из миров; Шекспир вскоре и сам покинул сцену своего «Глобуса», и если думал обо мне, Димитрии, между «Бурей» и «Зимнею сказкой», то свидетельств сему не осталось, а что он мне теперь говорит, в райских кущах, это, сударыня, уж простите, я от вас утаю, а то, я чай, еще упадете вы со ступенек Центрального телеграфа, когда мы там встретимся (мы же встретимся?) по окончании сеанса.

*

Природа и неприрода молчат, каждая на своем языке. Замок, и террасы, и гласисы, и равелины, и зелено-медные пушки на равелинах, и почти бескрайний, стальной, и северный, и сверкающий на низком солнце простор Зунда: все это было, но ни тень Гамлета, ни тень отца Гамлета, ни тень Гертруды не явились нам с Эриком, ни даже верблюдообразного или хоть китоподобного облака мы не увидели на небе, как ни всматривались вместе с тенью Полония, тоже нам не явившейся; явились лишь тени многоголосых туристов, шаркавших ногами в том отупении, в котором всегда пребывают туристы пред лицом им чуждых сокровищ; явились наглые дети, бегавшие по шахматному полу двухсветного зала; явилась экскурсоводша, мерзкая бабища, с толпой галдящих американцев, объяснявших друг другу, кто такой Горацио (не Гораций); наконец, явился и голод (не гамсуновский, очень обыкновенный); и страх пропустить последний паром, поскольку ночевать в Дании мне, беспашпортному, было небезопасно; явились мысли об ужине, мысли о гостинице в Гельсингборге, которую мы то ли забыли, то ли не сумели снять заранее, должны были снять теперь. Пошлость реальности, мадмуазель. Банальность бытия, благородная фрёкен. О как устал я, благородная фрёкен, от банальности бытия. Я затем и пишу, может быть, то, что пишу, чтобы хоть как-то справиться с банальностью бытия, вот вам мое признание. Вы вот ходите туда-сюда, взад-вперед, по банальности бытия, в ботиках по бутикам, по грязному снегу, а я — царевич, я — Димитрий, принц среди принцев, ярчайшая звезда на небосклоне всемирных эйдосов, мировых архетипов.

107

*

Где принц, там и король, где замок Кронборг, там и замок Грипсгольм. В Грипсгольм мы долго ехали, через все ту же Швецию, но на нее уже глядя, останавливаясь то в одном пустынном городишке, то в другом городишке, пустыннейшем, у одного озера с опрокинутыми в него облаками, у другого с теми же облаками, опрокинутыми в него. Швеция была летней, прохладной, с этими ее северными сумерками, так хорошо мне знакомыми по моему курляндскому детству: этими бесконечными северными сумерками, когда свет все гаснет и гаснет, все длится и длится, а мы едем по идеально пустой дороге, среди сосен и снова сосен, затем лугами, полями и опять среди сосен, и конца этому пути нет, сумеркам конца тоже нет, огромность мира сравнима лишь с огромностью стоящих передо мною задач; и если где-то заночевали мы, прежде чем выехать к зыбко-гладкому, каменно-серому озеру с меланхолическим названием Меларен, доехать до огромного, кругло- и краснобашенного, со всех сторон окруженного флегматическою водою замка Грипсгольм, в котором сперва Эрик Четырнадцатый заточил своего единокровного брата Юхана, еще не Третьего, просто герцога, сына Густава Вазы от второй жены, потом Юхан, ставши Юханом Третьим, заточил несчастного Эрика, навсегда и навеки Четырнадцатого, — если и заночевали мы где-то, сударыня, то я уже не помню этой ночевки, помню лишь сам замок и, рядом с замком — громадные, вверх вытянутые камни с начертанными на них рунами, которых, разумеется, ни я, ни даже Эрик прочитать не могли.

*

А жаль, что мы не прочитали их, вот что теперь я думаю (с внезапным содроганием пишет Димитрий). Вдруг там было послание — мне, Димитрию (содрогаясь, пишет Димитрий)? Вдруг таилась там разгадка моей жизни? моей судьбы? На одном из камней эти руны были вписаны в змеевидную ленту. Посредине каменной плоскости рептильный хвост завивался спиралью, похожей на Фибонначиеву, или уж на манер моллюска, как вам больше нравится, ученая собеседница (уже не содрогаясь, или содрогаясь лишь втайне, пишет Димитрий); затем змея обползала его внешним кругом, так загибавшимся, что ее маленькая, явно ядовитая головка с отчетливым жальцем возвращалась обратно к внутренней спирали, к началу, исходу, истоку; долго и очень долго не могли мы, Эрик и я, оторваться от этой фигуры, прекрасной и устрашающей, от этой судьбы-змеюки с не прочитанным нами посланием, многомудрой змеюки, наверняка (не сомневаюсь) знавшей о нас что-то такое, чего мы сами не знали, не знаем, никогда уже не узнаем.

*

Здесь, сударыня, я должен посвятить вас в кое-какие тайны стокгольмского двора (с удовольствием пишет Димитрий). Понимаю, что тайны мадридского вам милее. В тайны мадридского посвятит вас, например, дон Жуан, еще один брат мой в сонме прообразов, соседнее светило в созвездии архетипов. А мы поговорим о тайнах стокгольмского; поверьте (с прежним удовольствием пишет галантный Димитрий), в них тоже есть свои прелести, своя интрига, свое сумасшествие, свой холодок обмана и ужаса, свой собственный, очень северный, сквознячок. Не бойтесь, мы не будем говорить ни о конунгах, ни о фалькунгах (рунах, эддах, et cetera); начнем поближе к нам с вами, к нашему с вами смутному времени, моя прекрасная фрёкен, с Густава Первого Эриксона, основателя династии Ваза (жаль, не могу вам показать портрет его, такого рыжебородого, страшновато симпатичного, похожего на старика-котофея, с квадратной бородой, квадратной скобкой волос, в черном берете с чем-то очень алмазным, приделанным к оному): Густава Первого, у которого было сколько-то жен (неважно сколько, но важно что несколько) и сколько-то детей (тоже неважно сколько, но важны из них трое). И прежде всего важен его старший сын, от первой жены, сумасшедший, или не совсем сумасшедший, или иногда сумасшедший, иногда нисколько не сумасшедший, или иногда сумасшедший, иногда, как мы с Гамлетом, разыгрывающий сумасшествие Эрик Четырнадцатый, дедушка моего детского друга, герой народных легенд, герой драмы Стриндберга, в которой он, Стриндберг, изобразил, подозреваю, свое собственное безумие, свою собственную манию преследования, свой страх и отчаяние (и которую, сиречь драму, Сергей, но это в скобках, Сергеевич собирался ставить и даже едва не поставил в нашей студии, на маленькой площади, потом решил, что двух пьес об одной или почти одной эпохе — моей эпохе, мадам! — будет все-таки многовато, потом, после «Вишневой чайки» и прочих банальностей, поставил в другом театре, до боли академическом, уже без меня).

*

Безумие начинается рано, сударыня; оно начинается в поколениях, предшествующих нашему; оно сопровождает нас всю нашу жизнь, подстерегает нас на всех ее поворотах, за всеми ее углами. Мой собственный батюшка был безумец буйный, кровавый, кромешный; мой единокровный братец Федор — безумец безвольный, безвинный; Эрик же Четырнадцатый, отец Густава и дедушка Эрика, моего детского друга (количество Эриков, как, впрочем, и Густавов в шведской истории поражает наше с вами воображение, прелестная фрёкен) — Эрик, еще раз, Четырнадцатый, тоже мог быть жестоким, кто ж спорит? — казнил же он, например, целых трех Стуре, славных представителей одного из старейших шведских семейств, якобы перед ним провинившихся (что ни в какое сравнение не идет, разумеется, с пыточными оргиями и головорубными вакханалиями моего расчудесного батюшки, хотя одного из этих Стуре он, то есть Эрик, прикончил-таки, если я правильно понимаю, собственными изнеженными руками); — мог быть и буйным, но мог быть и добрым; мог, похоже, простить; мог, если я правильно понимаю, помиловать; и если был безумцем, то лишь иногда, по мере собственной и государственной надобности; по сути же, как и его сын, и его внук, как и принц Гамлет, как и я сам, Димитрий (гордо пишет Димитрий) был просто свободным человеком в мире рабов, в мире господ, поступал так, как хотел, а не так, как от него требовали и ожидали другие, а этого другие не прощают никому никогда.

*

Он все хотел, понимаешь ли, жениться на английской короле Елизавете, говорил мне *мой* Эрик о *том* Эрике, Четырнадцатом, когда мы стояли перед его, *того* Эрика, очень торжественным, очень парадным, очень смешным портретом, в замке Грипсгольм (портрете, на котором он, *тот* Эрик, совсем не похож был на своего батюшку, мощного, котофеистого Густава, основателя династии Ваза: ничего основательного в нем не было ни на том портрете, ни на всех прочих портретах, какие доводилось мне видеть на протяжении бессмысленной моей жизни; на всех портретах, которые доводилось мне видеть, он узкоплеч, худ, ломок и нервен; да, тоже рыжеволос, рыжебород, но без малейшего намека на великодержавную положительность в прическе и бороде: борода, на всех портретах, раздваивается, рифмуясь с раздвоенностью души, двумя издевательскими сталактитами устремляясь к изумленной земле; со всех портретов он смотрел и смотрит на меня светлым взором темных безумных глаз; поражает воображение мое буйно-багряным злато-узорным одеянием, напоминающим загнутое внутрь (над коленками) полу-женское платье, так что четверть-женские ноги в розовато-рыжих чулках странно и сталактитно стремятся, в свою очередь, к по-прежнему изумленной земле, повторяя, посмеиваясь, рисунок раздвоенной бороды; в общем, посмотришь — оторваться не сможешь); очень, понимаешь, хотел он жениться на Елизавете Английской (говорил мне мой Эрик, когда мы стояли с ним в галерее Грипсгольмского замка, на меланхолическом озере Меларен), но та никак не хотела (а ведь и твой батюшка сватался то ли к самой Елизавете Английской, то ли к ее дальней родственнице, Марии Гастингс, даже был готов развестись ради этого с твоей матушкой, Марией Нагой).

*

Ничего не вышло, как ты понимаешь (говорил мне мой Эрик на той смеси ломаного русского с отменным английским, на которой он со мной разговаривал); Елизавету никакие матримониальные планы соседних и не совсем соседних монархов не разлучили бы с ее Дадли. А Эрика, моего (как ты утверждаешь) дедушку ничто никогда не смогло бы, на самом деле, разлучить с моей (как ты утверждаешь) бабушкой, простой женщиной, героиней финского народа, Катариной (или Карин, кому как нравится больше) Монсдоттер. Он и так старался, и этак, и к одной принцессе сватался, и к другой королеве, и заводил себе фавориток целыми созвездиями, соцветиями, так что история, и я — от лица истории, мы все — от лица истории (говорил Эрик на смеси английского с русским) с наслаждением повторяем их имена, хотя и мало что о них знаем (Карин Якобсдоттер, Анна Ларсдоттер, Карин Педерсдоттер, Сигрид Нильсдоттер, Дореди Валентинсдоттер и другие доттеры простых, или не очень простых, во всяком случае добропорядочных шведских граждан, не смевших, очевидно, перечить своему королю, когда он их доттеров забирал в свой гарем), но ничего не помогало — любил он одну только Карин (или Катарину, кому как угодно) Монсдоттер, дочь простого финского солдата по имени Монс, на которой в конце концов и женился, к ужасу чопорных, исполненных сословных предрассудков и прочей чепухи шведских дворян; и не просто женился, но возвел ее в королевский сан и детей, которых она родила ему, признал детьми законными, своими наследниками, в том числе и в первую очередь своего сына Густава (обилие Густавов, как и Эриков, поражает воображение наше), ради которого (говорил мне Эрик в Грипсгольмском замке) мы ведь здесь и находимся, разве нет?

Нет, не только. Мы здесь находимся ради всей этой истории, отчасти смыкающейся, отчасти перекликающейся с моей историей (пишет Димитрий); ради всей этой безумной истории и всех этих безудержных персонажей, о которых, сударыня, вы, вероятно, не слыхивали; ради всего этого я, Димитрий, магической силой своей божественной прозы и привел вас в замок Грипсгольм, где мы стояли и стояли с *моим* Эриком перед портретом Эрика Четырнадцатого, свободного человека в мире господ и рабов, поступавшего так, как хотел, женившегося на ком хотел, возвышавшего и унижавшего кого хотел унизить, возвысить. Мир этого не терпит. Сперва Эрик заключил своего сводного брата Юхана в этот замок Грипсгольм, вместе с его, Юхана, женой, Катериною Ягеллонкой, сестрой польского короля Сигизмунда Второго Августа и матерью, соответственно, Сигизмунда Третьего, с которым так непросто складывались мои отношения (вздыхая пишет Димитрий); потом, когда Юхан (будущий Юхан Третий) с другим своим братом Карлом (будущим Карлом Девятом) свергли, наконец, нашего любимого Эрика, объявив его окончательно сумасшедшим (будто бы он стал *не сам у себя своею персоною*, как прелестно писал моему батюшке Иоанну Террибилису его посол в шведской державе) — когда, следовательно, его сводные братья (будущий Юхан Третий, будущий Карл Девятый) в конце концов свергли его, Эрика, ему, Эрику, свободному, ученому, чуть-чуть сумасшедшему, тоже пришлось посидеть в этом замке Грипсгольм вместе со своей возлюбленной, теперь уже женою и королевой Карин Монсдоттер, героиней финского

народа и шведских легенд, дочерью простого солдата, и вместе
со всеми их детьми, из которых для нас с тобою (говорил мне,
помнится, Эрик) важен старший сын Густав (мой, как ты утверждаешь, батюшка), законный наследник шведского престола,
будущий жених Ксении Годуновой, ради которого, не правда
ли, мы сюда и приехали.

*

Да нет же, не только. Сам Эрик Четырнадцатый восхищает меня.
Вольные люди всегда меня восхищают. Мечтатели и мыслите-
ли, философы, фантазеры, любовники, безумцы и поэты всегда
волнуют воображение мое. Его, случается, сравнивают с моим
батюшкой Иоанном Террибилисом. Какое-то сходство есть, но
и какие различия, Эрик (говорил я Эрику, пишет Димитрий).
Во-первых, он дал себя свергнуть (чего мы братьям его не простим никогда, во всю длину вечности), а мой-то батюшка, Иоаннус Чудовищный, если и оставались у него недоистреблен-
ные родственники, претенденты на московский престол, так
он их очень постарался, и преуспел в этом, казнить, отравить,
удушить, по примеру своей матушки, моей, соответственно,
бабушки Елены Глинской, всячески изничтожавшей, бедной
вдовицею, братьев своего покойного мужа, Василия Третьего,
моего дедушки (с отвращением пишет Димитрий), чтобы они,
не приведи бог и дьявол, не посягнули на трон тогда еще ма-
лолетнего монстра, монстрика, будущего моего батюшки, в ту
пору еще забавлявшегося бросанием котят и кошек с высокого
крыльца в Коломенском (так они сладостно пищали, подыхая:
чистое наслаждение, не омраченное ничем удовольствие).

*

А во-вторых и в-главных: любовь, говорил я Эрику — и тем более говорю теперь вам, сударыня (пишет Димитрий). Пускай
такие доттеры и другие — целый гарем, — но если нашлась
одна среди них, которую он полюбил, то все простится ему.

114

История все простит, народ все простит, Швеция все простит, Финляндия все простит, Август Стриндберг все простит, мы все простим. История сентиментальна, народу нужны мелодрамы. Все лучше, чем сплошной кровавый ужас, которым наслаждаются московиты (как мой батюшка еще дитятею наслаждался умерщвлением котят). Пускай Темрюковны, Собакины, Василисы Мелентьевы, но если бы нашлась среди них хоть одна... не нашлась. Говорят, он любил свою первую жену Анастасию Романовну. Говорят; мало ли что говорят? Нет сюжета, мадмуазель. Он любил, она умерла. Никто их не разлучал, по разным замкам не развозил. А Эрика разлучили-таки с женой и семьей, хотя разлучить его с женой и семьей, с детьми и с Карин, было никому не под силу, даже ему самому, как ни старался он, еще будучи королем, беспрерывно сватаясь к Елизавете Английской. Все же, когда свергнутый своим братом Юханом и заключенный вот в этом самом Грипсгольмском замке Эрик вступил в тайную переписку с моим чудовищным, никого и никогда не любившим папашей, чтобы тот, мой папаша, помог ему, Эрику, в свою очередь свергнуть единокровного брата Юхана и вернуть себе трон — от чего, понятное дело, любитель котят и кошек получил бы свой политический профит и немалую выгоду (в виде, к примеру, Лифляндии), — прознав об их сговоре, узурпатор Юхан отправил несчастного Эрика в другую, беспощадную крепость, потом в еще одну, беспощаднейшую (где в конце концов его и отравили, как мы теперь знаем), разлучив его и с детьми, и с Карин Монсдоттер (с которой обошлись, впрочем, мягко, сделав ее финской помещицей, правительницей больших латифундий, так что она пережила всех участников драмы, пережила даже русскую смуту, на чистом, озерном и северном воздухе); маленького же Густава, своего полуплемянника и, как нетрудно догадаться, возможного и важнейшего претендента на шведский трон, отправил от греха подальше в Польшу, запретив ему когда бы то ни было и при каких бы то ни было обстоятельствах появляться на границах шведского королевства.

*

Уж мой бы батюшка такого Густава, твоего батюшку (говорил я Эрику в замке Грипсгольм) просто прикончил, а этот Юхан всего лишь в Польшу отправил, где тот сделался (по примеру своего собственного, свергнутого и в итоге отравленного батюшки) образованнейшим, ученейшим человеком, «вторым Парацельсом», как его называли недогадливые современники, не понимавшие, что вторым он быть не мог, мог быть только третьим (терпенье, мадмуазель, скоро все объяснится) — и откуда Борис Годунов (узурпатор *моего* трона) сманил его в Россию, предполагая выдать за него Ксению, свою дочь (*мою* Ксению — за него, возмущенно пишет Димитрий), сделать его шведским королем, Ксению — шведской же королевой (что, я полагаю, для Ксении было бы лучшим выходом и решением, но судьба-змеюка, записанная рунами на камнях, распорядилась ею и мной иначе); и прежде чем в Россию отправиться, он, Густав, со своим собственным маленьким сыном, тоже Эриком, побывал у нас в замке в Курляндии (вот к чему я веду вас надежной рукою), и не просто побывал у нас в замке в Курляндии, но оставил Эрика, моего друга, там, в Курляндии, под опекой и присмотром Симона, великого человека, фабрикатора моей доли, врача и влаха, в свою очередь мечтавшего и готовившего объединение России (под моим скипетром) со Швецией (под скипетром Эрика… или под моим же скипетром, как получится) в одну Великую Северную Страну, Шведороссию, с присоединением, возможно, и Польши с Литвою; и то, что вы, сударь, окончательно записали меня в сумасшедшие, и вскакиваете со своего места, и призываете медбратьев, меддядей, меддеверей, так это ваше личное поганое дело (с удовольствием пишет Димитрий, поглядывая в окно, на колеблемые райским ветром, на вечном солнце, кроны деревьев), зато вам, благородная фрёкен, вам ясновельможная пани, я все объясню в свое время, я (еще раз) веду вас по страницам моей правдивейшей повести, из Московии в Стекольню и обратно в Московию, уверенной, надежной рукою (прямо полковничьей).

*

Гамлет тоже не знает, кто он такой, вот в чем все дело. Он ведь может быть сыном Клавдия — старая, страшная мысль. Если королева Гертруда начала изменять его (будто бы) отцу с его (будто бы) дядей — давно, то почему бы ему, Гамлету, не быть трагическим порождением этой измены? Если он сын Клавдия, то он не мстит за отца, он убивает отца. Он потому-то все никак и не может его убить. Если его отец — Клавдий, то он принц ненастоящий, сын узурпатора и прелюбодейки; если Клавдий — его отец, то он, принц Гамлет, самый принц из всех принцев, — вообще никакой не принц. А кто он тогда? А он не знает, кто он такой, как и я не знаю, кто я такой. Да, да, мы уже слышали. Никто не знает, кто он на самом деле, и тот, кто делает вид, что знает… Но, сударыня! Есть незнание и незнание. Есть незнание такое огромное, что звезды падают, если не с неба, то с занавеса, что колосники обрываются вместе со всеми кулисами. А кровь, между прочим, на сцене льется всегда настоящая.

*

А возвращение в неизменную Совдепию после первого Стокгольма, мадам, — вы это помните? или вы так молоды, что вообще не помните ничего? Вот этот раздолбанный асфальт, эти лужи, эти жалкие *жигуленки*, испускающие адские газы, эти, соответственно, *газики*, *пазики*, вообще не предназначенные для передвижения в пространстве, эти никуда не девшиеся «Канцтовары», эти магазины «Молоко» с их грязными полами и серыми толпами, это молоко в бумажных пирамидках, нехеопсовей некуда, имевших обыкновение тут же брызгать и пулять тебе в морду своим содержимым, едва отрывал ты верхний уголок такой пирамиды, этот кислый мягкий творог в целлофановых кишках, за которыми выстраивалась очередь от Марксистской до Пролетарской, эти люди из очереди, мечтавшие тебя уничтожить, просто потому что ты — есть, ты — здесь, но в очереди не стоишь, мимо идешь, весь в заграничном, эти пельмени из котятины в бумажных, но кубических, нисколько не пирамидальных пакетах, эти пельменные с их, в любое время года, растоптанной жижею на полу, эти сосиски из той же котятины в целлофане, о которых люди из очереди мечтают еще сильнее, страстнее, чем даже о твоей вечной погибели: вот это все — есть? Все это как было, так и — есть, никуда не делось, покуда ты гулял по Стокгольму, покуда ты путешествовал, законным образом, в Гельсингборг и образом беззаконным — в Гельсингор, из замка Кронборг в замок Грипсгольм, по следам сумасшедших принцев, безумных королей, таинственных сыновей? Все это — существует? Если это существует, то не существует ни Гельсингборга, ни Гельсингора, если же существуют Гельсингборг с Гельсингором, тем более если где-то там есть Лангедок, Лотарингия (куда душа твоя так стремится), — то ничего этого — ни *газиков*, ни *пазиков* — разумеется, нет, не надо себя обманывать. Или ты по Сретенке топаешь — вот сейчас, или ты на Скиннарвиксбергет (кто выговорит, получит от меня первый приз) позавчера поднимался, чтобы в последний раз посмотреть на Стокгольм. Один я на Скиннарвиксбергет (кто выговорит, тому шубу с царского плеча) поднимался, другой по Сретенке топает. И никогда бы мне не удалось соединить эти *я* друг с другом, не будь я (я!) бессмертным Димитрием, архетипом и эйдосом, проходящим сквозь бессчетные воплощенья; вот в чем дело, а вы мне не верите (с удовольствием пишет Димитрий).

Была, помню, осень, когда Макушинский вновь объявился; принес наконец свою пьесу, перепечатанную на машинке, в четырех экземплярах; долго и очень долго обсуждал ее с Сергеем Сергеевичем, у него, Сергея Сергеевича, наверху, в пятиугольном прокуренном кабинете, вместе с Марией Львовной (простых смертных, даже простых бессмертных, вроде меня, на свой синклит они, конечно, не звали: смертные обижались, бессмертным было плевать, им только осень нравилась, за окном). Осень была прекрасная, просторная и покойная. Есть простор, покой солнечной осени, даже бессмертных примиряющий со смертною жизнью. Я бродил себе по заветным переулкам, один, отвергнутый Марией Львовной, еще не встретивший Ксению, не сыгравший своей главной роли, шурша листьями, глядя в прозрачное небо. Почему-то казалось мне, что я со всем этим прощаюсь — и со Скатертным переулком, и с Хлебным, — хотя я нисколько не намерен был с ними прощаться, наоборот, намерен был сыграть свою главную роль, намерен был царствовать, намерен был миловать, нисколько не был намерен казнить, университет учреждать на Москве, Боярскую думу преобразовывать в Сенат, маскарады устраивать, на охоту ездить, за девками бегать.

А все-то царствование Димитрия длилось одиннадцать месяцев (разглагольствовал возвратившийся Макушинский), потому и нам бы следовало поторапливаться, тем более что вот она, пьеса, перепечатанная под копирку и на машинке (с падающей под строку буквой «м»; другой машинки у него для нас нет) в четырех экземплярах, из коих четвертый, понятное дело, слеп, глух, нем и туп (но это неважно, он скоро размножит ее на полуподпольном ксероксе, у какого-то своего приятеля, тоже полуподпольного) — и тем (еще) более, что

в воздухе и во времени происходят и намечаются (он чувствует) перемены, которые… что же? О нет, он не думает, что пьеса
его устареет; его пьеса навсегда, на века (вновь Басманов ухал
всем своим хохотом, и Мария Львовна улыбалась вновь снисходительно, и Простоперов, уже изгнанный Галиной Волчек
из «Современника» (я пишу только правду, сударыня: зачем
мне врать-то?), опять обретший приют в нашей студии, заодно
и пристрастившийся к *портвешку* с *бормотухой*: Простоперов
гоготал гегемонским гоготом, здоровым и оглушительным, от
лица всего пролетариата, колхозного крестьянства, кулачества
и купечества), пьеса-то его навсегда, во веки веков аминь, но
то, что надо сказать сейчас, надо сказать — сейчас, не завтра,
не через два года, не в новом десятилетии; и Сергей Сергеевич,
шевеля своими пальцами, хоть хохоча, а все-таки соглашался;
да и сам я (отрываясь от созерцания заоконной осени) говорил
им всем, в общем хохоте, что следует нам поторапливаться, что
времени у нас нет; поймите же; нам с Шуйским-Муйским нужно поскорей разобраться.

*

Потому что злоумышлял, как вы знаете, Шуйский-Муйский
против меня, природного государя. И сам злоумышлял, и братья его злоумышляли, и народ подговаривали, в симпатичном
лице Простоперова, пристрастившегося к *портвешку*. А народ — что? Народ как Отелло, не ревнив, но доверчив. Народу
только начни нашептывать, что царь-то, царь-то не настоящий,
не тот царь-то, и ходит-то он не так, и к иконам не по-нашему
прикладывается, и вообще он Гришка Отрепьев, чернец-чернокнижник, расстрига, беглый монах, колдун, ведун, чародей,
ворожей, лешак, кикимора, агент империализма, исчадье мировой закулисы. Да будь я Гришкой Отрепьевым, беглым монахом Чудова монастыря, когдатошним патриаршим писцом, уж
я бы знал, как к иконам прикладываться! Вы пораскиньте мозгами, придурки! Мозгов нет, раскидывать нечем. А Чудов-то

где монастырь? А в Кремле, столице нашей необъятной… тьфу, в столице нашей столицы, в самой сердцевине самого сердца нашей, как ее? необъятной нашей, да черт с вами, родины. Да будь я беглым монахом Чудова монастыря, меня бы все и узнали, на меня сколько людей показали бы корявыми пальцами. Вот он, Гришка Отрепьев! Знаем мы Гришку Отрепьева! Они и показывали — на Гришку Отрепьева, прибившегося ко мне еще в Польше, мелкого мошенника, пьяницу, проходимца. Так он мне мерзок был, что я сослал его с глаз долой в Ярославль. И да, да, сударыня, это была моя первая большая ошибка. Сейчас будет вторая, большущая. Мне нужно было держать его при себе, всем показывать. Смотрите, мол, вот он, несчастный пьяница Гришка Отрепьев, беглый монах, поп-расстрига. Я глуп был, признаю теперь это. Был глуп, наивен, ветрен, великолепен. Я так верил в свою звезду, особенно после встречи в Тайнинском, все подтвердившей, все оправдавшей. Мне казалось, я все могу, мне все покорится. И я хотел хорошего, поверьте, мадам; я, можно сказать, просвещение собирался вводить на Руси, предвосхищая Петра, второго бритого в нашей истории; я, скажу еще раз, университет собирался открывать на Москве, так что по праву-то и по совести не именем бы Ломоносова, Михайлы Васильевича, называться бы надлежало университету московскому (где вы, возможно, учились… куда Макушинский, такой зануда, ходил в те годы учить латынь, учить древнегреческий), но моим, моим именем (Московский университет им. Димитрия Третьего; а? как вам? или Димитрия Четвертого? это смотря как считать, сударыня, смотря как считать — ведь кроме Димитрия известного всем вам Донского, и Димитрия любимого моего Шемяки, недолго, но все же покняжившего на негостеприимной Москве, был еще Димитрий как-никак Внук, сын Ивана Молодого, сына Ивана, соответственно, Третьего, собирателя русских земель, от его первого брака с Марией Тверитянкой, каковой Димитрий Внук, как наверняка вам известно, первым и самым первым был венчан на царство на многострадальной нашей Руси, но потом свергнут и уморен в темнице Софией, как вы уже поняли, Палеолог, второй женой Собирателя, не только добавившей византийское коварство к татарской жестокости русской власти, но и, понятное дело, стремившейся возвести на трон своего сына, моего дедушку Василия Третьего, который потому-то, может быть, и не решился принять царский титул, понимая, что он-то, Василий, мой дедушка, и есть настоящий, и есть подлинный самозванец, а раз так, то придется ему ограничиться великим княжением, титул же царский предоставив принять своему сыну, моему кровавому батюшке, отчего я сам, взойдя на трон ящеров, постарался поскорее заменить его императорским, — а ежели не верите вы, сударь, в мое царское, вернее и лучше — императорское достоинство, то и ладно, то и пожалуйста; пускай будет: Московский университет им. Лжедмитрия Первого; оно ведь так даже смешнее, прекраснее: вы где, мол, учитесь? — Я-то? А в университете им. Лжедмитрия Первого. — Как же вам повезло, молодой человек! Да вы, молодой человек, просто счастливчик! Да знаете ли вы, молодой человек, что учиться в университете имени Лжедмитрия Первого мечтают все студенты Оксфорда, все студентки Сорбонны? — Особенно сих последних хотелось бы нам приветствовать в пенатах, коридорах, курилках и укромнейших уголках университета нашего имени Лжедмитрия Первого, который и сам был не чужд… и так далее, мадам, и так далее; это *далее* уже близко, понимайте как знаете…) — многое, мадам, прекраснейшее, мадмуазель, замышлял я для моей несчастной страны, я людишкам московским хотел внушить понятия о достоинстве и чести, хотел объяснить им, что они не рабы, рабы не мы, что мама мыла раму и рама теперь очень чистая, что можно посмотреть на мир сквозь эту чистую раму, сквозь это сверкающее стекло, что даже и сквозь стекло смотреть на мир незачем, но можно прямо взять и выйти в этот широкий прекрасный мир, дверь распахнута и влекущие дали доступны —

хотите в Оксфорд, хотите в Сорбонну, — да я и сам собирался, сударыня, покончив с неотложнейшими делами, во Францию, на свидание, во-первых, с моим братом Генрихом Четвертым, о чем, по моей же просьбе, и писал ему Маржерет, во-вторых и в главных, сударыня, чтобы после московского удушья вдохнуть, наконец, живительный воздух Оверни, упоительный воздух Пикардии, благословенный воздух Аквитании и Гаскони, заодно и договориться с братом моим Генрихом Четвертым о совместном походе на турка, потому что ведь ясно было уже тогда, что турка надо остановить, турка, вместе с братьями его басурманами, надо загнать обратно в историческое небытие, у турка и басурмана надо отобрать поскорее Константинополь, на который если и были права у кого, то, разумеется, у меня, непобедимого императора, правнука Софии Палеолог, как бы ни была она мне сама по себе отвратительна и как бы ни сочувствовал я задним числом моему тезке, Димитрию Внуку, прекрасному, как все мы, Димитрии.

*

Замечательные замыслы, вселенские планы. Но злоумышляли против меня, сударыня, с самой первой минуты, с первейшей минуточки; выглядывали из-за правительственных парсун, из-за пыльных портьер, и шушукались, и лебезили, и раскланивались, и расшаркивались, и снова прятались, и опять появлялись, и подуськивали, и подзуживали легковерный народ, в приятном лице симпатичного Простоперова, уговаривали легковерный народ не верить мне, верить им, наплевав на всякую логику. Не логикой, мадам, возбуждается народ к революционному действию. Царь поддельный, потому что ведет себя не как царь. Да ведь ежу, ужу и стрижу понятно, что был бы он поддельный, он бы вел себя как самый разнастоящий, как из всех царей царь, как царь-суперцарь, суперстар; стрижу, ужу понятно, сударыня, что только настоящий царь может себе позволить вести себя не как царь, что и доказал впоследствии

Петр Первый, мой продолжатель, мой подражатель. А плевать, что стрижу понятно и ежу тоже понятно. Плевать на логику, диалектику, эстетику, этику, метафизику. Не настоящий царь и все тут, вон, после обеда не спит. Все цари спали после обеда, а этот не спит, собака заморская. И сам ходит, видите ли. Всех царей под белы ручки водили, а этот сам ходит, еще и отмахивается, когда кто захочет его под локоток поддержать — не смейте, мол, прикасаться ко мне. Да мы царей под белы ручки в нужник водили, вот оно как. Заходи, мол, в нужник, царь-государь, сиди и думай там о нуждах народных, а мы снаружи постоим, подождем да послушаем, не случилось ли чего, не приведи Господь, пока ты там один сидишь в нужнике, без охраны и без присмотра. Так-то, братцы, у нас на святой Руси. Может у них там, у нехристей, все по-другому, а у нас оно вот как. У нас тут все по старине да по обычаю, все чин чином, тишь да гладь да Божья, разумеется, благодать, у нас всяк сверчок знай свой шесток, а этот, царек-то, не только сам ходит, он еще и сам бегает. Прям бегает, вот те крест, не угонишься. Обернешься — ан его уже нет. И куда все бежит, все торопится? И жить торопится, и чувствовать спешит. У, демонское отродье. Да он, братцы, с обеда сбежал. Честное слово. Один раз сбежал, и в другой раз сбежал, и сколько-то раз ни сбегал. Ох тошно нам, ох воет душа у нас. Волчьим воем воет наша душа. Потому — что ж это, а, православные? Только мы затеем царский обед **на** сто персон, пятьсот блюд, двадцать восемь часов — ан смотрим, царька-то и нет. А его, бывало, прадедушка, великий государь Иван Третий, собиратель земель русских, за царской трапезой засыпал. До того наедался, до того напивался государь наш, что прямо голову свою могучую склонял на белы ручки, да и принимался храпеть. А мы-то сидим, шелохнуться боимся, сидим, дрожим, даже не дышим. Час сидим, два сидим. Вот как должно быть у нас на святой Руси. А как поднимет с белых ручек могучую голову царь наш батюшка, государь, как разомкнет светлые свои очи, как потрет их, бывало, перстами, да зевнет, да потянется, так и мы все заулыба-емся, залебезим, чаши наполним, за здоровье его драгоцен-ное выпьем, и снова нальем, и снова выпьем, и снова нальем, прямо душа радуется, а этот, царек-то, этому скучно, видите ли, за обедом сидеть по сорок восемь часов, глянь — а его уж нет, убежал, поди ищи его по всей бескрайней Москве, то он на Остоженке, в царских конюшнях, то заберется, вон, на самый верх Останкинской телебашни, а как вернется, так телятину ему подавай, которую никогда у нас на Руси не едали, да вот и в пост, сволочь, скоромное ест, и в церковь со своими латиня-нами заходит, с бесовским отродьем, и с ляхами, и с немчи-нами, и с Маржеретом энтим в линялых портках, джинсами прозываемых, за которые уж как бы мы бы его бы. Да уж, мы бы его бы. Уж мы бы джинсы эфти стащили с него, да по голой-то по заднице отстегали бы его хворостиною, заодно с Хворости-ниным, предателем родины, да погнали бы его по Москве на радость честному народу — что, мусью, не нравится? уж девок наших лапать не будешь, — а девки-то хохочут-заливаются, руки в боки, — да бросили бы в Яузу али в Неглинку, чтоб он там захлебнулся, а не захлебнется, так сами уж порвем его на кусочки, пальчики отрежем, ручки отрежем, ножки отрубим, терпи, мусью, подыхай медленно, быструю смерть еще заслу-жить у нас надо. Эх, нет нам воли, нету нам счастья. Со всех сторон теснят нас, не дают развернуться. А уж на что могуч, на что талантлив русский-то человек! Была бы воля ему, уж он бы себя проявил, себя показал, все вокруг разбежались бы куда глаза глядят, хошь в Америку, хошь в эту... как ее?.. Ант-лантиду.

*

А мне сразу донесли, кто народ мутит, кто на бунт его под-бивает. У нас на Руси всегда так. Одни мутят, другие доносят. А бывает, что кто мутит, тот и доносит. Сперва помутит-по-мутит, потом подумает-подумает — да и побежит с доносом

125

к Малюте. Малюты у меня не было, но уж они нашли, к кому побежать. Гнилозубый Шуйский, вот кто был главный зачинщик. Вы не подумайте, не Рыжков, не Слюньков и не Чебриков. Гнойноглазый Шуйский, именно он. И что ж его, казнить теперь? А я ведь обещал Басманову, что казней больше не будет. Басманов меня уговаривал, казнь, мол, бывает в государстве необходима. И Мария Нагая, Мария Федоровна меня уговаривала. Мария Львовна великолепна была в львиной роли Марии Федоровны. Как же так, сын мой Димитрий, государь мой? Али ты думаешь, что можешь казнить, можешь миловать по собственному хотению, по своей человеческой воле? Нет, вступил на престол, так подчиняйся воле Божьей, державной. А Божья воля всегда за то, чтоб казнить, если еще ты не понял. Еще не понял ты, еще науку свою царскую, похоже, не выучил. Не в том наука твоя царская, чтоб кого-то казнить, а кого-то, скажем, и миловать. Нет, уж начал казнить, так казни. Казни и не думай. А мы за тебя помолимся. Мы помолимся, а ты казни себе и казни. Недоучил тебя царской науке Симон-волхв, врач и влах, твой спаситель. Ах, он другому тебя учил? Негодяй. Не за тем мы с братьями моими, Нагими, его нанимали, чтобы он потом учил тебя нюни распускать. Казни его, Митенька, и дело с концом. Ты его помилуешь, да он тебя не помилует. Ты думаешь, ты помиловал, ты простил — и друга себе приобрел. Глуп ты, Митенька, если думаешь так. Да он твоего же прощения не простит тебе никогда. Да твое же прощение унизит его, как пытка лютая его б не унизила. Что какой-то вор, самозванец, неведомый человек его приказал пытать, его на смерть осудил, — это снести еще можно. Даже и смерть принять, на казнь пойти, на плаху голову положить не постыдно. Но что какой-то пройдоха посмел его, природного князя, Рюриковой крови, простить и помиловать: вот за это он мстить тебе будет до последнего своего часа, до самого минутия своего... Это, вестимо, он думает, что ты самозванец, вор и пройдоха. Я-то знаю, Митенька, что ты — это ты... И как же вкрадчиво, с какою издевкою произносила Мария Львовна это ужасное *Митенька*; с такой издевкой, так вкрадчиво, что вся моя вера — в ее веру в меня, если не улетучивалась, то дрожала, и трепетала, и готова была обвалиться. То, что было в Тайнинском, было ли? Не было ли обманом и это, подлогом и это? И тогда что же? Тогда я — не я, тогда все бессмысленно. Ну нет уж, дудки, еще мы посмотрим, еще мы поборемся.

*

И все они меня уговаривали. Все они, того же Шуйского, того же Муйского друзья и товарищи, родственники и свойственники, готовые, представься только случай, лебезить перед ним, как теперь лебезили передо мной. Да что ты, царь-государь, что тут раздумывать? что рассусоливать тут? что размусоливать? Голову с плеч долой, все дела. Ишь, крамольник, ишь, охальник какой, злоумышлять вздумал против тебя. Да разве так поступил бы твой батюшка, Иван блаженной памяти Васильевич, царь грозный-прегрозный? Допустил бы он, батюшка твой, сие? Да батюшка твой, блаженной памяти грозный царь, еще тринадцатилетним отроком, разгневавшись на родного деда этого нынешнего Шуйского, он же Муйский, не Василия Ивановича, как нынешний, а Андрея Михайловича, обвинил его, вкупе с прочими Шуйскими, что они, Шуйские, все вкупе, бесчиние и самовольство творят, и взял этого самого Шуйского, Андрея Михайловича, и велел его предати псарям, а псари долго не думали, псари его псам своим бросили, а псы тоже раздумывать не стали, не то, что ты, государь, псы с превеликой охотою разорвали его на куски и кусочки, ошметки, оглодки, а что от него осталось, то валялось потом в воротах на радость и поучение гостям столицы и жителям Белокаменной, а в каких воротах — все равно, ворота, государь мой, найдутся. И псы найдутся, и псари найдутся, и вообще богата держава твоя, государь, обильна держава твоя, государь, талантами не обделил ее Господь Бог, а ежели ты, государь, сокрушаешься,

127

что нет у тебя, к примеру, Малюты Скуратова, как у блаженной памяти батюшки твоего, так ведь и это, государь, беда поправимая, потому у нас Малютой Скуратовым становится любой, стоит стране приказать, уж ты не сумлевайся, родимый, уж мы тебе малют-скуратовых доставим в любом необходимом количестве, да и качеством не подкачают малюты, не подведут скуратовы, если что, ты только прикажи, царь-надежа, топни ножкой, кулаком ударь по столу, али, вот, за бороду кого оттаскай, кто тебе подвернется, а уж мы-то, государь, живота не пожалеем, голову сложим, за нами дело не станет, наше дело правое, крамолу выведем, супостатов сошлем в Усть-Сысольск.

*

Вот вы и решайте, раз вы такие. Вы себе тут решайте, собирайте Боярбюро, заседайте всей Политдумой, покуда я не сделал ее Сенатом — а я обязательно сделаю — и университет открою, и Сенат заведу, — решайте тут, заседайте, выносите приговор в полное свое удовольствие, да и попов позовите, пусть уж будет у вас полный сбор, полный собор, а я поеду поохочусь — на медведя али за девками. До девок я всегда был охотник, сударыня, не могу утаить от вас правду. Такие переулочки были возле Киевского вокзала, да и в Дорогомилове были еще переулочки, куда мы хаживали с Басмановым, да и с Мосальским, да, бывало, и с Маржеретом, чтобы он, Маржерет, проникся прелестями незатейливого русского разврата. Там такая была одна Нюра, и такая там была одна Катенька...

*

Потом я одумался. Я все-таки произнес речь перед всем собором, синклитом, синедрионом. Их теперь было много на сцене. Теперь уже правительственных парсун, отодвинутых к заднику, незаметно было, а только были на сцене все эти бороды, вроде бы настоящие, на самом деле наклеенные. Да и отдельно взятые бояре, по замечательному замыслу Сергея Сергеевича, должны были быть картонными (Хворостинин их клеил). А потому что все обман, все подделка. И все эти Шуйские, все эти Муйские всегда были подделкой, были обманом, воплощенной ложью, овеществленным двуличием, осуществленным безличием. Все припомнил я Шуйским и Муйским, даже *шубу мухояр на куницах*, о которых кровавый батюшка мой, Иоаннус Террибилис, так проникновенно пишет бывшему сподвижнику и вечному врагу своему князю Курбскому. Всегда-де с самого детства обижали его бояре; бывало, играет он мальчиком, а князь Иван Васильевич Шуйский сидит себе на лавке, да еще и ногу на стул кладет, и даже локтем о постель его, Террибилиса, покойного батюшки, подлец, опирается. А на него, Грозного, и не взглянет; можно ли такое снести? А с казной что сделали? Всю расхитили, все себе поимаша, будто бы детям боярским на жалование, а на самом деле наковали себе сосуды злати и сребряни и имена на них родителей своих подписаша, словно это их наследственное богатство, а сами-то голь перекатная, еще при матери его, Грозного, Елене, соответственно, Глинской, у Ивана Шуйского шуба такая была, что стыдно и посмотреть на нее, мухояр зелен на куницах, да и те ветхие, драные, так вот если таково у тебя наследство, то и нечего сосуды ковать, лучше шубу себе порядочную завесть, а уж сосуды ковать, когда лишние деньги появятся…

*

А ты сам, Шуйский, клятвопреступник. То говорил ты, узурпатору Борису в угоду, что царевич Димитрий в Угличе на ножичек напоролся — ничего умней не мог выдумать? — потом, когда уж я подходил к Москве, начал, дрожа от страха, клясться и божиться, что спасся царевич неведомым образом, что ты, когда был в Угличе, и тела-то его не видел, теперь вот распускаешь слухи, что заклан бысть отрок от лукавого раба Бориса Годунова — так говорил ты московским людям? не отпирайся! так, так! — а ежели заклан бысть тот царевич, то значит, я — не я, я — никто, неведомый самозванец, даже, может быть, Гришка Отрепьев, хотя уж ты-то, Шуйский ты несчастный, не мог не видеть Гришку Отрепьева, мерзкого пьяницу, когда он жил тут в Чудовом монастыре. А ты бы сам заклал меня в Угличе, если бы повелел тебе Годунов. Тебе убить кого — плевое дело. Послал бы тебя Борис вместо Битяговского-злодея меня убивать, уж ты бы мастерски справился с поручением, не знаю даже, спас бы меня тот, кто спас, великий человек, врач и влах, которого священное имя мне даже и называть не хочется в паскудном твоем присутствии, глядя в гнилозубые твои очи... чем больше произносил я всех этих слов (заглядывая в макушинский машинописный текст), тем более отдалялась от меня, значит, и от него, Шуйско-Муйского, возможность настоящей и взаправдашней казни, как если бы ярость уходила в эти слова, терялась в них; оставалась только печаль.

*

А что ты сделал с Комарицкой волостью, Шуйский ты Муйский? Думаешь, я забыл? Думаю, что и ты не забыл. У таких, как ты, память коротка; допускаю; о своих давних злодействах ты и не вспоминаешь; но даже такой, как ты, не может не помнить, что творил всего полгода назад, когда вы разгромили под Добрыничами мое войско, чуть меня самого не убили, коня убили подо мною, и я бежал от вас в Рыльск, а вы, вместо того, чтоб меня преследовать, набросились на несчастную Комарицкую волость, меня поддержавшую, принялись дома жечь, амбары жечь, житницы жечь, жителей жечь, жителей не просто жечь, но сперва пытать, сперва мучить, мужчин подвешивать за ноги, за обе ноги или за одну ногу, к деревьям, стрелять в них из луков, как по живым, трепещущим, кричащим от ужаса, вам на радость, мишеням, а женщин, ясное дело, насиловать, уж не без этого, по многу раз каждую, целыми сотнями, потом, натешившись, сажать их на раскаленные сковороды, насажи-

130

вать на раскаленные гвозди, младенцев бросать в огонь, детей бросать в воду, девушек, тоже натешившись, продавать по дешевке в рабство. Весело было, Шуйский? Хорошо было, Муйский? Ликовала душа твоя? содрогалась от счастья поганая твоя душенька? Вот только не надо мне, скотина, рассказывать, что ты все это проделывал по приказу лукавого раба Годунова. Вы всегда все делаете по приказу какого-нибудь раба, которого считаете своим господином. Но рабы это вы: рабы лукавые, ничтожные и жестокие. И нет вам, и никогда вам не будет прощения. И победить вы не можете. Все пришли под мои знамена, после ваших зверств, даже те, кто до той поры сомневался: и вся Комарицкая волость, и вся Северская земля, и все Дикое поле, и все Низовские земли. Вот чего вы добились вашими зверствами. Вы разбили меня под Добрыничами, самих себя разбили повсюду: и под Севском, и под Путивлем, и под Кромами, и под Ливнами, и под Тулой, и под Москвой, и во веки веков, аминь.

*

Конечно, к казни присудил его земский собор, боярский синклит. Все правительственные парсуны, даже картонные, закричали в один голос: казнить! Казнить, казнить и казнить! Казнить всегда, казнить везде, до дней последних донца. Что ж, казнить так казнить. Вот уже он на плахе, наскоро сколоченной Хворостининым. То поднимал он голову, то клал ее снова на плаху. Отлично сыгранный страх стоял в гнилозубых глазах его. Виновен я, говорил Шуйский, он же и Муйский, то кладя голову на плаху, то снова приподнимаясь, виновен я, я — винюсь. Я винюсь, я каюсь, я даже и прощения себе не прошу. Бес меня попутал, бес путал, путал и окончательно попутал меня. Все так и есть: сперва клялся я и божился, что царевич в Угличе на нож напоролся, жизни лишился, потом что Годунов к нему убийц подослал, потом, что спасся царевич, что другого мальчика закололи, потом опять стал народ мутить, намекать ему, в приятном лице Перова и Простоперова, что это я из страха перед тобой так сказал, а на самом деле закололи царевича, а ты вообще неизвестно кто, самозванец и Гришка Отрепьев, как еще Годунов говорил про тебя, и так, в конце концов, изолгался, что уж и сам теперь не знаю, что правда, что ложь. Казни меня, государь батюшка Димитрий Иоаннович! Нет мне жизни на этой земле. А еще говорят про тебя, что ты лжец и обманщик. Да мы здесь все лжецы и обманщики, причитал Шуйский-Муйский, являя залу всю свою гнойнозубость. Мы живем во лжи и по лжи. А разве ж это жизнь? Сеют землю рожью, а живут ложью. Все изолгано, все ложью изгрызено. То есть мы-то, Шуйские, — князья истинные, настоящие Рюриковичи, этого-то у нас не отнимешь. Мы даже из Рюриковичей самые старшие, самые знатные, не какие-то там, без роду, без племени, неизвестно откуда и взявшиеся на грешную нашу голову. Но столько в нас лжи, государь, что правильно ты поступаешь, когда голову мою грешную рубишь, грешно-гнойную голову лжи отсекаешь навеки. Вестимо, не простят тебе этого. Скажут, как же, мол, так? Скажут, казнил Шуйского, Василья Ивановича, из Рюриковичей старейшего и знатнейшего, природного князя Русской земли, а сам-то, скажут, неизвестно ведь кто такой, пришлец какой-то, беглый монах. Ох, осудят тебя, государь, как только голова моя, вот эта (голосил Шуйский-Муйский, хватая себя за голову), вот эта голова моя с плахи покатится; ох же, осудят. Но ты не слушай никого, государь, ты поступай по правде, по совести, руби голову всей застарелой лжи, руби уж, не медли. Особенно тех не слушай, кто за меня заступается. А слушай свою матушку, инокиню Марфу, святую женщину. Она не соврет, не обманет. Она сперва на весь мир кричала, что убили ее младенчика, ее Митю, что Годунов ее Митю зарезал. А потом вдруг признала тебя, когда ты воскрес, в Тайнинском-то с каким умиленным видом вышла с тобой к народу. Разве ж народ забудет это? Разве ж он простит тому, кто станет в ней, святой, сомневаться? Ведь она-то своих слов не меняет. Раз сказала, значит сказала. Это мы изолгались, а она-то — сама правда-истина. Ей во всем можно верить, всегда можно верить. И ежели она теперь советует казнить меня, старика, то уж ты ее и слушай, руби мою голову, чтоб уж сразу все поняли, какой у нас государь, истинно сын своего батюшки Иоанна блаженной памяти Грозного, так что и о тебе слава пойдет, мол, государь наш лжи не прощает, у государя у нашего уж так заведено, что ежели кто сперва одно сказал, а после другое — что младенчика убили, потом вдруг, нет, что он жив, — то уж тому наш царь-государь доверять не станет вовеки, казнит его на Лобном месте при всем честном московском народе, прямо голову снесет ему с плеч, будь он хоть старейшим из Рюриковичей, природнейшим русским князем, или в монастырь отправит обратно, чтоб и другим было лгать неповадно.

*

Я оценил твою речь, гнилозубая гадина. Я на одном краю сцены, ты на другом. Ты меня как будто не слышишь. Да и что услышишь, лежа головою на плахе? Ловко говоришь, очень ловко. Думаешь, спасешься? А если не спасешься, то в людях посеешь сомнения? А если в людях не посеешь, то во мне посеешь? И это будет твоя главная, твоя лучшая месть? Молодец, милую. Не потому милую, что ты такая гадина, такой молодец, а милую тебя вопреки всему, вопреки своему же разуму, вопреки всем советам. Дал клятву себе и Басманову, Огареву и Герцену. Не потому милую, что дал эту клятву. Захотел бы, переступил бы через нее. А тогда почему же? А вот не знаю сам почему. А потому что противно мне, тошно мне участвовать в этом спектакле. Все всерьез, что ли? Вот вы здесь все сидите, такие серьезные, такие нарисованные, такие картонные, со всеми этими вашими бородами и митрами. Сидите, киваете. Заседание Боярбюро, полный собор Политдумы. Да в гробу я вас всех видал. Я сейчас поеду к девкам с Басмановым. Там у Киевского вокзала такая есть Катенька, и у Дорогомиловской заставы такая есть Нюра… А вы устраивайте ваш мерзкий спектакль, бородами кивайте, митрами кивайте, Шуйского, да и Муйского осуждайте на казнь — а как дойдет дело до казни, пусть объявит ему царский гонец мою милость, пусть его сошлют с глаз моих вместе с братьями хоть в Усть-Сысольск, хоть в Царево-Кокшайск, пусть именье их разорят, все отнимут, а потом все вернут, потом возвратят из ссылки, и не потому что я такой добрый, и даже не потому что я клятву давал Чернолюбскому с Доброшевским, Синеглавскому с Желтодомским, а потому что плевать мне на все это, потому что не буду я играть по вашим подлым правилам, картонные призраки, потому что уж лучше я сам себя погублю, вместо Шуйского, а по своей воле поцарствую. Вот так-то; аплодисменты.

*

Когда же мы покончили с Шуйским, покончили с Муйским, отправили его в ссылку, но не казнили (а зря!), на сцене (в смысле переносном и в смысле буквальном) появилась наконец Ксения, словно (скрежеща зубами, в тоске и отчаянии пишет Димитрий) мне (дураку) награда за проявленную к врагам моим милость, за то, что я сдержал слово, крови не пролил. А вот почему она одна, в возвышенном одиночестве, стояла на сцене, когда я вошел в театр, этого до сих пор я не знаю (с зубовным скрежетом пишет Димитрий); во всяком случае, она там стояла; и во всяком случае, я тут же признал в ней ту девушку, которую мы с Басмановым (Петей, закадычным другом моим) однажды видели в обществе Сергея Сергеевича в подвальном кафе на Никитском бульваре (там, где Жан-Жак Руссо мечтает нынче о возврате к природе, естественности, невинности), в окружении обкуренных питерских хиппи, наивно и возбужденно полагавших, что нашли, наконец, московский «Сайгон». Сергей Сергеевич, как выяснилось, не в кафе лишь выводил ее, но и в театр позвал — на роль Ксении Годуновой. Кто-то ведь должен был играть Ксению Годунову, а играть ее было некому, никто не годился. Была, кроме Марины, кроме Марии Львовны, еще в театре какая-то Юлечка, пигалица. Эта пигалица Юлечка на роль Ксении Годуновой уж точно никак не годилась. Были еще разноликие, мелькавшие за кулисами юницы-девицы, из которых помню (смутно) какую-то (неужели правда ее звали так?) Ираиду, рыжую хохотунью (а при таком-то имени полагалось бы ей быть демонической темноокой красавицей), но и хохотунья Ираида не годилась, конечно, на роль (загадочной, задумчивой, возвышенной, романтической, метафизической) Ксении. Годилась лишь Ксения, или Сергей Сергеевич ее в этом уверил. Ее уговорил, ее заманил. А как ее *на самом деле* звали, сударыня, не имеет *к самому делу* ни малейшего отношения, уж поверьте. Никакого нет, на самом деле, *самого дела*, кроме великого дела моего, государева. Кроме моего великого дела преобразования многострадальной родины нашей. Учреждаю Сенат. Только собрался я Сенат учредить, как на сцене обнаружил ее, Ксению, в возвышенном одиночестве и, похоже, потерянности. Явно не понимала она, что здесь делает и как здесь вообще оказалась. Никакого *дутика* на ней не было, даже польского (невместно русской царевне носить *дутик*-то польский; по крайней мере, в палатах); не было и шапочки с елочками. Были сложно-сочиненные волосы, схваченные на затылке защепкой; были восточные ночные глаза.

*

Не успел я и словом с ней перемолвиться, как все появились: появился Сергей Сергеевич, смотревший на нее с покровительственно-почтительным вожделением; появился Маржерет, смотревший с вожделением отнюдь не почтительным; Марина, смотревшая с ненавистью; А. Макушинский, готовый растаять. Лучше бы он растаял, лучше бы испарился. Не только не испарился он, но сразу, подлец такой, пустился мне рассказывать — о моей к ней любви (с отвращением пишет Димитрий), как будто я без него, Макушинского, не сумел бы в нее влюбиться. Я и не думал в нее влюбляться; я по-прежнему был уверен, что влюблен в Марию Львовну (которую в тот день, на той сцене не помню; которой, может быть, в тот день в театре и не было); просто и почему-то сразу захотелось мне их всех послать к черту, к прабабушке Вельзевула — и Макушинского с его идиотскими диалогами, которые, подлец такой, он посмел сочинять за меня и за Ксению, как будто мы сами не могли с ней обо всем поговорить, все рассказать друг другу, и Сергея Сергеевича с его покровительственно вожделеющим взглядом, и Маржерета с его линялыми джинсами, черным усом и откровенной похотью в мушкетерских глазах, и Хворостинина, и Буссова, и даже Басманова. Нет, мадам, нет и нет, вовсе не утверждаю (с наслаждением пишет Димитрий), что прямо и сразу же захотелось мне, взяв ее за руку, выйти вместе с ней, с ней одной, в прозрачно-снежную, уже зимнюю ночь; ничего подобного не захотелось мне; а ежели захотелось мне, то я этого не осознал и не понял; а вот послать куда-нибудь к черту, к двоюродной тетушке Мефистофеля и Маржерета, и Макушинского — вот это скромное желание мое помню, гнедиге фрау, очень отчетливо.

∗

Желанию этому не дано было осуществиться; не только не отправились они все к троюродной тетушке Асмодея, и не только пришлось мне выслушать очередные макушинские разглагольствования о пьесе Алексея (тезки его) Суворина, в которой Ксения готова или почти готова поверить, что Димитрий — это Димитрий, я — это я, а значит, отец ее — не убийца, отец ее только хотел быть убийцей, но убийство не получилось у него, царя Бориса, нет, только замышлял он убить, так и не убил маленького Димитрия, не взял грех на черную свою душу, а царевича (она уже готова или почти готова поверить) спасли, и этот спасенный царевич, теперь взрослый, сильный, отчаянный и прекрасный Димитрий (я сам, а не кто-нибудь), тоже (готова поверить Ксения) — не убийца, потому как без его царского ведома и даже против государевой его воли прикончили ее братишку и матушку Шерефетдинов с Молчановым и стрельцами, намеренно зверовидными, — не только пришлось мне выслушать все эти бесконечные, совершенно не нужные мне макушинские разглагольствования, но вместе с ними со всеми (и Маржеретом, и Буссовым, и Хворостининым, и Мосальским) мы вышли — я и Ксения — были вынуждены выйти, ничего другого не оставалось нам — в прозрачно-снежную, да, уже зимнюю московскую ночь, причем вновь появились на ней, Ксении, к моему умиленью, и нескладно-складчатый польский *дутик*, и дурацкая шапочка с елочками. И все на нее поглядывали, все с ней старались заговорить, поддержать ее при случае под локоток, уберечь от опасности, от наледи под водосточными трубами, от сосулек, мечтающих свалиться с карнизов, от скользи и грязи, от беспросветной беды бытия.

*

Правда, отдадим им должное, понемногу они рассеивались, постепенно они растворялись и расточались, один за другим растаивали они в прозрачности снежной ночи. Возле Пушкинской потерялись Буссов и Маржерет, иноземцы, устремлявшиеся в свой благородный институт девиц имени, опять-таки, Пушкина (о, Александр, как же оклеветал ты меня, как же надругался ты надо мною!); у Никитских ворот, подняв ворот (люблю русские ударения) москвошвеевского пальто, с профессорской почтительностью откланялся Сергей (что меня поразило) Сергеевич (я-то уверен был, что уж Ксению он не отпустит); у Арбатской простился с нами Басманов, припустившись к возлюбленной своей остановке в самом начале Козлинобородого проспекта, в надежде, что вожделенный автобус № 89 или вожделеннейший троллейбус № 2 отвезет его в партийно-правительственные дебри, дорогие, да милые;

у Кропоткинской пропал, наконец, Макушинский, наболтавшись вдоволь, вдосталь о замечательной (плохой, но замечательной) пьесе Алексея (его тезки) Суворина, где Ксения выведена такой восхитительной, беззащитной и набожной, какой, наверно, она и была, — и такой же красавицей, какой была она без всяких сомнений, с какой, возле станции метро имени Великого Анархиста, я остался наконец вдвоем, в одиночестве.

*

Она была из тех женщин и девушек, с красотою коих ничего не может поделать даже желтенький польский *дутик*, даже лыжная шапочка (с елочками). Она это сама понимала, замечу уж кстати. Она сразу же, едва мы с ней остались вдвоем (как если бы это было самое главное, что имела она сообщить мне) процитировала, с иронической гордостью, причем без малейшей запинки (должно быть, долго перед этим заучивала), классическое, так скажем, описание Ксении Годуновой, оставленное нам неким князем Котыревым-Ростовским, из какового описания следует, что царевна не только была *отроковицей чюднаго домышления, зелною красотою лепа, бела велми, ягодами румяна, червлена губами, но и бровми союзна, телом изобильна, млечною белостию облиянна, возрастом ни высока ни ниска, очи же имея черны велики, светлостию блистаюся, власы тако же имея черны, велики, аки трубы, по плещам лежаху.* Тут мы начали с ней смеяться, долго смеялись, все у той же анархической станции, в конце Гоголевского бульвара, по которому уже никто не шел в эту ночь; и вовсе не для того, прошу заметить, упомянула она все эти *велми* и *власы*, чтобы похвастаться своей собственной красою, своей схожестью с образцом, но скорее наоборот, чтобы сообщить мне, Димитрию (пишет Димитрий), что, хотя она и позволила Сергею Сергеевичу уговорить ее, Ксению, исполнить роль Ксении, и раз уж она позволила и раз согласилась, то постарается исполнить эту роль со всем тщанием и всем прилежанием, в меру отпущенного ей дарования, но что, конечно, ничего общего с той Ксенией, которую описывает князь (как его?) Котырев (как?) Ростовский, у нее нет, разве что волосы, разве что брови.

*

Все вспоминают какую-то советскую комедию, стоит ей процитировать эти слова, говорила мне Ксения, когда мы с нею остались вдвоем, в полном одиночестве, возле уже готовой закрыться или уже закрывшейся станции Великого Вольнолюбца: какую-то советскую комедию вспоминают прямо все без исключения при этих словах, но она не знает какую, она советских комедий не смотрит, как, впрочем, и советских трагедий — советских трагедий и не бывает, я вставил: советская власть сама по себе трагедия и никаких других трагедий не терпит рядом с собою, — и советских книг она не читает, продолжила Ксения, явно одобрив мое замечание, окатив меня взглядом, как горячей на морозе волною, — она выросла на самиздате, и если я не помню старого анекдота про бабушку, которая для своего внука перепечатывает «Войну и мир», потому что он, то есть внук, читает только самиздат, — я помнил, о чем ей и сообщил, — а если бы я не помнил, то она бы напомнила, ответила Ксения, потому что это анекдот про нее — то есть не про нее-бабушку, а про нее-внучку, — мы уже хохотали, сгибаясь, — она только в последние годы стала читать журналы и следить за газетами, слишком уж много интересного происходит вокруг, объявила Ксения, обводя рукой и глазами бульвар, арку метро, пустую площадь, валившуюся к бассейну «Москва», где ничего особенно интересного не происходило, разве что снежинки интересные падали; впрочем, она посмотрит ту комедию, договорились; комедия, ей рассказывали, смешная.

Бровьми она союзна, это да, этого отрицать она не может, говорила мне Ксения, отворачиваясь от площади, глядя на обведенные свежим снегом деревья бульвара; и эти сросшиеся или почти сросшиеся у переносицы брови, всегда и с самого детства бывшие источником ее страданий, предметом насмешек других девиц и боярышень, теперь, говорила Ксения, проводя и вновь проводя покрасневшими от холода пальцами у себя над глазами, — теперь, когда она согласилась и позволила Сергею Сергеевичу уговорить ее сделаться Ксенией Годуновой, оказались ей на руку — брови на руку, говорила она, продолжая смеяться вместе со мною, заодно показывая мне свои сильные, странно крепкие и большие для такой хрупкой девушки руки, вновь убирая их, причем не в перчатки, но в трогательные, серенькие, почти детские, тоже с елочками по дальнему краю, варежки, — так что она даже отказалась от заветной мысли эти брови выщипать на переносице, — мысли, которая преследует ее с самого детства, преследует ее так давно, что, в сущности, даже нет, а теперь уж тем более нет никакого смысла ее осуществлять, эту мысль, да и жаль было бы этих союзных бровей, ее особенного знака, ее личной отметины. Это знак ее союза с *той* Ксенией, на которую в остальном, за вычетом бровей и волос, не совсем черных, но, видимо, столь же густых, нимало она не похожа. Нет у нее ни млечной белости, ни изобильного тела, ни червленых губ, ни румяных ягод, сиречь, полагает она, ланит. Нет, нет у нее этого ничего. Губы у нее обычно обкусанные. И она смуглая, стройная. Разве что возрастом, понимай — ростом, она вышла подстать *той* Ксении, Годуновой, говорила Ксения, принимаясь передо мною вертеться, в совершенной пустоте и прозрачности этой ночи, перед теперь уж наверняка закрывшимся входом на станцию метро имени Великого Вольнодумца, Вольнодейца и Вольнопевца (а ведь и я такой, и я такой же, сударыня...), — *возрастом*, то есть ростом, она вышла *ни высока ни ниска*, то есть всё-таки скорее *высока*, чем *ниска*, — вертясь передо мной в своем нескладно-складчатом *дутике* говорила Ксения, при каковом верчении *дутик* ее расстегнулся, и шарф развязался, и освобожденные от идиотской шапочки волосы растрепалась, и она предстала передо мною той точеной, тоненькой, смугло-стройной красавицей, по которой мне суждено было потом тосковать долгие, бессмысленные и бездарные годы моей дальнейшей жизни, мадам, — бездарные и бессмысленные годы моей дальнейшей жизни, сударыня, потраченные, как я уже говорил вам, хоть вы мне и не верите, на всех этих Стрептоскопкиных, Кепкофуражкиных, прочие ментовские ментики, на «Шепелявого в Урюпинске», «Гундявого в Аргентине».

*

Не верите — и не верьте. Али я самозванец какой, чтобы что-то кому-то доказывать? Да и стыдно мне, противно мне думать обо всей этой дальнейшей жизни, бездарно-бессмысленной. Хочу думать о том прекрасном, что было когда-то, что ведь все-таки было когда-то, в самом начале, в глубине нашей юности. О чем хочу, о том и думаю (громко пишет Димитрий, прислушиваясь к эдемскому шуму деревьев за своим в пространства прошлого раскрытым окном); хочу думать о Ксении, буду думать о Ксении; и нечего мне указывать. А ведь не случайно она так смеялась, так вертелась в ту ночь: вот, сударыня, на что я хотел бы обратить просвещенное внимание ваше (вновь смягчаясь, пишет Димитрий). Ей это вовсе не было свойственно: вот что я хотел бы втолковать вам, благородная госпожа, чтобы вы уже раз и навсегда это поняли, лишних вопросов не задавали. Она была скромная, тихая. Она задумывалась и любила задумываться. Она погружалась в свои тихие мысли так глубоко, что мне не всегда удавалось ее дозваться, ее выманить обратно в безмыслие, в котором мы все живем, все что-то делаем, все куда-то бежим. Не будь безмыслия, мир был бы другим. Таким злым он не был бы, этот мир, не будь так много безмыслия в нем. Это реплика в сторону, сударь. Когда же я выманивал ее в мир, в восточных черных глазах ее — чуть раскосых, иногда чуть косящих — еще стоял отблеск той тишины, в которой только что она пребывала, стоял нежный упрек мне за то, что я оттуда ее все-таки выманил, ее согласие с тем, что я ее выманил, потому что это не кто-нибудь, не дурак какой-нибудь оторвал ее от ее мыслей, но именно я, Димитрий, которого (вот что стояло в ее ночных, чуть раскосых, иногда чуть косящих глазах) она рада видеть здесь, в мире, куда вообще-то вовсе не хочется ей возвращаться...; и это так было трогательно, что едва ли не слезы наворачивались на мои собственные царские очи, хоть и не пристало мне плакать, даже слезами умиления, — мне, сыну Ивана Террибилиса, правнуку Ивана Магниссимуса, собирателя русских земель (входя обратно в свою роль, из которой только что выпал он, пишет Димитрий).

*

Если же вертелась, смеялась и дурачилась она в ту первую прозрачную ночь, если позволила *дутику* раскрыться, шарфу размотаться и волосам раскрутиться, то, как вы уже догадались, потому что я понравился ей, даже, как впоследствии она мне признавалась, довольно сильно понравился ей, хотя, как тоже впоследствии, в том же последствии мне она признавалась, что-то было у нее с Сергеем Сергеевичем, то есть ничего еще не было, но кое-что уже намечалось, кое-что уже могло быть — и было бы у нее с Сергеем Сергеевичем, явно ведшим дело к тому, чтобы то, что могло быть, — было, не случись тут я на ее пути, на сцене, затем у станции Великого Вольнодейца.

*

Я не сказал, что она влюбилась, сударыня; не перебивайте меня и не путайте; она еще не влюбилась, но уже увлеклась. Я так точно в нее не влюбился, даже и не увлекся; я увлечен был, я даже влюблен был в Марию Львовну, или верил, что влюблен в Марию Львовну, львицу нашего маленького мирка; но и Ксения понравилась мне. И если я подумал, глядя на ее кручение, верчение, что ей никаких нарядов не надо, и даже внешнего сходства с царевной Ксенией ей не надо, чтобы все-таки быть царевной, быть Ксенией — а я именно так и подумал, сударыня, верите вы мне или нет, — то это значит, что она очень сильно понравилась мне, сильнейшее, мадам, произвела впечатление на встревоженную душу мою. У вас-то, сударь, никакой души нет, так что вам не понять. Еще я подумал, что никогда, ни за что, даже за власть над всей Великой, Белой и Малой Русью, над царством Казанским и Астраханским, даже над Крымским, не вышла бы на улицу Мария Львовна в таких детских сереньких варежках с елочками по дальнему краю — каковой край, у запястья с милой отчетливой косточкой, Ксения, впрочем, имела обыкновение выворачивать наружу, так чтобы елочки смотрели, соответственно, внутрь и внимательный наблюдатель, вроде меня, мог разглядеть лишь испод их на отвороте, отдельные вкрапления зеленого в серую гладкую шерсть. Как будто показывала она, что варежки-то у нее еще детские, но елочки ей уже не нужны, из елочек она выросла. Вскоре выяснилось, что мы идем с ней в обратную сторону — не по бульвару, но переулками, тоже, как и бульвар, посыпанными ночным свежим снегом, — по Гагаринскому переулку, и Большому Афанасьевскому переулку, и по Сивцеву Вражку, и по Староконюшенному переулку, — и не надо, сударь, мне рассказывать, что Афанасьевский в ту пору назывался так-то и так-то, а Гагаринский так-то и этак, — она-то, Ксения, называла их все настоящими их названьями, и знала о них так много, как я сам не знал ни тогда, ни впоследствии, и вообще она знала... да чего она только в этой жизни не знала? Она в этой жизни, об этой жизни еще не знала почти ничего; зато знала все стихи наизусть. Так-таки все? Может быть, и не все, сударыня, но всего А. С. П — это точно; и как же он доволен теперь, в наших райских кущах, наших эдемских чащах, когда я ему, бывает, рассказываю, как сама Ксения (с такой нежностью выведенная им в его великой, для меня злосчастной трагедии, бывшей комедии) читала мне во время нашей с ней первой ночной прогулки (их потом было несколько… мне кажется, что их было множество, но, ежели взглянуть в прошлое спокойно и трезво, с холодным вниманьем, как сказал бы Юрьич, соперник Сергеича, то приходится, стеная, признать, что их могло быть лишь несколько, этих ночных прогулок, может быть семь, хорошо, если восемь) — когда, значит, я ему, Сергеичу, в наших эдемских кущах, в благосклонном и только отчасти завистливом присутствии Юрьича, Иваныча, Афанасьича, бывает, рассказываю, как сама Ксения Годунова читала мне наизусть одно его стихотворение за другим и в конце концов всю первую главу Е. О. (не Б. Г.), иногда поскальзываясь на снегу и наледи, но не поскользнувшись ни на одной строчке; начала читать на Старом (недалеко от бывшего Сергеичева дома) Арбате, дошла до *красы ногтей* на Новом, тогда еще проспекте Козлинобородого Старца, который постарались мы перейти, под землей, поскорее, в Борисоглебском добралась до *хандры и сплина*, на Поварской — до *Адриатических волн*, на Большой Никитской — до *прояснения темного ума и явления музы*, как следствии *прохождения любви* (хотя у нас все было наоборот; и я был уже почти глуп, почти нем). И конечно, я сам ее подзадоривал, делая вид, будто не верю, что она помнит всего его (всего Е. О.) наизусть, от первой строфы до последней; хотя уже верил в это; поверил в это если не в Среднем Николопесковском, то на углу Большой Молчановки наверняка, навсегда.

*

Когда дошли мы до ее подъезда (адрес не сообщаю, сударь; уж извините; есть у меня на то свои веские основания, свои горестные причины) и я уже готовился с нею проститься, она, подумав, сообщила мне, что сейчас опять *выйдет* (детское сло-

144

во, которого к тому времени давненько уж я не слыхивал), ей нужно выгулять собак, да, собаки ждут и не выгулять их нельзя. Я сам ждал ее минут пять, в прозрачном молчании ночи. Я думал (как и теперь думаю) о странности жизни, о непонятности происходящего, о загадочности мира, о непреодолимой прихотливости бытия. Собак было три. Один был пес настоящий барбос, лохматый и добродушный. Другой был пес не барбос, а барбосище, барбароссище, почти баскервилище, по кличке, понятное дело, Малыш — хорошо хоть, что не Малюта, — барбосище тоже добрейшей души, но повергавший в оцепенение переулок, по которому мы шли, улицу, на которую выходили. Она потому-то, может быть, и предпочитала выгуливать их всех ночью, чтобы улицы с переулками не впали уж в полный ступор. И уж точно не страшны ей были в такой компании, с такой свитой никакие мазурики, никакие мерзавчики, уже наполнявшие в ту пору стогны Первопрестольной. Третий пес был тоже немаленький, но какой-то невразумительный, и я его не запомнил. То есть, может быть, этот третий пес был сам по себе достойнейший пес, благороднейший пес, но на фоне барбоса и барбароса стушевывался, даже их сторонился. Они бежали впереди, как только Ксения спускала их с поводка, наскакивая друг на друга, сшибаясь друг с другом, огрызаясь, друг друга даже покусывая; затем взмывали в воздух, взлетали в ночное небо, продолжая грызню и потеху; третий пес трусил сзади, не примыкая к своре, не участвуя в сваре; на Ксенин тихий зов все трое бежали к ней взапуски, бросая игры, оставляя забавы. Она была их повелительницей; маленькой властелинкой огромных собак; ее татарские глаза еще больше сужались, блестели; по губам, всегда и вправду покусанным, тоже бежал быстрый блеск, делавший их теми червлеными губами, какие и должны быть у Ксении; да и ягодами становилась она румяна. Я ей сказал об этом; она взяла меня под руку. Мы зашли в большой пустой двор — скорей сквер, — где лежал густой грязный лед, весь в черных угольных камушках, и бело-рей-

чатые скамейки с чугунными подлокотниками, и нетраур-
но-классические урны для мусора (имени пана Пубельского…
оцените шутку, мадмуазель!), и зелененькие заборчики, отде-
лявшие непонятно что от неизвестно чего, — все это стояло по
колено во льду, почему-то, вырастало из льда, отражаясь в нем,
в блеске неблизких фонарей, в занавешенном свете двух окон
соседнего дома, загоревшихся, и погасших, и потом опять загоревшихся; доскользив с моей помощью до одной из скамеек,
усевшись на ее валик, Ксения, помнится мне (страдая, пишет
Димитрий), объявив, что страшно, нечеловечески проголода-
лась, извлекла из оказавшихся необъятными (потому что вол-
шебными) карманов своего *дутика* сперва длинную картонную
пачку с овсяным печеньем — из тех картонных пачек, каких
теперь уже нет в природе, сударыня, не знаю есть ли печенье —
у нас в раю кормят амброзией, — и наверное, не стоит мне говорить вам, что это было вкуснейшее овсяное печенье из всех
овсяных печений, какие доводилось вкушать мне в течение
долгой трудной жизни моей, — что даже райская амброзия,
эдемский нектар, не говорю уж о кащенской каше, ни в какое
сравнение не идут с сим печеньем, безусловно божественным; — потом, когда мы умяли всю пачку (немаленькую), извлекла она из другого, но столь же волшебного кармана своего
дутика походную или как бы походную, скорее детскую, скорее
игрушечную, пестро-пластмассовую, если память не шутит со
мною, фляжку (с крошечным компасиком на крышке), в каковой фляжке я только в первую, глупенькую минутку предпо-
ложил что-нибудь живительное, горячительное — к примеру,
коньяк, — в каковой фляжке оказался лимонад «Буратино»,
мадмуазель, которого вы уж, наверное, и не помните (вы-то
выросли на колафантиках, пепсипупсиках, не сомневаюсь)
и который она, Ксения, по ее увереньям, налила в эту фляжку, когда заходила домой за собаками, — негоже ведь пировать всухомятку, — а что до коньяка, то коньяк она уже пару
раз пробовала, ей не понравилось; — наконец, на третье, из

очередного, тоже явно магического кармана достала она тоже картонную, на этот раз круглую, вверх вытянутую коробку с мармеладом *лимонные дольки*, вкусней которого вообще ничего нет ни на этом свете, ни даже на том, — разве что дольки апельсинные, но о них после, — полукружия чистой сласти, с ироническою кислинкой, — при поедании каковых полукружий на ее длинных, не очень тонких, благородно-сильных (и без всякого маникюра) пальцах оставались льдистые сахарные крупицы, которые, чуть-чуть, но совсем чуть-чуть смущаясь, поглядывая на меня искоса, раскосым и смеющимся взглядом, она слизывала, и даже не слизывала, а снимала с подушечек пальцев обнажившимися, белой влагой блестевшими в хрустальном свете зубами. При все при том прошу вас заметить, сударыня, что сладкое я — ненавижу (особенно — пряники, но о пряниках — после).

*

Стрелка компасика на крышке от фляжки, которую я вертел в пальцах, сама вертелась туда и сюда, явно показывая, что дороги нам уже не найти. Барбосов не было с нами. Барбосы убежали, все трое, по своим барбаросским делам, далеко. Они, возможно, убежали недалеко; они были, вполне вероятно, где-то поблизости, играли, и грызлись, и гонялись друг за дружкой где-то совсем рядом с нами, в соседнем сквере или в соседнем дворе, но если мне хочется думать, что они обежали пол-Москвы, покуда мы сидели с Ксенией на пологом валике скамейки, поставив ноги на сиденье оной, еще не обнимаясь, еще даже не прижимаясь друг к дружке, еще не влюбившись, или еще не понимая, что влюбились, — если хочется думать мне, что барбосы, за это время, обежали и обнюхали пол-Москвы, добежали, например, до Кремля (где точно не надо жить), перебежали через Красную площадь (где им-то никто не помешал пописать на мавзолей — мечта нашей молодости, мадам), пробежали мимо Манежа, мимо Консерватории, мимо

147

Никитских ворот, и так далее, сударь мой, и так далее, помечая все роковые места, где после разыгрывалась наша трагическая любовь, — если мне так хочется думать, то вы же не откажите мне, сударыня, в удовольствии думать так (с удовольствием пишет Димитрий), да и как, позвольте спросить вас, удалось бы вам отказать мне в удовольствии этом, сударыня, когда я — Димитрий, я — царь, я — властелин своих мыслей, как она, Ксения, была властелинкой своих барбаросов и моей, уже отдававшейся ей, души. Она же отдалась мне на другой день, в метро. Как, прямо-таки, в метро? Прямо-таки в метро, сударыня, на станции Парк культуры. Культура, мадам, есть великое и важнейшее дело, особенно важное и великое в такой варварской стране, как наша, в которой мне так и не удалось, никому не удалось, укоренить просвещение, посадить древо свободы, пусть крошечное, хрупкое, гибкое. Вот оно, древо свободы нашей, оно гнется под ветром варварства, но все же оно стоит, даже, как посмотришь, растет. Нет, мадам, я обманул вас, исключительно ради красного радостного словца. Не отдалась, но попробовала отдаться. Даже этого хватило, чтобы повергнуть меня в изумление, из которого я не выбрался до сих пор.

*

На другой день выяснилось, что не только она знает все стихи наизусть — всего Сергеича, всего Юрьича, Федор-Иваныча в невероятном количестве — Федор-Иваныч еще блаженней блаженствует в нашем вечном блаженстве, когда я ему об этом рассказываю, посреди рощ и кущ, — и не только все понимает про Шопена, Шуберта, Шостаковича (Брамса, Бартока, Бриттена, Брукнера), так что, когда мы с ней встретились у консерватории — а мы с ней именно там на другой день и встретились, прямо у памятника ПИЧу (как имел очаровательное обыкновение именовать его друг мой Басманов; сам же ПИЧ был, боюсь, слишком занят сочинением телемузыки для подступавшего путча, чтобы обратить на нас то внимание, которого если я не заслуживал, то она, красавица Ксения, уж точно заслуживала), — красавица моя первым делом принялась изучать афиши в Большом, вторым делом — в Малом зале оной консерватории, выбирая концерт, на который мы пойдем с ней в четверг, и другой концерт, на который поспеем в пятницу, как если бы уже само собой разумелось, после нашей ночной прогулки, что мы и на все эти концерты, и во все театры (включая наш, на маленькой площади), и вообще повсюду ходим отныне вдвоем (хотя на мой-то взгляд это еще само собою не разумелось и если разумелось, то еще не само, не собой; лишь после второй ночной прогулки, по метро и по улицам, начало само собой разуметься), — не только, продолжаю писать я (продолжает писать Димитрий) — не только стихи она читала и музыку слушала, но и за перестройку (на другой день выяснилось) болела всей своей юной душой, но и судьбы свободы в варварской нашей стране были ей (выяснилось) не безразличны, и даже еще более небезразличны, чем к тому времени они уже сделались мне самому (в чем и признаюсь вам теперь); то есть прямо-таки, мадам, поверите вы мне или нет, едва оторвавшись от изучения концертных афиш Большого зала и Малого зала консерватории, заговорила она о Земском соборе народных депутатов (не помню уж, каком по счету; никогда не считал их; зачем?), за которым (и это выяснилось) она следила так пристально, как я даже за болтовней боярской думы не следил никогда, предпочитая уезжать на охоту, в то же Тайнинское, — хотя и не столь пристально, как (выяснилось и это) еще недавно следила она за собором самым первым, до того поразившим воображение и земских, и посадских, и даже тяглых людей, и бояр, и детей боярских, и помещиков, и вотчинников, и даже бывших опричников, что они, бывало (вы помните, вы же помните это, сударыня? с восторгом вопрошает Димитрий), разгуливали по нашему стольному граду с крошечными, или даже не совсем крошечными, уж какие были у них, радиоприемничками в крепко-пролетарских, изнеженно-интеллигентских руках, прижимая их то к левому уху, то к правому, боясь пропустить патетическое мгновение, когда будущий царь Борис (вовсе не Годунов, не волнуйтесь) покажет, наконец, его бабушку самому Лигачеву (вот бабушка-то удивилась, да и сам Егор Кузьмич только руками развел, очи возвел горѐ). У некоторых особенно рьяных посадских, страстных стрельцов даже, помню, преогромные радиоприемники были в надежных руках (те допотопные, времен Ивана Калиты, деревянные ящики со светящимся передком, по которому ползала красная кремлевская стрелка, если кто крутил ручку, останавливаясь на фантастических, в природе не существующих городах, вроде Аделаиды и Каракаса, что ни малейшего отношения не имело к песням Лебедева-Кумача, рвавшимся из каждого килогерца), а некоторые так даже и граммофоны таскали с собою, приникнув к трубе, а другие даже, случалось, концертный рояль выкатывали на улицу, все надеясь, что и рояль заговорит голосом Гавриила Попова, Юрия Афанасьева.

*

И неужели она, Ксения, тоже ходила так по стогнам Первопрестольной, например, по тогдашней улице Герцена (теперешней и всегдашней Никитской), по которой мы шли с ней (причем по левой, *опричной* ее стороне — вы же знаете, что именно по всегдашней и вечной Никитской улице проходила граница между земщиной и опричниной, когда мой батюшка, кровавое чудище, поделил всю Москву и всю Русь на две части? ах, вы не знаете? так вот знайте!) к Никитским (опять же) воротам, в зимний, тающий, мечтавший обрушиться на нас снегом с крыш и сосульками с козырьков и карнизов, день? Нет, она не ходила так ни по Большой Никитской, ни по Мерзляковскому, например, переулку, в который свернули мы, и взгляда не бросив на пресловутую церковь, где Пушкин (оклеветавший меня) венчался, где все у него из рук вывалилось — и крестик,

150

и кольцо, и десятая глава «Онегина», — так ее и не разыскали с тех пор, — ни по Хлебному переулку, куда свернули мы, чтобы дойти до Гнесинского училища, там почитать афиши, выбрать концерт, — ни по Скатертному, где заглянули в уже упомянутый мною, знаменитый тогда театр, он же студия, с патетическим названием «Человек» (в театр-студию, который, которую Сергей, например, Сергеевич называл, случалось, главным соперником, главной соперницей нашей студии, нашего же театра; «Человек» был закрыт) — нет, так она не ходила по всем этим переулкам и улицам, но за земским съездом и прочими соборами следила внимательно, читала и «Огонек», и «Московские новости», и «Адское пламя», и «Преисподние вести», с увлечением (и в Мерзляковском переулке, и в Хлебном) говорила об одном каком-то Яковлеве, и о Яковлеве каком-то другом, и о прочих, прости господи, *прорабах перестройки* (хохоча и плача, пишет Димитрий), и о том, как замечательно Андрей Дмитриевич Сахаров (которого иначе и не называла она, как *Андрей Дмитриевич Сахаров*, полностью, никуда не спеша и чуть ли не складам выговаривая и имя, и отчество) не встал со своего кресла, когда все прочие — все агрессивно-послушное (как тогда же оно и было прозвано) большинство — все Кузьмичи, все Егорычи, все Змейгорынычи, все славные представители Россельсовхозмишмашбимбомстроя — повскакивали со своих мест то ли под звуки кровавого советского гимна, то ли по случаю жертвоприношения девственниц, заклания трех тысяч трехсот тридцати трех юношей, как раз объявленного лукавым поэтом-председателем на радость Третьему Риму, русскому миру, всему прогрессивному человечеству.

*

Признаться, я предпочел бы услышать от нее если не десятую (пропавшую во время венчания), то, скажем, вторую главу Е. О. Это я раньше, тогда когда-то, в другом, первом (или даже не самом первом) своем воплощении (Димитрий — вечен, Димитрий — всегда, с удовольствием, хотя и не веря, что ему верят, пишет Димитрий), замышляя со старым Мнишком, еще в Самборе и Кракове, нашу с ним (de jure с его холодной, как гелий, дочкой) личную унию — как заключили же унию Литва и Польша, Ядвига с Ягайлом, — тогда когда-то, сударыня, еще мечтал я (мечтали мы с Мнишком) о великом славянском единстве, о польской воздушной вольности, обручившейся с земляной русской силой, о союзе сарматов со скифами, в результате какого союза они должны были, мистическим манером, мифологическим макаром (у фантазий, мадам, своя логика), сохранив всю свою скифско-сарматскую стихийность, одновременно и окончательно войти в семью цивилизованных европейских народов — всегда, впрочем, готовых сбросить бремя пресловутой цивилизации, устроив, к примеру, какую-нибудь миленькую, приятненькую, в высшей степени Варфоломеевскую ночку, всего-то, сударыня, за тридцать с чем-то там лет до моего воцарения, при жизни моего чудесного батюшки, Иоанна Террибилиса, разумеется, осудившего бессмысленное кровопролитие (нечего, мол, Западу тыкать меня носом в опричнину, на себя, мол, самих посмотрите, да и вообще дураки вы, что кровь толикую без ума проливаете; уж если проливать, так с умом). А в последующих воплощениях я мечты свои (скажу вам честно) утратил, уж слишком много горя пришлось мне видеть на этой земле, слишком много было несбывшихся надежд, обманутых иллюзий, розовых начинаний, приводивших к кровавым итогам…; больше не было у меня веры, мадам, и на всеобщее возбуждение смотрел я издалека, из почти четырехсотлетней скептической перспективы.

*

Да и то сказать: что мне Горбачев-Лигачев, когда я царь-государь, Димитрий Иоаннович, непобедимый император? Что мне Съезд народных, или антинародных, или природных, или даже космических (хотя космических — ладно, космические сгодились бы) депутатов, когда я Сенат учредил на Руси, когда я Константинополь послезавтра отвоюю у турка? Неужели снизойду я до каких-то *прорабов*? Невместно непобедимому императору якшаться с *прорабами*. Да и ей бы, Ксении, не мешало помнить, чья она дочь, чья она внучка. Она все-таки была еще очень молоденькая. Еще не видела она вещим оком, по завету великого Гете, глуби трех тысячелетий (потирая руки, подмигивая облакам и солнцу в окне своем, пишет Димитрий); а если видела (я знаю, что видела), то сама еще не понимала, что видит, то, может быть, только во снах своих видела, просыпаясь же (редко раньше полудня), превращалась (недопревращалась, но верила, что вполне превращается) в московскую барышню, взволнованную последней публикацией в журнале «Дружба народов».

*

Мы с ней и встретились (у памятника ПИЧу) часа, наверное, в три пополудни, может быть и в четыре (кто теперь это вспомнит?), и долго шли (показалось мне) по всем этим Хлебным и Скатертным, и (по-моему) начинало смеркаться, когда оказались мы на Арбате (на Старом, но уже, разумеется, новом Старом, уже превращенном в посмешище всеми этими разлюлималинными фонарями, местного розлива веласкесами, рисующими прохожих, приезжих), и гас, и таял, и бледнел над крышами день; а вот почему мы там оказались? вопрос, который я задаю себе (пишет Димитрий, склоняя повинную голову на скорбными своими страницами); на который ответа не нахожу. Нам, вполне возможно, все равно было куда идти, просто хотелось идти вместе куда-нибудь. На ней был тот же кретинический *дутик*, что и прошлой ночью, но кретинической шапочки с идиотическими елочками в этот ранне-зимний день не было; были эти невероятные, огромные волосы, сложную конструкцию которых я так до самого конца понять и не смог. Вот только не надо (презрительно пишет Димитрий):

153

не надо мне рассказывать, что это вообще была эпоха пышных причесок. Я знаю. Я все знаю про пышные прически, мадам. Эпоха *химии*? Ну конечно. Эпоха, когда одних еще *посылали на химию*, другие *химию* себе делали сами. Эпоха *перманентиков*, сменивших *перманентную революцию*. Все правильно, ясновельможная пани. Но это никакая была не *химия* (вот еще!) и уж точно не *перманентик* (Ксения! с перманентиком! еще одно слово, и я отправлю вас прямиком к Вельзевулу, он мой давний приятель). Это были волосы, повторяю, невероятные, темно-русые, иногда, случалось, отливавшие почти чернотою, страшно сложно зашпиленные, подобные геологическим пластам, фантастическим фациям; где тот стратиграф, который понял бы их структуру? Не знаете таких слов? Посмотрите в словарь. А на Арбате мы оказались, потому что нам все равно было куда идти, лишь бы идти куда-нибудь вместе; а может быть, потому (одно, впрочем, не исключает другого), что хотели зайти в кооперативное, как это называлось в ту пору, кафе, одно из первых кооперативных кафе, какие появились тогда в нашем голодном городе, десятилетиями мечтавшем избавиться от прелестей советского *общепита*. Нет, мадам, какая «Прага»? Какая-такая кулинария при «Праге»? Что-то слишком часто вы меня начали перебивать; берегитесь. Ревнуете меня, наверное, к прекрасной Ксении? Или завидуете, может быть, ее фантастическим фациям? Что ж, сударыня, понимаю и то, и другое. Но как могли вы подумать, что я позвал бы мою красавицу в тогда еще совершенно советскую «Прагу» или, о ужас, просто-напросто в кулинарию при этой «Праге», если уже мог позвать ее в символ еще не наступившего, но уже наступавшего на нас нового мира, прекрасного мира, прямо-таки распахнуть дверь перед нею и оказаться с ней внутри символа, в сплошном символизме, где и официанты уже получили отдаленное сходство с людьми, и солянка, и пожарские котлеты уже не отзывались котятиной, и швейцар стремился тебя впустить, а не выгнать взашей, не послать на три заветные буквы. Аппетит у нее был не менее фантастическим, чем прическа; одной пожарской котлетой дело не ограничилось. Пожар ее прожорливости не погасить было одной пожарской котлетой. Потом мы долго занимались десертами. Сперва был съеден «наполеон», затем шоколадный торт, затем что-то сложно кремовое, с разнообразными розочками; потом что-то, отдаленно напоминавшее шведский *торт принцесс*, Prinsesstårta (его и я отведал, в память об Эрике, о Карин Монсдоттер, Стекольне, Грипсгольме); глаза ее, с намеком на эпикантус (о, ученый Димитрий! если что, словарь вам поможет) играли всем своим южным блеском, всей своей роскошной раскосостью; щеки горели, вновь превращаясь в румяные *ягоды*; хозяин заведения, тоже символ нового времени, в костюме уже очень немосквошвеевском, остановился, помню, у нашего столика, решив, похоже, лично познакомиться с таким чудом красоты и обжорства.

*

Когда мы вышли на улицу, было почти темно, уличные веласкесы с тицианами разбрелись по своим мастерским, чердакам и подвалам; в растоптанном, хлюпающем снегу, с гнилых ящиков и размокших картонок, толстые тетки в мохеровых шапочках торговали зелеными бананами, похожими на крошечных крокодильчиков. А вот во Пскове, во времена моего прекрасного батюшки, всероссийского монстра, вылезали, случалось, из реки *коркодили лютии звери*, как называет их летопись: *и путь затвориша, и многие человецы поядоша. И ужасошася людие, и молиша Бога по всей земли...* Ксения сперва смеялась, потрясая пластами и фациями; пару раз, хохоча, повторила на весь Арбат: коркодили лютии звери; потом задумалась и умолкла. Жалко все-таки людие, всегда кто-нибудь его поядоша. Даже слезы, вовсе не коркодиловы, увиделись мне в татарских ее глазах. Всегда какие-нибудь лютии звери поядоша несчастное людие... А мы уже опаздывали; нам нужно было в театр; мы спустились в метро на Смоленской площади. Нет, не так было дело. Мы перешли грохочущее Садовое по подземному переходу (грязь, картонки, иконки, дядьки, тетки, шерстяные носки), спустились в метро на другой стороне. Потому что да, мы опаздывали, и да, нам нужно было в театр, но у Ксении (как в тот же день и выяснилось) с московским метрополитеном (имени невоскресшего Лазаря, непохороненного Владимира) были очень свои, очень личные отношения. Она выросла в этом метро (как сама же мне не раз говорила); сроднилась с ним; с ним как будто совпала. Она была властелинкой огромных собак, повелительницей ночных переулков, хозяйкой московского метрополитена, его линий, лестниц, переходов и пересадок. Потому мы все время куда-то шли (обычно ночью) и куда-то ехали (на метро). И если бы (с внезапным стоном пишет Димитрий), о если бы я мог теперь вычертить все наши маршруты, еще бы лучше — мог повторить их (но нет мне пути обратно, не пускают меня обратно в Москву моего прошлого, моей славы, моей любви, моего счастья, моего безумия, моих несбывшихся надежд, моих… умолкаю, умолкаю, сударыня, не хмурьтесь, и томик Лермонтова можете отложить в сторону) — если бы, мадмуазель, я мог вычертить теперь все те маршруты и те пути, я бы, наверное, наконец успокоился. Но нет мне покоя, даже здесь, в райских кущах (в которые все равно вы не верите), хоть я и обращаюсь за советом то к Сенеке, то к Эпикуру, то к Эпиктету, а то, случается, и к Монтеню, ко всем тем, кого так любил в моем детстве фабрикатор моей доли, создатель моей судьбы (не понимаете? скоро поймете, издевательски пишет Димитрий, успокаиваясь от своей же издевки). Не так, короче, поехали мы в театр, как я бы сам, к примеру, поехал (по синей линии от Смоленской до Площади, пардон, Революции, потом от Площади, пардон, Свердлова, теперь Театральной, до Горьковской, теперь Тверской: с одной пересадкой, сквозь какофонию имен и эпох, сумбур вместо музыки), но мы поехали с двумя пересадками (от Смоленской до Киевской, затем по кольцевой линии до, пардон, Краснопресненской, затем уж до Пушкинской); и не только мы так поехали, но (как в тот же день выяснилось и впоследствии не раз подтверждалось) никакая сила в этом удивительнейшем из миров не могла заставить ее, Ксению, поехать по только что помянутой синей линии, которая (как известно всем детям боярским, всем стрельцам, всем стрельчихам) идет под землей, под рекой, — и наоборот: *не* поехать по той другой, поразительно-параллельной, голубенькой линии, которая (свистя, шипя) вылетает на мост, так что дивящийся путешественник или ко всему привыкший, уткнувшийся в газету «Труд» обитатель Московии, может (ежели от «Труда» оторвется) лицезреть разнообразные красоты большого имперского стиля, расставленные по берегам многострадальной реки.

*

Она ненавидела их, моя Ксения. Мы сталинскую Москву взорвем, когда придем к власти. Мы выбросим эти венки, эти вазы, рассыпем эти каменные колосья. Кто эти *мы*, Ксения? кто эти *мы*? Она не отвечала; и так уже узкими, еще более сощуренными глазами смотрела на громады набережных домов, очевидно воображая себе, что именно *мы*, кто бы мы ни были, здесь когда-нибудь понастроим. Но и вид Белого дома не радовал ее душу. Он уже не сталинский, но какой-то все равно очень мерзкий. Разве что СЭВ соглашалась она оставить. А так нет, все насмарку. Балеты долго я терпел, но и Дидло не Дидро. Нужен новый город, *наш* город. Нужно начать все сначала. Возвратиться в прошлое — и начать все сначала. Восстановить связь времен; посмотреть, что здесь было в семнадцатом году, и — что же? вернуть деревянные домики, фабричные бараки, косогоры, заборы? Нового плана реконструкции Москвы у Ксении, следует признать, не было. И построить, она настаивала, такой город, какой был бы построен, если бы в семнадцатом году Россия не рухнула в бездну. Просто вычеркнуть все эти проклятые годы… Она такая была молоденькая, что кажется, даже верила, что это возможно. Во что она только не верила! Через двадцать лет, она верила, в России не останется ни одного кагэбэшника. Представь себе, вокруг Россия — и в ней ни одного кагэбэшника! — Да куда же, Ксения, они все подеваются? — Просто вымрут. А кто не вымрет, тот затаится… И если я сейчас плачу, сударыня, не стыдясь своих слез, то спросите сами себя, почему и о чем я плачу (пишет Димитрий, отнюдь не плача, горько смеясь, глядя в окно, где тоже свет, тоже воздух, тоже свобода).

*

Сталинскую Москву, имперский стиль она ненавидела, моя Ксения, но этот выезд, вылет на Смоленский метромост, на воздух и свет обожала, и потому мы ехали по голубенькой линии, потом ехали по кольцевой… нет, сударыня, еще не в сторону Парка культуры, но в сторону, как уже сказано, Красно-, прости господи, пресненской, то есть в прямо противоположную сторону, мадам, вынужден разочаровать вас (с наслаждением пишет Димитрий), хоть я уже вижу по хитрым, ласковым, нежно-распутным глазам вашим, что вы уже вся в нетерпении, что уже предвкушаете мною вам обещанную *клубничку* (прямо с торта, съеденного моей Ксенией), уже пробуете ее (*клубничку*) на язычок и на вкус; потерпите, синьора, все будет, все будет. Мы ведь и до театра еще не доехали. А когда доехали до него, когда вбежали, влетели — в фойе, по коридору, по лестнице, в зеркальную комнату, — все, кто там был — и Сергей Сергеевич, и Мария Львовна, и Простоперов, и вся, по излюбленному выражению Постоперова же, студийная молодежь, в красно-щеком лице Басманова, сухом, как хворост, лице Хворостинина, — все уставились на нас, на меня и на Ксению, как если бы мы были не мы, но заморские чудища, коркодили лютии звери. Это недолго длилось. Все замерли; сказали: ах! почти вслух; сказали, про себя, но вслух: вот как? — и вернулись к обычным делам. Дел было много; были занятия в студии (на которые мы опоздали); потом был спектакль (на который все же успели). Вы хотите знать, какой был спектакль? Другой спектакль, сударыня; неправильный спектакль, мадам; ненастоящий спектакль, синьора. Вы ведь не только ждете обещанную клубничку, но (по глазам вижу вашим) давно уже, если не с первой, то с пятой страницы, все спрашиваете себя (и хотите спросить меня), что же там *еще* играли, в этом нашем театре (на маленькой площади), чем вообще занимались в этой нашей студии (на маленькой площади), с тех пор, в отличие от некоторых других студий, других театров (например, от театра-студии «Человек» в Скатертном переулке) потонувшей в мутных водах времени и забвения. Забвения неполного. Посему, сударыня, рекомендую вам просто-напросто заглянуть в Википедию (по-прежнему наслаждаясь, пишет Димитрий). Если загляните вы, например, в Википедию, вы, не сомневаюсь, узнаете многое, узнаете разное про театр-студию «На маленькой площади»: и кто там играл, и кто там учился, и какие спектакли там ставили (хоть я, уж не сомневайтесь, кое-какие имена изменил, кое-какие карты спутал, из чистого озорства или по другим соображениям, о которых знать вам как раз совершенно необязательно).

*

Да, там ставили другие спектакли, сударыня, и я даже, да, участвовал в них. А что, вы хотели бы, чтоб в том театре ставили только «Димитрия»? Чтобы театр только для того и существовал, чтоб ставили в нем «Димитрия»? Вы, боюсь, не хотели бы. А я бы очень хотел (с удовольствием пишет Димитрий). Я бы считал это в высшей степени правильным, последовательным, логичным, благоразумным, благонадежным, благоприятным для судеб отечества и свободы, угодным Богу и Мельпомене, Полигимнии, Клио, Эвтерпе и Терпсихоре. Да и что за манера такая — ставить спектакли, писать пьесы не о Димитрии (пишет Димитрий)? Вот этого я уж просто не понимаю, мадмуазель! Вот как так: сесть за стол писать пьесу — и не обо мне,

Димитрии (пишет Димитрий)? Вот эти все великие драматурги, все эти, с позволения сказать, Эсхилы и Софоклы, Корнели, с позволения сказать, и Расины, — как, уж разрешите полюбопытствовать, хватало у них наглости, смелости, упрямства, упорства писать пьесы не обо мне, Димитрии (пишет Димитрий)? Нет, брат Софокл, если уж сел писать пьесу, так пиши обо мне, Димитрии (пишет Димитрий). А то прямо, я смотрю, распоясались все эти драматурги, бумагомараки! Прямо, я смотрю, распустились, с ума посходили! Какой уж был у них ум, с того и сошли. Еще вопрос, мадам, кому нужны медсестры и медплемянники (медзоловки, меддевери).

*

Ах, вы думаете, вы меня подловили? вы думаете, вы все поняли? думаете, я проговорился? признался, что я псих ненормальный? А я играю с вами, сударыня, ради ваших прекрасных глаз, вашей нежной улыбки (загорелых рук, круглых коленок, млечно-розовых персей, ликующих лядвей); я и в Кащенке-то, может быть, никогда не бывал; не знаю даже, как и доехать-то до нее.

*

Я играл в театре разные роли, готовясь сыграть свою главную, свою лучшую. Да вы, я уверен, уже успели заглянуть в Википедию, уже прочитали там всякое-разное и о театре, и обо мне. Еще бы, интересно же знать вам, как начинал свою опасную жизнь, свою фантастическую карьеру, свой трудный, тернистый и трагический путь обожаемый вами исполнитель роли доктора Матвея Стрептококкина в одноименном сериале, благодаря которому вы пережили столько волнующих вечеров на вашем диване, сперва продавленном, после икеевском, да и муж ваш, знаток компьютеров, с глазами такими честными-честными, красными-красными, тоже, хоть и сидит он, к раздражению вашему, развалившись на вашем диване (теперь икеевском, когда-то продавленном), так что вам приходится поджимать под себя ноги (не дырка ли там на пятке?), выставляя вперед восхитительные ваши коленки (которые он-то разучился замечать за долгие годы брака, убивающего счастье, как любой брак, на которые я-то смотрю внимательно, духовным зрением, внутренним оком) — муж ваш, я уверен, тоже мечтает узнать, как пускался в плавание майор МУРМУ-Ра Иннокентий Фуражкин, в последней серии (вы же видели это? видели это? не сомневаюсь, что видели) замочивший всех авторитетов (Ахмада, Абрама, Ашота) из зенитной установки «Град», волшебным образом поместившейся в его фирменном фиолетовом фордике. Не сомневаюсь, вы оба жаждете знать это, вас обоих, не сомневаюсь, волнуют эти *первые шаги авантюриста*, как назвал свою (забавнейшую) пьесу обо мне, Димитрии, прекрасный Проспер Мериме (нет бы поучиться у него другим драматургам, Корнелям с Расинами? вот, другие драматурги, берите пример с Проспера), каковой (прекрасный) Проспер (не Просперо; Просперо, мадам, это в «Буре») — каковой (еще раз) Проспер (Мериме) не только написал обо мне пьесу (забавнейшую; простые русские люди, купцы, казаки беседуют в ней как французские вельможи при дворе Людовика, что ли, Четырнадцатого), но и замечательный исторический очерк (о котором, как и о пьесе, любил, конечно, поразглагольствовать А. Макушинский, прохаживаясь между рядами, протирая очки); короче, не обошел своим вниманием мою сказочную личность, мою патетическую персону прекрасный Проспер. Того больше скажу вам, раз уж зашла у нас о нем речь. Мериме, сударыня, заявляю вам со всею решительностью: Мериме, один из немногих, понял, острым галльским умом своим, свободным от русских мифов, величие моей судьбы и характера. Мериме (хоть пьеса у него и забавнейшая), но Мериме, мадам, Мериме, Проспер, возлюбленный ваш, понял, один из немногих, что в лице моем (в ту пору, когда мы с Ксенией входили, ко всеобщему *аху*, в театр, еще таком юном, еще почти не тронутом жизнью лице) — что в лице моем многострадальная Русь обрела (обрела — бы, если бы не отвергла; но она в итоге отвергла, как ей это свойственно; отвергла, оклеветала) своего лучшего, прекраснейшего правителя. Я — лучшее, что могло случиться с этой страной. Могло случиться — не случилось. И не случится уже никогда. Поэтому радуйтесь тому немногому, что у вас есть, хоть телевизору, хоть икеевскому дивану. Их тоже могут у вас отобрать. Экспроприировать, как принято у них выражаться. Да и вас самих отправить в какой-нибудь Пелым, как Борис Годунов — жителей несчастного Углича после убийства невинного отрока (который был или не был мною, содрогаясь пишет Димитрий), вместе с городским колоколом, заметая следы преступления.

*

Я увлекся, сударыня; возвращаюсь к Википедии, куда, не сомневаясь, вы (вместе с мужем вашем) давно уже заглянули. А может быть, вам и заглядывать-то ни в какую Википедию незачем (с удовольствием пишет Димитрий); вы, может быть, и так все знаете про исполнителя бессмертной роли Матвея Стетоскопкина, бессмертнейшей роли Иннокентия Фуражиркина, про звезду отечественного экрана, про суперзвезду сумасводительных сериалов? Зачем вам Википедия при такой моей звездности? Но я прощаю вас, даже если вам нужна Википедия. Вопрос ведь не в этом, сударыня. Вопрос ведь в том, что есть истина (как, помнится, уже спрашивал кое у кого кое-кто). И если все-таки заглянули вы в Википедию, если прочитали там, что, в отличие от Сережи, скажем, Безрукова и подобно Сереже, например, Маковецкому, я (хоть я вовсе и не Сережа, с удовольствием пишет Димитрий) не поступил в школу-студию МХАТ, хотя и пытался поступить в нее, и не только не поступил в школу-студию МХАТ (хотя и пытался), но даже загремел, по собственной глупости, в армию (где очень хорошо познакомился с агрессивно-послушным, агрессивно-пассивным, агрессивно-глубинным, так что уж никаких иллюзий у меня не осталось) и лишь по возвращении из оной армии, с полей бесславных побед и патетических поражений, вступив на путь лицедейства, окончил школу-студию при другом, не столь известном, но стократ более интересном театре («На маленькой площади», на маленькой площади), — если вы прочитали это там, в Википедии, то вы поверили этому или не поверили этому, и я бы, на вашем месте, не верил просто-напросто ничему. Постарайтесь лучше поверить, что я и вправду Димитрий, глядящий на вас с правдивых страниц этой повести честнейшими глазами авантюриста. Есть вечная история Димитрия, мадмуазель, и она может разыгрываться в любых декорациях (например, в тех, что наскоро соорудил Хворостинин). Если актер может сыграть роль Димитрия, то почему Димитрий не может сыграть роль актера, играющего роль Димитрия? Никто не знает, кто он на самом деле (и тот, кто делает вид, что знает, тот обманывает себя и других). Да и где оно, это *самое дело*? Кто его видел, это *самое дело*? Не просто самое, но — *самое-самое дело*, сударыня. А я ведь (скажу еще раз) для того-то, может быть, и затеял все — дело, чтобы найти дело *самое-самое*, чтобы понять, наконец, кто же я — сам, кто — Сам Самыч. Сам — и не сам, сударыня; вот, может быть, в чем оно, это самсамычево *самое дело*.

*

Какой был спектакль в тот вечер, я решительно не помню, мадам. Выбирайте любой из упомянутых в Википедии — хоть «Шторм» Билля-Белоцерковского, хоть «Бурю» Шекспира, — в каковой, кстати, «Буре» Просто Перов (Простоперов) играл некогда и продолжал играть Просперо (не Проспера), откуда и пошло его прозвище (если верить тому, что мне рассказывала Мария Львовна, игравшая Миранду): до этого спектакля он был просто Перовым, после сделался Просто Перовым, Простоперовым. Это был спектакль старый, обкатанный; я сам играл в нем даже не Фердинанда (хотя я отлично мог бы сыграть Фердинанда; принц я или нет, черт возьми? но я готовился к другой, лучшей роли). А после спектакля, как вы знаете, успокоиться невозможно. После спектакля домой ехать нет никаких сил (все равно ведь знаешь, что заснуть не получится), зато есть силы (немеренные) ехать куда-нибудь не-домой (пировать, выпивать, танцевать), или, оставшись в театре, репетировать следующий спектакль, новую пьесу, или, совмещая одно с другим, расположиться в пятиугольном кабинете Сергея Сергеевича вокруг длинного, так много раз поцарапанного, что живого места не осталось на нем, стола, чтобы с уже смытым гримом, но в непреходящем возбуждении поговорить и еще раз поговорить обо мне, Димитрии (гордо и грустно пишет Димитрий), сопровождая беседу распитием такого-то и такого-то (обычно немаленького) количества заранее запасенных бутылок кислого грузинского вина (если удавалось купить его в эпоху перестройкотрезвости) или какой-нибудь, прости господи, *бормотухи* да поеданием заранее припасенной закуски — бутербродов, принесенных в театр пигалицей Юлечкой (за что ее и держали), или, например, чебуреков, небезопасных для здоровья и жизни, покупать которые в тайной чебуречной для ночных таксистов умел один Петя Басманов, предпочитавший сам бегать за оными жизнеопасными чебуреками, остро-вонючими, но не выдававший ни врагу, ни другу заветного адреса (Ксения тех чебуреков умяла штуки четыре, к восторгу, в особенности, исполнителя роли Фердинанда, которого так возненавидел я в эту минуту, что даже не могу теперь вспомнить, как его звали; он, впрочем, из театра скоро ушел; а примечательный был человек, с красивыми круглыми движениями всегда живших своей особой и особенной жизнью рук).

Сам, сударыня, — и, еще раз, не сам. А где ее и искать-то, нашу подлинность, нашу самость? Мы ищем ее в нашем прошлом; ищем ее в нашем детстве. Мы думаем, что там, где-то там, в полумраке и полусне нашего детства и нашего прошлого, спрятан ответ на все вопросы, таится разгадка всех загадок, которые нас так мучают в жизни; что если мы всмотримся, то мы вспомним; а если вспомним, то и поймем. Понять значит вспомнить (мы думаем). Там, в прошлом (мы думаем), таится событие, объясняющее нам нас самих, нашу судьбу (нашу слабость, нашу силу, наше отчаяние). Мы так думаем; мы вообще много чего себе думаем, мадмуазель; иногда, бывает, мы даже не совсем ошибаемся.

Потому (и здесь не могу я не согласиться с ним, как бы — сам по себе — он ни был смешон мне) — потому так любил поразглагольствовать о роли прошлого в истории Димитрия А. Макушинский (расхаживая по проходу или, как в тот раз, в пятиугольном и насквозь прокуренном кабинете Сергея Сергеевича, усевшись, наглец такой, в ушастое кресло в пятом углу, в которое редко кто-нибудь позволял себе садиться, кроме хозяина и Марии, разумеется, Львовны), о роли прошлого во всех вариантах драмы Димитрия (как выражался он, наглец и зануда). Нельзя же, черт возьми, не заметить, что в драме Димитрия (разглагольствовал, помнится мне, А. М., покончив с поеданием чебуреков, но отнюдь не с попиванием бормотухи), в великой и единственной этой драме (величайшей драме русской истории) всегда и во всех ее вариантах есть реминисценции (это что за звери такие? спросил, помню, Рубец Мосальский, рубя воздух могучей рукою), всегда есть ретроспекции, или, если вам больше нравится единственное число, всегда есть ретроспектива (а, понял, это наша rétrospective, с наслаждением и почти по складам проговорил Маржерет); а почему она есть (ретроспектива), почему они есть (реминисценции): вот простой вопрос, которого мы не можем себе не задать, хотя ответ ясен (ежу и ужу). А потому, отвечал он себе же (ежу, ужу, протирая очки, затем закидывая толстую ногу за другую, толстейшую), что история Димитрия всегда и во всех своих вариантах есть история (уж прости меня, еж) криминальная, история (уж извини меня, уж) детективная, потому что в глубине ее, отделенное примерно пятнадцатилетием от основного действия, лежит нераскрытое, до наших дней нераскрытое убийство (или все-таки не-убийство? несчастный случай? игра в тычку и натыкание на ножик? кто ж поверит этому? никто этому поверить не в силах) — и тем более неразгаданная загадка самого самозванца (или не самозванца?), загадка его происхождения, его юности, его детства (продолжал Макушинский свои разглагольствования, все поглядывая на меня, на меня, с удовольствием пишет Димитрий, очевидно, полагая, что я вот так вот, за здорово живешь, возьму и скажу ему, как дело было, так вот, за медный грош и алюминиеву копейку раскрою все свои тайны, а я только Ксении готов был рассказать обо всем, только на Ксению-то и смотрел, стараясь не встречаться глазами ни с Марией Львовной, ни с Сергеем, к примеру, Сергеевичем; они оба, впрочем, на нас с Ксенией внимания не обращали, как будто нас там и не было); вот отчего (разглагольствовал Макушинский) нельзя обойтись без реминисценций с ретроспекциями — и у нас они тоже есть (говорил он, гордясь, с довольным видом перелистывая толстыми пальцами манускрипт своей пьесы, к тому времени уже им не только законченной, и не только распечатанной под копирку, но и в самом деле размноженной на так называемом *ксероксе*, хотя еще *ксероксы* в ту пору были полуподпольные — не то, что при Ксерксе, когда были они подпольными просто — или вообще их не было — или неважно, закроем скобки, пишет Димитрий). Даже сам А. С. П. (продолжал Макушинский, пишет Димитрий) в своем Б.

Г. (Басманов хохотал, как обычно) — А. С. П., у которого загадок вроде бы нет, который поверил — или уверил себя, что верит, — в официальную версию, в годуновско-шуйско-романовско-советскую клевету, в государствообразующий миф о Гришке Отрепьеве — хотя его собственный текст опровергает его же веру, к удовольствию нашему, — даже А. С. П. был вынужден начать с рассказа Шуйского (Шуйский обнажил в ухмылке гнилые зубы) Воротынскому (Воротынского у нас не было) об углицком давнем деле, которое Борис Годунов, тогда еще только правитель при малоумном Федоре, поручил ему расследовать (тот и расследовал; затем менял свои показания в полное свое удовольствие: то царевич на ножик у него напоролся, когда в тычку играл с другими *робятами*, то спасся таинственным образом, то прикончил его Борис… вот и думайте). Вот мы и думаем. Мы думаем, а он знает. Он, Макушинский (говорил Макушинский): он все теперь знает, все открылось ему. И как спасся царевич (если спасся), и кто его спас (если спас), и как он в Курляндию попал, где там жил, и как в Польше учился у ариан, они же социниане. Это что ж за звери такие? Это вовсе не звери, дорогая Мария Львовна, и сейчас он, Макушинский, о них расскажет во всех надлежащих подробностях. — Коркодили лютии звери, — произнесла вдруг Ксения, впервые за вечер вообще произнесшая что бы то ни было, ко всеобщему изумлению.

*

Накатило на Макушинского, вот это помню я; пустился он, протирая очки, перекидывая одну толстую ногу через другую, толстейшую, разглагольствовать об арианах, социнианах, совсем не лютих, нисколько не коркодилов. Да кто они такие, эти ариане, социниане? Вот вы не знаете, и никто не знал, кто такие ариане, социниане, — ни Сергей Сергеевич, но Простоперов, ни Хворостинин, знаток градирней, — а Макушинский, подлец такой, все знал, как всегда. Он это знает, потому что он на четверть поляк, с истинно-польским гонором объявил Макушинский. Его бабушка была полька, и прабабушка была полька, и все они были польками, и поэтому он, Макушинский, один проникнут духом истинно-польской вольности в этой варварской рабской Московии. Но он готов смилоститься над нами и рассказать нам об арианах и социнианах, тем более что они, ариане и социниане, тоже были проникнуты духом свободы и вольности, необыкновенным даже для прекрасной Польши, самой вольной и веротерпимой страны того времени. Какого того? Ну, того, *твоего* (ответил Макушинский, впервые, кажется, обращаясь ко мне на ты, как если бы дух польской вольности его уравнивал со мною, непобедимым императором Деметриусом, что было, конечно, смешно, хотя никто не смеялся). А надо, знаете ли, понимать контекст эпохи, разглагольствовал Макушинский (снова обращаясь ко всем и к Марине Мнишек в особенности), надо понимать, в каком мы веке, что у нас на дворе. А на дворе у нас как-никак Реформация с Контрреформацией, не только Перестройка с Гласностью, разглагольствовал А. М., занудствуя, наслаждаясь занудством (тыкая пальцем в окно, где был не двор, а площадь, но и на площади, очевидно, предполагал он присутствие Реформации с Перестройкой), и если в прекрасной, к примеру, Франции дело обернулось веселой Варфоломеевской ночкой, после которой, впрочем, французские протестанты, сиречь гугеноты, отнюдь не исчезли, вот и наш Маржерет — гугенот (ты же гугенот, Маржерет? oh, oui, oui, huguenot, с восторгом отвечал Маржерет, когда наконец понял, что означает это варварское гугынкание: вот же, прости господи, готтентоты, говорил Маржерет всем своим видом, покачиванием джинсовой ноги, мушкетерских усов) — если так обернулось дело в прекрасной и всеми нами обожаемой Франции, то Польша, наоборот, долго и очень долго, хотя и не вечно, оставалась обителью и оплотом веротерпимости, так что немалая часть польской шляхты преспокойненько перешла в протестантизм, не только не поссорившись, к примеру, с католиками (о православных поговорим чуть позже, а то мысли его и так разбегаются, торжественно и торопливо объявил Макушинский), но заключив с ними при отличавшемся особенной широтою взглядов или, если угодно, особенным равнодушием к религиозным вопросам (для того и придуманным, полагает он, чтобы вести народы и людей к разногласиям, затем спорам, затем ссорам, а там уж и к войнам) короле Сигизмунде Втором Августе, последнем из Ягеллонов, вообще одном из замечательнейших (полагает он) королей, — заключив с ними, следовательно, торжественный договор, их всех уравнивающий в правах, — так что вот, например, и пан Мнишек был воспитан в учении Лютера (правда, пан Мнишек? o tak, to prawda, не могу отрицать очевидности, nie mogę zaprzeczyć oczywistości, с явным удовольствием подтвердил старый Мнишек, еще не вполне, впрочем, вышедший из только что сыгранной им роли Тринкуло в шекспировской «Буре» и потому налегавший на *бормотуху,* вместе с Простоперовым, да и перовыми прочими) и только впоследствии был вынужден возвратиться в католичество, в силу до некоторой степени привходящих обстоятельств, о которых он, Макушинский, сейчас тоже скажет, только дайте ему, Макушинскому, закончить ту мысль, с которой он начал (так много мыслей у него в голове, что прямо нету сил угнаться за всеми): великую мысль о свободе, которая процветала и в Литве, и в Польше, и в объединенной с Литвой Польше, и в примкнувшей к Польше Литве, в каковой Литве, как мы, наверное, понимаем, православных всегда было больше, чем кого бы то ни было, поскольку великое и славное сие княжество, так и не сумевшее, ко всеобщему несчастию нашему, объединить русские земли, включало в себя в разные эпохи своей славной и великой истории и Киев, и Смоленск, и Витебск, и Чернигов, и Чеготолько не. — Как хотела бы я, — громко произнесла Марина, холодная аки гелий, сбив, но ненадолго, зануду Макушинского со всякого панталыку, — о, как хотела бы я побывать, наконец, в городе

Чеготольконе. — Мы все туда однажды отправимся, — важно проговорил Сергей Сергеевич, закуривая болгарскую сигарету из белой пачки, милостивым движением задымившихся пальцев предлагая и позволяя Макушинскому продолжить свои разглагольствования.

*

Посему, продолжил свои разглагольствования довольный собой А. М., когда Реформация проникла в Польшу, не только лучшие, как вот пан Мнишек (o tak, подтвердил Мнишек, налегая на *бормотуху*), представители польских магнатов и польской шляхты обратились одни к учению Лютера, другие к учению Кальвина, но и самые смелые протестанты, самые протестанты из протестантов нашли прибежище в этой прекрасной стране, и даже не просто нашли в ней прибежище, но получили наименование *польских братьев*, что само уж является в его, макушинских, глазах знаком отличия и почета, а то, что их называли еще и арианами, это, он позволит себе сказать, забавная ошибка, недоразумение, отчасти даже комическое, поскольку никакого отношения к древнему ересиарху Арию (одна Ксения, я полагаю, знала это слово, слышала, поди, и про Ария) они не имели, если не считать некоторого сходства к толковании теологических тонкостей, в которые он, Макушинский, не станет сейчас углубляться (можно ли углубляться к тонкости? спросил, в скобках, Простоперов, покачивая своим приятно-раздвоенным подбородком), хотя для людей того времени (*твоего* времени, Димитрий) все это были не такие уж тонкости, из-за этих тонкостей кровь лилась ручьями, реками, водопадами. Правильнее называть их, или самую отборную часть их, социнианами, последователями неких Социни: Лелио и Фауста, или Фаусто, уж как вам милее (без Фауста в нашей кунсткамере архетипов тоже, как видим, не обошлось), итальянских теологов, о которых он, Макушинский (вот он какой дотошливый) разыскал редчайшие материалы в старых богословских журналах, в Ленинской (как много ненависти слилось в этом звуке для его истерзанного сердца) библиотеке.

*

Они отрицали Троицу, смельчаки. Христос приходил не затем, чтобы примирить Бога с людьми, но чтобы людей примирить с Богом (задача, по его, макушинскому, мнению, даже для Христа непосильная, неподъемная... эх, Макушинский, Макушинский, не миновать тебе виселицы, с наслаждением вставил симпатяга Простоперов). К истинам Писания подходили рационально; ко всем другим истинам тоже. Выступали против крепостного права. Выступали, наоборот, за отделение церкви от государства, а вот уж за это, по его сведениям, ни в тогдашней Польше, ни вообще в тогдашней Европе никто выступать не решался. Требовали веротерпимости, требовали признать за женщинами те же права, что за мужчинами. Также требовали всеобщего образования, особенно упирая на математику и естествознавство. Создавали школы и типографии. Многие ученые люди считают их предшественниками Просвещения. Многие ученые люди, которых он, Макушинский, читал в Ленинской (сколько ненависти слилось для него в звуке этом) библиотеке, утверждают, что их идеи повлияли на Локка, Ньютона, Лейбница, на Джефферсона и прочих отцов-основателей американской независимости, и еще, и еще на кого-то. Вот какие были люди! Он, Макушинский, просто в восторге от социниан! Он сам бы записался в социниане, если б его пустили! Он предлагает выпить за социниан, и за Фауста Социни в особенности, потому что без Фауста в нашей кунсткамере архетипов никак обойтись невозможно.

*

Если же вы, Сергей, к примеру, Сергеевич, хотите знать, а вы ведь хотите знать, какое отношение имеет все это к истории Димитрия и драме Димитрия, то — самое непосредственное.

171

Самое — и самое непосредственное отношение все это имеет к истории Димитрия, потому что он, Димитрий (разглагольствовал Макушинский, на меня даже не глядючи) еще успел поучиться мальчиком в социнианской или, хорошо, арианской школе, если вам так больше нравится, и даже в самой главной социнианской школе, центре всего социнианства, в польском городке с поэтическим названием Раков (без «К» и с ударением на втором слоге), о чем у нас свидетельств вообще-то нет, но ведь нам плевать на свидетельства, мы свободные люди, герои и авторы своей собственной пьесы, — и затем, уже юношей, успел поучиться в Гоще на Волыне, в школе, основанной некими братьями Гойскими, арианами убежденнейшими, о чем у нас как раз есть свидетельства, что тоже приятно и, он не скроет, придает ему, Макушинскому, что-то вроде добавочной уверенности в его построениях, домыслах и фантазиях, хотя он мог бы обойтись и без всяких свидетельств; он знает себе цену; он пьян, толст и велик. Иди сюда, очкарик мой, во второй раз на моей памяти объявила холодная, аки гелий, Марина; дай я тебя поцелую.

*

Вот из какого училища ума, какой бурсы сердца вышел наш Димитрий (продолжал разглагольствовать Макушинский, с трудом оправляясь от гелиевого поцелуя и по-прежнему не глядя на меня, на Димитрия); он был почти наш, почти современный разумный человек; старший, но ведь уже совсем немногим старший современник Декарта, младший современник Монтеня; и вот он, этот в вольнодумии взращенный Димитрий, вдруг попадает в мир, где верят в колдовство, ведовство, волхвование, кудесничество, чародейство, чароплетство и чернокнижие, где царя считают богом, а бога царем, где чуть что, сразу валятся на пол, бьют земные поклоны, к мощам и иконам припадают по пятьсот раз на дню, по ночам же трясутся в ужасе, помышляя об адских муках, геенне огненной, чертях, котлах, щипцах и гвоздях. Каково ему было? Неужели он не спрашивал себя, стоило ли затевать всю истории? Не лучше ли было остаться в Гоще, остаться в Ракове, перебраться в Стекольню, пробраться в Лютецию?

*

Удивительно, что все это происходило уже при Сигизмунде отнюдь не Втором и не Августе, а при Сигизмунде злосчастном Третьем, вообще играющем роковую роль в нашей истории. Сигизмунд-то Второй Август — другое дело, Сигизмунд Второй Август был замечательный король, августейший государь, всего более интересовавшийся своими амурными делами (и как же мы его понимаем... не правда ли, Димитрий, ваше величество?). Увы, равнодушие его ко всем этим теологическим тонкостям, всем этим троицам и нетроицам, тринитариям и антитринитариям до того доходило, что имел он глупость допустить в Польшу иезуитов, тоже играющих роковую роль в нашей истории, причем он в тот же год допустил их в свою прекрасную страну, когда заключена была Люблинская уния, о которой вы-то, пан Мнишек, и вы-то, пани Марина, все знаете, а кто-то, может быть, и не знает (Ксения точно все знала, но Ксения скромно помалкивала, высматривая пастилу на столе), которая, если кто не знает, окончательно объединила Литву и Польшу в единое государство, хотя династически они были уже двести лет или почти двести лет как связаны между собою, что само по себе кажется ему, Макушинскому, чем-то в высшей степени поразительным, повергающим его в непреходящее изумление. То есть, в самом деле, почти двести лет прошло между Кревской унией и Люблинской, то есть между браком Ягайла и Ядвиги — прообразом династического, или полудинастического, брака Димитрия с Мариной (Марина молчала, холодная по-прежнему аки гелий), задуманного, вместе с самим Димитрием, паном Мнишком, не правда ли, пан Мнишек (именно так, dokładnie tak, подтвердил пан Мни-

173

шек, уже окончательно пьяный, окончательно толстый, в три раза толще самого Макушинского), — двести, или почти двести лет прошло, он скажет еще раз, между этим важнейшим в польской, литовской, да и русской истории браком, обратившим Литву в католичество и сблизившим ее с Польшой, тем самым (как полагает он, Макушинский, вместе со своими великими предшественниками в деле изучения истории, матери всех наук и даже самой истины, по утверждению Сервантеса, тоже *нашего* современника) — тем самым сделав невозможным собирание русских земель свободной Литвой, а не тираническою Московией, что было бы для всех этих земель величайшим счастьем и благом, — двести (он все-таки закончит свою мысль) лет прошло между этой унией, этим браком — и окончательным, то есть, разумеется, предварительно окончательным (ничего окончательно окончательного на земле не бывает) объединением Литвы и Польши в Речь Посполитую.

*

Беда лишь в том, что этот благожелательный Сигизмунд Второй Август, при всех своих буйно-амурных делах и трех несчастливых браках, остался бездетен, и династия потомков Ягайла пресеклась, как в Москве должна была в относительно скором временем пресечься династия Даниловичей, сиречь потомков Даниила Александровича, именовавших себя Рюриковичами (но это в скобках, в эту, не менее волнующую тему, он, Макушинский, тоже не станет сейчас углубляться: всего не объемлет даже его всеобъемлющий ум, да он к этому вовсе и не стремится, памятуя завет великого Кузьмы, другого создания Алексея, столь нами всеми возлюбленного Константиновича, и если Мария Львовна блеском и скосом своих прекрасных глаз намекает всем собравшимся, что неплохо было бы им, и в особенности ему, Макушинскому, да и, вот, пану Мнишку, оторваться от *бормотухи*, то он, конечно, последует сему добродетельному совету, перейдет на коньяк, который, он видит, Сергей Сергеевич как раз извлекает из заветного шкафчика, но мысль свою он, Макушинский, все-таки не оставит, все-таки и вопреки всем невзгодам постарается донести до присутствующих). Короче, не было детей у замечательного Сигизмунда Второго. Были только сестры. Одна сестра, Анна, вышла за не менее, хотя и на другой лад, замечательного Стефана Батория, пришедшего, вместе с ней самой, к власти после короткой комической интермедии с Генрихом Валуа, братом Карла Девятого (французского, разумеется, а не шведского, о шведском скажем чуть позже, коньяк нам поможет), устроителя Варфоломеевской ночки (не вздыхай, Маржерет, bel ami); Стефан же Баторий (хоть вас этому, милейший Простоперов, в школе, наверно, и не учили) разгромил просто-напросто Ивана нашего Террибилиса Четвертого в Ливонской войне, не сумев, впрочем, взять осажденный им Псков, но тоже скончался, оставив бедную Анну, хоть королевою, но вдовою. И была другая сестра Сигизмунда Августа, Катерина (как вам, милый Басманов, этот эпический звук в моем голосе? Басманов заухал всеми своими щеками), была, похоже, и третья (три сестры, три дочери короля Лира), но дело не в ней, а дело в этой Катерине Ягеллонке, которая, во-первых (объявил Макушинский, не загибая, как поступают порядочные русские люди, а отгибая толстый палец от толстого кулака, на манер всех безродных космополитов) — во-первых и судя по всему, была вполне фанатической католичкой, в отличие от своего жизне- и женолюбивого брата, во-вторых же вышла замуж за шведского герцога Юхана, будущего короля Юхана Третьего, брата безумного, или не совсем безумного, или более или менее безумного короля Эрика Четырнадцатого, героя пьесы более, в свою очередь, или менее (скорее все-таки менее, чем более) безумного Августа Стриндберга, которую (пьесу) Сергей, он знает, Сергеевич собирается ставить в... неважно где, перебил его Сергей Сергеевич, прикладывая тоже не тонкий, но длинный, уверенный в себе палец к улыбающимся губам.

Поговорим, следовательно, о тайнах стокгольмского двора, хоть чуть-чуть. Жаль, что он не бывал в Стекольне, в отличие от некоторых (провозгласил Макушинский, с пьяным поклоном в мою сторону), утверждающих, что они там — бывали; он бывал лишь в Лютеции да по землям диких алеманнов совершил протяжное путешествие. А попади он к шведам, уж точно доехал бы до замка Грипсгольм, где Эрик Четырнадцатый, разгневавшись на своевольный брак своего единокровного брата с полькой и католичкой, да и за другие его проделки, заточил Юхана, чтобы Юхан впоследствии, сделавшись Юханом Третьим, заточил там его самого, поначалу даже, кажется, не разлучая его с Катариной (или Карин) Монсдоттер, героиней финского народа, значит, и с маленьким Густавом, потом, много позже, оказавшимся в Угличе и в числе действующих лиц его, макушинской, пьесы (довольный собою, объявил А. М., перелистывая полуподпольную ксерокопию своего сочинения). Эрик, пока оставался Четырнадцатым, тоже посадил своего единокровного брата Юхана, еще не Третьего, не одного, а вместе с женою в этот самый замок Грипсгольм, куда он, А. М., так бы хотел попасть и где она, Катерина Ягеллонка (нисколько не Карин) как истая, чистая католичка принялась рожать детей, одного за другим. Между прочим, пока они там сидели, прошел слух, что Юхан скончался и Катерина Ягеллонка осталась в заключении вдовой; тут же стал к ней свататься — кто? вопросил Макушинский, патетически обозревая присутствовавших, — а Иван наш Грозный, Иоаннус Террибилис, вот кто, вообще большой любитель свататься и жениться; точнее сам же Эрик и предложил ему этот брак, заодно и раздел Ливонии, ради какового брака Иван наш Грозный, разумеется, готов был в любую минуту, сию же секундочку развестись со своей очередною женою, Темрюковной, или Собакиной, или Василисой Мелентьевой, или кто у него был тогда в женах, как впоследствии, уже под занавес своей страшной жизни, готов был развестись (уж простите, Мария Львовна) с Марией Нагой ради тоже несостоявшейся женитьбы то ли на самой Елизавете Первой, королевой английской, к которой, столь же неудачно, в свое время сватался и наш любимый Эрик Четырнадцатый, то ли на ее дальней родственнице, Марии Гастингс, *alias* княжне Хантинской, как называли ее русские люди.

*

Это еще не все, хотя он понимает, что присутствующие запутались в интригах и родственниках, братьях и сестрах, да и коньяк с *бормотухой* не способствуют ясности ума и прозрачности мыслей. А впрочем, вообще все запутанно. Когда вот он, например, Макушинский, читает *источники* (слово *источники* произнес он, помнится мне, с нежной небрежностью профессионала, дни и ночи проводящего над пыльными хартиями… что вовсе не соответствовало действительности, хотел бы я тут заметить, он был на свой лад гуляка, хотя и зануда, Макушинский этот, пишет Димитрий), когда, следовательно, он читает *источники* и погружается в навек погибшее прошлое, ему кажется, что не только все эти персонажи и родственники, в которых так просто запутаться — все эти Собакины и Бабакины, Юханы, Карлы и Марлы, Сигизмунды, Хантинки и Ягеллонки, — но и эти три страны — Швеция, Московия и Польша — кружатся в патетическом хороводе перед его внутренним взором, меняясь местами, вступая в союзы, начиная и заканчивая беспрерывные войны друг с другом. Мысль об их объединении в Великую Северную Страну не могла не бродить в умах и сердцах современников. А что такого? Объединилась же Польша с Литвою сперва династически, благодаря браку Ягайла с Ядвигой, затем, благодаря Люблинской унии, в единое государство, Речь Посполитую. Еще было возможно в ту пору столь многое, потом, увы, сделавшееся невозможным, потому нереальным, сделавшееся мечтой и фантазией. Прекрасной мечтой, фантазией феерической. Представим себе

Россию и Швецию прошедшими вместе и сквозь семнадцатый век, и сквозь восемнадцатый, и сквозь девятнадцатый… горько, очень горько, очень пьяными слезами плачет он, Макушинский, воображая себе сей неслучившийся мир, презирая хохот насмешников, французскую улыбочку Маржерета, добродушное ухание очаровательного Басманова.

*

Возвратимся к Катерине Ягеллонке, которую оставили мы в замке Грипсгольм (узнаете, мсье Перов, интонацию исторического романа?). Катерина Ягеллонка, нисколько не овдовевшая, продолжала в замке Грипсгольм, как истая католичка, рожать детей, одного за другим, среди них мальчика, будущего Сигизмунда Третьего, злосчастного польского короля, первого польского короля из династии Ваза (или Васа, как уж вам больше нравится; вторым, много позже, был сын его Владислав, не состоявшийся русский царь). Потом Юхан вместе со своим братом Карлом, будущим Карлом Девятым (шведским Карлом Девятым, не французским, не перепутайте) сверг безумного, или полубезумного, или до той поры не очень безумного, но тут тронувшегося умом Эрика (ставшего *не сам у собя своею персоною*, как доносил русскому царю русский посол) — и Катерина Ягеллонка, жена Юхана, сделалась шведскою королевой. А в Польше ее сестра Анна тоже была королевой, женой Стефана Батория. А когда Баторий умер, Анне, кажется, наскучило быть королевой, да и лета уж были не те, чтоб пускаться в новую матримониально-государственную авантюру, так что на выборах в Сейме поддержала она племянника своего Сигизмунда, сына, как мы уже усвоили (не так ли, Простоперов?), сестры ее Катерины и Юхана Вазы (или Васы), шведского короля. А Сигизмунду, заметим, Третьему, в ту пору двадцатилетнему, большого дела и не было до польской короны; шведская корона — вот он о чем мечтал, если мы правильно понимаем теперь все дело, дожидаясь смерти батюшки своего, Юхана Третьего,

178

каковая и воспоследовала (узнаете, Мария Львовна, заплетающийся язык исторических сочинений?) в он-не-помнит-каком году, в тысяча пятьсот, кажется, девяносто втором, так что Сигизмунд, наш совсем-не-герой, сделался и вправду королем одновременно польским и шведским, что (по его, макушинскому, мнению) могло бы стать первым шагом к созданию Великой Северной Страны, так сильно занимавшей фантазию величайших политических умов того великого времени. Ум и фантазия исключают друг друга? Ну нет уж, друг Хворостинин, с этим утверждением никак не может он согласиться. Истинный ум без фантазии не обходится, настоящие фантазеры умны, уж точно умнее тех приземленных прозаических персонажей, которые со всех сторон окружают нас, отравляя нашу и без того злосчастную жизнь; вот так-то.

*

Могло бы стать, да не стало. Не тот был человек Сигизмунд, по-русски прозываемый Жигимонтом; не годился он ни для объединения Речи Посполитой со Швецией, ни, впоследствии, для объединения ее с Россией; за что ни брался, все у него получалось из холеных рук плохо. Ну, может быть, Брестская уния католиков с православными получилась у него не совсем уж нехорошо; так себе получалась, но получилась ведь как-то. Да и то, если подумать о последствиях, не скажешь, что хорошо получилась. А все дело в том, что он был фанатик, фанатический католик, воспитанник иезуитов, которых его дядя Сигизмунд Август имел глупость допустить в польско-литовское государство, пламенный борец с Реформацией, не менее пламенный поборник объединения всех христиан под сенью папского престола, а если ты пламенный поборник чего бы то ни было, с горячим сердцем и не особенно холодным умом, то уж конечно, имеешь шанс принести окружающим много разнообразных несчастий. Эта Брестская уния, он вынужден сообщить (продолжал разглагольствовать Макушинский, нюхая, затем пригубливая коньяк, извлеченный С. С. из заветного шкафчика, протирая очки), мало кого с кем объединила, скорее рассорила всех со всеми: принявших унию православных с православными, ее не принявшими; православных, унию не принявших, с государством, которое отныне признавало только принявших унию православных; даже и православных, принявших унию, с католиками, с которыми они надеялись уравняться в правах бесповоротно и окончательно, а уравнялись все же как-то не совсем окончательно; для нас же с вами, то есть для нашего спектакля и всей нашей истории (с выражением идиотического восторга прихлебывая коньячок, разглагольствовал Макушинский) важно, в первую очередь, то простейшее обстоятельство, что сама-то эта Брестская уния была заключена и подписана — несмотря на противодействие многих и многих православных магнатов, например, замечательного князя Константина Острожского, киевского воеводы, — всего-то за несколько лет до таинственного появления Димитрия у князей Вишневецких, в ту пору, следовательно, когда он, Димитрий, там еще где-то учился у прекрасных социниан, ариан, фаустовских душ и естествознатцев, поборников и патриотов свободы, причем свободы во всем: свободы, среди прочего и прежде всего остального, в выборе веры, даже неверия, которую, сиречь свободу, так мечтал уничтожить Жигимонт-Сигизмунд, воспитанник иезуитов, за какое дело ни бравшийся, то и губивший.

*

Со шведами уж совсем ничего не вышло у Жигимонта. Шведы люди суровые, северные. Шведам пальца в рот не клади. Уж ежели шведы провели у себя Реформацию, то их, шведов, не загонишь обратно в папское стойло. Правильно ли я говорю, Маржерет? Подтверди мои слова, или не гугенот ты? Спишем последние реплики на действие коньяка. — Да уж я-то гугенот, отвечал тоже и в свою очередь не чуждый коньяку Мар-

180

жерет; я гугенот гугенотыч, из всех гугенотов самый что ни на есть гугенот; разгугенотствующий перегугенот; подтверждаю, Макушинский, слова твои готтентотские. — Неплохо, смотрю, учат вас русскому языку в институте благородных девиц имени А. С. П., — отвечал на это Макушинский (под многощекий хохот Басманова). Шведы, короче: со шведами шутки плохи. Шведы первым делом провозгласили регентом Жигимонтова дядю, герцога Седерманландского (во как! от одних этих слов он, Макушинский, приходит в экстаз, впадает в транс, выходит в астрал), с каковым герцогом Седерманландским, будущим Карлом Девятым, родным братом покойного Юхана, единокровным, соответственно, братом безумного Эрика, любимого Стриндбергом и нами грешными, включая Сергея, он уверен, Сергеевича (три сестры, три брата: вечная сказка с нехорошим концом): с каковым, значит, герцогом, своим дядей, Жигимонт, как раз в эпоху Брестской унии, вступил в безнадежную, заранее проигранную войну, был, так ему и надо, разбит и низложен, шведский престол утратил, усидел, однако, на польском, все силы бросил на борьбу с иноверием. Так всегда бывает. Потерпев поражение от врагов внешних, деспоты, большие и малые, фанатики, ничтожные и не очень, испокон веков напускаются с горя на внутренних, которых, как правило, сами же и создают себе для домашнего пользования (на кого-то надо же им напускаться).

*

Но нескоро дело делается в таком свободном государстве, каким была тогда Речь Посполитая. Не все же были такими ловкими вельможами, такими лукавыми царедворцами, как наш толстый пан Мнишек, сейчас уже совсем пьяный (что делать? co robić? пробормотал бухой Мнишек, готовясь бухнуться головою в столешницу, on przeprasza, он извиняется): пан Мнишек, сразу же, лишь только успели избрать королем Жигимонта, объявивший себя католиком из католиков, ультракатоликом и гиперкатоликом, даже примкнувший, впрочем, ненадолго, к компании каких-то других ультра, гипер и суперкатоликов, предлагавшей только-только взошедшему на польский трон королю немедленно покончить с богопротивным принципом веротерпимости, омерзительным в глазах всей святой троицы и всех великомучеников вместе со всеми апостолами, хотя ему-то, Мнишку, наплевать было на троицы и нетроицы, как в свое время, в его, Мнишка, молодости, наплевать на них было Сигизмунду Августу, любвеобильному королю, последнему Ягеллону, в эротических утехах и успехах которого пан Мнишек принял участие, в общем, скандальное (поставляя, прямо скажем, девиц своему сюзерену; не стоит, пан Мнишек, стыдливо смотреть в стакан с бормотухой, дело давнее, Истории все известно); сам-то он, Мнишек, еще до своей скандальной службы у славного Сигизмунда Августа, воспитан был лютеранами, учился в университете сперва в Кенигсберге, потом в Лейпциге, любил повторять (ведь любил же, пан Мнишек, не правда ли? подтвердите, когда протрезвеете) чью-то — он, Макушинский, уже забыл чью именно фразу, — гласившую (и гласящую до сих пор, на весь мир), что дело не в религии, дело в свободе.

*

Дело не в религии, дело в свободе: вот, пан Мнишек, золотые слова, передаваемые восхищенной Историей просвещенным, хотя и пьяным, потомкам в нашем с вами лице. Свобода долго сопротивлялась, не сразу сдалась. И так, и эдак подступался к ней Сигизмунд Нисколько-не-Август, сиречь Жигимонт, мастер запороть любой план, завести в тупик любое из своих начинаний. Посему и Димитрий (продолжал Макушинский свои разглагольствования, делая вид, что я не при чем, меня нет; а я был; я все помнил) еще мог учиться и в Гоще у Гойских (чему есть свидетельства), и в арианской академии в городе Ракове, не Кракове (чему свидетельств нет, но будем считать,

что есть); а вот как представить себе эту Гощу и этот Раков, он
не знает. Он пытается, по ночам, все это представить себе —
и не может, терпит крах (как Сигизмунд в борьбе с дядей Карлом). Потому что все погибло, все было загублено. Вот этот го-
родишко Раков, о котором он, Макушинский, нашел кое-какие
сведения, с большими трудами, с помощью польских друзей,
дальних родственников, шляхтичей, как он сам (хотите верьте,
хотите не верьте): там чего только не было при арианах-соци-
нианах: и типография, и бумагопрядильня, и прядильня просто, и еще всевозможные промыслы, и собственно академия
с разнообразными ее факультетами, и даже (он читал в одном
месте) анатомический театр, театрик, на манер знаменитого
падуанского, и ратуша, и мост через речку. Все было разру-
шено, когда социниан окончательно изгнали из Польши, уже,
впрочем, при Владиславе, Жигимонтовом сыне, несостояв-
шемся (по вине того же Жигимонта, все губившего, за что ни
брался) московском царе; все дома разграблены, сожжены; все
жители до единого изгнаны. Осталась деревня, но и от деревни немного осталось. Через сто лет никто ничего не помнил.
Полторы тысячи (он читал в другом месте) евреев жило в этом
Ракове к началу Второй мировой войны; все они отправились,
понятное дело, в Треблинку. Потом там фронт прокатился,
смел последние трепещущие былинки былого. Так все вообще погибает: вот вывод, к которому мы неизбежно приходим
в результате наших исторических изысканий. Уж он не знает,
к какому выводу пришли ученые ариане, но он пришел к вот
такому. Что-то создается, недолгое время живет, растет, стро-
ит планы на будущее; потом приходят очередные фанатики
и забирают всех в ад, откуда сами и вышли. — Ну, хватит, Макушинский; сил уже нет.

*

А вот почему в ту ночь пошли мы — не все вместе, но втроем
с Макушинским и Ксенией — в сторону Чистых прудов, этого,

мадам, я не помню. Еще, видимо, хотелось нам послушать его разглагольствования об этой странной Польше, где все было не так, как мы себе представляем, и если мне не очень-то и хотелось слушать его разглагольствования (он — мне будет рассказывать! какой-то Макушинский — мне, Димитрию, будет рассказывать о социнианах и арианах, он — мне о князьях Вишневецких, первых, кому я открылся), то, я видел, Ксения слушала его с тем вопрошающим вниманием в татарских глазах, на которое способны только очень юные барышни; так незаметно прошли мы Страстной бульвар, прошли и Трубную площадь, пошли вверх по бульвару Рождественскому, и если Макушинский объяснил нам, куда направляется, то я это давным-давно, конечно, забыл (буду я помнить, сударыня, куда не-считано-сколько-лет, целую жизнь тому назад, в начале ночи, направлялся какой-то А. Макушинский; помню только, что он одет был во что-то идиотическое, в какую-то безмерно-бесформенную доху (*мухояр*, пускай и не на куницах), какую ни один вменяемый человек в то время уже не надел бы; и очень боялся поскользнуться на очередной наледи под очередной водосточной трубою, на Трубной и не на Трубной); и то ли метро Чистые пруды (тогда еще Кировская; помните, мадам, был такой Киров, Сергей, если не ошибаюсь, Миронович?) уже закрылось, то ли мы и не попробовали зайти в него, не проверили, закрылось оно или нет, зато сели в трамвай, в ту пору (да, кажется, и теперь) завершавший и, соответственно, начинавший свое движение по бульварам возле этого метро, то есть (если стоять к метро спиной, замерзшим лицом — к памятнику известному комедиографу А. С. Грибоедову) подъезжавший слева, затем медливший, раздумывая, очевидно, что ему делать дальше, затем все-таки пускавшийся в обратный путь (к Чистым прудам) по правой стороне бульвара; Макушинский (что возьмешь с него?), когда мы сели в этот трамвай, совершенно пустой, весь промерзший изнутри жестяным жестким холодом, начал, забыв о социнианах, напевать песенку про *огурчики, помидорчики* и про то, что *Сталин Кирова убил в коридорчике* (а меня-то не в коридорчике убивали, мадам; еще я вам расскажу, придет время, как и где убивали меня); Чистые пруды промелькнули, действительно, за нечистыми стеклами; Ксения, глядя на расчерченный коньками лед, фонарные желтые отсветы, лежавшие на этом расчерченном льду, вытащила из очередного, по определению — волшебного, кармана своего *дутика* круглую, вверх вытянутую картонную коробочку с *дольками* не лимонными, но на сей раз апельсинными и, предложив *угощаться* Макушинскому (угостившемуся на славу — очкастый обжора), потом мне (после всего съеденного мне трудно было запихнуть в себя хоть одну, но отказаться я уже не мог, отказать ей уже был не в силах, такова была уже *доля моя…* не предвиденная фабрикатором оной), сама принялась поглощать их одну за другой, снова не слизывая, но снимая сахаринки с пальцев блестящими влажными зубами (зрелище, от которого и Макушинский, чтоб ему пусто было, не мог оторваться); а тем временем проскользили мы в прозрачной тишине ночи и мимо знаменитой бабы с винтовкой, не менее знаменитого мужика с отбойным молотком, которых теперь снимают в каждом втором сериале, так что я бы (с удовольствием пишет Димитрий), будь моя воля, снял бы уже сериал про них самих (как, например, по ночам они оживают, сходят со своих мест и, уж конечно, устраивают всякие веселые безобразия — воруют звезды с кремлевских башен, угоняют коней с Большого театра), а мы никаких безобразий (еще) не устраивали, но мирно, молча, с трамвая сошедши, поплелись вместе с Макушинским через Яузу, мимо «Иллюзиона» к Таганке, к театру на Таганке, давно уже мертвому, темному, возле которого с ним и простились (но ведь не мог же он идти туда среди ночи?); а как у нас на все это хватало сил, можете даже не спрашивать, сил тогда было так много, Эверест сил, за жизнь сжавшийся до скромного холмика, до кургана, уже скоро могильного; когда же простились мы с Макушинским, я собрался ловить такси (*мотор, колеса*, говоря языком эпохи… которым она, Ксения, никогда, разумеется, не говорила; она, Ксения, если хотела взять такси, говорила просто: *возьмем такси*, не опускаясь ни до каких *колес*, ни до какого *мотора*), но тут моя чаровница, направившись к великанским дверям метро, объявила, что одна великанская дверь не заперта, а ежели дверь не заперта, то можно еще попробовать на самом последнем поезде, собирающем станционных служащих, уехать куда-то, доехать докуда-то, и на мои робкие возражения ответила лишь всезнающей улыбкой, как genius loci; и мы в самом деле спустились по бесконечному эскалатору, еще катившемуся вниз, удивленно постукивая, в уже почти темноте; и это было довольно страшно, потому что не было никого ни в вестибюле, ни на эскалаторе, ни в стеклянной будке перед эскалатором, где обычно сидит несчастная злая тетка, пропускающая сквозь себя миллион чужих взглядов за один рабочий день, одну *смену*, из каковых взглядов каждый что-то, наверное, разрушает, уничтожает, может быть, убивает в ней; и на перроне тоже не было никого, но поезд был, поезд — в сторону Павелецкой etc. — подошел сразу же, через пару минут, словно мы вызывали и заказывали его (как такси); и пассажиров в нем не было, были только рабочие, перемазанные мазутом и распространявшие вокруг себя запах оного, уютно-убийственный, были те же тетки из стеклянных будок, не обратившие на нас никакого внимания, как если бы наше присутствие в этом последнем ночном поезде само собой разумелось, как если бы во всяком последнем ночном поезде ехала юная пара, напропалую целующаяся в углу вагона, на продавленных крайних сиденьях у вечно запертой двери в соседний вагон; а мы целовались уже безоглядно, безумно; начали целоваться еще на эскалаторе, и я теперь думаю, что от страха и начали, от ощущения пустоты, темноты, печали, ужаса и отчаяния вокруг нас, от странности происходящего с нами, от которого мы только поцелуями и могли защититься, так что, едва мы ступили на этот медленно катившийся вниз эскалатор, где она, Ксения, словно это само собой разумелось, иначе быть не могло, встала на ступеньку выше меня, а я, соответственно, на ступеньку ниже ее, лицом к ней и против движения, — сразу же, едва вступив на эскалатор, начали мы целоваться, хотя я вовсе не утверждаю, сударыня, что она сразу же и распахнула свой польский *дутик*, впустив в него, в тепло под ним мои руки, — нет, мадам, это случилось позже, в ту пару минут, что мы ждали поезда на совершенно пустой станции, вернее, ждали, с какой стороны послышится, если вообще послышится, его шум, его шип, чтобы нырнуть в одну из арок с той или с другой стороны и, соответственно, начать ночной и подземный объезд моего стольного града с севера или с юга, — вот тут-то, мадмуазель, мои руки проникли под ее *дутик*, где и остались, когда мы вошли в вагон (не вызвав ни малейшего удивления ни у стеклянно-будочных теток, ни у мазутно-благовонствующих рабочих), хотя (опять-таки) вовсе не утверждаю я (не хочу грешить против истины), что она, Ксения, когда мы оказались с ней на продавленных крайних сиденьях, уже, например, перекинула ногу через мои колени — нет, нет и нет, гнедиге фрау, не хочу и не могу грешить против истины, зато утверждаю с большой и огромной долей уверенности, что ее руки тоже проникли под мое, мною распахнутое, пижонское пальто, предмет моей гордости, зависти окружающих, так что мы хотя и сидели на этих крайних местах по внешней видимости вполне чинно, в лучшем случае лишь тыкаясь друг в друга коленками, но уже руки наши отправились во внутреннее, тайное путешествие, нащупывая очертания наших бедер и спин — нет, сударыня, как вы все же торопитесь — еще не груди, — или, может быть, она дотронулась до моей груди, я же до ее персей и прелестей еще дотронуться не решался, — я только чувствовал их своим телом, прикасаясь к ее сладостным, маленьким, но плотным буграм своей атлетической грудью, — впрочем, как мне теперь кажется, скорее сосредотачивая внимание на не менее сладостных, мармеладных ее губах, с последними, двумя или тремя, сахаринками, оставшимися на них от трамвайных утех — и на восточных ночных глазах ее, вернее — на одном, огромном глазе ее, который я видел, открывая свои глаза, так близко ко мне, что, казалось, он сам меня уже видеть не может — да и зачем ему меня видеть, этому огромному глазу, когда он просто впускает меня в себя, в черноту своей радужницы, чернейшую черноту зрачка?

*

Путешествие наших рук, нас самих длилось недолго; уже на Добрынинской поезд не хотел ехать дальше, но, кажется, мазутчики уговорили машиниста, или машинист сжалился над будочницами; во всяком случае, до Октябрьской мы доехали; и даже до Парка культуры дотянули (вот он, Парк-то, вот она, культура-то, так давно вам обещанная); но это было и все; свет в вагонах погас; все исчезли. Какой-то последний дядька, уходивший со станции, крикнул нам, оборачиваясь, чтобы мы на радиальную шли, эта, понимай: кольцевая, уже, он крикнул, закрыта, идите скорее. Мы и пошли. Но нам так весело стало, так, скажу просто, мы счастливы были, что никуда мы не торопились; шли и шли по длинному коридору, целуясь, прижимаясь к колоннам, прижимаясь друг к другу. Наш страх исчез; и даже мысль о том, что мы до утра здесь останемся запертыми, нас не пугала. Останемся и останемся. Через пару часов все равно все откроют, нас выпустят. Жизнь есть приключение — мне ли не знать этого? Я на Москву пошел походом, свое царство отвоевал, я великую северную державу задумал со старым Мнишком построить, синтез польского сарматизма и русского скифства, с отрадной прибавкой скандинавской суровости; мне ли бояться одной ночи в метро с красавицей Ксенией, в которую (да, конечно) теперь уже был я влюблен (вы правильно поняли), в которую, с каждым шагом, влюблялся я все сильнее. А вот помните ли вы, сударыня, что на станции метро Парк культуры, когда переходишь с кольцевой линии на радиальную (уносящую путешественника, буде пожелает он, к Воробьевым горам, к Огареву и Герцену; или, наоборот, уводящую его в центр — к станции Великого Анархиста, к площади тогда еще не снесенного, но уже зашатавшегося Железного Феликса) — когда, следовательно, переходишь с кольцевой линии на радиальную линию (помните ли вы это, сударыня?), то идешь сперва по длинному, с загибами, коридору, потом оказываешься перед двумя отрогами или двумя рукавами ведущей вниз лестницы, один из коих — правый, если встанете вы лицом к ним обоим — примыкает непосредственно к коридору, второй же расположен чуть дальше по ходу движения вашего, так что вы должны сделать еще несколько лишних шагов (с въедливым наслаждением пишет Димитрий), чтобы спуститься по этому левому рукаву, прелесть которого состоит в том, что он почти всегда пуст, сколь густой ни была бы несущаяся по коридорам и лестницам подземного царства толпа обитателей Первопрестольной, прочих заблудших душ; толпа, в своем вечном смятении, стремлении, в своем бессмысленном буйстве, своей мрачной мечтательности, несется, густея, по правому, ближайшему к ней рукаву, и только отдельные, пусть тоже заблудшие, но и в грехах своих сознающие себя души идут, никуда не спеша, по левому, отрадно пустому отрогу, который, впрочем, очень скоро, на промежуточной площадке сливается с правым, чтобы, превратившись в единую, теперь уже бескомпромиссно демократическую лестницу, вывести, или вынести, странника на вожделенную платформу радиальной, еще раз, ветки, на схеме всех веток (всех веточек, листиков, сучков и задоринок) выделенной, и теперь, и тогда, революционным красным, ненавистным мне, цветом.

*

А потому что я революционер духа, сударыня! Я мечтаю о революции, несущей свободу. Революция рабов, несущая раб-

189

ство, всегда была отвратительна мне. И Ксения моя думала так же; Ксения, как я уже имел удовольствие говорить вам, всей своей юной душой болела за успех перестройкогласности и, кажется, вполне искренне мечтала жить в ту пору прекрасную, когда в стране не останется ни одного кагэбэшника. Но мы не о гласноперестройкости, разумеется, с ней беседовали, подходя к этой двуотроговой лестнице, зато она, Ксения, между двумя поцелуями, сообщила мне, что всю свою жизнь (я даже не рассмеялся; это мне теперь, сквозь слезы, смешно слышать слова обо *всей жизни* из уст такой юницы, отроковицы, пусть и *чюдного домышления...*) — что всю, вот именно, свою жизнь она ходит только по левой лестнице, не мешаясь с бессмысленною толпою. Это, объявила Ксения, для нее вопрос чести, point d'honneur. Никакой толпы, разумеется, не было; вообще и по-прежнему не было никого. Все-таки мы пошли именно по этому левому, никак не правому, рукаву; point так point, d'honneur так d'honneur. Посмотрим теперь на перила. Там, где лестница, там и перила, мадам (не перебивайте, прошу вас). Перила на отрогах этой лестницы были солиднейшие, беломраморные, на белых балясинах, напоминавших шахматные, пожалуй, фигуры, шахматных, что ли, ферзей (а вот на едино-демократической широкой лестнице перила уже были хлипенькие, новенькие, без всяких тебе балясин, недостойные имперского стиля столицы: позор, в сущности, в рассуждении имперского стиля столицы). Не торопите меня, сударыня; в нашем деле подробности — главное. Мы до этих позорно-демократических перил еще не дошли; мы замерли, в очередном поцелуе нашем, на левом, все еще, отроге лестницы, в самом низу ее, у колонны, как раз там, где в колонну эту упираются перила торжественно-ферзевые, шахматно-царственные. На них-то она и запрыгнула, на них и уселась, упираясь боком в колонну, ногами к лестнице и ко мне; взгляд ее из-под союзных бровей не сразу стал мне понятен. В нем стоял смех, в этом взгляде, и в то же время он был совершенно серьезен, задумчив, даже, пожалуй, печален. Нет, печальным он не был; задумчивость часто выглядит как печаль. Смех, в черноте ее радужницы, стоял как будто в стороне от серьезности. Она играла со мною, конечно; или, скажем, играла (начала играть в ту подземную ночь) в какую-то другую барышню, не просто прелестницу, но еще и развратницу, которой отнюдь не была. Ее руки меня обнимали; ее ноги теперь тоже меня обнимали. Потом руки ее перестали меня обнимать, но потянулись к моим штанам, к ремню и ширинке. Я не ожидал этого; я был так удивлен, что даже не удивился. И я подыграл ей, не отрицаю; мои руки отправились, в свой черед, в еще новое для них путешествие. Задрать ее плотную юбку было делом несложным; сложнее, как всегда в таких случаях, было разобраться с колготками, с трусиками. Вообще она слишком косо сидела на этих перилах, да и вообще все сразу получается только в кино, тем более в сериале (уж я-то знаю, как здорово получается все в сериале). В жизни так… игра в тычку. Что-то, впрочем, уже начало у нас получаться; мой царственный жезл, восставший во всю свою молодую мощь, уже (или это мне теперь так помнится, грезится?) почувствовал волшебную влагу, биение и жар ее лона… тут фурия в форме метрополитена, эринния в фуражке образовалась на нашей лестнице (та тетка из будки, я полагаю, которая проворонила нас у эскалатора на Таганской; гналась за нами до самого Парка сексуальной культуры; наконец нас настигла). Пыхтела она, действительно, так, словно пробежала по рельсам половину кольцевой линии; гигантская грудь ее вздымалась океанской волною; златозубый рот изрыгал гневные брызги, сквозь которые с трудом удавалось нам расслышать (не очень-то мы и старались) ее филиппику о tempora и о mores, о позорном падении нравов нынешней молодежи, которая вот до чего дошла, вот, полюбуйтесь, никакого сладу с ней нет, управы на нее не найти, вот же охальники, вот же бесстыдники, совсем распустились, совсем распоясались, куда катится наша великая родина, во всем Горбач виноват, довел страну до окончательной ручки, а вы идите отсюда, диссиденты, крамольники, антисоветчики, развратил вас проклятый Запад, насмотрелись порнографии по вашим видяшникам, все латиняне виноваты, все папа римский злоумышляет, все ляхи, будь они прокляты, все король Жигимонт, чтоб ему пусто было, валите отсюда, сейчас милицию вызову, сейчас стрельцов кликну, уж они отправят вас в каталажку, уж поставят вас на правеж, и как же не стыдно вам, похабникам, непотребникам, и особенно вам, девушка, с виду такая приличная, а что себе позволяете, да я в ваши годы шпалы таскала на ударной стройке коммунистического труда, я бревна с мужиками обтесывала для Засечной черты, а вы тут все изнежились, все тут избаловались, графьями заделались, в барчуков и барышень превратилась, разрази вас святой Буденный, тьфу, глаза б мои не глядели. Нашим глазам тоже на нее глядеть не хотелось; мы к тому же до таких слез хохотали, что толком и не разглядели бы фурию (а зря; может быть, в ней-то и было дело? кто знает? с тайным ужасом, внезапным содроганием пишет Димитрий).

*

Мы бежали от нее через всю радиальную станцию; когда вышли на улицу — еще недавно имени этой самой тетки, теперь снова Остоженку, — обнаружили, что все течет и тает под налетевшим неизвестно откуда, из-за Засечной черты, южным и влажным ветром; решительно ступая в снежную хлюпь, Ксения, как ни в чем ни бывало (как если бы ничего и не было только что на той беломраморной лестнице, как если бы это нам обоим приснилось в подземном царстве, а вот мы уже на улице, пусть ночной и пронизанной ветром, без единого прохожего, встречного, пешего, конного, и здесь все по-другому, здесь надо все начинать сначала) — Ксения, решительно ступая в снежную мокрядь и хлюпь, нисколько, по-видимому, не заботясь о возможном промокании своих коротеньких (вот вспомнил, какими они были: коротенькими, по щиколотку были они) сапожек, заговорила о том счастии — она так и выразилась: счастии, именно так, — которым переполняет ее возвращение московским улицам их настоящих названий — названий, которые она с детства знает и любит, только ими и пользуется, разве не прекрасны они, не прекрасно разве вот хотя бы это слово *Остоженка* — она медленно его выговорила, долго-долго выговаривала его, вытягивая, как тростниковую ноту, ударное *о*, — а я смотрел на ее дурацкую, вновь надетую ей на ветру, вязаную шапочку с елочками по краю и понимал, что уже умираю от любви к ней (не к шапочке, мадам, перестаньте) — лицо ее под шапочкой сделалось полнее, круглее, белее, оттого сделалось еще более детским, чем и так уже было, — *Остоженка* (продолжала она выговаривать): слово, которое происходит ведь от стогов, здесь когда-то стоявших, здесь ведь были заливные луга, и вся эта местность именовалась Остожьем, урочищем Остожье, вот как именовалась она (говорила Ксения с детским, белым и круглым лицом первой ученицы, прилежной школьницы, по-прежнему, впрочем, ступая в снежную хлюпь с бесшабашностью, прилежным школьницам обыкновенно не свойственной), — а урочище — это что вообще такое? — это вообще любое место, может быть — речка, может быть — горка, о котором люди договорились, *уреклись*: например, *уреклись* считать его межой и границей или *уреклись* называть его так-то и так-то, и мы тоже можем *уречься* (продолжала Ксения с лицом первой школьницы и по-прежнему так, как если бы ничего и не было только что между нами, в подземном урочище наших снов) — тоже можем *уречься* (а лучше б нам, я подумал, улечься) называть не только Метростроевскую снова Остоженкой, но и Кропоткинскую снова Пречистенкой, и вообще *уречься* называть все московские места настоящими, подлинными названиями, а там, где их нет, придумать свои, назвать новые улицы именами *наших* героев (проспект Колчака, площадь Врангеля), *наших* поэтов (площадь Ахматовой, проспект Мандельштама), хотя она отлично знает, что *наши* герои вовсе не были героями для *наших* поэтов, но для нас-то они герои, *мы*-то преклоняемся перед ними (кто же эти мы, Ксения, кто эти мы?), мы ленинско-сталинскую, хрущевско-брежневскую Москву сровняем с землей, когда придем к власти, мы вместо нее построим наш чудный город (кто же все-таки эти мы, Ксения, кто эти мы?), и уж ничто, никто, никакой Слюньков, никакой Чебриков, никакая бабушка никакого Лигачева не помешают нам *уречься* называть проспект Ленина проспектом Деникина (а Беляево называть, к примеру, Бердяевым… но о Марии Львовне мне уже совсем не хотелось думать, Мария Львовна уже выпала из моих мыслей, так что я предпочел промолчать, глядя под ноги, глядя на Ксению, глядя, поверх ее шапочки, в ночное, но все-таки розовое, все-таки прозрачное небо); что же до урочища Остожье (говорила Ксения, пишет Димитрий), то не только там были стога и луга, но на лугах этих паслись лошади, и не просто так себе лошади, а великокняжеские лошади, царские кони, а где кони, там и конюшни, чему свидетельством осталось, например, такое название, как Староконюшенный переулок — в который мы и свернули (нет, мадам, не прямо с Остоженки, с удовольствием пишет Димитрий; я прекрасно знаю, что прямо с Остоженки свернуть в Староконюшенный переулок никак невозможно, но мы свернули с Остоженки в переулок, название коего стерлось из многострадальной моей памяти, пересекли Пречистенку, а там уж и пошли по Староконюшенному), в ответ на каковые Ксенины разговоры я снова, помнится, предпочел промолчать, просто чтобы не рассмеяться: уж я ли, мог я сказать Ксении (но предпочел не говорить ничего), — уж я ли не знаю, где находились мои конюшни, куда почти каждый день убегал я от толстопузых бояр с их вечными спорами о том, кому где сидеть в царской думе, хоть и переименованной мною в Сенат, но по сути оставшейся таким же скопищем завистливых, лживых, невежественных, любоначальных и празднословных бородачей, с которыми никакого сладу мне не было, на которых и смотреть-то мне было противно, так что я, по глупости своей, по легкомыслию своему их не трогая (а следовало бы тронуть, ох как следовало бы тронуть… каленым железом, по примеру батюшки моего), просто-напросто убегал от них всех — то в Тайнинское, охотиться на медведей, то, вот, в конюшни, где так лихо объезжал своих аргамаков, что окольничьи только глазами хлопали да диву давались, а уж как выезжали мы с Маржеретом, тоже отличным наездником, на стогны стольного моего града, так не одними глазами хлопали, но и руками всплескивали, и за головы хватались, и чуть что оземь не бухались и стрельцы со стрельчихами, и дьяки с дьячихами, и толстопузые бояре с толстозадыми своими боярынями (ежели случалось им видеть, как на только что объезженном мной аргамаке, лихом и грозном, проношусь я мимо их затхлых теремов прямой дорогой в царство цивилизации и свободы, в которое тогда еще верил, как Ксения, потом, увы, разуверился).

*

Сухая скорбь разуверенья, говорит Боратынский. Если во что-то еще хочется верить мне, во всем разуверенному (пишет Димитрий, страдая), так в то, что моя Ксения не испытала сей сухой скорби в дальнейшей жизни своей. О Боратынском, как бы то ни было, она не говорила (хотя, не сомневаюсь, могла бы и Боратынского читать всю ночь напролет, всю ночь наизусть), а вот вторую главу «Онегина», да, прочитала мне, повторяя ночь предыдущую. В жизнь ведь все повторяется? Нет, Фридрих, не все повторяется. Есть неповторимое в жизни. Есть в жизни невозвратимое. Но кое-что повторяется, иногда, в насмешку над нами. В Староконнюшенном, все никак не кончавшемся, услышал я, на сей раз, про *прелестный уголок*, где *скучал Евгений*, на Арбате — про Владимира Ленского и его *геттингенскую душу*, на Арбате же — про *небо Шиллера и Гете*, на Арбате Новом (где одинокие опричные «Волги» проносились по

195

своим заплечным делам, разбрызгивая снежную хлюпь, грязную хлябь, сквозь беспросветную ночь) — про то, что мы все
глядим в Наполеоны (в которые вовсе я не глядел, вот что, сударь,
я прошу вас заметить; для меня *двуногие твари* никогда *оруди-
ем* не были; за что они же меня и сгубили); в Борисоглебском
добрались мы до Ольги, в Скатертном, где уже были днем, —
до Татьяны, до ее веры *преданьям простонародной старины*, ее
любви к Ричардсону; барбосы и барбаросы встретили меня
как старинного своего приятеля, постарались запрыгнуть на
плечи, лизнуть в лицо, радостно пощелкать зубами прямо перед моим носом; особенно Малюта усердствовал. Нет, Зара-
тустра, не все повторяется; повторяется кое-что, иногда, над
нами в насмешку. Снова, спущенные с поводка, помчались
вперед барбаросище с баскервилищем, огрызаясь, взмывая
в воздух и друг друга покусывая; вновь трусил сзади третий,
невразумительный; и Ксения опять превратилась в маленькую властелинку огромных собак; опять бежал повелитель-
ный блеск по ее покусанным (тоже покусанным, но ею самою,
еще не мною) губам, татарским глазам; и в пустом дворе, куда
мы снова зашли, на спинке скамейки, до которой с трудом
доскользили по уже почти растаявшему, в черных камешках,
льду, на которую снова уселись, вовсе не то продолжилось, что
в метро началось, — да и слишком холодно, слишком мокро
было и ветрено для продолжения наших подземных экспериментов, да и черные окна вокруг нас следили за нами, зави-
дуя, не загораясь, всегда готовые, если что, загореться, — но
повторилось, опять же, то, что было в прошлую ночь: овсяное
печенье, *лимонные дольки*, «Буратино» в пластмассовой фляжке
(с той, конечно, решающей разницей, что к овсяному печению
добавились пряники, к долькам лимонным и апельсинным —
еще какие-то, до сих пор не ведомые мне дольки (окончательно фантастические) и что теперь уж она не сама снимала с подушечек пальцев блестящими зубами сахарные сверкающие

крупицы, но я их слизывал, пытаясь справиться с восстанием своего естества).

*

А как с ним справиться, мадмуазель? С ним, вы сами знаете, справиться нелегко. В ближайшие дни я только тем и занимался, что пытался с ним справиться. Менялись маршруты наших прогулок, менялось меню обедов в одном, ужинов в другом кооперативном кафе, расширялся ассортимент поедаемых ею сладостей, но от той беломраморной лестницы мы уходили, мне казалось, все дальше. Если (я ей говаривал) ты будешь и впредь съедать столько булочек с повидлом, столько булочек с маком, столько булочек с изюмом, столько бубликов, столько рогаликов, столько пирожных «эклер», пирожных «картошка», столько вафельных трубочек с кремом, столько пряников с медом, столько пряников мятных, столько «Мишек в Рейкьявике» и «Белочек в Белозерске», такое, наконец, количество мармелада ромбиками, полукружиями и просто нарезными пластами, сколько ты поглощаешь за день, то, не сомневаюсь, очень скоро достигнешь прообраза, превратишься в истинную Ксению Годунову, телом изобилну, млечною белостию облиянну. Но ничего не помогало — союзность бровей была, изобильности тела не было и в помине. Было *чюдное домышление*, ум и знание всего на свете. Как и Ксения Годунова, она *гласы воспеваемыя любляше и песни духовныя любезне желаше*. Слова эти (все того же князя Котырева, кто бы он ни был, Ростовского) по-прежнему обожала она цитировать; чуть не до пола сгибалась от хохота, говоря про эти *гласы, любляше, желаше*. Место *гласов воспеваемых* и *песен духовных* в нашей жизни заняли «Страсти (кажется) по Матфею», тогда (кажется) впервые (а может, и не впервые, мне все равно) исполненные в Большом зале консерватории (БЗК, по выражению Басманова) на опричной стороне Большой (там все большое) Никитской (тогдашней улицы Герцена, которому поклялся я, что казней не будет, кровь не прольется). Казней не было, кровь (потом) пролилась (моя собственная). Пока что были концерты. Как досидел я до конца сих «Страстей», сам не знаю (влюблен был все-таки сильно). Сидел, помню, и думал, что если не будет, наконец, полной близости между нами, то — что? То начнутся «Страсти по Димитрию» (а они уже начались, уже шли полным ходом). Сам-то Димитрий предпочитал балы, машкерады и празднества (пишет Димитрий); предпочитал Pink Floyd, Led Zeppelin, на худой конец Rolling Stones. На концерт Pink Floyd, куда мы ходили с Басмановым, мне ее затащить не удалось (или это был какой-то другой концерт, а Pink Floyd был раньше? все путается в несчастной голове моей, пишет Димитрий, а в глазах ваших я не вижу сочувствия, один лишь амитриптилин с тазепамом). На тех концертах, на которые ей, Ксении, меня затаскивать было не нужно, куда я счастлив был пойти вместе с ней, понимая, впрочем, что, покуда скрипки пиликают и флейты им подвывают, можно подумать о чем-нибудь другом и великом — о грядущей войне с крымским ханом, турским султаном, — на этих концертах то и дело, в фойе и антракте, между колонн и возле буфета, возникали ее приятели и приятельницы, все такие же моло-денькие, как и она сама, только-только закончившие школу, только-только поступившие в университет (не моего имени, не мной учрежденный, как оно должно бы было — быть; но ведь всегда все не так, как должно было бы — быть, а потому и не совсем — есть, вот в чем ужас, вот в чем трагедия) или уже закончившие первый какой-нибудь курс какого-нибудь очень изысканного факультета оного (не моего имени) университета (один, помню, белобрысый приятель занимался ас-сирийцами, другая кучерявая приятельница то ли шумерами, то ли аккадами, если вообще были на свете какие-то такие ак-кады, а если даже и не было на свете никаких аккадов, то все равно она занималась аккадами, и если не аккадами, то хоть вавилонянами, и говорила о них серьезно, занудно, и вооб-ще они были серьезные (сурьезные) молодые люди, страшно прогрессивные, заодно и православные — в ту пору одно еще отлично уживалось с другим); мне как раз с ними говорить было не о чем (не о шумерах же), да и они смотрели на меня как на *чучело, чудика, лютого коркодила*, которого непонятно где откопала *их* Ксения. А это была *моя* Ксения, и одному особенно наглому ассирийцу, высокомерному вавилонянину я это даже объяснил в благопристойном, высококультурном туалете все той же консерватории, воспользовавшись еще не утраченными мною армейскими навыками, так что он постыдно бежал, *недоссав* (простите, мадмуазель), или, может быть, *обоссавшись* (простите, синьора: в армии только так) и с концерта смылся столь же постыдно, недослушав, похоже, ни Брамса, ни Брукнера (тут я его понимаю). Я бы и сам смылся, но Ксении нужны были все эти страсти-мордасти, по Малеру и Матфею, а я любил уже Ксению.

*

После концерта, да и не после концерта, она пару раз заходила ко мне, вела себя исключительной пай-девочкой, разве что целовать себя позволяла, говорила о *работе над ролью*. Зачем ей вообще эта роль, этот театр, этот Сергей Сергеевич, с которым ее случайно познакомил, как выяснилось, обработанный мною в консерваторском туалете шумеро-аккад? почему не аккады, действительно? почему не шумеры? не авалакитешварский диалект брахмапутрийского языка? Она только плечиком пожимала; вот так, мол — и все тут. В Кремле не надо жить (как мы все уже знаем); я жил по соседству (в построенном мною деревянном дворце: в замечательном, мною построенном, деревянном дворце, где ничто не напоминало о зверолютости предков, о кровопивственном, по выражению славного Курбского, роде московских князей… ну, или в крошечной, хотя и не коммунальной квартире недалеко, действительно, от Кремля, еще ближе к Центральному телеграфу, если уж вы предпочитаете то призрачное, зыбкое, иногда вязкое, что зовете реальностью); под окном была булочная (и даже, как сладостно для Ксенина слуха называлось это, булочная-кондитерская). В сей булочной (она же кондитерская), помню, стоял я, раздумывая, что бы купить к ее приходу (ни пастилы, ни мармелада не было; вообще все уже исчезало с прилавков стольного града; одни в нем оставались консервы: из отравленной рыбы в прогорклом томате); тут взгляд мой упал на маленький квадратный тортик, не кремовый (кремовый стоял рядом), но (как окончательно выяснилось уже дома, после снятия с него картонной крышки) с пропитанными чем-то ромисто-терпким коржами, прослойкой ядовито-зеленого мармелада между ними и еще одним слоем ядовито-зеленого мармелада сверху, утыканного, впрочем, разноцветными — оранжевыми, красными, желтыми — цукатами, которые хотелось немедленно отколупнуть, заглотнуть (я удержался). Мы до этого не ели дома тортов. Если ели торты, то на десерт в ресторане. Она ела, а я на нее смотрел. Почему-то мне казалось, что торт дома в ее глазах — пошлость. Все же я купил этот торт — и довольно долго ждал Ксению, лежа на диване, слушая джаз, думая о невыносимости, неудовлетворимости наших желаний, затем, чтоб хоть чем-то себя занять, попытался представить себе, как буду ей рассказывать о детстве, о замке в Курляндии, о Симоне, не совсем волхве, но точно фабрикаторе моей доли, в сочиненной Макушинским идиотической сцене. Тоже, значит, я *работал над ролью*. Роль, помню, мне не давалась. Текст у Макушинского вышел корявый, никак было слов не выговорить. Сейчас я расскажу тебе, Ксения, тебе и только тебе одной, лишь тебе, то, что никому еще не рассказывал, никогда никому и не собирался рассказывать, ни за что на свете никому и не рассказал бы, кроме тебя… Но тебе, Ксения, и только тебе одной… И так, и так я выговаривал это: торжественно, проникновенно, застенчиво, задумчиво, робко, надменно, с ироническим прищуром, с эротическим пришепетыванием, с воздеванием и опусканием рук, с поползновением обнять ее, с убиранием рук за спину, с таким закатыванием глаз, что уж и сам не мог удержаться от хохота; в конце концов забросил манускрипт за диван.

*

В руке у Ксении, когда она позвонила в мою дверь, был торт — тот второй, соседний, кремовый, тоже квадратный. Теперь вдвоем хохотали мы, поставив торты наши друг рядом с другом на столик. Они отражались в зеркальной дверце шкафа, стоявшего в единственной моей комнате наискось от дивана, на котором чинненько мы сидели, не целуясь, не обнимаясь, еще дохохатывая. Нас самих в дверце не было — были только два торта: с цукатами один, с бледно-розовыми цветочками, зелеными завиточками другой; были невнятные чашки, со своими собственными розочками, нарисованными, с отбитыми или недоотбитыми ручками; были Ксенины коленки в черных чулках. Никогда раньше не носила она черных чулок. Черные чулки в ту пору только начали появляться у московских легкомысленных девушек — символ заграничного декадентства, западного загула, заката Европы, буржуазного разложения, империализма как высшей стадии капитализма. Ксения была девушка глубокомысленная, но черные чулки появились и у нее. Не одни лишь черные чулки у нее появились, но и юбка появилась такая, что стоило ей сесть на диван, так сразу же обнажались — и в зеркале, и под моим восхищенно-скошенным взглядом — и коленки, и (скажем) ляжки (не полностью, но, скажем, до половины). Коленки у нее были узенькие, продолговатые; ножки точеные, но еще совсем тоненькие, с уже наметившимися, готовыми округлиться, но еще не округлившимися икрами; с тоже узенькой и тоже продолговатой лодыжкой. Все важное, что происходит с нами, сударыня, происходит во сне или в зеркале. Все самое важное происходит, разумеется, в зазеркалье. Мы только думаем, что бывает важное наяву; наяву, сударыня, бывает только чепуха, шелуха, требуха.

Первым делом отражение ее руки принялось выковыривать отражения цукатов; потом отразился в зеркале мой царский кинжал (или кухонный нож… если вы все-таки предпочитаете так называемую реальность, по определению более призрачную, чем какое ни возьми зазеркалье). Она разрезала сперва мой торт, потом свой. Она их резала по диагонали и еще раз по диагонали, получив четыре, соответственно, треугольника; потом их тоже резала пополам; треугольников стало восемь; в общей сложности, следовательно, шестнадцать. Мой торт ей легко было резать; когда же, сняв мармелад уже не детским, без маникюра, но длинным и крепким пальчиком с острого и опасного лезвия моего царского кинжала (моего кухонного ножа) и пальчик, разумеется, облизав, с восторгом в татарских глазах, принялась она за второй торт, свой и кремовый, дело пошло не так скоро (оно вообще нескоро делалось, это дело): восьмушки получались слишком маленькими для стольких слоев крема, заваливались набок, стоило вынуть восьмушку соседнюю. Вот, сказала она со вздохом, словно тяжкую работу закончила и словно мы с ней теперь обязаны были съесть всё, все шестнадцать восьмушек. Мы сперва ели их цивилизованно; по паре восьмушек съели, может быть, с блюдечка ложечками, запивая чаем, заваренном мною на кухне (алкоголь в ее детском мире отсутствовал); потом ей, видно, очень уж захотелось подцепить недетским пальчиком кремовый завиток; потом от упавшей восьмушки отломить половинку; скоро все или почти все пальцы ее были в креме; и рот был весь в креме, как у клоунессы, сверху фиолетовый, по уголкам зеленый и на подбородке опять фиолетовый; а там уж ее кремовые недетские пальцы оказались так близко от моей руки, что она, рука, — сама рука, в моей помощи не нуждаясь, — притянула к моим же губам ее руку, и тут уж губам моим ничего не оставалось другого, как только начать облизывать ее пальцы — сперва указательный, потом средний, потом безымянный, который был у нее явно длинней указательного, — начать и потом еще долго облизывать эти пальцы, ощущая и ощупывая языком и губами, пробуя на зубок их ноготки и подушечки, потом продвигаясь по ним вдаль и вглубь, от фаланги к фаланги, от зелено-мармеладного к фиолетово-кремовому, собирая случайные крошки, наконец проникая языком в их последние тайны, особенно сладостные между мизинцем и безымянным; дело кончилось тем, что эта политико-поэтическая девушка, так умно и восторженно говорившая со мною о перестройке, о Пастернаке, пустилась запихивать себе в рот, измазывая и пальцы, и губы, и щеки, большие — больше ее самой — куски то кремового, то мармеладного торта — и затем приближалась к мне всем лицом и всем кремом, падала на меня лицом, ртом и кремом, который я слизывал теперь с ее языка, ее губ, из-под губ, вкусней которого, как, наверное, вы догадались, в моей жизни потом никакого крема не было уже никогда.

*

Я расскажу тебе, Ксения, то, чего никому еще не рассказывал, расскажу тебе то, что помню из своего детства, расскажу тебе о Симоне, волхве, не волхве, точно враче, точно влахе, фабрикаторе моей доли, о замке, в котором мы жили с ним, об Эрике, сыне Шведского Густава, об арианских школах в Ракове и в Гоще. Я все это расскажу тебе, Ксения, когда закончится наше кондитерское безумие, и даже пока оно длится, я буду тебе рассказывать, пускай оно длится, а я буду рассказывать тебе то, чего никому никогда не рассказывал, давай только раскроем и раздвинем диван, по возможности стряхнув с него крошки, давай превратим диван сей в кровать, застелем его, диван, или уже ее, кровать, простынею, достанем подушки из поддиванья, из подкроватья (таких слов нет? теперь будут, царским моим изволением), достанем оттуда же одеяло, и да, я в восторге от твоих черных блядских чулок, от твоей черной блядской комбинации, которую уж не знаю, да и не хочу знать, где раздобыла ты в нашей ханжеской и нищей Москве, и в совершенном восторге я от того, как, хорошая девочка, изображаешь ты шлюху, играешь в лахудру и входишь в роль курвы — изображай, продолжай! — в окончательном, нет, еще не окончательном, но уже скоро в окончательном восторге я от того, как развиваешь ты уроки развратной маленькой Веры, показавшей стрельчихам с купчихами, жительницам Китай-города, Скородома и Мясников, что секс в их славной стране все же есть, что секс в Московии цветет, блещет и плещет, а если тебе нужно для этого запихивать себе в рот, а потом из своего рта — в мой, все новые и новые, огромные и огромнейшие куски торта, если таково твое невинное извращение, то я не только не против такого извращения, о Ксения, любовь моя, я уже, вот-вот, в почти окончательном восторге от этого извращения, я думаю, что и купчихи со стрельчихами не возражали бы против такого извращения, но нам сейчас нет до них дела, нам вообще нет дела ни до кого, ни до чего, ни до Скородома, ни до Китай-города, мы здесь один, вдвоем, в тишине и укрытости московской прозрачной ночи, прерываемой лишь далеким, нестрашным грохотом каких-то, должно быть, грузовиков, устремляющихся куда-то, бог весть куда, в дебрях этой ночи, этого города, и я хочу рассказать тебе то, что помню, хотя я помню так мало, так плохо, хотя мое детство расплывается перед внутренним моим взором, как я ни всматриваюсь, даже пресловутые снеговики, которые будто бы рядил я в одежды московских бояр, чтобы срубить им головы — сабелькой, сабелькой! — даже в них, Ксения, я — тебе первой, тебе одной признаюсь — не уверен, даже они мне кажутся сном, полусном, дремотою детства; лишь море, вдруг, разбудило меня.

*

А ножички, Ксения? Не ножки, а ножички. Ножки твои прекрасны, но я-то о ножичках. Ты играла в ножички, Ксения? Ты

204

хорошая девочка, ты не играла в ножички, Ксения. А какой задиристый русский мальчишка не играет в ножички с другими задиристыми русскими мальчишками, Ксения? Они рисуют круг на земле, эти русские задиристые мальчишки, потом режут его на части и дольки, как ты, Ксения, только что резала один торт и затем другой торт, мармеладный и кремовый, поедание коих, или того, что от них осталось, мы сейчас, конечно, продолжим, и начинают бросать в них свои ножички, свои кинжалы, финки, заточенные напильники, которые держать нужно за лезвие, чтобы он, ножичек, или она, финка, лихо перевернулся, лихо перевернулась в воздухе и полете. И когда ножичек воткнулся в землю противника, лезвием проводят черту, отрезая себе еще дольку от чужой земли, чего мы с тобой делать не будем, мы все поделим честно, отдадим друг другу руками, губами, и если ты хочешь, благородная извращенка, чтобы я вылизывал крем из ложбинки между твоих грудей, между этих двух холмиков, которым еще предстоит, или не предстоит, вырасти в настоящие горы, то я с радостью сделаю это, не сомневайся, только не налепляй, прошу тебя, кремовые розочки на свои еще лиловато-девические соски, потому что я начну хохотать, а хохот убивает желание, а секс, да будет тебе известно, отнюдь не враждебен смеху, но с хохотом несовместим, секс дело серьезное, секс требует если не полной серьезности, то верного баланса, золотой середины между серьезностью и весельем, а впрочем, можем и похохотать, убивая желание друг в друге, желание воскреснет, как только мы нахохочемся, едва отхохочем, вот видишь, вот оно снова тут, и да, конечно, я играл в эти ножички в детстве, как всякий задиристый русский мальчишка, играл и в тычку, и в свайку, и когда играл в свайку, так уж точно, Ксения, не сомневайся, попадал пикой в кольцо, лежавшее на земле, как и сейчас попадаю кое-чем кое-куда, только, пожалуйста, не хохочи, а если хочешь хохотать — хохочи, отхохочемся и начнем все сначала, — я только не помню этого, этой тычки и свайки, как не помню и снеговиков, которым рубил голову сабелькой, то есть мне кажется, что я помню, я хочу верить, что помню, но я не уверен, что помню, не уверен, что помню — сам, помню, может быть, то, что мне рассказывал мой спаситель, мой сохранитель и воспитатель, Симон, великий человек, врач и влах, и то, что мне потом рассказывали другие, — пытаюсь и всю жизнь пытаюсь сам — вспомнить, но вспоминаю, может быть, вовсе не сам — сам и не сам, Ксения, сам и не сам, — вспоминаю, может быть, лишь рассказы и россказни, лишь отголоски преданий и слухов, всегда кружившихся вокруг моего прекрасного имени, моей трагической, гибельной, единственной в своем роде, моей умопомрачительной — ты сейчас окончательно помрачишь мой ум, Ксения, — моей, о Ксения, Ксения, отныне и с этой минуты к тебе обращенной, тебе посвященной жизни. Обожаю тебя, порочная голубица.

*

И если правда было все это, если был этот узкий двор углицкого кремля, у самой Волги, но за стеною, и если правда играл я в тычку с четырьмя задиристыми мальчишками, имена которых мне много раз называли — конечно, я помню их наизусть, Ксения, что за вопрос! вот они, сразу все четверо: Важен Тучков, сынишка моей кормилицы Арины, Петя Колобов, Гриша Козловский, Ваня Красенский, — и если вдруг подбежал ко мне Данило Битяговский, сын злодея-дьяка Михайлы Битяговского, поставленного Годуновым следить за Нагими, а с ним Микита Качалов, помощник того же дьяка-злодея, а с ними еще Осип Волохов, сын моей мамки Василисы, — если правда вдруг подбежали они ко мне, чтобы меня зарезать — моим ли кинжалом, своими ли, — то как, спрошу тебя, Ксения, — как я могу это помнить, если они — зарезали? Я вытащил из кармана орешки, которые у меня там были, протянул им; тут-то они и ударили. Не помню никаких Битяговских, никаких битюгов. Да что и как я могу помнить, если они убили меня,

206

малыша? Если я — умер? Я умер — но я же и воскрес, спасенный Симоном, врачом и волхвом. Я потому-то и обречен, может быть, умирать и воскресать, вновь и вновь. А если этого никто не знает, никто до сих пор не слышал, никто даже и не догадывается об этом, если ты, моя ученая Ксения, никогда ничего подобного нигде не читала, ни в одной из твоих замечательных книжек, и вот теперь, я чувствую, от изумления и от неверия вздрагиваешь в темноте, приподнимаешься на локте, на меня смотришь, так это потому, что мы хорошо блюли, хорошо соблюли нашу тайну, а вот, посмотри на меня, давай зажжем свет, вот они, мои шрамы, мои царские знаки, на плече, на груди и на шее, вот, смотри на них, они уже бледные, уже сливаются с окружною кожею, за столько лет зажили, но все-таки вот они, Ксения, пощупай их, проведи по ним пальцем, проведи по ним и губами, вот так, а что еще было в тот майский день, я не знаю.

*

Я не больше знаю об этом, чем ты, Ксения, из твоих книжек, и если знаю все-таки больше, то лишь по рассказам Симона, который тут же, выбежав на пресловутый двор, схватил меня и спрятал в подвале, где я и лежал, в беспамятстве и как бы уже не здесь, уже на небе — на чистом небе прообразов, эйдосов, архетипов, — покуда в Угличе творилось все то ужасное, что там творилось, покуда там бил в набат сторож дворцовой церкви, покуда сбегался на этот набат народ угличский вместе с торговыми людьми с кораблей, стоявших у пристани, и среди бежавших — некий пономарь Огурец (зря ты смеешься), повстречавший некоего стряпчего по имени Суббота Протопопов (смейся, смейся, не жалко), каковой стряпчий повелел ему, Огурцу, на колокольню лезть да звонить что есть силы (не то что сторож, растяпа), так звонить, чтоб все слышали, а для острастки еще и по шее дал ему, вот Огурец и побежал что есть силы, и уж как начал звонить, как начал звонить, так потом и звонил целый день, — покуда Огурец, значит, звонил, а прибежавшие на звон дядья мои — Михайло Нагой, всегда пьяный, в этом случае пьяный едва ль не мертвецки, Андрей Нагой и Григорий Нагой — кричали, что Битяговские во всем виноваты, и Битяговский старший, злодей-дьяк Михайло, пытался спастись от разъяренной толпы на все той же колокольне, с которой звонил во всю мочь пономарь Огурец, но пономарь Огурец не растерялся (был, видно, малый не промах), запер вход изнутри, так что пришлось Битяговскому с Качаловым и другими сподручниками спасаться в брусяной избе, стоявшей посреди двора, — а что там было, в этой избе, я не знаю, Симон мне не рассказывал, но что бы там ни было, в этой избе брусяной, то бишь брусчатой, как сказали бы, Ксения, мои потомки, твои современники, — толпа их выволокла оттуда, разорвала на части, потом схватила младшего Битяговского, Данилу, потом Волохова Осипа, тут же прикончила их обоих, потом прикончила какого-то холопа, пытавшегося Волохова защитить, потом другого холопа, отдавшего свою шапку мамке моей Василисе Волоховой, чтоб она с непокрытой головой не стояла, — только за то и прикончила, что он свою шапку ей протянул, не моги, мол, шапки протягивать злодеям и злодеянкам, — потом еще каких-то холопов, каких-то посадских людей, приятелей Битяговских; в общем, в великий гнев впали угличские люди, любили меня, жалели меня, мстили за мою смерть; за что Борис Годунов впоследствии сослал их всех в Пелымский острог, который сами же они себе и строили (на манер будущих зэков), за Уральский камень, в необетованную землю. Набатный колокол тоже сослал — в Тобольск; все те же угличские люди на себе его и тащили.

*

А вот правда ли, что моя мать, Мария Нагая, увидев меня мертвого, бросилась не ко мне, а к мамке моей Василисе, сорвала платок с нее, схватила полено и поленом пустилась бить ее по голове, бить и бить, так что голову ей пробила во многих местах, как фурия, бестия, дьяволица? А когда утомилась, может быть — немного опомнилась, отдала полено Григорию, своему брату, повелев ему продолжать бить ее, бить и бить, пока рука у него не отсохнет? Григорий, следует признать, по голове уже не бил, но по бокам бил еще долго. Могло быть такое? Моя мать, Ксения, ты подумай. Она ведь не знала, что я воскресну. Что Симон меня воскресит. Что моя гибель не окончательна. Что окончательная еще впереди. Она не знала ничего этого. А все ж таки не ко мне она бросилась, как бросилась бы любая другая. Она себя винила, я понимаю. Себе не могла простить, что не уберегла, не спасла. Хорошо, допустим, согласен. Но это бешенство злобы, Ксения. Но эта безудержь ярости. Ты можешь поверить в это? Я вижу блеск твоих глаз в темноте, но во что ты веришь, что ты думаешь, я не знаю. Я не знаю, может быть, вообще ничего, ничего.

*

Ночью же Симон, вместе с двоюродным моим дедом Афанасием Нагим (которого мы ждем со дня на день в стольном граде нашем, все никак не возвращается он из ссылки, в которую упек его твой, Ксения, батюшка… но это в скобках, и включать свет не надо): ночью (еще раз), самой темной ночью моего детства и всей моей жизни, волхв и врач Симон вместе с Афанасием Нагим увез меня, мертвого, полумертвого, недовоскресшего, в Ярославль, к английскому купцу и, как сказали бы теперь, дипломату или, может быть, как теперь бы сказали, шпиону Джерому, в России прозванному Еремой, Горсею, куда тот был сослан по навету каких-то московских дьяков… или еще по каким-то причинам… не это важно, Ксения! Важно, что он там был, этот Джером (Ерема) Горсей, что он открыл ворота на яростный ночной стук Афанасия и что он тоже соблюл великую нашу тайну, ни словом о ней не обмолвился, даже в позднейших своих записках, которые, Ксения, ты, наверно, читала

(ты же все читала, о моя Ксения чюдного домышления), хотя
и упомянул в них ночной приезд, яростный стук Афанасия,
будто бы только затем к нему заявившегося, бежавши из Углича, чтобы сообщить о гибели царевича и попросить лекарство
для царицы, моей матери, которую якобы опоили ядом, отчего
у нее начали волосы вылезать… все это сказки, Ксения, впоследствии сочиненные остроумным Еремой для отвода глаз
и соблюдения нашей великой тайны: великой и величайшей
тайны нашей, о Ксения, на которую он, Горсей, только однажды и намекнул, по еще совсем горячим, еще дымящимся следам событий, в письме к лорду-казначею ее величества Елизаветы Первой, несостоявшейся жены моего батюшки и Эрика
Четырнадцатого, нами всеми любимого шведского короля. Так
и так, мол, достопочтеннейший лорд-казначей, тут в Московии такие необыкновенные случились дела, что я о них вам
даже и не пишу; слишком опасно мне писать о них, ваше лорд-
ство. После чего сам Ерема немедленно (и навсегда) покинул
Московию, а почему он ее так поспешно (и так навсегда) покинул, историки не знают, хотя и чувствуют какую-то загадку
в этой поспешности, отдадим должное их проницательности,
и ты не знаешь, о моя Ксения, но сейчас ты узнаешь, потому
что я-то знаю, я-то слышал об этом от Симона бессчетное множество раз, хотя я сам был слишком слаб, почти мертв, чтобы
запомнить это, запомнить и самого Горсея, который помог нам,
сопроводил нас в нашем опаснейшем, по словам Симона, пару
раз чуть не обернувшимся катастрофою путешествии — все
лето, с мая по август мы ехали, прятались, снова ехали, — еще
и потому так долго ехали, что он, Симон, великий врач, влах
и волхв, выхаживал и воскрешал меня по дороге, в заранее
заготовленных им и моими дядьями пристанищах, — и ни
к какому, конечно, мы ехали не Ледовитому морю, как говорится в тех польских книгах, которые так любит упоминать
и цитировать зануда наш Макушинский — да и что это за море
такое? — а мы ехали — и в августе в итоге приехали к Балтий-

скому морю — морю умеренной ледовитости, — в Курляндию, в тайный замок, обтекаемый защитительною водою, — а что курляндский герцог был вассалом польского короля, то это, я полагаю, важно было для Симона, было, я полагаю, как-то связано с его, Симона, далеко и очень далеко идущими замыслами, далеко и бесконечно далеко глядящими планами, но для меня, как ты понимаешь, ни малейшего не имело значения, даже когда я почти воскрес, полувоскрес и вовсе воскрес; для меня это море, к которому мы ехали и приехали, было просто море, мое море, мое пробуждение, начало моей собственной, моей подлинной жизни.

*

А какого мертвого мальчика, Ксения, они предъявили в Угличе вместо меня, я не знаю. Симон мне не сказал. Это была его, Симона, ужасная тайна. Он мне все мое детство, на берегу балтийских волн, рассказывал, что собирал вокруг себя маленьких мальчиков, моего возраста и на меня хоть отчасти похожих, клал их в мою постель, а меня в их общей светелке, или общей темнушке, или вместе с ними на каких-то полатях, чтобы те, кто придут убивать меня ночью, запутались, чтобы они убили, на худой конец, не того, чтобы поднялся шум, и гам, и грохот, и переполох, и в этом шуме, гаме и грохоте он, Симон, всегда спавший поблизости, успел бы меня спасти, а что придут убивать меня, в этом никто не сомневался, ни моя мать, ни ее братья, ни нанятый ими врач, оказавшийся и врачом, и волхвом. Убийц ждали ночью, вот где была ошибка. Даже Симоновых волхвований не хватило, чтобы разгадать кровавый их замысел. Убийцы-то тоже знали, что их ждут ночью, потому напали среди бела дня, во дворе, тоже, видимо, понадеявшись на переполох, предполагая спастись в общем шуме и гаме. Недооценили переполоха. Недооценили и моей способности к воскресению. А что как раз накануне ночью необыкновенно удачно умер один из припасенных Симоном мальчиков, так что ему, Симону, оставалось лишь немного порезать трупик, как это умеют делать врачи, иногда даже влахи, о чем он мне сто и тысячу раз рассказывал на берегу балтийских волн, все мое детство, — нет, Ксения, в это не верил я даже в детстве; хотел верить; старался поверить; а все боялся — и боюсь до сих пор (говорил я Ксении, всматриваясь в темноту, пишет Димитрий): боюсь, боялся, что они — но кто они, Ксения? как хочется верить, что не сам Симон, что — кто-то, взявший грех на черную душу, — что они просто-напросто зарезали в ту ночь какого-то случайного мальчика, положили его на мое место, потому-то, может быть, и старались никому его не показывать, и даже когда приехали из Москвы князь Шуйский, по слухам уже тогда гнойноглазый, с митрополитом Геласимом, о глазах которого мне ничего неизвестно, с дьяком Елезарием Вылузгиным, о котором мне вообще ничего неизвестно, и Андреем Луп-Клешниным, у Константиныча, любимого нашего, выступающим в роли главного злодея, — даже им всем, посланным из Москвы расследовать мое убийство — важнейшее и знаменитейшее убийство всей нашей истории, Ксения! есть чем гордиться, — даже им, похоже, трупик не показали, даже, может быть, уже похоронили его ко времени их приезда — они же четыре дня тащились в Углич из Белокаменной, — почему и в так называемом следственном деле, которое, может быть, ты читала, о моя Ксения чюдного домышления (говорил я Ксении, молчавшей рядом со мной в темноте) — почему и в следственном деле ни слова и ни словечка не говорится об осмотре царевичева тела, к изумлению историков; а на что им было царевичево тело осматривать, когда они с самого начала решили пустить в легковерный мир нелепую сказку, до сих пор так и блуждающую по легковерному миру, — будто бы я, царевич Димитрий, играючи в тычку, в припадке падучей, сам — я сам, понимаешь ли? вот уж бред так бред — напоролся на ножик.

А я в бездну и тьму провалился, Ксения. Я ничего не помню, но помню этот провал, это паденье: в черноту, темноту. Все рухнуло, раскрошилось, распалось. И я откуда-то падал и куда-то летел: в сплошной темноте, осязаемой черноте. Она была на ощупь как мех, как неведомый зверь. Может быть, это был сон. Может быть, это был сон, повторявшийся много раз. Сон, от которого я просыпался, который снова нападал на меня. Который мне больше не снится. Который я не могу забыть, не могу вспомнить, не могу перестать вспоминать. Она всегда со мной, эта тьма. Она всегда со мной, она подстерегает меня на каждом углу и за каждым углом, говорил я Ксении (пишет Димитрий), и Ксения меня слушала, в прозрачной, нестрашной, но все-таки тоже тьме, в темноте и укрытости московской ночи, пересекаемой незримыми звуками, с неизвестно и никогда уже не будет известно каким выражением на смуглом лице, в татарских глазах: лица ее я не видел, не только из-за прозрачной тьмы, окружавшей нас, город и мир, но и потому что она прятала свое лицо от меня — у меня же: то у меня на ключице, то у меня под мышкой, и я всем своим телом, по легким, но несомненным движениям ее прижатого ко мне живота, ее груди, ее спины у меня под рукою понимал, что она не спит, меня слушает, и поначалу мне еще казалось, что она слушает меня, тихонько смеясь, так меня слушает, как если бы я сам шутил с нею, или так, как если бы я входил в роль, как если бы актерствовал и притворялся посреди ночи, а потом мне уже ничего подобного не казалось, потом уже верил я, что она верит мне, пускай сама не верит, что верит, и особенно когда я начал рассказывать ей о Симоне, создателе моей судьбы, фабрикаторе моей доли, о дюнах, соснах и море, пробудивших меня к моей жизни: обо всем том, сударыня, о чем я уже давно обещал рассказать вам, вот — рассказываю, хоть вы и не Ксения, хоть сейчас совсем не ночь, но ясный день, яркие облака, и деревья, можете думать, что райские, а можете думать, что кащенские (мне все равно), шумят и перекатываются в моем раскрытом окне, хоть и прошла вечность с тех пор (каких? вы спросите; вы будете правы, если спросите), но ведь все еще возможно, мадмуазель, и если не все, то что-то еще возможно (не правда ли?), и когда я закончу мое писание, завершу мою рукопись, тогда-то (с удовольствием и ужасом пишет Димитрий) мы с вами еще могли бы (не правда ли?) встретиться, а где именно встретиться, уж мы придумаем, не сомневайтесь, можем у Телеграфа, можем на Пушкинской, можем в Стекольне, можем в Лютеции.

*

В начале было море. В начале мира — море, Ксения. Море, Ксения, есть начало всех вещей, всех дел и дней наших, всех мыслей наших и помыслов. Оно ледовитым было всегда, это море. Даже летом и даже в жару сохранялась в нем волшебная ледовитость. А жарко и было в тот день, когда я проснулся; жарко и тихо; волны, если и падали на песок, то всякий раз раздумывая, падать им или нет; оттого падали с задержкой, с оттяжкой; полый звук их успевал затихнуть, прежде чем сменял его следующий, такой же задумчивый; одна-единственная чайка летела куда-то над бухтой, от дальнего мыса к другому, еще более дальнему; сосны в дюнах, согретые солнцем, горько-сладко пахли смолою; и с этой минуты я помню себя отчетливо, Ксения, как только герои великих сказаний, больших эдд, вечных саг могут помнить свои приключения, хотя долгие дни детства сливаются, конечно, друг с другом. Песок был сухой и горячий, потом был мокрый, темный, холодный. На темном песке была полоска пены, оставленной морем; была полоска из розовых ракушек, черных водорослей, щепок и палочек, вместе с пеной вынесенных прибоем. На этой грани, у этой черты мы с Симоном стояли вдвоем. Симон держал меня за руку; слуги и лошади дожидались нас в дюнах. Он показал мне море; тут-то я и проснулся. Вот, смотри, море. Я проснулся от изумления. Вот же море, смотри. Я смотрел, значит был. Смотреть, значит

214

быть. Смотрю, следовательно есмь. Все теперь — было, а рядом с нами никого не было. Мы были вдвоем, одни, в начале мира, у моря. Сняв шляпу, подставив ветру круглую голову, мой спаситель сам смотрел в открывшуюся нам даль; смотрел в нее так долго и так внимательно, словно стремился разглядеть в ней очертания и паруса грядущих призрачных кораблей.

*

Увидев море, я впервые увидел и Симона, моего фабрикатора; его круглую голову. У него голова была идеально круглой, как небесная сфера и земной шар в тех книгах, которые мы потом подолгу рассматривали, как географический глобус, стоявший у него на столе, и глобус астрономический, стоявший на секретере. Она еще потому была такой круглой, его объемлющая мир голова, что бороды на ней не было. А я и не видел, наверное, в моем погибшем младенчестве мужчин бритых и гладколицых; я эти ваши грязно-клокастые православные бороды, с остатками щей, киселя и жаркого в них, ненавижу, Ксения, как ты ненавидишь советскую власть, шедевры сталинской архитектуры. Это реплика *a parte*, не смейся. Или смейся, или вместе давай посмеемся. А он тоже смеялся, Симон, всегда. Даже когда он не смеялся, глаза его хоть чуть-чуть, а смеялись; пусть крошечные, а всегда искры в них бегали. Искры бегали; глаза, случалось, сверкали. Сверкание своих глаз он умел то приглушать, то усиливать, по желанию, так что они превращались то в алмазы, то в яхонты, то в опалы, то в изумруды. Пойдем, он сказал, потянув меня за руку к ожидавшей нас в дюнах карете, которую, вместе с лошадьми, кучерами и слугами, я тоже впервые в тот день увидел. Но от моря я не мог оторваться. Я был еще слаб. Он только позволил мне снять сапожки, пройти сперва по горячему, сыпучему и сухому, потом по мокрому песку, твердому и холодному, по клочьям пены и царапистым ракушкам, наконец, по ласково-ледяной, живой и уже окончательно меня оживившей воде.

*

Когда я окреп, мы в море плавали почти каждый день, хоть сколько-то летний или хоть сколько-то похожий на летний; мы до него доезжали обычно верхами — из нашего укрывища, Ксения, нашего тайного курляндского замка, о котором история умалчивает (она о чем хочет, о том и умалчивает), который ты можешь представлять себе каким хочешь, Ксения (говорил я Ксении, слушавшей меня всем своим телом: и грудью, и ногами, и животом, пишет Димитрий): история так и так ведь умалчивает, поэтому представляй его себе, каким хочешь, — представь его себе, если хочешь, с четырьмя красными кирпичными башенками по углам, куда можно было по деревянным лестничкам залезть с чердака, куда мне Симон долго не позволял залезать, хотя там ничего и не было, кроме пыли, птичьего помета, осиных, изредка, гнезд — из-за этих гнезд и не позволял залезать — их сбрасывали вниз и, облив смолою, сжигали: для всей челяди праздник и развлечение; — представь себе этот замок окруженным водою — пресной, кувшинно-тинистой, интересной по-своему (там карпы плавали и даже щуки, к ужасу этих карпов, заплывали из соседнего озера), но все же, в сравнении с морем, ничтожной, земной и затхлой водою; — вообрази его отраженным в этой воде, повторенным в этой воде, так что в ясные дни бывало два замка, и два каменных мостика, два бруствера, две надвратные башни; — вообрази, в самом замке, двусветный зеркальный зал, библиотеку, столовую, тоже двусветную, галерею с темными, один другого темнее, портретами, оказавшимися впоследствии портретами ландмейстеров Тевтонского ордена в доспехах и латах, магистров и маршалов Тевтонского ордена, о каждом или почти о каждом из которых Симон мог сказать что-то или назвать его, по крайней мере, по имени — Конрад фон Фитингоф, Иоганн Фрейтаг фон Лорингофен, — вообрази в верхнем этаже анфиладу холодных комнат, по которой шли мы с Симоном (он держал меня за руку) в первый вечер, после первого моря, первого пробуждения, и луна, тоже впервые увиденная, тоже не спящая, шла за нами из комнаты в комнату, из окна в другое окно, и дробилась, и сверкала, и отсвечивала на всех блестящих поверхностях, какие могла найти, впрочем, немногих, потому что замок, когда мы в него приехали, был еще почти пуст, и мы, казалось мне, так все и будем идти по этому еще заброшенному замку вместе с луною, per amica silentia lunae, сквозь лунные узоры и ромбы на скрипучем паркете, ромбы и узоры которого мне предстояло разгадывать все мое дальнейшее детство, все мое одинокое отрочество; но до какой-то кровати, в которой Симон уложил меня спать, мы все-таки, теперь я полагаю, дошли; и тут все опять тускнеет в моей памяти, Ксения, и долгие дни детства сливаются, как это свойственно им, друг с другом; и к морю хотелось всегда, в любой день, притворявшийся или не притворявшийся летним, так же сильно хотелось, как теперь к нему хочется, Ксения, в этой Московии (в этой материковщине, континентальщине, в которой я задыхаюсь), хотя тогда-то до моря было полчаса быстрой езды, минут двадцать сумасшедшего скока; и с тех пор я отличный наездник, Ксения; с тех пор я удалец, делибаш, вольтижер, хотя в нынешнем моем воплощении мне на велосипеде ездить сподручней, сподножней (чувствую, ты не спишь; еще смеешься, уже засыпаешь); если же день напропалую отказывался притворяться летним, тогда мы ехали — иногда шагом, иногда рысью, иногда даже галопом, смотря по степени Симоновой задумчивости, или его веселости, или его печали, или моего взросления, моего возмужания, — в другую сторону, по одной из двух, всегда пустынных дорог, подводивших к замку и уводивших от замка, где редкая нам попадалась телега, застывавшая в почтительном изумлении, да еще более редкий попадался хуторянин-латыш, ломавший шапку, едва нас завидя, долго смотревший вслед, — и мне все мое детство было, в сущности, все равно, по какой из этих двух дорог мы поедем — одна называлась: к озеру, другая называлась: к камням, — обе вели полями, лугами, березовыми перелесками, потом ельником, потом сосняком, потом опять лугами, полями, по которым бежал только ветер, огромными тяжелыми вздохами колебля колосья, и больше никого я не помню на этих полях — ни пахарей, ни жнецов, ни косцов, — то ли потому что я их забыл, не заметил, то ли потому что Симон так подгадывал, чтобы окрестные жители пореже нас видели, — хотя они видели, видели, наверняка пытались понять, кто мы такие, пускали в мир разнообразные слухи, — точно так же, как он всегда стороной объезжал одинокие хутора с соломенными крышами и еще более одинокими аистами, неподвижно стоявшими в больших (даже издалека было видно, что больших) гнездах иногда на обоих, чаще (издалека было видно: я все тогда видел) на одной, окончательно одинокой ноге (я рад, Ксения, что ты еще можешь смеяться, даже сквозь сон).

*

Боялся ли Симон, что какой-нибудь годуновский лазутчик, московитский затынник обнаружит наше прибежище (наше укрывище), угостит нас отборным ядом, которым так охотно орудуют московитские затынники и лазутчики, подкупит повара, пускай Непоганку, чтобы он поднес нам *зелие в куряти* за нашей с Симоном всегда воздержанной трапезой? Наверное, он боялся; я не боялся. Не потому не боялся, Ксения, что слишком был мал, слишком глуп, а потому что вообще перестал бояться чего бы то ни было после провала в беспросветную ночь, в меховую темноту моей смерти, так что Симону вновь и вновь приходилось меня одергивать, меня уговаривать: не заплывай так далеко в ледовитое, пусть даже умеренно ледовитое, море, не скачи сломя голову на едва-едва объезженном аргамаке. Что до ядов, Ксения, то в ядах Симон знал, конечно же, толк; держал их хорошо запертыми в своем кабинете, в угловом черном шкафу, весьма и весьма волновавшем воображение мое. Все есть яд, говорил Парацельс, и ничто не лишено ядовитости;

дело в дозе. *Dosis sola facit venenum*, золотыми и завитыми буквами написано было на дверце этого черного шкафа. Он считал
себя учеником Парацельса; нет, сказать правду, он считал себя
вторым Парацельсом. Густава, сына безумного короля Эрика,
отца моего детского друга и твоего, Ксения (ты спишь?), неудачного жениха (сейчас он появится в нашем замке), тоже, случалось, называли *вторым Парацельсом*, хотя *вторым Парацельсом*
он, то есть Густав, быть никак не мог, мог быть только третьим.
Сказать всю правду, он, то есть Симон, считал себя даже не *вторым Парацельсом*, а первым Парацельсом, вечным Парацельсом,
вообще Парацельсом, как я сам считаю себя вообще Димитрием, вечным Димитрием. Не считаю, а есмь. И он был прав, как
и я. Он был тем, кем себя считал, себя создавал. Человек есть
осуществленная мысль, говорил Парацельс. Человек есть то,
что он думает. Симон, обращая ко мне свою круглую голову,
до нестерпимого блеска усиливая сияние своих алмазных глаз,
повторял это снова и снова, не так, как повторяют чужие слова,
но так, как повторяют свои, — и с тем, чтобы они сделались
моими словами. Они и сделались, Ксения. Человек, Ксения, это
осуществленная мысль. Я есмь то, что я мыслю. Я мыслю и значит есмь, как скоро скажет Ренатус Картезиус, младший мой
современник, мой продолжатель, тоже авантюрист. Парацельс
и Симон сказали бы не совсем так. Я мыслю и значит есмь — то,
что я мыслю. Я сам себя создаю. Себя сознаю и тем себя создаю.
Мне не нужно быть другим, говорил Парацельс, если я могу
быть собою. И не только я могу быть собой, но я могу быть
другим собой, если захочу и задумаю. Мне не нужно быть тем
другим, каким другие видят меня. Я сам создаю себя другого,
преодолевая другого в себе. Нет, сонная Ксения, таким умным
я тогда еще не был, так отчетливо, с такой окончательностью,
такой остротой и блеском не смог бы сформулировать свои
парадоксы. Это Симон мне говорил — у моря, как все самое
важное. Все самое важное он говорил мне у моря, устремляя
алмазный взгляд в его, моря, бриллиантовую бескрайность.

А возможно, и не говорил. Возможно, я это за него, для себя придумал впоследствии, когда вырос. На твоем месте я бы зажег свет и записал мною сказанное для просвещенных потомков. Если ты не сделаешь этого, а ты, похоже, не сделаешь этого, ты спишь или притворяешься спящей, то ладно, уж так и быть, я сам, когда-нибудь позже, в другой какой-нибудь жизни, глядя в окно на колеблемые эдемско-кащенским ветром деревья, запишу для просвещенных потомков прекрасные мои парадоксы.

*

Я уже знал, кто я. Это я теперь не знаю, кто я; иногда знаю, иногда не знаю, кто я; никто ведь не знает, на самом деле, кто он (и тот, кто делает вид, что знает, тот обманывает всех — и других, и себя же). Но в ту пору, мальчиком, я был уверен; я ни минуты не сомневался. Это была наша с Симоном великая тайна. Этого нельзя было сказать никому, даже слугам (хотя слуги, наверно, догадывались; слуги всегда обо всем догадываются; тем они и опасны). Да и как было не догадаться, если мы таились от всех в нашем замке, окруженном водою, а по миру уже пошли (побежали и полетели, зашелестели и зашушукали) слушки и слухи о том, что жив царевич-то, что где-то он там таится, где-то он там скрывается. Как, царевич? Да быть не может. Да я же говорю вам: царевич… Уже Лопе прекрасный де Вега догадался об этом замке (я нашептал ему на ухо, как тебе, Ксения, шепчу теперь на ухо… но ты, кажется, уже спишь); присочинил, правда, всяких благородных рыцарей, готовых пожертвовать собою ради меня, их не менее благородных жен, сыновей, прочую патетическую чепуху. А там присочинять было нечего, незачем, там тайн хватало и так. Что до слуг, спящая Ксения, то слуги сменялись. Симон опасался их, потому отсылал их подальше, брал новых. А может быть, посылал их куда-то со своими тайными поручениями. Тайн, снова скажу, хватало. Были слуги, вдруг не было, вдруг другие какие-то приезжали. Кто-то вновь и вновь приезжал, о чем-то шептался с моим фабрикатором, смотрел на меня испуганными глазами, низко кланялся, вновь исчезал. Еще каким-то меня не показывали. Я знал, что кто-то сидит у него в кабинете, у шкафа с ядами, но меня туда не пускали; я бегал в саду, гоняясь за бесчисленными стрекозами, не желавшими иметь со мной дела, или заучивал латинские стихи, которые великий влах, просвещенный венецианец заставлял меня учить с первой минуты и первого вечера, per amica silentia lunae; а кто-то, я чувствовал, наблюдал за мной из окна.

*

Нет, не только Вергилия, о моя спящая, но даже во сне и сквозь сон ученая Ксения, не только Вергилия мы читали. Мы все читали с Симоном; чего не читали мы? Овидий был, конечно, моим кумиром. «Метаморфозы» помнил я едва ли не целиком наизусть. Я и сейчас помню их едва ли не целиком наизусть. А ты сама помнишь ли монолог Медеи, ученая, хотя и спящая Ксения? Или ты лишь стихи Сергеича, Юрьича, Иваныча, Афанасьича, Алексаныча читаешь долгими московскими ночами, возвращаясь в свой заснеженный переулок, где ждут тебя благодушные барбароссы, тоже жаждущие услышать благозвучные русские ямбы? Я же с латинскими гекзаметрами обращался к балтийским волнам, мимолетящим чайкам, к песку, осоке, соснам и дюнам. Что же, спрашивал я у волн, от лица Овидиевой Медеи, воспылавшей своей всемирно-историческою страстью к Язону, вожделетелю пресловутого Золотого руна, — что же, если помогу я герою, если он возьмет меня в жены, если увезет меня прочь из Колхиды, — что же, я брошу все и вся, унесенная ветром? И брата, и сестру, и отца, и богов, и родную землю? Ergo ego germanam, нараспев и на еще больший распев возглашал я, обращаясь к балтийским волнам, перекрикивая их грохот, fratremque patremque deosque et natale solum, ventis ablata, relinquam, — и как же они гремели, как всеми своими гласными и глубинами они раскрывались и зияли во мне, эти гекзаметры, Ксения; только в детстве, Ксения, ведомо нам вдохновение. Да и почему бы не бросить мне все это? от лица Медеи спрашивал я у волн. Ведь отец мой суров, земля моя дика, а братец еще младенец, а сестра меня поддержит во всех моих замыслах. Nempe pater saevus, nempe est mea barbara tellus... Варварская земля, barbara tellus, Ксения: уж ты-то понимаешь, как звучали, как отзывались во мне эти мучительные слова. Почему ж не бросить ее, в самом деле, родную *барбару теллус*? Maximus intra me deos est, возглашал я балтийским волнам от лица Овидиевой Медеи. Величайший бог — во мне! Я брошу *барбару теллус* — и больше получу, чем потеряю. Узнаю новые земли, лучшие страны, увижу города, о которых слава доходит даже и до моей дикой родины, изведаю их обычаи, их искусства, cultusque artesque, и все будут почитать меня как спасительницу ахейской юности, как супругу Язона, и любимицей буду богов, и до звезд достану макушкой. Et dis cara ferar et vertice sidera tangam... И во мне жил бог величайший, и я богов был любимцем, и я стремился, Ксения, до звезд дотянуться макушкой. Но я понимал, что мне-то, в отличие от Медеи, чтоб макушкой достать до звезд, предстоит вернуться в мой варварский край, хочу я того или нет, что так, именно так ведет меня обитающий в мне maximus deos, что именно так, не иначе ведут меня бессмертные боги и что нет мне другого пути, даже если суждено мне погибнуть на этом.

*

Конечно, спящая Ксения, я все это понял не сразу. Сперва лишь сказочное пленяло меня: драконьи зубы, огнедышащие быки. Но я быстро рос и взрослел, оставаясь ребенком. Не по дням, а по часам я рос, как князь Гвидон, как сказочный царевич, которым, конечно, и был. Я был сказочный царевич; не по дням, а по часам я рос в заколдованном замке. С таким учителем, как Симон, это было несложно. Мы читали философов: Сенеку,

Эпиктета… Потом читали Монтеня, который тогда еще был новинкой, почти современником, которого Симон полюбил с первой строчки. Плохо было, когда я оставался один. Симон уезжал по своим делам, одно таинственнее другого; иногда просто уезжал на соседний хутор к больному, без всякой таинственности; меня не брал с собой, как бы я ни канючил; горечь ожидания с тех пор осталась у меня на губах. Я места не находил себе весь долгий детский бессмысленный день; бродил по замку: из каминного зала в зеркальную комнату, оттуда в библиотеку; на полу раскладывал книги и атласы; в конце концов съезжал по перилам вниз, к безразмерным шкафам, хранившим наши шубы (не мухояры). Они пахли мехом, сухими травами, которые он сам собирал и приказывал всюду развешивать; камфарой, эвкалиптом и еще чем-то лекарственным, чем пахли все его вещи; духами, которые ему привозили из Франции — духи всегда привозят из Франции, прямо из Грасса; — мятой, лавандой. Я зарывался лицом в этот мех и стоял так, в темноте, покуда кто-нибудь из слуг не находил меня там, не отводил обратно наверх. Если уж совсем становилось скучно, можно было по деревянной лесенке забраться в одну из кирпичных башенок по углам замка, — в ту из них, откуда недавно изгнали ос, сбросив вниз, на радость всей челяди, грязно-серое, страшно гудящее, завитое вокруг себя же гнездо, — и лучше всего, разумеется, в ту, откуда не только видна была вся округа, в узенькое окошко, с ее полями, березовыми перелесками и отдельно стоящими соснами, но и виден был дальний лес, у самого окоема, черно-синей чертою — и в том единственном месте, слева от едва намеченного, тонким росчерком, хутора, где лес расступался, видна была вдруг иная, воздушно-невозможная синь, светлее леса, темнее неба над лесом; но даже этот кусочек моря, намек на море только манил к себе, в свою неизведанность, не утешая; все изменилось в тот незабвенный вечер, когда Густав с Эриком вдруг обнаружились в Симоновом кабинете, между шкафом с ядами, колбами, всегда закрытым, теперь вдруг распахнутым, и астрономическим глобусом на секретере, перед которым, когда я вошел, маленький Эрик стоял завороженный и очарованный, по его же собственным позднейшим словам, не прислушиваясь к разговору взрослых, не чувствуя даже усталости после очень долгой дороги: затем вдруг пустился вращать его так внимательно, словно надумал выбрать для себя новую планету, другую галактику.

*

О другой галактике мечтаем мы все. Остаемся, однако, в этой, разве что перемещаемся на пару столетий в прошлое в наших бессонных, сонных, сквозьсонных фантазиях. Хорошо хоть, у нас не одна ночь в запасе. За одну ночь и не смог бы я рассказать все это безмолвной, отвечавшей мне лишь движениями, шевелениями своей тонкой, легкой руки у меня на плече, своего прижатого ко мне живота, своего еще робкого бюста, тоже ко мне прижатого, возможно верившей, возможно не верившей, или верившей, но не верившей, что верит мне, Ксении, и наутро (позднее утро) мы оба делали вид, что ничего не было, то есть что так называемый секс, разумеется, был, что хохот, убивающий секс, был, что серьезный смех, его возрождающий, был, торты были, черные чулки были, но ни круглоглавого Симона, ни крошечнобашенного замка в Курляндии не было, а была лишь зимняя, вокруг нас, уже продвигавшаяся, подбиравшаяся к Новому году Москва, каток на Патриаршьих прудах, и каток же на Чистых, и сугробы и снежные ветки на Никитском бульваре, и толпа и растоптанный снег на углу Тверской и Тверского, где по-прежнему, уже целый год, стояла, все та же, уже вечная, уже навсегдашняя очередь в «Макдоналдс» (светящийся островок заморского ширпотреба посреди советской серятины): сплошная, на саму себя наползающая очередь из ушанок, мечтавших о свободе, счастье и загранице, еще даже веривших в заграницу, счастье, свободу; и наше чудное, нас самих чаровавшее равнодушие к ней и к ним; наше твердое знание, что мы-то, царевна Ксения и царевич Димитрий, никогда ни в какую очередь добровольно не встанем, даже и за «Биг Маком», разве что за баландой, под лай собак и дулами автоматов, но тогда уж не добровольно, и об этом можно сейчас не думать, можно сейчас забыть, целуясь и снова целуясь под снегом, уходя все дальше и в сторону, по Страстному бульвару и вверх по Рождественскому, повторяя наш когдатошний маршрут с Макушинским, по счастью без Макушинского, своим собственным тайным дозором обходя Белый город со всеми его воротами, башнями, никому не зримыми, кроме нас, магов времени, чародея и чародейки.

*

Никто их не видел, мы одни видели. Вот дяденьки-тетеньки в лыжных шапочках (с буквой «Д» на лбу... кто болеет за «Динамо», Ксения, не хохочи, у того на жопе, соответственно, яма; да, глупо; да, школьный юмор) в троллейбусе (с буквой «А» на троллейбусном лбу... скажите аааа! ангина, ангел, антропологическая катастрофа): вот (еще раз) дяденьки-тетеньки, вовсе не ангелы, в троллейбусе, с трудом взбирающемся по разъезженному снегу вверх от Трубной по Рождественскому бульвару, вот морской офицер с черным твердым плоским портфелем (по кличке «дипломат»; как тогда было модно), скользящий по наледи, наоборот, вниз от монастыря к Трубной площади (разбегающийся, скользящий по этой сине-черной наледи, расставив руки, с портфелем в одной из них, как если бы его еще и в мичманы не произвели, как если бы оставался он еще юнгой), вот, действительно, дипломат в мерседесе с флажком, седой и толстый арап-эфиоп на заднем сиденье, с изумлением (вспоминая родные пальмы?) глядящий на моряка посреди сухопутной столицы, покуда его мерседес рычит и фырчит, пробиваясь сквозь льды и торосы, — никто из них не видит ни стен, ни башен Белого города, ни Сретенских ворот, ни, к примеру, Мясницких. Мы одни это видим, одни это видели. А кто видит, тот и слышит. Кто видит и слышит, тот радуется. Слышит слова, радуется словам. Как, помню, смеялись мы словам *губной целовальник*, которые она где-то вычитала (рыдая, пишет Димитрий). Я буду, Ксения, твоим *губным целовальником*. Да ты хоть знаешь, кто это? Мне ли не знать, моя Ксения? Я царевич, я непобедимый император. Я сам, кого пожелаю, того и пожалую хоть губным старостой, хоть губным целовальником. Но твоим *губным целовальником*, Ксения, я буду сам, вот сейчас, под этим снегом, на этом бульваре.

*

От снега, у Сретенских ворот, прятались мы в кафе: одном из тех (говоря языком гласностройкости) кооперативных, каких тогда уже было много — в переулках, в подвалах, даже и на бульварах, — кафе, где, помню (со страданием в почерке пишет Димитрий) сидели все вокруг стойки, поедая замечательный, нисколько не ядовитый, грибной суп с перловкой (о станции Перловская не думал я ни секундочки), жареным луком, вообще всем, чему полагается быть в грибном супе, заедая его не менее замечательными блинчиками с мясом, отнюдь не с котятиной, пожаренными на честном масле, отнюдь не машинном. Вместо грибного супа можно было заказать солянку или рассольник. Простенько, вы скажете? Ничего-то вы, юная гурманка, не понимаете. В ту пору честные блинчики и взаправдашний грибной суп еще были новинкой, даже, пожалуй, экзотикой. А знаете ли вы, что при дворе у польских магнатов, у литовско-русских князей — например, у князя Острожского, киевского воеводы, чудесного человека, покровителя искусств и наук, создателя Острожской же типографии, где нашел себе приют и дело первопечатник Иван Федоров, бежавший от московитского мракобесия, — что у них бывал обыкновенно *придворный обжора*, подававший пример чревоугодия на пирах и застольях? Вы вот не знаете, а Ксения хо-

226

хотала до слез, хоть и тихо, между первой и второй тарелкой
грибного супа, второй и третьей порцией блинчиков в кооперативном кафе на Сретенке, рассказывая мне, что прочитала
про придворного обжору у не помню уже кого (смеясь и плача
пишет Димитрий): то ли у Костомарова, то ли еще у кого-то.
В кафе так было тесно и душно, такой пар стоял, что не только
стекла запотевали у входивших с мороза очкариков, но и сами
глаза стекленели, понемногу оттаивали. Она, Ксения, могла
бы стать придворным обжорой. Где набирают, куда нести
документы? Может, есть курсы придворных обжор? Курсы
повышения квалификации придворных обжор? А в трудовой книжке что запишем? Профессия: придворный обжора,
квалификация высшая, стаж четыреста лет? Или придворная
обжора? Обжорица? Придворная обжорица, моя жрица. Таких худеньких в придворные обжоры не берут, моя жрица. Уж
я ль не помню придворного обжору у князя Острожского? Вот
это обжора был так обжора, необъятнейший человек, с осторожной улыбкой, с пятнадцатью животами и двадцатью пятью
подбородками. Рассказать тебе, как мы с Адамом Вишневецким приехали к князю Острожскому, когда я, наконец, объявился, объявил на всю Речь Посполитую, весь мир крещеный
и некрещеный, что я — это я, Димитрий Иоаннович, царевич
московский... Но она так хохотала, что, кажется, меня и не слышала. Все, вопрос решен, пойду в *придворные обжоры*, закажи
мне еще порцию блинчиков. — Да не возьмут тебя, моя Ксения.
Шутихой разве что? Карлицей тоже тебя не возьмут. — Сам
будь карлицей и шутихой, а я буду...

*

Тут всамделишная шутиха, не карлица, но точно безумица, образовалась, помню, в кафе; долго стряхивала снег с кургузой
курточки; в вязаной кофточке уселась на табурете. Глаза у нее
были на преогромнейшем выкате, почти уже выпаде, голос
скрипуч и громок, движения угловаты, нелепы, словно плохо

227

ее свинтили, не до конца завинтили. Лицо при всем при том доброе, как часто бывает у дурех и безумиц. Чернявый официант, ходивший за стойкой по кругу, поставил перед ней тарелку супа, который она выхлебала бурно, мгновенно. — А ветчининина? Хочу ветчининину... Наверное, она часто заходила в это кафе, за еду, видимо, не платила. Официант принес ей кусок чего-то очень красного, в самом деле похожего на вареную ветчину. Вот тебе твоя ветчининина... Хотел ли он, чтобы она ушла поскорее или правда жалел ее? Надо помогать, проговорил он извиняющимся голосом, поворачиваясь к нам с Ксенией. Конечно, сказал я. Ксения ничего не сказала.

*

Нравом милостив, естеством светлодушен, сказала Ксения, обращаясь ко мне, глядя на официанта, вряд ли о нем думая, вновь цитируя что-то, где-то ею вычитанное, радуясь словам и слову *светлодушен* в особенности. Да и как не радоваться ему? — Это, знаешь, о ком было сказано? О Борисе Годунове, вот о ком. — О твоем, значит, батюшке? — Странный ты все-таки, — она объявила, трогая меня за руку, глядя на официанта, на шутиху-дуреху, на других, навсегда исчезнувших из памяти посетителей, поедателей грибного супа, обожателей солянки с рассольником.

*

Не уверен я в *светлодушии* ее батюшки (поглядев на небо, вновь склоняясь над рукописью, пишет Димитрий); того менее в *светлодушии* ее дедушки, Малюты Скуратова; но разве *светлодушие* дается нам по наследству? Давалось бы оно по наследству, никаких шансов не было бы ни у меня, ни, например, у Басманова, вечно мучившегося своим опрично-партийным происхождением. Оно дается нам даром, по щучьему велению, божественному хотению. За Басманова не отвечаю, а моя душа была всякой: и светлой, и темной, и злой, и мрачной, и доброй. Душа Ксенина тоже не всегда совпадала с собою и оставалась на своей высоте; а все же, если и было в ком это *светлодушие естества*, то в ней, Ксении, при всех ее детских глупостях и подростковых проделках с пирожными; а это, знаете ли, не так уж просто для окружающих. Ей нельзя было лгать. С ней можно было шутить, играть и дурачиться, но лгать ей было никак невозможно. Лгать себе в ее присутствии было никак невозможно. Она это сразу чувствовала, сразу темнела. Или так задумывалась, что я уже и не надеялся выманить ее обратно в безмыслие; никакие уловки не помогали; соблазны не действовали.

*

Придворной обжорицей не возьмешь меня? Шутихой, карлицей тоже нет? Тогда кем же? Похоже, нет мне места при твоем дворе, — она говорила, то ли снова (вдруг) принимаясь *работать над ролью*, то ли просто пытаясь заучить дурацкий текст Макушинского. — Вот приедет полячка проклятая, а со мною что будет? — Не бойся, Ксения, голубка, — я отвечал ей. — Спрячу тебя в монастыре, а там поглядим и придумаем. — А на самом деле, я в твоей жизни кто? — Во всяком случае, не арапка… Она даже не улыбнулась; она смотрела на меня своими самыми печальными, самыми темными, самыми татарскими глазами, ожидая ответа не шутовского, не шуточного. — Ты в моей жизни — царевна, Ксения; ты в моей жизни — все, царевна Ксения; ты в моей жизни — самое лучшее; самое в жизни моей — лучистое, — говорил я ей, когда мы снова вышли в снег и на улицу, замотав все наши шарфы, какие уж у нас были; и я не знаю, верила она мне или нет, верил ли я себе сам, так много лет прошло с тех пор, ничего не осталось. Что до шарфов, сударыня, то шарфы тогда были длиннющие, шерстянющие и шершавейшие, и никто еще не умел повязывать их петлей, как с тех пор отлично все научились, но их долго, долго, бывало, что и в два оборота обматывали вокруг шеи, и все равно

229

оставалась дырка под всеми замотами и завоями, сквозь которую проникал — в самую душу — чертов холод, дьяволов ветер.

∗

В театре тоже бывало чертовски холодно, когда мы заявлялись туда вдвоем, к уже-не-удивлению всех прочих, дышавших на покрасневшие руки. А нам ведь надо было репетировать более или менее постельную сцену, более или менее голыми, потому что ведь не мог Димитрий по-прежнему, по уверениям и замыслу довольного Макушинского, как-то иначе и где-нибудь в другом месте рассказывать Ксении свою историю, свою предысторию, кроме как в уединении *опочивальни* (по его, макушинскому, неизменному выражению): *опочивальни*, намеченной большим балдахином, который притащил откуда-то Хворостинин. Мы, конечно, под ним не лежали, только полеживали, мы передвигались по сцене, покуда я рассказывал ей свою историю, свою предысторию, потом опять падали под балдахин на кровать, что для той добродетельной эпохи было, как вы понимаете или не понимаете, немалою смелостью, отрадным вызовом московско-совковскому ханжеству. Мы ничего там не проделывали друг с другом, только изображали объятия, да пару раз она мне перекидывала ногу через бедро, да еще пару раз я демонстрировал ей и залу свои способности *губного целовальника*, что ж до наших упражнений с пирожными, опытов с мармеладом и экспериментов с цукатами, то ни о чем подобном здесь и речи, разумеется, не было; здесь, мадам, мы играли в игры не столь невинные (страдая, но с удовольствием пишет Димитрий).

∗

Хворостинин не только балдахин притащил, он и портреты нарисовал: портрет самого Симона, круглоголового, алмазноглазого; портрет Густава Шведского, лошадиноликого,

230

длинноволосого; портрет белокурого, очень юного Эрика, его сына, моего друга, не сразу ставшего моим другом, но даже глаз на меня не поднявшего, в вечер их появления в нашем курляндском замке, когда вошел я в Симонов кабинет: долго-долго не поднимавшего на меня глаз, не в силах оторваться от волшебного глобуса, на котором созвездия были зверями и существами, созвездие Льва было львом с летящими лапами, летящей же гривой, язвительно-добродушной усмешкой в уголках пасти, созвездие Кентавра — кентавром, готовым вонзить копье в улетающего, как и он сам, сквозь космические пространства, задравшего лапы Волка; голенькие Близнецы летели, обнявшись, в совсем другую сторону, прочь от всех прочих.

*

Такого глобуса у Хворостинина не было; только грозился Хворостинин разрисовать к премьере глобус обыкновенный — из книжного магазина, педагогического отдела, подотдела наглядных пособий — фантастическими созвездиями, зверями и существами; тот, во всяком случае, глобус, настоящий и незабвенный, с медными обручами, остался в моей предыстории, в моем никому доселе не ведомом прошлом, о котором я рассказывал Ксении, на смутно освещенной сцене, в лжеукрытости нашей будто бы *опочивальни*, на радость или нерадость Сергею Сергеевичу, иногда заглядывавшему в макушинскую рукопись, включая в таких случаях лампочку на длинной руке, приделанной к спинке фанерного кресла во втором ряду (он сидел всегда в третьем), на скорее нерадость Марии Львовне, если и смотревшей на сцену, то, казалось мне, только на Ксению, на меня не обращавшей внимания; я же старался ни о ней, ни о ком больше не думать, рассказывая Ксении то, что рассказывал, отрываясь от *губного целования*, которое мы только разыгрывали (и это претило нам), подходя и вновь подходя к портретам моего спасителя, моего шведского друга, заме-

231

нившим (ненадолго) правительственные парсуны кровопивственных предков.

Конечно, говорил я Ксении, отрываясь от губного с ней целования, конечно, я уже слышал о Густаве, сыне безумного Эрика Четырнадцатого и героини финского народа Карин Монсдоттер. От Симона, больше не от кого мне было в ту пору услышать что бы то ни было о ком бы то ни было. Симон рассказывал мне в пленительных подробностях обо всех династиях и правящих домах Европы, в особенности о тех, с которыми мне предстояло вступить в союз, или в борьбу, или сперва в борьбу, после в союз; об удивительном устройстве литовско-польского государства, столь не схожего с московитским; о великих императорах Римской империи, среди которых у меня были, как ты понимаешь, любимцы, Фридрих I Рыжебородый, сиречь Барбаросса (кто-то там выгуливает сейчас твоего барбороссищу?), и его, Барбороссы, еще сильнее любимый мною внук Фридрих II, цвет бороды коего мне не известен (надеюсь, она была такая же рыжая, как у его дедушки, или, по крайней мере, такая же рыжая, как Густава Эриксона, основателя династии Ваза) — и наверное никому не известен (и Хворостинину не известен, хоть он и написал его, вот посмотри, пусть наскоро, ослепительно огненным), притом что их бороды внесли в любовь мою немалую лепту, поелику не один и не два раза рассказывал мне Симон, сияючи алмазными своими глазами, легенду (как ты уже догадалась, ученая Ксения) о пещере в горе Кифхойзер в Тюрингии, где сидит будто бы истинный император, то ли Фридрих Барбаросса, то ли Фридрих Второй, сидит и спит, уже веками, за каменным столом, на скамье, а борода его все растет и растет, то ли прямо в стол врастает, то ли вокруг стола обвивается — уже два раза обвилась, а когда в третий раз обовьется, тогда он проснется и встанет, и прибьет свой щит на сухое дерево у входа в пещеру, и дерево зазеленеет, и настанут последние времена, лучшие времена, времена справедливости, истины, добра и любви — которых мы все так ждем, Ксения, не правда ли? в которые не верим, но которых все-таки ждем, — борода, однако, все никак не дорастет до третьего, окончательного завоя, последнего и окончательного завива, так что кайзер лишь раз в сто лет просыпается да спрашивает какого-нибудь горного гнома, если тот оказался поблизости, кружат ли еще вороны над вершиной горы Кифхойзер, и когда горный гном отвечает ему, в согласии с истиной, что — да, ваше императорское величество, кружат по-прежнему, — что ж, говорит тогда кайзер, значит придется мне проспать еще сотню лет, и опускает веки над сонными своими глазами, а нам-то, Ксения, нам-то каково ждать еще целых сто лет (не плачь и не смейся), мы-то люди, хоть не верим, а все же надеемся, не надеемся, а все-таки ждем, отчего и появлялись в стародавние времена самозванцы (рассказывал мне Симон, сияя алмазными своими глазами, на берегу курляндских волн, а я теперь тебе пересказываю, в тишине и укрытости московской прозрачной ночи — или вот на сцене, где только изображаем мы эту тишину и укрытость, самим себе не на радость): самозванцы, понимаешь ли, появлялись в стародавние времена, выдававшие себя то ли за императора из пещеры, наконец-то проснувшегося, то ли за Фридриха, к примеру, Второго, чудо средневекового света, который будто бы не умер где-то там в Италии, черт знает где, сатана поймет почему, а скрывается, а таится, вернее — таился, скрывался, вот — объявился.

*

А португальский король Себастьян (вот и он; по-моему, непохож; прости, Хворост, дружище): португальский король Себастьян, погибший всего-то за пару лет до моего рождения: о нем особенно охотно мне рассказывал Симон; так живо, я помню, рисовал мне его юношеский облик — с короткой, едва наметившейся, но тоже и несомненно рыжей бородкой, с безрассудными, беспощадными, далеко друг от друга посаженными глазами, — словно знал его, видел его, подвизался сам, юным лекарем, при лиссабонском дворе (да и почему бы ему, Симону, юным лекарем, до моего рождения, не подвизаться при лиссабонском дворе? там, наверное, хорошо, в Лиссабоне; там океан; там океанская река Тежо; там лестницы и холмы; и на холмах замки, церкви; и синекафельные стены; и на повороте всех лестниц, и за каждым углом открывается, вновь и вновь: морская даль, водная ширь). Как же она влечет нас, Ксения, как мы хотим затеряться в безмерности мира. Для юного, безумного и больного, никем, даже Симоном не излеченного короля Себастьяна эта безмерность получила название: Марокко. Марокко, Африка, пустыня, мираж мечты, фата-моргана Фортуны, новый крестовый поход, битва трех королей. Симон так расписывал эту битву (палящее солнце, палящие пушки, шатер одного султана, свергнутого другим, шатер другого, не менее белоснежный, плеск флагов, блеск мортир и мушкетов, сверкание сабель на сахарском ветру), как будто сам, опять-таки, участвовал в ней, перевязывал раненых, помогал погибающим. А в этой битве погибли все трое: и свергнутый султан, вступивший в союз с Себастьяном, и султан правящий, победивший обоих противников, но все равно не переживший сражения, и сам Себастьян, в отличие от обоих султанов не найденный среди погибающих и погибших. Он исчез; он, кто знает? затерялся в той безмерности мира, в которой, Ксения, мечтаем мы все затеряться. И род его вымер, династия прекратилась, и войско его полегло на поле бессмысленной славы, и казну разорил он своими военными авантюрами, и страна его оказалась под пятой заклятых врагов, ненавистных испанцев. Казалось бы, радуйтесь, лузитаны, что избавились от такого правителя. Так нет же, говорил мне, я помню, Симон, на другом конце безмерного мира, у ледовитого моря, хохоча всеми алмазами своих глаз (рассказывал я Ксении, пишет Димитрий): нет и вовсе наоборот: экзальтированные лузитаны немедленно превратили его в короля грядущего, долгожданного, избавителя от всех бед, исполнителя всех желаний. Он не погиб, он — скрывается. А как явится, так наступит Пятая Империя — не Третий Рим, а Империя сразу Пятая (бери выше, кто больше?) А какие у них были первые четыре империи, Ксения, я забыл, да и какая, в сущности, разница? Какие-то были империи, вроде той же Римский, да глядишь — сгинули, а как наступит Пятая, Португальская: так уж она не сгинет вовек, причем в золотой. Во весь золотой век она уже не сгинет, Ксения. Ты смеешься? Или ты спишь? Или ты делаешь вид, что спишь, на этой холодной сцене, где нам так с тобой неуютно? Или и вправду ты заснула на сцене? Ты спишь, и я сплю, и это все один огромный сон, который снится нам всем.

*

Пятая Империя и не подумала наступить, а сам Себастьян не замедлил явиться — в четырех ипостасях, четырех самозванцах (пятый был бы настоящий король, но тот не пришел, обманул), о которых Симон тоже так мне рассказывал, словно знал их всех, и если не всех, то второго из них уж точно — короля Эрисейры, подлиссабонского городишки у моря, где этому второму Лжесебастьяну, бывшему и, значит, беглому, кстати сказать, монаху, даже отшельнику, именем Матеуш Альвареш, тоже рыжебородому, даже, по Симоновым уверениям, отчасти похожему на свой пропавший прообраз, удалось среди сожженных солнцем беленьких домиков, на узеньких уличках, выводящих к обрыву скалистого берега, к ухающему далеко внизу океану, всегда готовому поглотить и скалы, и домики, и наши сны, — где все-таки удалось ему, чернецу-расстриге, создать свою собственную столицу (на манер моего Второго, моего Лже, в его Тушине), устроить себе королевский двор с придворным лекарем (Симоном уж или нет, останется его тайной), другими придворными, камергерами и пажами, откуда пустился он призывать Португалию к восстанию против ненавистных испанцев, заклятых врагов, рассылать подметные письма, раздавать дворянские титулы, покуда его не разбили в бою, не поймали, не отвезли в Лиссабон. А там уж четвертовали, на куски разрубили, руки, ноги по всей стране разослали на всей страны устрашение, голову на площади выставили на всей столицы горе и ужас. А все же был и третий Себастьян, и четвертый — казненный, кстати, в том же году, когда я открыл князю Адаму Вишневецкому, кто я, открыл князю Адаму Вишневецкому, что я — Димитрий, что Димитрий есть я.

*

Это все самозванцы, Ксения, но я-то не самозванец, я всей-землей-званец, всем-миром-желанец; я истинный царь; царь истины; возвеститель правды; создатель свободы. Кто здесь истинный царь? Вот я, Димитрий. Я — настоящий. И Густав, сын Эрика Четырнадцатого и Карин Монсдоттер, — настоящий наследник шведского престола, хоть явно плевать ему было на это наследство, на этот престол. Он был странный, этот Густав, отец и сын Эрика; лошадиноликий, длинноволосый; он, похоже, переучился; такой был ученый, что ни на меня — а ведь он же знал, кто я, не мог же не знать, — ни на своего сына внимания не обращал; всей душой, и мыслями тоже всеми, погружен был в беседу с Симоном о Парацельсе, о ятрохимии, о спагирии, о свойствах ртути и серы; затем, довольно небрежно оттолкнув своего сына Эрика от звездного глобуса, пустился крутить этот глобус, попутно рассуждая о влиянии созвездий на предстоявшее ему матримониальное путешествие; Симон, я хорошо помню, улыбался очень вежливо, очень скептически. Корабль Арго на нашем глобусе изображен был прекрасно, с парусами и веслами; я любил его не меньше Льва и Кентавра. Да только он, Густав, был не Язоном, и ты, моя Ксения, слава Богу, не стала его Медеей. Тебе его даже не показали, так твой батюшка был на него разгневан; а я его, может быть, тебе еще покажу — не на этом поспешном портрете (прости, друг

Хворост, ты вообще молодец, партийные парсуны рисуешь отлично), а прямо здесь на сцене, если я правильно понял замысел Сергея Сергеевича (Сергей Сергеевича из третьего ряда кивал мне очень величественно, королевским жестом живой и длинной руки отводя от глаз железную руку с лампочкой, озарявшей макушинскую пьесу), а сейчас еще рано, верней: уже поздно, и холодно, и как же я буду рад, когда репетиция закончится и мы пойдем домой ко мне, моя Ксения (шепну я тебе на ушко, чтобы они там в зале не слышали, но кажется, они слышат), потому что я только тебе, тебе одной, голубица, развратница, хочу рассказывать то, что рассказываю, в настоящей, не сыгранной укрытости снежной ночи.

*

И вправду, холодно было. И неправда, вправду, все сильнее нас оскорбляла. Вот еще, разыгрывать нашу любовь перед Сергеем величественным Сергеевичем, перед Марией недоброжелательной Львовной. Мы же любили не напоказ. Мы ничего никому не хотели показывать, да и видеть никого не хотели. Не то, что рады: мы прямо счастливы были (стеная пишет Димитрий), когда репетиция заканчивалась или в другой день спектакль (неправильный спектакль) заканчивался, и по морозу, скользи и наледи, целуясь подальше от фонарей, поближе к сугробам, можно было идти ко мне, в мою крошечную, но все же не коммунальную квартиру возле Центрального телеграфа (или, если вам больше нравится истинный мир идей, настоящий мир эйдосов: в мой новый деревянный дворец по соседству с Кремлем, где если что и напоминало о зверолютости предков, о кровопивственном роде московских князей, то лишь медный игрушечный, хотя и большой — большой, но все же игрушечный — медный Цербер, которого смастерил и подарил мне один немецкий умелец, Бер по имени, то есть — Медведь, и которого я имел глупость поставить у входа: Цербер умел раздвигать челюсти, раскрывать пасть, издавая звук, похожий на лай какого-нибудь барбосищи, барбароссищи, вроде Ксениных, которым уж я не знаю как объясняла она свое ночное отсутствие: суеверный московский народ боялся моего Цербера пуще Ксениных барбароссищ, хотя мой Цербер только пасть раскрывал, звук издавал, не укусил же ни одного москвитянина, ни одной москвитянки: а все равно они в нем видели исчадие ада, измышление диаволово, очередную хитрость вечно злоумышляющего против них, несчастных, коварного Запада); и вот тут (закрывая скобки, с наслаждением и отчаянием пишет Димитрий): вот тут-то я и в самом деле, ничего не придумывая, ничего не разыгрывая, рассказывал и продолжал ей рассказывать мою историю, мою предысторию; и сколько раз (а сколько раз? пять раз, шесть раз?) она говорила мне, что ей, Ксении, ничего уже больше не надо, ничего уже больше не хочется, как вот только лежать так, в прозрачной темноте московской ночи, обнимая меня всем, чем ей удавалось меня обнять — рукой и ногой, если не обеими руками, ногами, — в блаженном изнеможении после долгих, иногда очень бурных упражнений с пирожными и тортами, цукатами, мармеладом (каковых упражнений там-то, напоказ и на сцене, не было, а здесь-то они были, еще как, как без них?), — лежать так полночи, то засыпая, то просыпаясь, слушая мои правдивые сказки, сделавшиеся для нее, да и для меня, вместе с цукатами и тортами (этого она не говорила, это я сам себе думал) непременной частью того ритуала, в который (как вам отлично известно, сударыня, не отпирайтесь, с удовольствием пишет галантный Димитрий) неотвратимо превращается, со второго раза, третьего раза, так называемый секс (пусть само это слово нам с вами и ненавистно, в отличие, надо думать, от пресловутой *маленькой Веры*, обучившей ему, сиречь сексу, советских стрельчих, московских купчих).

И мне ничего другого не надо было, как только лежать с ней так, засыпая и просыпаясь, рассказывая и вновь принимаясь рассказывать ей о курляндском замке, о Симоне, о появлении долговязого, длинновласого, лошадиноликого Густава, появлении очень белокурого Эрика (хоть я и старался не спрашивать себя, верит она мне или нет): Эрика, впрочем, в тот вечер на меня не смотревшего, смотревшего только на глобус; Густав же вообще, похоже, не смотрел ни на кого никогда; даже если смотрел, то не видел. Тебе его не показали, Ксения, но он бы и тебя не увидел. Есть такие люди, которые не видят, не слышат, думают только о своей ятрохимии, многозельные многознатцы, и хорошо еще если о ятрохимии или, к примеру, о спагирии, о свойствах ртути и серы; а так-то полно на свете людей и людишек, ни о чем не способных ни думать, ни говорить, как только о своих мелких делишках, ничтожных заботишках, но уж если начавших о них говорить, то говорящих долго, неумолчно, бесперерывно, в крошечных деталях и кромешных подробностях, — не столько, мне кажется, убежденные в том, что их несчастный, взятый ими в оборот собеседник тоже интересуется, не менее их самих, всеми детальками их делишек, сколько равнодушные к нему и вообще ко всему до такой степени, что просто плевать им, интересуется или не интересуется попавший им в лапы собеседник всеми завитками их жалких заботишек; даже вопроса такого они себе, уверен, не задают. Я счастлив, что сумел рассмешить тебя, моя прожорливая красавица; не тянись к выключателю: мармелад съеден, эклеры закончились.

Увы, только женщины, если я правильно понял, могли отвлечь многозельного многознатца от серы и ртути; женщины, а не девушки, Ксения; воплощения Венеры Вульгарной, отнюдь не Афродиты Урании. Есть мужи преученейшие — звездоблюстители, премудролюбцы, естествословцы, — коим красота открывается в движении небесных сфер, в трансмутации эликсиров; в мире земном и падшем их влекут только падшие женщины, земные трактирщицы. Одну такую трактирщицу, встреченную им в Риге, куда и отправился он из нашего курляндского замка (поручив Эрика педагогическим заботам моего спасителя, моего воспитателя), он, Густав, потащил за собою в Москву, прихватив заодно и мужа трактирщицы, с которым, видимо, не желала она расставаться, так что они все втроем разъезжали по изумленной столице, заявлялись на пиры к фрапированным боярам и всячески вообще сумасбродствовали, в такой гнев повергнув твоего батюшку, Ксения (говорил я Ксении, пишет Димитрий), что он не только отобрал у принца уже ему пожалованную Калугу и разлучил с несчастной трактирщицей, даже с мужем трактирщицы, и не только сослал его в Углич, им же, твоим батюшкой, и разоренный после моей видимой миру гибели и до поры до времени не зримого миру воскресения (в мой Углич, Ксения, ты подумай, на мое место, в священный угол русской истории) — не только он сделал все это, но и (для царя самое трудное, тут я его понимаю) отказался (впрочем, ненадолго; вскоре появились другие претенденты, новые кандидаты) от своих дальних матримониально-политических планов, от возведения на шведский трон своей креатуры, присоединения Ливонии, создания Великой Северной Страны, о которой, похоже, кто только не грезил в пору нашего с тобой детства, нашей с тобой юности, Ксения.

*

С какой трактирщицей Густав сожительствовал в Угличе, я не знаю, а вот до встречи с Афродитой Пандемос, Венерой Рыночной, принявшей облик замужней рижской кабатчицы, была в его жизни некая Брита Персдоттер Карт (доттер Перса, не думаю, что прямо из Персии), не знаю также, кабатчица или нет, трактирщица или совсем не трактирщица, родившая ему четырех детей, имена которых сохранила для нас благожелательная История: Ларса, Эрика (моего Эрика, Ксения), Карла Густава (соответственно, сыновей) и Катерину Сигрид (соответственно, дочку). Похоже, с самой ранней молодости, с самого изгнания из Швеции пустился похотливый премудролюбец кидаться на кабатчиц и некабатчиц, продолжая дело своего запертого сперва в Грипсгольме, затем в других замках батюшки, Эрика обожаемого нами Четырнадцатого, с его соцветием и созвездием доттеров, волнующих воображение наше. Хорошо, милая, умолкаю. Расскажу тебе лучше другую историю, точнее: теорию. Потому что, понимаешь, находятся умники, пытающиеся убедить человечество, что никакой Бриты Персдоттер Карт вообще не существовало в природе, что ее просто-напросто выдумал в девятнадцатом веке некий шведский барон по имени Адольф Людвиг Не-помню-как-дальше, аристократ, архивист и полигистор, собиратель старины, хранитель древностей, любитель подделывать хартии и дорисовывать генеалогические деревья, к тому же комендант замка Грипсгольм, где основал портретную галерею — того самого замка Грипсгольм и ту самую портретную галерею, Ксения, где я провел этим летом, так давно, так недавно, несколько вдохновенных часов, на меланхолическом озере Меларен, — что вот этот-то барон, ретроспективный самозванец, сноб и авантюрист, сочинил, подмухлевав необходимые документы, эту самую Бриту Персдоттер Карт вкупе с ее детьми, возведя к ней и ее старшему сыну Ларсу свою собственную фантастическую родословную, в надежде, в свою очередь, убедить человечество, что он не просто так себе барон Адольф Людвиг Не-помню-как-дальше, но что он — королевских кровей, прямой потомок Густава Вазы; прекрасная, волнующая теория, Ксения (говорил я Ксении, пишет Димитрий), которую, будь я писатель — но я не писатель, я (как всем вам кажется) персонаж (тут Ксения толкнула меня ироническою коленкой), — будь я, следовательно, писатель (но я все-таки не писатель), я бы уж не преминул превратить в роман или хоть в повесть (из шведской жизни); теория, скажу еще раз (нашепчу тебе на ушко), прекраснейшая, вдохновительная, во многих смыслах волнующая, но совершенно вздорная, вот что я скажу тебе (прямо в ушко), потому что я-то, Димитрий, не будучи, увы, знаком ни с Ларсом, ни с Карлом Густавом, ни (что особенно обидно) с Катериною Сигрид, — я прекрасно знал Эрика (второго сына Бриты Персдоттер Карт), дружил с ним, провел с ним лучший год моего детства; да и прошлым летом (так давно, так недавно) с ним встречался в Стокгольме, ездил на его щедрожелезном, многометаллическом «Вольво» и в замок Кронборг, и (еще раз) в замок Грипсгольм (тайный, скажу уж кстати, прообраз курляндского нашего: что его отец, Густав, тут же заметил, отметил); но если быть вполне честным, о Ксения, возлюбленная моя, я все-таки рад (нашепчу на ушко тебе), что мы погасили свет и я не вижу твоих таинственных и татарских, сейчас, боюсь, насквозь недоверчивых глаз, вижу лишь, на мгновение от тебя отстраняясь, волшебный блеск их в прозрачной темноте московской ночи, со всех сторон окружающей нас обоих.

*

Грипсгольм *en miniature*, объявил Густав с одобрительным встряхом волос, когда мы вышли, наконец, из Симонова кабинета во двор, потом за ворота. А ведь Грипсгольм был для него тюрьмою, теперь я думаю, говорил я Ксении (пишет Димитрий). Да, но он там был не один, он там был со своим отцом, безумным королем Эриком, своей матерью, простой финской женщиной Карин Монсдоттер, с которыми еще не разлучили его. Он должен был любить этот замок Грипсгольм, вспоминать о нем с нежностью, как я мог бы вспоминать Углич (куда его, Густава, уже втайне вела судьба, вело Провидение, вели бессмертные боги, возможно — кто? вряд ли Венера), если бы я вообще его помнил, если бы все не погрузилось для меня в бархат ночи, после ударов моих убийц. От этой ночи я очнулся в нашем курляндском убежище, миниатюрном Грипсгольме, где он, Густав, оказался по пути в Россию и в Углич, чтобы оставить с нами своего сына, моего Эрика, с которым, спустя вечность, мы стояли в Грипсгольмском замке перед портретом короля, тоже Эрика, Безумного и Четырнадцатого, в красных коротких штанах, похожих на женское платье, над коленями завернутое внутрь, по пути из Кронборга в Стокгольм. Ты понимаешь, ты чувствуешь, Ксения, эти сплетения судеб, эти невероятные нити, натянутые между нашими жизнями? Все элементы Вселенной, все существа в этом мире связаны между собой, говорил Парацельс, и вслед за ним Симон (Парацельс Второй, даже Первый), и вслед за ним если не говорил, то, я уверен, думал Густав (Парацельс Третий), глядя на круглые красные башенки, отраженные в кувшинной воде. Вдруг он схватил меня на руки и посадил на плечи себе. Ничего подобного со мною еще никто не осмеливался проделывать. Симон — снизу — улыбался ободрительно, одобрительно: ничего, мол, страшного не случилось. Это же сын безумного короля Эрика, как-никак; должен и сам быть со странностями; странно было бы, если бы не был со странностями. Когда же, смеясь и гикая, Густав, со мной на плечах, побежал по бруствверу и вдоль рва, тогда уж и Симон, сверкнув алмазами своих глаз, посадил на плечи маленького удивленного Эрика, явно показывая гостю, что и мы не лыком шиты, шутить так шутить, шалить так шалить; пару раз, хохоча, обежали они вокруг всего замка, к остолбенению слуг, как Гектор и Ахилл вокруг Трои. Я тоже был счастлив в эту минуту; один только Эрик, из всех нас, оставался серьезен, безмолвен.

*

А сколько раз мы с ним потом бегали наперегонки вдоль этих рвов, по этому бруствверу? Не сколько раз вообще, но сколько раз за день? Уж по крайней мере два: утром и вечером. Теперь у меня был товарищ, которому я мог рассказать почти все, который мне, я верил, вообще все рассказывал (и о Катерине Сигрид, и о Брите Персдоттер, и о странностях своего батюшки, отбывшего к московитам); и если мы соперничали с ним в любви к Симону и за Симоново внимание к нам, если завидовали друг другу, когда наш влашский волхв, властелин наших душ (Эрикова душа покорилась ему немедленно, на другой день) хвалил одного из нас за хорошо выученного Вергилия, за гимнастические подвиги, гиппические успехи (как летели мы, помню и никогда уже не забуду, вдоль моря на лошадях, втроем с Симоном, чуть-чуть от него отставая, но далеко, за выступом мыса, оставив слуг, оставив прошлое, оставив даже будущие несчастья, или будущую банальность, наедине с ветром и дюнами, с ледовитыми волнами, одобрительным грохотом сопровождавшими нашу рысь, наш галоп), за фехтовальную ловкость, алгебраическую смекалку, — то это соперничество тоже было игрою, было не всерьез, было *так*; и он готов был уступить мне первую Симонову улыбку, и я был готов удовольствоваться вторым кивком Симоновой головы; из чего вовсе не следует, Ксения, не подумай, что дело, между нами обоими, никогда не доходило до драки. Доходило, как же иначе; из-за каких-то детских глупостей, о которых все давно позабыли. Сама драка никогда не доходила до драки; драка тоже была *так*: баловство, удальство. Главное, мы оба знали, что когда дойдет до драки — а что дойдет до драки, мы оба были уверены, Симон воспитывал нас в этой вере, — то сразу, все бросив, поспешим друг другу на выручку; я, во всяком случае, ни минуты не сомневался, что уж он-то, Эрик, всегда придет мне на помощь, если что, раньше всех.

*

Он только притворялся тихоней, Эрик. Он был тих, но тихоней лишь притворялся. Он был тих, как ты, Ксения, и он так же умел задумываться, как ты, и так же упрек стоял у него в глазах, на твои совсем непохожих, прозрачных и светлых, как северные озера (как то лесное озеро, до которого доезжали мы по одной из двух дорог, уводивших от замка не к морю, а в глубь и глушь страны, потаенной Курляндии, где мы втроем теперь прятались от злобного мира): упрек, быть может, не совсем взаправдашний, чуть-чуть понарошный, но все же упрек стоял в этих светлых глазах, когда я выманивал его обратно в бездумность. Мне это не всегда удавалось. Он играл, и бегал со мной наперегонки, и потом, подрастая, скакал с Симоном и со мною по кромке моря на лошади, а другой день просиживал на бруствере, на валу, глядя в серую даль, в почти осязаемой тишине расстилавшегося перед ним ландшафта, уже выученного им наизусть, как и мною, с его, ландшафта, березами, соснами и полями, очертаниями соседнего хутора с соломенной крышей, у самого окоема, очертаниями черно-синего леса за хутором (без намека на море: намек открывался только из башенки). Еще там были камни, Ксения, огромные валуны, от замка в другую сторону, по другой, не озерной дороге, за пологим холмом, по которому всегда долго, скучно мы поднимались, но все-таки поднимались, чтобы, всякий раз вдруг, увидеть эти три валуна, три *найденыша*, как, нам на радость, называл их Симон, переводя на русский, польский и шведский (языки нашего детства, языки трех держав, которые мечтал он объединить в одну великую северную) немецкое слово Findling. Я их помню в окружении репейника. Репейник не всегда, разумеется, цвел, но я почему-то помню эти огромные камни в окружении репейника, тоже огромного, с колючими фиолетовыми, лиловыми, синими соцветиями, упорными несгибаемыми стеблями. Сами камни тоже были в прожилках — и лиловатых, и розоватых, и синеватых. Это не были руны, как в Грипсгольме, но и в них таилось послание. И так же стояли мы перед ним, под палящим солнцем, не в силах его прочитать, разгадать, не зная шифра и шрифта, не владея валунским (кто им владеет? кто владеет, тот всех победит), и когда я клал руку на один из этих камней, его поверхность полыхала под моей ладонью и пыталась что-то сказать мне своими бугорками и выемками, на валунском языке для слепых, если же солнца не было, если дождь прошел ночью, обдавала мою ладонь колодезным холодом, не говорила уже нечего. Ветер пробегал по полю, тяжелыми вздохами, по нашим волосам, по недальним березам; шумел их листьями; тоже смолкал. Была осязаемая тишина вокруг всей моей детской жизни, но такой тишины, как возле этих *найденышей*, нигде больше не было. И Эрика уж никак не удавалось отвлечь от этой тишины, этих рун. Он смотрел на меня с упреком, пускай невзаправдашним; какие-то, мне казалось, никому больше не видимые облака отражались в озерах его северных глаз.

*

Симон же, случалось, посматривал на него странновато, приглушенным взглядом, совсем не алмазным, каким никогда не смотрел на меня и который не нравился мне; Эрик тоже вздрагивал от этого взгляда, даже, помню я, оборачивался, словно спрашивая — не у меня, но у кого-то, опять же, незримого, втайне присутствовавшего, — что может означать этот взгляд. Но, конечно, ничто — ни Симоновы странные взгляды, ни его же, Симоновы, наставления, уроки, упреки, ни мои, признаться, насмешки, — ничто не в силах было отучить его грызть ногти до крови, едва ли не пальцы обгладывать. И еду уже в детстве от складывал за щекой, превращая эту щеку в мерзкий желвак, не исчезавший и после обеда, иногда вплоть до ужина, к Симоновой чуть ли не ярости. Не видел Симона в гневе, не помню его кричащим на нас или на кого бы то ни было. Всегда он был спокойнее всех, потому что лучше всех, умнее всех, уверенней и превосходнее всех. Он мог и дурачиться, и шутить, и насмешничать; он всегда оставался собою; все понимал, все знал; всех видел насквозь; тянул за тайные ниточки мира. С одним лишь Эриковым желваком ничего он не мог поделать; сам смеялся над своим же бессилием, Эриковым упорством; злился; снова смеялся.

*

Густав отбыл в Московию без всякого поручения от великого венецианца, сразу сообразившего, что с лошадиноликим ни каши не сваришь, ни Великой Северной Страны не построишь; с единственным поручением никогда, ни при каких обстоятельствах, ни в какой доверительной беседе с узурпатором (прости уж, Ксения) Годуновым, ни в каких объятиях никакой рижской трактирщицы не выдавать нашей с ним тайны, иначе плохо нам всем придется, плохо придется и Эрику, его сыну; уж московитские затынники и лазутчики найдут способ поднести нам зелие в куряти; пусть Густав не сомневается. Густав не усомнился, отдадим ему должное, поручение выполнил, тайны не выдал. Теперь у Симона были другие замыслы; теперь он Эрика воспитывал для шведского трона, меня для московского; повторное объединение с варягами, как он называл это; повторного призвания не может быть, говорил он, вновь сияя глазами, обращая к нам свою круглую голову; для повторного призвания варягов время упущено; а повторное объединение возможно; оно естественно; Русь, он говорил нам, по сути своей страна скандинавская; это понимает даже он, Симон, уроженец волшебного Веденца. Лишь бы мы скорее выросли; лишь бы у него времени достало; сил хватило; лишь бы с ним самим, волхвом и влахом, ничего не случилось. Для меня и для Эрика это было как что-то из Тита Ливия, из Плутарха. Мы верили, что так все и будет, и верили, что все это будет с нами, что мы сами все сделаем так, как надо, просто все это никакого отношения не имело к нам тогдашним, нам настоящим, ловившим рыбу в лесном озере, только что упомянутом, даже щуку, случалось, ловившим с лодки и на живца (одна такая щука чуть не перевернула нашу лодку, пока мы ее

247

тащили на борт; перевернула бы, не лежали бы мы здесь и теперь, говорил я Ксении, прижавшись друг к другу).

*

А что такое первое горе, ты знаешь, Ксения? А вы знаете, мадмуазель (пишет Димитрий, поглядывая в свое окно, свое одиночество)? Это не щука, оборвавшая лесу из конского волоса, уплывшая к чертовой прабабушке вместе с крючком и грузильцем; это ясное утро и солнце за окнами замка, когда Симон, твой фабрикатор, недослушав недоученного тобой Ювенала, объявляет тебе, что решил отправить тебя, одного, в польский город Раков (не Краков, Ксения; Раков и без всякого «к»), в арианскую школу: меня отправить, Ксения, понимаешь? чтобы я там и Ювенала доучил, и прочими науками овладел, среди коих самая для меня важная, самая для меня сложная: наука быть собой, а притворяться другим, притворяться никем. Мне это в жизни наверняка пригодится. Я слишком мал был, когда меня убили в Угличе, Ксения. Я умер, и я воскрес, и почти ничего не заметил. Тут я все заметил, но не все понял. Уже не совсем был мал, но еще очень прост, очень глуп.

*

Я поступил в школу в Ракове под вымышленным именем Graf von Plön, о котором, да, история тоже умалчивает — о чем хочет, о том и умалчивает она, — о котором и в Ракове никто ни разу меня не спросил — что это за имя такое? — а кто знает, в самом деле, какие там, в Курляндии, у них графы? — Курляндия, для моих соучеников и даже для моих учителей, по большей части итальянцев, как и Симон, сподвижников и последователей Фауста (без Фауста мы и вправду не обойдемся) Социни, — Курляндия была для них страной таинственной, неведомой, почти несусветной, не очень-то и давно, при Сигизмунде Втором Августе, сделавшейся зависимой от Литвы и от Польши. Так что им наплевать было, Plön так Plön, граф

Плинский, ну значит, граф Плинский. Они приняли это с тем доверчивым безразличием, с каким многие, даже, случается, не чуждые учености люди принимают рассказы и россказни о чудесных заморских странах; с той трогательной наивностью, с какой наш друг Маржерет, например, сообщает в своих замечательных записках о Московии, что в городе Астрахани и вокруг города Астрахани встречается много прекрасных плодов, среди прочих — некое растение-животное, похожее на барана: растение — или все же животное? — восстающее над землею, где таятся его корни, соединенное с ними — корнями — кишкой, толстой и твердой, идущей у него от пупка. Не хохочи, Ксения, и не трогай меня за пупок, там все чисто. Представь себе, идешь по какой-нибудь бахче возле Астрахани и вдруг видишь, среди арбузов, курчавого ягненка на кишке-подставке, болтающего ножками в воздухе и говорящего тебе: здравствуй, Ксения, моя ненаглядная… Такой барашек (утверждает наш друг Маржерет вслед за другими учеными авторами, именующими сие кудрявое чудо кто баранцом, кто борамцом, кто татарским овеном, кто скифским агнцом), сожрав всю траву вокруг себя, умирает от голода; так что век его недолог, зато шкуры ценятся необыкновенно дорого, на вес даже не скифского, но самого микенского золота. Спроси завтра у Маржерета, верит ли он по-прежнему в баранца-борамца или поумнел за последние четыре столетия, а тянешься ли ты сейчас или не тянешься сейчас к выключателю, чтобы определить (но как определить ее?) степень безумия в моих глазах и показать мне степень сомнения в своих собственных, мне все равно. Мне все равно, но я рад, что не тянешься. Остаемся в темноте, остаемся вдвоем и вместе, в укрытости и молчании, в доверии, в вере, в наивности. Вера всегда наивна, Ксения, ты же знаешь. Без наивности никакой веры нет. Только гордость, горечь, отчаяние.

Я сам еще так был наивен, так был доверчив, что мне и в голову не приходило спросить себя, почему, собственно, Симон стремился остаться с Эриком в курляндском замке вдвоем; и почему он так, случалось, смотрел на него, как никогда не смотрел на меня; с таким неалмазным блеском в приглушенных глазах; я ничего не заподозрил; я только уезжать не хотел. Кажется, в последний раз в жизни плакал, прощаясь с ними обоими; все-таки уехал в Раков со случайным слугою. Даже когда возвратился на вакациях, ничего не заподозрил, не понял; разве что Эрик показался мне каким-то потерянным, если не потрясенным, каким он навсегда и остался, до сих пор остается. Другое меня занимало; другая, страшная мысль, о которой я даже тебе, Ксения, не собираюсь рассказывать, и если рассказываю, то молча, так что ты моего рассказа не слышишь, ты думаешь, может быть, что мне надоело рассказывать или что я, наконец, заснул, а я рассказываю тебе, Ксения, именно тебе и тебе одной, Ксения, но даже тебе, Ксения, совсем ненужно этого слышать. Я был, конечно, наивен, был, конечно, доверчив, но простая страшная мысль — мысль о том, что я, я — Димитрий! — что я, возможно, не я, то есть что я-то — я, но, возможно, совсем не Димитрий, — эта мысль, простая и страшная, не могла не прийти мне в голову, не войти в мою голову, еще глупую, еще детскую (чтобы в ней, в голове моей, так навсегда и остаться).

О нет, Ксения, я не помню, когда впервые вошла в мою детскую голову эта простая, страшная мысль. Наверно, в Ракове; на уроке, например, анатомии. Ты этот Раков, эти сарматские Афины, как называли наш тихий польский городок современники, эту школу, этих учителей, этот анатомический театрик, построенный на манер знаменитого падуанского, нисколько не знаменитый, эти сводчатые маленькие домики, эту крошечную типографию, наполнившую Польшу и мир самыми вольнолюбивыми, самыми вольнодумными, самими свободосиятельными сочинениями своего времени, — ты ничего этого представить себе не сможешь, тут Макушинский прав, потому что ничего этого давным-давно нет, все это сгинуло, все было уничтожено, сожжено и растоптано, а я любил этот тихий городок среди заснеженных или залитых солнцем полей; и я был учеником прилежнейшим, ты мне не поверишь, да ты и не слушаешь, ты спишь, я говорю сам с собою. Я был прилежнейшим, послушнейшим учеником, пока не начали смущать меня местные барышни и местные вовсе-не-барышни, красавицы и совсем-не-красавицы, первые воплощения Афродиты Урании и Афродиты Пандемос, встретившиеся мне на жизненном пути моем, как встречались они на жизненном пути Густава Шведского, к тому времени уже отбывшего в Московию к твоему батюшке, спящая Ксения, глубоко спящая Ксения, да если бы и не спящая, все равно ничего не слышащая, не слушающая меня Ксения, потому что я говорю сам с собою, потому что незачем тебе знать мои тогдашние, да и теперешние, простые страшные мысли, и уж того менее я собираюсь рассказывать тебе о прелестной, не очень-то и красивой, но очень соблазнительной, неравнодушной к школярам Крыштинке-кабатчице, посвятивший меня в ars amandi. Кто-то же должен был взять на себя эту (согласимся: важнейшую) часть академического воспитания подрастающих вольнодейцев? Полагаю, что Густав уже встретил свою рижскую кабатчицу, когда я сам встретил свою. Она была соломенная вдова и очень соломенная блондинка, с вечно смеющимися, вечно зелеными, широко, по-польски, посаженными глазами и широким, именно широким, я настаиваю, хоть ты меня и не слышишь, Ксения, бюстом: большим, мягким и прежде всего широким бюстом, Ксения, в благословенную ширь, океанские валы и благодатные бездны которого погружался я (но, кажется, уже на второй год моего прекрасного арианского обучения) едва ли не каждую ночь.

*

Еще Декарт только-только родился, а нас учили уже сомневаться de omnibus. Этот урок я усвоил себе хорошо, на этом омнибусе научился ездить отлично. Ты не любишь каламбуры, Ксения; анахронизмы терпеть не можешь, Ксения; я знаю; у тебя вкус благороднейший, каким у царевой дочки вкус быть и должен. А я кто? Я никто, я вырос в безвестности, под маской одной и другой. Я сын тирана — или не сын ничей. И нет, еще раз, спящая Ксения, я не помню и не могу теперь вспомнить, когда впервые вошла в мою голову эта простая страшная мысль. На уроке философии сам Яков Сененский, основатель академии, вновь и снова рассказывал нам, что надо пользоваться собственным, пусть слабым, умом; изучать науки; просвещать невежественный народ; разоблачать обманы жрецов; притворства папистов; лукавые выдумки православных. Потом был урок медицины. Уроков медицины я сперва боялся, потом уже не боялся. Ты видела, как вскрывают трупы, моя нежная Ксения? Надеюсь, не видела. А я видел это много раз в моем детстве. И Симон не чуждался патологоанатомических штудий, и раковские ариане предавались радостям автопсии, едва появлялась у них такая возможность. А я любил наблюдать за совлечением внешних покровов, обнажением внутренней истины. Вот сердце, вот печень, вот правда, которую мы всю жизнь боимся увидеть. Вся наша жизнь есть, может быть, одно сплошное бегство от правды, обольщение обманом. Я был мальчик, хотя уже и готовый броситься в обольстительные объятия Крыштинки-кабатчицы, но я не мог же не думать о том, что я и сам всех обманываю, выдавая себя за какого-то графа Плинского, Graf von Plön, в природе не существующего. Я-то обманываю, но я и сам, возможно, обманут. Я сам, может быть, обманывая, обманут. Я всем говорю, что

252

я — Graf von Plön, а про себя думаю, что никакой я не Graf
von Plön, но — Димитрий, Димитрий Иоаннович, царевич московский. Вот бы удивились вы все, школяры, если бы вдруг
узнали, кто я на самом деле. И да, мне смешно, мне весело вас
обманывать. Смешно и весело сидеть здесь, школяром среди
школяров, глядя, сквозь ваши круглые головы, как итальян-
ский врач Луиджи Спадони, отнюдь не Социни, в кружевном
величественном жабо и шляпе с длинной тульей, готовится
блестящим ланцетом, уверенным, надменно-изящным движением выхоленной руки сделать полостной, продольный,
обнажающий правду разрез. Но вдруг все неправда? вот простая, вот страшная мысль. Вдруг я не тот и не другой, не Graf
von Plön, но вовсе и не Димитрий? Вдруг обе маски отвалятся?
Вдруг Симон меня всю жизнь обманывал? Вдруг Димитрия
действительно убили в Угличе, давным-давно, вечность тому
назад? Анатомический зальчик был крошечный, а все же был
построен амфитеатриком, на манер знаменитого падуанского;
я сидел высоко, далеко, на последней скамейке; я видел истину
там внизу, за круглыми головами моих сокашников, сошколя-
ров. Она была кровавой и все-таки, хоть я уже привык к тру-
повскрытию, отвратительной; но даже такой истины, Ксения,
не было и нет у меня.

*

Что если, я думал и думаю с ужасом: что если и вправду было
два мальчика, в глубине моей истории, моей судьбы и беды?
Если их было двое, то который из них я сам? Что если не тот,
а другой? Не Димитрий, а, например, Петя Колобов? Или Гриша Козловский? Важен Тучков? Ваня Красенский? Царевича
убили, а другого мальчика воспитали Димитрием; обманули.
Если бы пришлось выбирать, я бы выбрал Важена Тучкова.
Имя важное, необычное. А другие так себе, неважнецкие. Но
я не хотел выбирать. Я хотел быть собою, Димитрием. И я уже
не мог быть Димитрием, уже втайне перестал быть Димитри-

ем, перестал быть Димитрием с той самой секунды, секундочки, когда эта простая мысль вошла в мою голову. Передо мной лежал разрезанный труп с обнаженными внутренностями (хорошо, Ксения, избавлю тебя от подробностей, хоть ты и спишь). Даже он был кем-то, безвестным бродягой, убитым в кабацкой драке, с заскорузлыми, похожими на дубовую кору пятками и корявыми, скрученными в агонии пальцами, с тощей грудью и вздутым, синим, не знаю уж почему, животом. Пусть для всех безвестным, а для самого себя вестным. Пока был жив, наверняка знал свое имя; счастливец. Я тоже, с этой злосчастной секундочки, был безвестен для всех, включая себя самого. Мне все-таки стало дурно; я вышел на улицу, потом в поле, расстилавшееся передо мною всей своей желтой ширью. Палило солнце, птицы не пели. Поле такое было огромное, что как будто заваливалось за свой же собственный край. Там была роща, на краю или, лучше, за краем этого поля, где иногда я прятался от мира и своих мыслей. Я лег, я помню, на прохладную траву под березами; долго лежал ничком, бессмысленно разглядывая травинки, веточки, муравьишек, переползавших с одной веточки на другую; потом перевернулся на спину; увидел высокое, прозрачное небо сквозь зазубренные разрезы листвы; подумал, как было бы здорово не возвращаться ни в Раков, никуда, затеряться в безвестности, раз уж, похоже, Фортуна обрекает меня на нее; в безмерности мира, бескрайности бытия; закончить бродягою; попасть в холеные руки просвещенных труповскрывателей… на этой мысли я рассмеялся, как и теперь смеюсь; побрел назад через поле; на другой день уехал на каникулы в курляндский заколдованный замок.

*

О своих сомнениях я Симону не сказал ни слова и ни словечка; слишком ясно я представлял себе, как бы он рассмеялся, всеми алмазами, всеми изумрудами, всеми яхонтами своих глаз, да и всей своей идеально круглой, как земной шар и небесная сфера, объемлющей мир головою. Ну и дурень же ты, он бы ответил. Выдумываешь себе всякие глупости, потом сам же и мучаешься... Но и его что-то мучило, я это видел; он изменился; темные круги залегли у него под глазами; незнакомые мне морщины перерезали чистый лоб. Эрика тоже мучило и угнетало что-то, о чем он со мною не говорил, я же не догадался. Словом, каникулы получились нерадостные. С ним как раз я заговорил о моих сомнениях; конечно, у моря. В начале мира — море, Ксения, как мы уже знаем. Мы знаем это; мы всю жизнь к нему возвращаемся. Мы шли с Эриком, почему уж не помню, пешком, вдвоем, босиком, по кромке воды. Опять волны, раздумывая, падали на песок; опять чайка летела от мыса к мысу; опять сосны в дюнах, согретые солнцем, сладко, горько пахли смолою. Увы, Эрику нечего было ответить мне. Эрик еще и не подозревал в ту далекую пору, что найдутся умники, готовые счесть и его самого, и его мать, и его братьев, и его сестру Сигрид всего лишь выдумкой сноба и полигистора, коменданта замка Грипсгольм, основателя портретной галереи и любителя подделывать хартии Адольфа Людвига Стирнельда (вот вспомнил, как дальше), аристократа и архивиста; Эрик был уверен, что он — это он; что он — есть; пытался, очень трогательно, перекрикивая ветер и чаек, уверить и меня, что я — я, что я — есмь; но и он не решался заговорить об этом с сиятельным Симоном, фабрикатором наших доль; вообще боялся поднять на него глаза. Но если ты думаешь, Ксения, что я, такой взрослый и умный, понимаю теперь, что случилось у них и между ними в мое отсутствие, то ты ошибаешься, во сне, наяву ли. Ни наяву, ни во сне не знаю я, что случилось.

*

А когда я приехал на следующую побывку, Симон вдруг опустил голову прямо на раскрытый перед ним том Парацельса — и перешел на страницу, совпал с латинским текстом, оставил нас — в замке, в мире — одних. Симон, когда я приехал, прежде всего заговорил о том, что пора начинать, время пришло, мы уже выросли, что он уже все придумал, все продумал, все выдумал, что мы одновременно объявимся — я как Димитрий, Эрик как Эрик, — потребуем себе московский престол, и шведский престол, и если сразу оба престола нам получить не удастся, то мы получим сперва московский престол и вместе пойдем отвоевывать шведский престол, или получим сперва шведский престол и вместе пойдем на Москву, когда же и шведский престол, и московский престол будут наши, тогда уж точно польские шляхтичи, избавившись от ничтожного Сигизмунда, изберут одного из нас королем, и Великая Северная Страна, которую он себе вымечтал, наконец осуществится и сбудется, он, Симон, уже чувствует, как она близка к осуществлению, к сбыванию, к воплощенью и бытию, он, Симон, уже ощущает ее в кончиках пальцах, ощупывает руками (говорил Симон, показывая своими ухоженными руками врача и волхва что-то круглое, тяжелое и большое: глобус земной, глобус небесный), и конечно, он всегда будет с нами, с одним из нас или с нами обоими, он ведет хитрую игру, тайную дипломатию, все нити у него в руках (говорил Симон, переставая показывать земной шар и небесную сферу, принимаясь, сгибая крепкие длинные пальцы, показывать, как он тянет за незримые нити мира, движет куклами власти, прядет пряжу истории), уже он написал и отправил самые важные письма, уже завтра и если не завтра, то послезавтра, здесь в замке будут самые важные люди — и все завертится, все начнется, он счастлив, он верит, что и мы оба счастливы; пора, пора, ждать больше незачем, ждать больше некого, нечего. Назавтра и после завтрака Симон, почему-то не в своем кабинете, но прямо на обеденном столе развернув огромный том Парацельса с анатомическими картинками, обнажающими подкожную правду жизни, с латинским текстом под ними, вдруг бухнулся головой в этот текст, эту правду; и мы с Эриком, стоявшие у окна в ожидании обещанных нам самых важных людей, все не ехавших, лишь минут, наверное, через десять (хорошо, Ксения, через пять) заметили, что случилось и что самого важного человека нашей жизни уже нет в нашей жизни.

*

И если ты хочешь знать, Ксения, с тех пор я рыдаю. Я смеюсь, радуюсь, езжу на соколиную охоту, хожу на медведя, осуществляю великие замыслы, завоевываю Московию и провозглашаю себя императором, но внутри, в душе, я рыдаю. С тех пор я сирота. С тех пор я сирота-сиротинушка. Ты хохочешь? Ты спишь. Я сам произношу это с хохотом, про себя, потому что как иначе это можно произнести? Но с тех пор я сирота-сиротинушка, один-одинешенек на чуждом и злобном свете.

*

Мы долго его теребили, все надеялись разбудить. Я никогда не думал, что он такой большой и тяжелый. Его голова лежала на Парацельсе, правая рука на столешнице, левая вниз свесилась, почти до самого пола. Они были все теперь сами по себе: и голова, и обе руки: три отдельные тяжести, отдельные неподъемности. Эрик пробовал правую руку поднять, я левую положить на стол, непонятно зачем. Голова его окончательно сделалась земным шаром, навсегда сделалась сферой небесной. Мне хотелось в алмазы его глаз заглянуть еще хоть однажды; глаза уже стали стеклянными. Вошли слуги; мы убежали в парк. Мы смотрели на кувшинки, на темную воду во рву; мы оба понимали, что в последний раз сидим на этой насыпи, под этими башнями. Оба же понимали мы, что в замке нам оставаться не следует: кто знает, что могут учинить над нами без Симона таинственные важные люди?

Мы разъехались с Эриком в разные стороны, хоть он и обещал прийти мне на помощь в отчаянную минуту. Эрик, не будь дурак, выбрал обыкновенную жизнь, тяготы, но и отрады простого существования, просто существования: уехал, иными словами, к своей бабушке Карин Монсдоттер, героине финского народа, шведской помещице; и почему-то я думал, что в самом и самом крайнем случае я тоже мог бы туда убежать. Мне не суждено было туда убежать, и шведов, как тебе отлично известно, призвал на Русь Шуйский, мой злейший враг, когда со мной уже было покончено. Я в совсем другую сторону убежал, к запорожцам, в их буйные курени, как очень правильно написал твой любимый поэт, моя спящая Ксения, много вздорного обо мне сочинивший, не совравший хоть в этом (что он и сам теперь признает, встречаясь со мной в райских кущах, созерцая свои вечные ногти, валя вину на Михалыча… спи крепче, спи глубже), и да, научился владеть саблей, тут тоже был прав А. С. П.: саблей — но не конем, просто потому что владеть конем мне учиться уже было не нужно, я таким был наездником, так лихо объезжал аргамаков, что запорожцы только покрякивали, да усы покручивали, да чубами, да чубуками трясли, да *любо!* кричали; потом, переодевшись монахом, пробрался в Московию, постранствовал по монастырям, чтоб хоть крешком глаза взглянуть на ту землю, которую предстояло мне отвоевывать у твоего батюшки, застал ее разоренной, увидел брошенные деревни, увидел толпы голодных, бредущих по Муравскому шляху в надежде, что их накормят в столице, умирающих по дороге, увидел трупы, обглоданные волками, увидел полумертвых, обирающих мертвых, увидел, своими глазами, в большом котле вареную человечину, увидел еще и еще страшные вещи, Ксения, о которых тебе даже спящей рассказывать не хочу, вдруг ты сквозь сон их услышишь, чуть сам не умер от голода, чуть не угодил к лихим людям, разбойничкам Хлопка-Косолапа, с которым, впрочем, мы бы, полагаю, поладили; наконец снова выбрался на волю, в Литву, сперва в Киев, где князь Острожский мне не поверил, чтобы поверить после, затем на Волынь в Гощу, к родным арианам, наконец в Брагин к Адаму Вишневецкому, откуда и началось мое волшебное восхождение.

*

И вот теперь уже утро, Ксения, вокруг Москва, снежный мир, снег повсюду, на крышах и на карнизах, и даже на тротуарах, даже на мостовых; тот утренний чистый снег, не тронутый ни шинами автомобильными, ни подошвами человеческими, ни лопастями снегосгребательных монстров, что кидают его через голову в кузов пятящегося за ними грузовика; тот снег негородской и невинный, который случается нам, московским бездельникам, видеть лишь после очень бессонной ночи, а я спать нисколько не собираюсь, я уже выбрался из постели, уже стою один у окна, уже в снежном свете, пока ты спишь, могу заглянуть, за кроватью отыскав ее, в макушинскую ксерокопию, посмотреть, хорошо ли он понял мои нашептывания, все учел ли из того, что я рассказал ему в его снах, втайне от него самого — нет, кое-что переврал, несчастный очкарик, — а что ты спишь и по-прежнему спишь, моя Ксения, что я говорю сам с собой, меня только радует, потому что — что? Потому что ты и только ты одна, Ксения, могла бы, кто знает? поверить в мою высшую природу и правду, в мою истинную тайную сущность, в мою идею и эйдос, но даже и ты, Ксения, во все это не поверишь, я уже знаю: поверить во что-нибудь вообще очень трудно, веры нет без наивности, а наивности ни в ком из нас почти не осталось, даже в тебе, Ксения, даже в тебе, потому я и в твою православную веру не верю, Ксения, хорошо, что ты спишь, я думаю, ты придумала ее для себя, поверила, что ты веришь, а в мою высшую правду поверить не можешь, не хочешь, не хочешь даже поверить, что в нее можно поверить; поэтому лежи и спи, лежи и не верь, а когда проснешься, я сварю тебе кофе в джезве, подаренной мне, Димитрию, турецким посланником от имени самого султана, в наивной надежде отвратить меня от идеи воевать Константинополь, но ты ведь и в это не веришь, так что и ладно, я все равно сварю тебе кофе, Ксения, когда проснешься ты, наконец, и мы пойдем с тобою в театр по этой зимней, ледяной, умирающе советской Москве и будем делать вид, что живем в настоящем, играть свои роли, носить свои маски.

*

Потом исчез Шуйский (он же Муйский; скотина). Возвращенный мною из ссылки, Шуйский-Муйский, гнилозубая гадина, объявил, что все, привет, он уезжает. В Америку. В Америку уезжает он, Шуйский-Муйский. Зубы делать? Зубы ему и здесь сделают; зубы фигня; а женится он; на американке. Борис Годунов ему жениться не позволял, а теперь все — свобода, демократия, перегласность, женись на ком хошь. Хошь на англичанке, как собирался батюшка нашего дорогого Димитрия, Иоаннус Террибилис (еще и поклонился, подлец, в мою сторону, с отвращением пишет Димитрий), хошь на француженке, хошь на зулуске, хошь, к примеру, на китаянке. На китаянке не хошь. А вот на американке женится он, это да, на славной представительнице Нового света, открытого, если правильно он понимает, при великом прадеде нашего дорогого Димитрия, хотя и без всякого участия этого прадеда, собирателя русских, но, увы, отнюдь не американских земель, о чем лично он, Шуйский-Муйский, всю жизнь скорбел, всю жизнь горько плакал, почему вот и решился, наконец, поправить дело, женясь на американке. Короче, все, биби-дуду, уезжает он в Новый свет, в самую Филадельфию, завидуйте, локти кусайте. А что он там делать будет, так это ему все равно, хоть посуду мыть в «Макдоналдсе», лишь бы вырваться из совка, да и не придется ему мыть посуду в «Макдоналдсе», невеста его не бедная, так-то, продолжайте завидовать, кусайте локти, кусайте хоть ягодицы, и вот зря вы, Мария Львовна, с таким ироническим прищуром на меня смотрите, зря свой платок теребите, зря и губы складываете в слово *уродина* (разглагольствовал уже, в сущности, бывший Шуйский, бывший Муйский, расхаживая перед сценой, уже без всякого отвращения пишет Димитрий, сожалея о прошлом, любя это прошлое), я же (разглагольствовал Шуйский) не виноват, что вы ее видели, хотя я менее всего собирался ее вам показывать, не виноват же, что вы подсмотрели за нами, когда мы с ней шли по Арбату, где рисовали ее уличные художники, местные тицианы, мастера своего дела, всегда умеющие за твердую валюту польстить иностранке, такие веласкесы, и местные же музыканты развлекали ее рассказами о привередливых конях и призывами к переменам, до которых, впрочем, никакого дела нет его невесте, у нее, знаете ли, в Филадельфии и так все в порядке, лишь бы ничего не менялось. А красота, Мария Львовна, дело житейское, вот вас все считают красавицей, и правильно считают красавицей, да что толку, Мария Львовна, вот что он уже давно хотел вам сказать, он, Шуйский-Муйский: что толку-то, Мария Львовна, в красоте вашей такой сногсшибательной, возитесь тут с молодежью, как с котятами, хорошо если с львятами, львят, впрочем, не вижу, все ждете, что вас в кино позовут сниматься, а он вот, Шуйский-Муйский, в Америку уезжает, в Филадельфию, вот куда, и скоро забудет он вас со всей вашей сногсшибательной красотою, всеми вашими библейскими бедрами, не снизошли вы, со своей красотою и бедрами, до него, гнойноглазого Шуйского, гнилозубого Муйского, ну и пожалуйста, оставайтесь здесь, в совке вашем долбаном, а он уезжает, биби-дуду, и зубы ему в Америке сделают новые, уж чего-чего, а зубы-то умеют делать в Америке, кого-кого, а зубных врачей полно в Филадельфии, а что невеста у него не красавица, так это тоже дело житейское, что у нее бровей нет, так это даже и к лучшему — у жениха недоразумение с зубами, у невесты с бровями, они отлично подходят друг к другу, — жениху зубы вставят, невесте брови нарастят, а не нарастят, так на худой конец нарисуют, — и вы тоже зря хохочете, Ксения, с вашего позволения, Борисовна, бровьми союзная, и даже слишком союзная, надеюсь, вы собственные свои брови уж начнете выщипывать, когда закончится вся эта глупость с Димитрием, а чем она закончится и закончится ли вообще чем-нибудь, к примеру — премьерой, на это, драгоценный Сергей Сергеевич, ему, Шуйскому-Муйскому, решительно наплевать.

*

Все сказал? Да, все сказал. Ну что ж, тогда придется ему, Сергею Сергеевичу, объявил Сергей Сергеевич (пишет Димитрий). Больше ведь некому, значит придется ему. Придется ему, Сергею Сергеевичу, в дополнение к его тяжелым обязанностям режиссера и руководителя студии, взять на себя еще и трудную роль Шуйского-Муйского в дурацкой пьесе, которую вы, Макушинский, навязали несчастному человечеству и нам всем, в качестве его представителей. Шучу, шучу, Макушинский, наденьте очки обратно. Муйский что должен делать? Злоумышлять? Хорошо, буду злоумышлять. Злоумышлять и подзуживать? Буду и подзуживать. Подбивать Димитрия жениться на Марине Мнишек, понимая, что это-то его и погубит? Ладно, договорились. А бывшему Шуйскому мы пожелаем счастливого пути и новых зубов в Филадельфии; непонятно, зачем он еще здесь околачивается; здесь еще ошивается. Уезжаешь в Филадельфию, уезжай в Филадельфию. Теперь он сам — Шуйский-Муйский, говорил Сергей Сергеевич (пишет Димитрий), и если он должен злоумышлять, подбивать и подзуживать, то он будет делать все это; только завтра. Завтра начнет подзуживать, послезавтра злоумышлять. Сейчас им надо уходить, ему и Марии Львовне, не так ли, Мария Львовна? Именно так, провозгласила Мария Львовна, поднимаясь с почтительно заскрипевшего кресла. Они нам не сказали, куда идут; мы же (помню) все смотрели им вслед, как они шли по проходу — высокий и высоченный Сергей Сергеевич в своем сером москвошвеевском костюме и тоже немаленькая, но рядом с Сергеем Сергеевичем сократившаяся, как все сокращались, Мария Львовна в чем-то уже очень (помнится мне) заграничном, в узкой юбке (помнится мне) до колен, позволявшей присутствующим, в очередной раз, с неизменным вожделением, рассмотреть ее (в самом деле библейские, в высшей степени библейские) бедра, ее стройные сильные (очень сильные, но все-таки стройные) икры (имевшие чудное свойство сужаться к лодыжке, из женских и полных превращаясь в тонко-девические); он взял ее под руку, потом, поддержав за локоток, пропустил перед собой в тут же и закрывшуюся за ними обоими дверь; и тут (мне кажется) я впервые спросил себя — и даже (мне показалось) мы все впервые спросили себя, — что, собственно, их связывает друг с другом, этих двух взрослых (хотя, как я теперь понимаю, еще молодых) людей, возившихся с юницами и юнцами, отнюдь не как с львятами, но (приходилось, преодолевая отвращение, признать правоту Шуйского) скорей уж, действительно, как с котятами, как со щенятами. А мы были львята, еще какие; я был яростный львенок, сударыня. Теперь я старый львище, и вы от меня не уйдете. Хорошо, это реплика в сторону. Возвращаюсь к Сергею Сергеевичу, который (думал я, помнится мне, пишет Димитрий) заманивает в театр прекрасных юниц, вроде Ксении (Ксения, единственная из нас, им вслед не смотрела, Ксения смотрела в себя), точно так же, как Мария Львовна позволяет разнообразным юнцам провожать ее, к примеру, в Беляево — и ничего больше (я думал) — Беляево-то Беляево, но Блябляева никакого, на Блябляево ни намека, сплошное, чистое, целомудренное Бердяево, — а на самом-то деле (я думал далее) они оба, они вместе, они — втайне — еще и смеются, поди, над юницами и юнцами...; мысль, меня ужаснувшая.

*

Уж не ревновал ли я Марию Львовну к Сергею Сергеевичу? Никаких причин и оснований не было у меня ревновать Марию Львовну к Сергею Сергеевичу и к кому бы то ни было; я был так влюблен в Ксению, что даже бляблядству не предавался с Басмановым, забыл всех Манек, забыл даже Нюрок с Киевского вокзала, даже, вместе с Маньками, манкий платок Марии Львовны утратил свою власть над моей очистившейся душой. А что было бы, если бы после очередной репетиции, очередного спектакля, дробясь в зеркалах вестибюля, она показала бы на меня, сказала мне: *ты*? Она больше не делала этого, вообще перестала обращать внимание на меня, так что мне и самому уже, пожалуй, не верилось, что мы обнимались, что мы даже почти целовались когда-то в Тайнинском, тайном месте нашей несостоявшейся страсти. Это было, этого не было. Если это было, то это была игра (так я думал, пишет Димитрий). Она играла со мной, как львица, действительно, с львенком (все-таки не с котенком, не с собачонком); она перестала играть со мной, отдав меня Ксении. Они все меня отдали Ксении, все отдали Ксению мне, даже Маржерет, не отдававший никого никому, даже Сергей, вот что странно, Сергеевич. Сергей, во всяком случае, Сергеевич никакой ревности не показывал, ко мне относился как прежде, к самой Ксении как ко всем. Просто как к еще одной ученице, студийке. Было столько-то, стало на одну больше. Вот и для Ксении Годуновой нашлась исполнительница, вот и отлично. А Макушинский еще волновался. Ну, Макушинский всегда волнуется по пустякам, дело известное. Так что все в порядке, верной дорогой идете, товарищи, продолжаем работать, процесс пошел и танки наши быстры. Может быть, он и вправду не ревновал; может быть, хорошо скрывал свою ревность, свою — ко мне — ненависть; а может быть считал недостойным для себя, Сергея Сергеевича, волноваться из-за какой-то девицы-юницы, не хочешь — не надо, вон их вокруг сколько бегает, все мечтают о театральной карьере.

А может быть (я думал, пишет Димитрий) все это для Сергея Сергеевича тоже была игра — и Ксения была игрой, и другие юницы-девицы, например — Ираида, рыжая хохотунья (которой полагалась бы, при таком-то имени, быть демонической темноокой красавицей, но она была рыжей взбалмошной хохотуньей), — все они (так я думал) для Сергея Сергеевича были, возможно, игрою, а *всерьез* была Мария именно Львовна, и собственно, что мне до этого, мне это даже и на руку (продолжал я думать, пишет Димитрий); а все же мне плохо делалось от одной этой мысли, и я сам не мог понять почему. Когда дело касалось Марии Львовны, я не понимал в себе — ничего.

*

В себе — ничего, да и в ней — ничего. Она теперь окружила себя другими людьми, Нагими, своими братьями, своими дядьями, двоюродными и родными, возвращенными мною из разнообразных ссылок, куда после моего убийства отправил их Ксенин папа. Нагие не ходили по сцене нагими, как этого хотелось, конечно, Басманову (хохотавшему всеми щеками и подбородками при одной этой мысли). Раз они Нагие, то пускай нагими и ходят. Скажи об этом Сергею Сергеевичу, попробуй. Но Басманов не пробовал, и Нагие ходили по сцене одетыми. Зато очень важно ходили, павлинами выступали, отнюдь не общипанными. Не нагими, но наглыми. Расфуфыренными вовсю и донельзя. Ну еще бы, дядья государевы. Разве я им в чем откажу? Они в просьбах своих не стеснялись. Особливо Михайло Нагой не стеснялся, тяжелый, сдобно-басовитый мужчинище с периодически перегарным запахом из мокрого рта, которого, по дурости и равнодушию, пожаловал я в бояре, сделал даже великим конюшим (во как!), хотя уж в конях-то (рысаках, иноходцах и аргамаках) сам я знал такой толк, какой ему и не снился; да и в моих царских конюшнях, и на лугах в Остожском урочище встречал его только изредка; зато частенько видывал пьяненьким. Да он пьяненьким был и тогда, когда в Угличе меня убивали; с тех пор так и не протрезвел, хоть и пытали его сразу после убийства, потом в ссылку отправили, потом воеводой в Царево-Санчурск (знаете, где это? недалеко от Царево-Кокшайска). Другой Нагой, Андрей, был поскромнее, потрезвее и помоложе, да и не походил на Михайлу, но на сцене это неважно, сударыня (издевательски пишет Димитрий), на сцене все условно, все понарошку (или так вы думаете… так вот и думайте), да и грим, если что, помогает созданию иллюзии. Этот Нагой, Андрей (или как его там звали в обожаемой вами, мне же ненавистной действительности?) имел привычку похабно подмигивать плутовским глазком любому мужчине при виде любой женщины, независимо от невзрачности и взрачности оной, намекая, похоже, что у него с ней уже кое-что было, ха-ха, а если не было, то будет, хи-хи, а если не было и не будет, то может быть, и если не у него самого, то, к примеру, у собеседника, которого тем самым брал он в сообщники, сподвижники, соподмигиватели. Он брал, да я отказывался идти. В бояре тоже пожаловал, но больше с ним дела иметь не хотел; отвращения своего не скрывал.

*

Все это были чужие мне московские люди, не видавшие никакого другого мира, кроме своего русского, которого я-то, в сущности, и не видывал; мне и говорить с ними не о чем было. Не говорить же с ними о Симоне, моем спасителе, воспитателе, волхвователе, хотя они-то как раз мечтали поговорить со мною о Симоне, которого знали, которого сами же и нашли, или верили, что нашли, в сбывшейся надежде, что он меня в случае чего спасет, сохранит. На самом деле, это он их нашел. Он приехал в Московию вслед за другими иноземными врачами, уже все понимая, все замышляя, я знаю. Как же (думал я, глядя на Нагих, не нагих): как же все это было давно. Давным-давно, в царствование Федьки-дурачка, моего брата. И чего только не случилось потом со мной и страной. И великий голод был, и Ксенин папаша поцарствовал. И до чего же (думал я далее, глядя на не нагих): до чего же не так все пошло и вышло, как кто-то когда-то задумывал, кто-то когда-то предсказывал. Даже Симон, умнейший из смертных (из бессмертных, наверное, тоже) не мог предвидеть, как все повернется. И вот теперь его нет, и Эрик где-то в Стекольне, и сам я царствую на Москве, и радости мне от этого никакой. Веселье — да, радости — никакой.

*

Разве что с Афанасием Нагим, моим двоюродным дедушкой, хотелось мне говорить об исчезнувшем, о той ночи, самой темной, самой глубокой из всех ночей моей жизни, когда он, Афанасий, вместе с Симоном и мертвым младенцем, скакал из Углича в Ярославль, под хладной мглою истории, — и как они доскакали, как стучали, колотили и колошматили в крепкие, на все английские замки и русские щеколды запертые ворота Еремы Горсея, купца и посланника Елизаветы Первой, о котором (не о которой) он рассказывал охотно, подробно. Он все подтвердил, все Симоновы слова. Да, да, государь, так все и было. Скакали и доскакали, стучали и достучались. Симон-влах умнейший и ученейший был человек, не чета нашим-то балаболам. Да и Ерема Горсей человек был почтеннейший, многомудрый. А наши только бахвалятся, да баклуши бьют, да буянят. Ты грознее их держи, государь... Его я тоже возвысил; к нему одному испытывал, пожалуй, приязнь. Он был уже сед, уже стар. Он единственный из всех этих Нагих, не нагих, но наглых, вроде бы родственников, понимал, казалось мне, мои вселенские замыслы, готов был мне служить и содействовать, в меру своих убывающих сил; не зря же спас меня в ту смертельную ночь. А впрочем, и в его глазах проскальзывала вдруг плутоватость, заставлявшая меня сомневаться во всем, включая его рассказы. Скакали, стучали; достучались; все правда. Все было так, государь, как Симон-влах тебе говорил; Симон-влах ученейший был человек. А глаза, посмеиваясь, рассказывали другую историю. Так да не так, говорили эти глаза; верь да не верь мне. Я и верил, я и не верил. А если было не так, то как — было? И кто был тот мальчик, с которым они скакали всю ночь из Углича в Ярославль в незримом сопровождении Лесного царя из не ведомой им баллады? Может быть, вообще никакого мальчика не было? Может быть, и Симон никуда не скакал? Может быть, Афанасий и вправду заявился к Горсею за снадобьем для царицы, у которой от ужаса стали волосы выпадать? Да нет, какие волосы? Посмотри, говорила Мария Львовна в роли Марии Нагой в ответ на мои вопросы, какие волосы у меня великолепные, рыжие. Чтобы они да выпадать вдруг пустились?.. А сама она смотрела при этом презрительно, и в глазах у нее если и не плутоватость проскальзывала, как у брата, у дяди, то неправда уж точно мелькала в них. Что — мелькала? Стояла. Сплошная неправда стояла, случалось, в ее обращенных ко мне глазах. Старые сомнения оживали во мне. Не в одном Тайнинском я сомневался, но втайне, кромкой души, сомневался опять во всем. Если все не так, то ведь и я — не я, сам — не сам. Нет уж, вернемся лучше в наше *сейчас*, наше *здесь*, сделаем что-нибудь, кого-нибудь простим и помилуем, окружим себя людьми надежными и другими, теми, кто мне верит, кому я сам — я сам — могу верить.

*

Вот братья Бучинские, например, Станислав и Ян, польские шляхтичи, которых я сделал своими секретарями (как это тогда уже называлось: так что зря вы, сударь, пытаетесь меня подловить на анахронизме, с удовольствием пишет Димитрий; ничегошеньки-то у вас не получится). Это они друг другу были братья по крови, в мне они были польские братья, ариане, братья по духу, свободные люди. Все злились — и православные, и католики. Свободных людей все всегда ненавидят. Но я их приблизил, возвысил, Бучинского Яна посылал послом в Польшу для переговоров с Сигизмундом, со старым Мнишком, не спешившим со своей дочкой в Московию, тем более что и слухи о Ксении до него доходили. Макушинский, помнится мне, про себя придумавший, что он тоже поляк и шляхтич, на худой конец, полу-шляхтич, полу-поляк, хотел еще и еще поляков на сцене, Сергей однако Сергеевич объявил, что неоткуда ему взять для Макушинского столько поляков, тем более шляхтичей, обойдемся уж теми, какие есть в наличии, если, конечно, он, Макушинский, вообще хочет добраться когда-нибудь до премьеры. Макушинский очки тер, терпел, улыбался загадочно, посматривал на Марину Мнишек, еще не приехавшую из Польши, но уже присутствовавшую, в отличие от своего толстяка-папаши, на всех репетициях.

*

Или вот Сабуров, Михаил Богданович, из славного рода Сабуровых, с которыми, что греха таить, не церемонились мои сторонники после падения Годунова, их очень дальнего родственника. Это в Москве. А в Астрахани, где сей Сабуров был воеводою, совсем другие дела делались. Не знаю уж (с удовольствием пишет Димитрий), занимался ли он в Астрахани разведением, или только поеданием, баранцов, скифских агнцев, чудесных зверей-растений, о которых так проникновенно пишет, вслед за прочими путешественниками, мой друг Маржерет, — или довольствовался простыми арбузами, — во всяком случае исторические события оторвали его от арбузов, даже от баранцов. Там был архиепископ, владыка Феодосий по церковному имени (в миру Федот Харитонович Харитонов); сей-то Феодосий никак не хотел признавать меня законным царем Димитрием Иоанновичем, прям ни в какую. Возмутился добрый мой астраханский народ, прибежал с бахчей, разграбил владычный двор, кое-каких людишек владыкиных побросал то ли в ров, то ли с насыпи, самого владыку изругал в высшей степени матерно, связал да и отправил в Москву вместе с воеводой Сабуровым, тоже никак, хоть ты тресни, не желавшим признавать меня Димитрием Иоанновичем, законным царем. Что ж ты, я сказал ему, владыка ты этакой, меня, прирожденного государя, обзываешь Гришкой Отрепьевым? Чем я так перед тобой провинился? А Феодосий, отдадим ему должное, не убоялся моих царских очей. Не знаю, говорит, кто ты есть. Может, ты Гришка, может, ты и не Гришка. А только прирожденный царевич Димитрий давным-давно в Угличе убит, там и покоится. Мне это понравилось, я его отпустил. Этот-то владыка Феодосий, замечу уж кстати, после моей (чьей?) окончательной (или не окончательной?) гибели (до которой нам уж недолго осталось: время, сударыня, имеет свойство идти незаметно, тихой сапой, легонько посапывая) вместе с Филаретом Романовым послан был в Углич за моими (чьими?) мощами, будто бы даже нетленными, которые, сиречь мощи, они и перенесли в Архангельский собор, где они (сиречь мощи) до сих пор и находятся, так что, сударыня, перед свиданием со мною на ступеньках Центрального телеграфа, вы можете, заглянув в Кремль, постоять у моего сводчатого надгробия, полюбоваться на мой (самый чуждый мне) младенческий лик, в раззолоченном сумраке смерти, размышляя о бренности, тленности, тайности, дальности, давности... или о чем захочется вам (о чем сумеете и посмеете вы) размышлять в этом страшном склепе, чудовищном месте, все же и на свой лад прекрасном.

*

Владыку Феодосия я пощадил, но отдалил от себя (не люблю я всех эти владык Феодосиев со всеми их клобуками; бездельников), а воеводу Сабурова возвысил, приблизил, ввел в ближний круг, в избранную раду доверия, в память о несчастной Соломонии, первой и подлинной жене моего дедушки Василия Третьего, еще и потому, что он напомнил мне Эрика. Он был блондин, этот Михаил Сабуров, хоть и потомок, как все Сабуровы и все Годуновы, татарского мурзы Чета (хорошо, что не Нечета), а все же блондин, с чем-то неуловимо скандинавским в лице, во всем облике. Прощенный и помилованный противник может (казалось мне, на мое горе) сделаться сподвижником, соратником не менее преданным, чем даже те, с кем ты начинал когда-то свой славный и страшный путь. Он тоже понимал меня (или так мне казалось); он говорил мне о прекрасной Астрахани, где служил воеводою, о том, что в далеком будущем, которое мы даже и представить себе не в силах, этот город мог бы стать столицей моей державы, повернутой к Каспию, если понадобиться повернуть ее к Каспию, развернуть на Восток; говорил о тех городах, еще безымянных, но не менее, он уверен, великолепных, которые возникнут по берегам Черного моря, Эвксинского Понта, когда я покончу, что неизбежно произойдет, с Крымским ханством, как мой батюшка покончил с Астраханским, Казанским; об еще одной возможной, еще никак не названной столице моей державы, повернутой на Юг, если надо будет ее повернуть на Юг; он по-своему был мечтатель, этот блондин Сабуров, далеко смотрел в будущее. Я не собирался разворачивать свою державу ни на Восток, ни на Юг; я хотел обезопасить ее с Юга, как мой страшный батюшка обезопасил с Востока; открыть ее миру, развернуть ее к Западу; но я просчитывал дальнейшие ходы, пути и дороги (большаки, шляхи и сакмы); пытался учесть неожиданное, никем не предсказанное, еще не зримое в дымке даже еще не наметившихся, а все же втайне уже грядущих — откуда? — в самой темной тайне уже приближающихся событий...; я учился быть правителем, иными словами; на славу бы научился, если бы со мной не расправились. Если бы со мной не расправились, я бы тоже построил себе и отчизне другую столицу, у моря, в местах не столь болотистых и холодных, в каких построил ее мой продолжатель, но тоже у моря Балтийского, открытого в мировой океан (хоть Зунд и узок, но Зунд мы, в случае чего, захватили б); или даже строить ее не стал бы, просто перенес бы в стеклянный Стокгольм, объединившись со шведами. А что такого? Уж я ли не Рюрикович? Русь по сути своей страна скандинавская, говорил некогда Симон. Вернем ее к морскому началу, обратимся снова в вольных варягов. В начале мира — море; море же — начало свободы. Море и материк (думал я долгими ночами, после всех маскарадов и кутежей). Материковщина, континентальщина — вот ужас мой (думал я, подходя к окну, глядя на город, заметенный по-прежнему снегом). Я делал вид, что я царствую, строю планы и преследую великие замыслы, а на самом деле я — задыхался. Просто-напросто задыхался я в этой Москве; в ее безвоздушной материковщине; бездушной континентальщине; мне хотелось бежать, но бежать я уже не мог.

*

Время, скажу еще раз, имеет свойство идти незаметно (тихой сапой, посапывая). Время идет и по дороге все портит. Портит тоже сперва незаметно; потом все заметнее. Вдруг и ни с того ни с сего наступил Новый год. Первый год нового десятилетия; второй год с девяткой на третьем месте; для некоторых из нас, не для всех, последний год в Москве, в прежней жизни. Мы встречали его, конечно, в театре; потом всей ватагой, всей *актерской кодлой* (по омерзительному выражению Простоперова) отправились к одному из новых людей, братьев Нагих, не нагому, но наглому, не Афанасию (и не Михайлу), но Андрею (уж как бы ни звали его на самом деле… к черту *самое дело*), любителю плутовски подмигивать похабным глазком, обитателю, как выяснилось в ту ночь, огромной, покинутой другими жильцами, заселенной зато тараканами коммунальной квартиры, от театра недалеко, в глубине заваленного мусором, досками и кирпичами двора — даже нескольких, что ли, дворов, через которые надо было пройти, проскользнуть, проскользить, постаравшись не натолкнуться на доски и кирпичи, занесенные снегом, не грохнуться оземь, не скатиться с мусорной горки, — чтобы попасть в последний, крошечный дворик, где снег сперва был чист, как душа Ксенина, потом затоптан, заброшан окурками, маскарадными блестками, бессмысленными, как вся наша жизнь, многоцветными кружочками конфетти.

Этот дворик тоже принадлежал не нагому Нагому; толпа, набившаяся в коммунальную комнату, снова и снова из нее в этот дворик вываливалась, не помещаясь внутри, вдыхая морозный воздух, отравляя его своими сигаретами, пьяными криками. Ксения там задыхалась, как будто дворик был тюремным или больничным: на каковой он и походил, окруженный высокими стенами, глухим брандмауэром, разнобоем карнизов, пусть все это и смягчено было снегом, небом, прозрачным и розоватым, замерзшими, тоже розоватыми, облаками, неподвижно стоявшими в небе. Тем более она в комнате задыхалась, в табачном дыму, винных парах. Идиотические гирлянды в честь Нового года Нагой, наглец, развесил где только смог; все, кроме Ксении, с удовольствием за них задевали, в них путались. Ксения вообще не хотела туда идти; хотела встретиться со своими прогрессивно-православными приятелями, знатоками аккадских ассирийцев, вавилонских шумеров; это я ее затащил в злосчастную коммуналку. Ей было невесело; она молчала, щурилась, с видимым отвращением разглядывала плакаты, которыми наглец Нагой увесил все свои идеально безкнижные стены: среди каковых плакатов, гордясь собою, выделялся почти никому в тогдашней Московии еще не известный большой плакат с профилем Фрейда и проступающей сквозь него обнаженной девицей (одна, согнутая в колене нога оной девицы соответствовала носу венского мудреца, австрийского шарлатана, ее закинутые назад руки вместе с неубедительною головкой — его залысинам, а самое интересное, бурно-волосатое ее место — его, лишенным взгляда, хотя и, для пущей важности, снабженным пенсне глазам, будто бы проникшим в то, что на уме у мужчины, what's on a man's mind: о чем плакат прямо и сообщал всем желающим).

*

На уме у недотепы Макушинского явно была холодная, аки гелий, Марина, еще не приехавшая из Польши, но в так называемой реальности уже отплясывавшая охотно, под электронную музыку. Он-то, Макушинский, давно уж на нее начал посматривать, проникновенным взором, на всех репетициях; похоже, два поцелуя, которыми на моей памяти она наградила его, пробудили в нем зверя; больше не награждала; так на него смотрела, случалось, что немедленно у бедняги запотевали очки (хорошо, что не трескались). Но ведь смотрела все-таки и макушинские разглагольствования выслушивала внимательно, с ледяным изумлением в прозрачных глазах — изумляясь, похоже, не столько самим разглагольствованиям, сколько тому, что вообще может существовать на свете круглоочкастый зануда, способный так разглагольствовать (а изумление в глазах красавицы — первый шаг к победе над нею, скажу вам в своем качестве записного ловеласа, сударыня-барыня): так что и мы уже с Ксенией стали, помню, подумывать и (в перерывах между нашими собственными кондитерскими утехами) обсуждать друг с другом, не дрогнуло ли, наконец, суровое сердце коварной шляхетки, не намечается ли между ними, на радость всему театру, всем сплетницам всей Москвы обворожительная интрижка (вот была бы победа для Макушинского; впрочем, Ксенино викторианское воспитание, как она сама выражалась, не позволяло ей судачить и сплетничать в полное свое, мое удовольствие); на вечеринке у наглого Нагого, во всяком случае, Макушинский танцевал с одной лишь арктическою Мариной, и она, в конце концов, только с ним, хотя он-то, увалень, танцевать не умел, хорошо еще, если ей все ноги не отдавил. Ее тело твердым, мягким и гибким было, наверное, у него под руками, под свитером. Это все заметили, все друг с другом переглянулись. А они никого не замечали; или делали вид, что не замечают; если на кого смотрели, то исключительно и только на Фрейда, на проступавшую сквозь Фрейдов профиль нагую девицу. Фрейд, в свой черед, смотрел на них и на всех — сквозь девицыны бесстыдные волосы и даже, точнее, самими этими волосами. Так пристально смотрел на нас на всех Фрейд, что все присутствующие и пляшущие мужчины невольно, я уверен, спросили себя, какие могут быть волосы у их дам — и неужели, например, у Марины тоже есть такой тропический куст, при всем ее антарктическом холоде. Куст был у Ксении, очень тропический, даже экваториальный; к тому времени я уже успел его изучить в разнообразных завитках и подробностях. Марии Львовны там, кстати, не было; Мария Львовна до таких празднеств не снисходила; да я о ней, наверное, и не думал.

*

Были, конечно, еще какие-то неразборчивые, наверняка кем-то разобранные девицы; но кто с кем пришел, кто с кем ушел, я не помню; ушел ли Макушинский вместе с Мариной и что было дальше, не знаю; обрел ли он, наконец, в ту новогоднюю ночь свой крошечный кусочек счастья: увы, мадам, на этот волнующий вопрос нет у меня ответа. Понимаю, что не дает вам покоя этот вопрос, но ничего не могу сообщить; обратитесь, если уж вам так это важно, к самому Макушинскому, с тех давних пор обретающемуся в стране диких алеманнов, глубокомысленных швабов, бодрых баварцев, куда вскоре после вечеринки помог ему выбраться Конрад Буссов, бурш, ландскнехт, на свой лад тоже писатель.

*

Мы с Ксенией, пусть под утро, ушли раньше всех; прежде чем мы ушли, углубился я с этим самым Буссовым в отрадно-бессмысленную беседу об особенностях женских причесок в раз-

275

ных интересных местах, в разных землях, под электронную музыку, которую приходилось нам перекрикивать; его ломаный долгий рассказ об обычае экологических немок не сбривать волосы под, пардон, мышками навсегда отвратил меня от этой варварской страны, влечение к которой недотепы Макушинского осталось для меня неразрешимой загадкою. Музыка била по голове; Буссов курил почему-то сигару, вонявшую затхлым подвалом (хорошо, не подмышками); окончательно пьяный Нагой, похабно подмигивая, препохабнейше хохоча, подбегал к гостям с хлопушкой, пытаясь (и, как правило, успевая в этом) обсыпать их многоцветными конфетти, похожими на кружочки из дырокола; космический дырокол, пусть и воображаемый, нависал над комнатой, прокалывая мне мозг; трясущий щеками Басманов танцевал сам с собой, со своею мечтою, стоя на стуле, по-венски гнувшемся, по-русски готовом рухнуть; за всем этим горестным гамом я даже и не заметил, как моя Ксения вступила в историко-философский спор с другим Нагим, Михайлом, перегарно-пахучим мужчинищей.

*

Что-то он ей *втюхивал* своим басом, в ту ночь не сдобным, а хрипло-железистым, то и дело пытаясь ухватить ее мясистой лапищей за руку, другую лапищу ей положить на узенькое плечо (она возмущенно увертывалась). Сперва я подумал, что просто-напросто *клеится* он к моей Ксении, мечтает, может быть, ее, подлец, *закадрить*. Но нет, он свои лучшие, заветнейшие мысли пустился развивать перед нею; он душу свою обнажал. Любовь к великой родине нашей, к державе нашей необъятной, могучей, прекрасной, серпасто-молоткастой, двуглаво-орлистой: вот что в душе его гнездилось, клубилось, кипело, колобродило и шипело. А в державе-то нашей колобродят прибалты всякие-разные, такие да этакие: вот чего душа его не может снести. Нельзя воли давать всем этим латышам да литовцам, чухне этой, прочей чуди. Так, гляди, и хохлы воли запросят. А этого уж никак нельзя, нет. Их всех держать надо во как, — скрежетал Михайло Нагой, показывая кувалдистый кулак — не самой, разумеется, Ксении — Ксения слишком уж была хорошенькой и молоденькой, чтобы кулаки ей показывать, да и совсем чуть-чуть он к ней все-таки *клеился*, — но всей, очевидно, чухне этого мира, всем хохлам вселенной, которым отказывал он в праве на независимость. Да и на что она им? Пропадут без России-то. А вот же пустились, гады, все подряд провозглашать какой-то свой… этот… сувере… нитет, все эти лабусы, талапонцы, биралюкасы. Тоже мне, великие нации. Да кто они такие вообще? Провинция, задворки Европы. Нужны они этой Европе. А мы - страна, — скрежетал Нагой все решительнее и громче, впрочем — покачиваясь, то показывая кулак, то хватаясь, если уж не за Ксенино плечо (Ксения увертывалась все возмущеннее), то хотя бы за этажерку с какими-то финтифлюшками, спортивными кубками, оказавшуюся, на свое горе, с ним рядом. Финтифлюшки испуганно взвякивали, спортивные кубки готовились сверзиться с пьедестала. Мы — страна! мы — держава! Мы пассионарный этнос, вот мы кто. Мы Евразия, так-то. Мы их — во, мы их — ух, мы их — эх! И зря они думают, что Запад поможет им. Западу на них наплевать. Западу лишь бы России нагадить. Всегда Запад вредил нам, наследникам улуса… этого… Джучи. Но уж мы-то ему не дадимся. Под чужую дудку плясать долго не станем. Сами с усами мы. Со сталинскими? Все издеваетесь, милая барышня, все с подкавыкой… доподкавыкаетесь еще. А товарищ Сталин… да, товарищ Сталин… о, товарищ Сталин… вот кто нам нужен. Без товарища Сталина мы никуда. Ни туда, ни сюда мы без товарища Сталина. Товарищ Сталин всех держал в рукавицах… каких рукавицах? ежовейших? Все издеваетесь, прекрасная Ксения, все разоблачаете, ниспровергаете. Доразоблачаетесь, подкавыки. Дониспровергаетесь, издеваки. А товарищу Сталину от этого ни жарко ни холодно. Слабо вам с товарищем Сталиным-то тягаться. Товарищ Сталин сам был этот… пассионарий, сам собой был этот… этно… этот… генез.

*

Такие люди прочитывают обычно одну какую-то книгу; страшно вдохновляются; всему верят, что в ней написано; цитируют ее при первой возможности, даже и невозможности. В ту пору, сударыня, если вы еще помните, читали они несчастного Л. Н. Гумилева; эпохой позже оказались в объятиях хронологического Фоменки… Ксения злилась, наверное, прежде и более всего на себя же саму: за то, что не удержалась, ввязалась в спор с перегарно-кувалдистым — нет бы просто послать его к самым собачьим чертям, чтоб те изжарили его на одной сковородке с прочими пассионариями, — но злилась, я видел, и на меня, не только затащившего ее в кретинскую коммуналку, но и не пришедшего ей на помощь, не поддержавшего ее в борьбе за светлые идеалы свободы, достоинства личности, права наций на самоопределение. А мне только смешно было наблюдать за ними обоими; я старался не засмеяться, чтоб их не разозлить еще больше. Похоже, все-таки разозлил. Тем-то, может, и разозлил, что так зримо удерживался от усмешки. Так в драке, бывает, все тумаки достаются в итоге третьему, стоящему в сторонке. Потому что кто он такой, чтобы стоять в сторонке? Двое дерутся — третий не лезь? Не лезь, но и в сторонке не стой. Больно много об себе понимаешь; думаешь, ты самый умный? А я вовсе не думал, что я самый умный; я в ту минуту, сквозь собственный не случившийся смех, чувствовал себя, так мне помнится, просто, глупо, банально и беспричинно несчастным.

*

Ксения, когда в последний раз мы вышли во дворик, даже и не взглянула на обведенные снегом карнизы, на красный брандмауэр со снежной каймою, морозно-розовые облака в прозрачно-розовом небе. А мне нравилось все это, и горько думать

278

теперь, что я никогда уже не побываю в этом давным-давно, наверно, исчезнувшем, застроенном и перестроенном дворике, так отрадно отрешенном от окружавшего его со всех сторон города; да и не знаю толком, не могу теперь вспомнить, где, собственно, он находился. Город тоже был, впрочем, тих, пустынен и отрешен от себя самого, как бывает в конце ночи, даже и новогодней; лишь парочка предпоследних горланов, последних горлопанов нам встретилась (на Малой Никитской или в Гранатном, может быть, переулке, где Персефона с гранатом в руке прошла сквозь нас незамеченной), да парочка пьяных машин (возвращавшихся в царство Аида) постаралась забрызгать нас снежною хлюпью. Бесконечно долго, помню, шли мы с Ксенией в сторону ее дома, нет, мадам, отнюдь не поссорившись, как вам бы хотелось, но впервые с той враждебностью в душах, которая ничего хорошего не сулила нам в новом году, которой я себе и вообразить не мог в старом. Даже барбароссищи в то утро запрыгивали на меня неприязненно.

*

Нет уж, не такие празднества, другие потехи надлежат непобедимому императору в моем прекрасном лице. Делу время, потехе полчаса. Но подлинное дело тешит пуще всякой потехи, и подлинная потеха делу бывает пользительна. Вот вы, сударь, думаете, что первые потешные полки на Руси если еще не завел, то уж точно задумал Алексей Тишайший Михайлович для сына своего Медного Всадника (моего подражателя, моего продолжателя), а вам, сударыня, я открою, что первым задумал и даже почти завел их, конечно же — кто? — конечно же — я, Деметриус Великолепный, Слишком-Рано-Погубленный. Я к войне с туркой готовился, с турским султаном, с крымским ханом, ставленником его. А все почему? А все потому, мадам, что кровавый мой батюшка, Иоаннус Террибилис, не довел до конца того отнюдь не потешного дела, которое назначила ему история (мать истины и царей); *повернул на Германы* (по его же ужасному выраженью). История ему назначила с остатками ига покончить, с кровавыми набегами крымского хана, все уводившего и уводившего в полон русских людей, продававшего русских людей на всех невольничьих рынках по всей Азии, Малой, Большой и Огромной, так что уж рабы на турецких галерах, случалось, спрашивали друг друга, остался ли там еще кто-нибудь, в той снежной стране, откуда их пригнали сюда, к этим туркам, на эти галеры, чтоб они здесь и сдохли; вот, говорил я Басманову, верному моему другу, с которым снова стояли мы на еще неярко освещенной сцене, еще не играя, еще репетируя, но уже втайне приближаясь к премьере, перед партийно-правительственными парсунами моих чудовищных предков, в стиле politburusse, стиле parteigenusse, — вот история что ему назначала; а он — что? А он — нет, Ливонскую войну затеял, все загубил. Даже король Себастьян так не разорил свою Португалию, как мой батюшка свое московское царство. Обнажил все фланги, открыл все границы, заодно всех убил, всех ограбил. Поцарствовал вволю, посвоевольничал от души. А говорили ему умные люди, вроде князя Курбского, Адашева и Сильвестра, что надо прежде всего разделаться с крымским поработителем, да только он, тоже поработитель, предпочел разделаться с ними самими. Хорошо Курбскому; Курбский успел убежать. А так нет, куда там, с Европой воевать интереснее. Европа ж всегда против нас, всегда, гадина, злоумышляет против нашего царства любви и правды. Все латиняне, отродье бесовское. Но уж мы им покажем, мы их — во, мы их — ух, мы их — эх. Трепещите, ливоны и лузитаны. Гроза идет с Востока, необорная сила, необозримая рать.

*

А на самом-то деле он был трус, мой батюшка, как все тираны и деспоты, говорил я Басманову, когда мы стояли с ним на тусклой сцене, еще репетируя, но втайне приближаясь к премьере, перед темным залом, где горела одна лишь лампочка на длинной железной руке, приделанной к спинке фанерного кресла во втором ряду так, чтобы сидевший в третьем Сергей Сергеевич (в роли Сергея Сергеевича) мог заглядывать при желании (которое редко у него возникало) в макушинскую пьесу; Макушинский, сидевший с краю в том же ряду, свой драгоценный текст помнил, подлец такой, целиком наизусть, имел наглость, случалось, поправлять то меня, то Басманова. Записной трус был мой батюшка, первостатейный бояка, говорил я Басманову, стоя с ним вместе перед партийно-правительственными парсунами. Твой батюшка был опричником, был чудовищем, но трусом, кажется, не был. Мой батюшка, любовник, уж прости, твоего батюшки, был, как все тираны, кровавым трусишкой. Бежал, как трусишка, зайчишка, когда подошел к Москве Девлет-гирей, крымский хан. А что было крымскому хану, Девлет-гирею к Москве не подойти, не сжечь ее до последней избенки, если мой батюшка на Германы попер, все фланги открыл, страну разорил, людей лишил воли своим зверодейством. А что дорогу к Москве показал хану некий сын боярский Кудеяр Тишенков, так это, видимо, правда, а что этот Кудеяр Тишенков был *тем самым* Кудеяром, великим разбойником, — это, Басманов, можешь считать легендой, а что, в свою очередь, *тот самый* Кудеяр, великий разбойник, был сыном Василия Третьего и Соломонии Сабуровой, его законной жены, то бишь единокровным братом моего батюшки и моим, соответственно, полудядей, — и это, Басманов, можешь считать легендой, если тебе так хочется, хотя все это тоже правда, и даже не просто правда, а высшая правда, вечная правда, и если бы он еще жил на этом страшном свете, этой дикой земле, мой полудядя Кудеяр, великий разбойник, уж я бы послал за ним, поладил бы с ним, поставил бы его над всем моим войском; но его, увы, уже нет на страшном свете, на дикой земле, как нет на земле и моего тезки, моего героя Димитрия — ты уже догадался — Шемяки, так что я, увы, один должен тут сражаться с призраками, вот этими, говорил я Басманову, показывая на парсуны, да, с твоей помощью, Басманов, я знаю и благодарен тебе, но все-таки и в конечном счете — один, а что незримо они помогают мне — и Кудеяр, и Шемяка, и Симон-волхв, и другие светлые люди, светоносные образы, — так иногда я вижу их, духовными своими очами, иногда чувствую их присутствие, а иногда не вижу, не чувствую, и вот тогда мне очень трудно здесь бороться с призраками, Басманов (говорил я Басманову).

*

Но это в скобках (говорил я Басманову). А вот представь себе, как все здесь горело. Вот мы здесь стоим, посреди этой Москвы со всеми ее церквами и башнями, домами, домишками, — этой Москвы, которую — как уже давно это было, Басманов! — ты — помнишь? — все призывал меня взять, не насилуя, — а как ее возьмешь, не насилуя? она, может быть, любит, чтобы ее насиловали? она иначе не отдается, — вот, Басманов, мы стоим здесь, а ведь здесь, вот здесь, все горело, не в первый раз, не в последний, все горело, все выгорело, покуда чудный мой батюшка где-то там отсиживался на севере, в одном из своих урочищ, укрывищ — всегда тираны отсиживаются в укрывищах, на то они и тираны, — за три часа все сгорело, людей московских погибли бессчетные тысячи — кто в огне не спалился, тот в дыму задохнулся, а кто в дыму не задохнулся, того смяла безудержная толпа, порывавшаяся прочь из города, к слишком узким воротам: вся Москва-река была запружена трупами, еще много месяцев их разбирали. Только каменный Кремль остался цел, но в нем народу было не спрятаться, а потому народу было не спрятаться, что не пускали туда народ: нечего народу делать так близко от царской казны, там хранившейся, да и к священной особе митрополита Кирилла, вдохновителя батюшкиных злодейств, прятавшегося там от пожара, народу, знаешь ли, приближаться невместно. И какого черта, спроси

282

меня, я не остался в веселой Польше, в сарматских Афинах, в широкобуйственных объятиях Крыштинки-кабатчицы?

*

Вот почему мне с крымским ханом воевать придется, Басманов, говорил я Басманову; то, что батюшка мой, злодей, не доделал, то я доделаю, так уж и быть. Потому что житья нам нет и не будет, покуда угоняют нас в рабство. Не построишь свободной страны там, где власть и враг превращают людей в рабов. Сперва с врагом покончим, потом власть изменим. Я власть уже изменил, уже изменяю, на ходу, каждый день, вот и Сенат уже у меня заседает, но пойми, Басманов, говорил я Басманову, что не станет человек ни свое поле возделывать, ни свой дом строить, если завтра у него могут все отнять, все разорить. Потому воевать будем. Воевать я умею, и ты умеешь, Новгород-Северский оборонял от меня на славу, и Маржерет умеет, и Буссов умеет, а дворяне наши, дети наши боярские воюют плохо, зло, но глупо, как *лютии звери, коркодили*, что во Пскове вдруг вылезли из реки, во времена батюшки моего, все *людие поедоша*. Коркодили-то могли поесть людие, а дворянам нашим и детям боярским не взять Азова, не победить хана, о турском султане уж умолчу, если они учиться не будут. Так и знайте, говорил я Басманову, говорил и людям московским, боярам и воеводам, появлявшимся из-за партийно-правительственных парсун, по замечательному замыслу Сергея Сергеевича (в роли Сергея Сергеевича). Видел я, как вы против меня воевали. Выставили ополчение, и все тут. А тут не все, тут только начало. И половина холопов ваших поддельная, не боевые холопы-то, а так, дворовая челядь. Вечно валите валом, думаете, вы рать необорная, числом возьмете, множеством победите, лавиной задавите. А вы не рать, вы толпа, нет у вас ни порядка, ни отваги, ни дисциплины. Один отряд направо скачет, другой, вишь, налево. Пехотинцы просто бегут. Куда бегут, зачем бегут, сами не знают. Только грабить умеете, да своих же гробите без жалости и без смысла. Грабить, гробить: вот и все умение ваше. Теперь будет не так. Теперь я, Димитрий, обучу вас ратному делу. Я и сам учиться готов. На пушечный двор прям сейчас побегу, там мортиры новые льют. Пускай меня литейному делу учат, и оружейному делу, а как начнем корабли строить, так будут и корабельному делу учить. Я учусь, и работаю, и не сержусь, если кто толкнет меня в давке. Намедни с ног меня сбили мортирщики, и то я не рассердился. И вы не сердитесь, и о царском моем достоинстве нечего вам беспокоиться, я уж как-нибудь сам о нем позабочусь. Как козни строить, вы первые. А стоит немчину-мастеровому задеть меня: ах, ах, такой-сякой, латинян проклятый, в лице царя нашего нас всех оскорбил. Свое лицо берегите, свою честь не роняйте. А вы, немчины, ляхи и влахи, не возноситесь уж слишком-то над русскими неучами. Они, может, и неучи да сметливы, к тому же обидчивы, как все, кто вырос в неволе.

*

А что мы начинаем с потехи, так все начинается с потехи, вот что я вам скажу. С потехи, бывает, и любовь начинается. Чтоб войти во вкус, ледяную крепость возьмем; построим и сразу возьмем. Затем снежную крепость построим и тоже возьмем, в Вяземах. Большую-пребольшую. А ледяную не такую большую, зато прямо на льду Москва-реки, где же еще?.. Зима была по-прежнему лютая, московитская; солнце светило ярко, молодо, весело — прямо как я, Димитрий, солнце страны моей, наконец взошедшее на исторический небосклон. Вот она, крепость-то; далеко ушли мы, сударики-государики, от тех снеговиков, которым я рубил головы в Угличе. Игры наши стали взрослее, важнее для грядущих побед. Теперь не каких-то там снежных бояр рядили мы в шутовские кафтаны, углем их мазали, чтоб смотрелись побрюнетестей, погодуновистей (будете учить меня русскому языку, сошлю в Пелым, с удовольствием пишет Димитрий); теперь мы в крепости окошки проделаем да в каждое окошко вставим по чудищу, из тех, что подарил мне ученый немец, Бер по имени, тот же, что моего Цербера сделал. Цер-бер, сыр-бор. Чудища тоже рты разевали, челюстями скрипели, звук, похожий на барбосовый лай, издавали. Смешно же? Нет, не смешно московитам, всюду зрится им диаволов образ. Ах, не смешно вам? Ну вот сидите в крепости и защищайтесь; может, чудища вам помогут. А немцы с поляками покажут вам, как крепости надо брать, как мы Азов будем брать, как татарского царя в плен возьмем. Нет, не надо никаких сабель, о чем вы, московские люди? Вы что, в снежки играть разучились? Посмотрите на деток, всегда готовых закидать снежками товарища. И как же весело, как солнце сияет, мороз трещит, снег скрипит, как поет в жилах кровь, в душе жизнь. А что у ляхов с немчинами снежки больно твердые, так это вы выдумали; кидайте метче, бросайте бойчей — и ваши им твердыми покажутся. Да нет же, московские люди, никаких камушков в снежки не совали латиняне с лютеранами; все вам мерещится. Вот, смотрите, снежок; где в нем камушек? Вам лишь бы повод найти, чтоб обидеться на весь мир; лишь бы подвох заподозрить. И что вы за люди такие? Во всем видите козни да каверзы. Рабы зазлобчивы, подозрительны; вольнолюбцы милосердны, доверчивы. Ничего, я выбью из вас холопство; победим татарина с туркой, сделаю из вас свободных людей; сами себя не узнаете.

*

Они не хотели этого; злоумышляли по-прежнему. Опять Шуйский шуровал, Муйский мутил. Шуйский-Муйский, в лице Сергея Сергеевича, стал теперь умный. Сам говорил со сцены дьяку Шерефетдинову, тому самому, который Марию Годунову, дочь Малюты, и Феденьку несчастного Годуновчика, Борисова сына, Ксенина братца, прикончил: пойми, Шерефетдинов, говорил Шерефетдинову Шуйский-Муйский: пойми, что наивный народ наш пока что верит самозванцу проклятому. Вон, видишь, народ, в приятном лице Простоперова, портвешку хлебнул, сидит и верит, в четвертом ряду. — Вижу, батюшка-боярин, Василий Иванович, сидит и верит, сволочь такая, и как убедить его, что царек — не царек, сам — не сам, неведомый человек, злой чернец, Гришка Отрепьев? — Ничего, братец, — отвечал ему Шуйский, Василий Иванович, — со временем убедим. Народ он такой, он доверчивый. Народ переменчив, под благотворным влиянием (сиречь, вливанием) водки тем более. Больше водки в него вливай (портвешка, бормотухи… что найдешь, то и вливай). Все друзья мои так поступают: и Голицын князь, и Куракин, и Михайло Татищев. И не говори ты народу, что царек — не царек, что сам — не сам, что Гришка Отрепьев, он тебе пока не поверит, а говори ему, что царек иноземцев любит, наших не любит, что обычаев дедовских не блюдет, по старине не живет, после обеда не спит, в портках заморских ходит, джинсами прозываемых, джаз слушает, на пьесы Беккета бегает с Маржеретом, на поганой польке намерен жениться. А что он самозванец, мы народу будем говорить потихоньку. Сперва потихоньку, потом все громче, а как прикончим его, так уж заговорим во все горло, со всех углов и амвонов. Говорить надо громко, грубо, а главное, Шерефетдинов, говорить надо долго. Вот она, мудрость государственная, наука царская, учись, брат, пока я тут с вами. Если долго твердить одно и то же, народ тебе рано или поздно поверит. Он такой, народ, посмотри на него, вон, смотри, еще хлебнул бормотухи. Не много ли ты, старина Перов, выпиваешь на репетициях? Жаль только, времени у нас нет, надо кончать с самозванцем. А-то ведь и вправду пошлет нас всех воевать турка, уж войска под Ельцом собирает. А ты сам стрельцов собери, Шерефетдинов, подговори их. Войдите к нему среди ночи — да и дело с концом. Впервой тебе, что ли? А я уж тебе заплачу, будь уверен, отблагодарю по-царски, да и товарищей твоих не забуду. Что ж, по рукам, али как? — заканчивал Сергей Сергеевич в роли Муйского-Шуйского свою речь, которую, уж конечно, произносил он с высокомернейше скрещенными руками, почти не шевеля пальцами, с высоты своего роста поглядывая на плотно-коротенького, в высшей степени зверовидного Шерефтединова, зримо предвкушавшего смертоубийство. В конце речи Муйско-Сергеевич размыкал, мне помнится, замок своих рук, одну из них, самую длинную, протягивая дикому дьяку. Тот ее пожать не решался, припадал к ней в рабственном поцелуе, бухаясь на колени, уже понимая, наверное, что грядущий царь перед ним. Грядущий и настоящий, не какой-то там просветитель, преобразитель, свободоноситель.

*

Комплот составился. Комплот развалился. Один из стрельцов выдал Басманову заговорщиков, так что мы уже их поджидали. Смешно смотреть было, как они крались мимо моего Цербера. Крались, крестились, оглядывались, вновь начинали красться, креститься. Едва миновали Цербера, тут-то все софиты и вспыхнули, семерых мы схватили. Шерефетдинов бежал, подлец, скрылся безвестно. Я повелел собрать стрельцов на заднем дворе; вышел к ним вместе с Нагими, вместе с Басмановым. Стрельцы, как меня завидели, так и попадали на колени. Умны, нечего сказать! Смотрю на вас и смеюсь. Надо бы плакать, но я все же смеюсь. Взрослые дядьки, а ведете себя как дети. То убивать идете, то на колени бухаетесь. Вы грубы и невежественны, нет в вас любви. Доколе будете вы заводить смуты, всей земле делать бедствие? Разве мало она настрадалась? Сколько крови пролито, сколько душ загублено, сколько надежд и жизней растоптано. Все вам мало; еще не натешились. Меня Господь сохранил; я пришел вас вызволить из нищеты и неволи. А вы все погубить меня ищете. И в чем вы можете меня обвинить? Что я не Димитрий, я не я, сам не сам? Обличите меня, тогда и делайте со мной, что хотите. Моя мать и вот эти бояре за меня свидетельствуют. Разве овладел бы я таким царством, если бы не был царем истинным? Бог не допустил бы этого. Меня перст Божий на царство призвал. Рука могучая, с которой не вам тягаться, вернула мне то, что принадлежит мне по праву. Зачем же вы злоумышляете на меня? За что так не любите вы меня? Говорите прямо, говорите свободно передо мною.

*

Тут они слезами все залились, без малейшего луку, все на землю попадали, кто еще не упал, и кто уже стоял на коленях, те лбами хлопнулись оземь, сразу все пустились вопить, умолять, чтоб я им выдал зачинщиков. Смилуйся, государь, не гневись. Мы ж люди темные, грешные. Да мы ж за тебя, да ты нам только скажи. Басманов вывел им семерых схваченных. Я ушел во дворец; не хотел смотреть, а все-таки не мог не смотреть из окна, как стрельцы их кончали. Они голыми руками разорвали всех семерых на кусочки. Руками, зубами. Руками рвали, зубами кусали. Один стрелец в такой ярости был, что уши своим жертвам откусывал. Откусывал и жевал, никак не мог проглотить, потом выплевывал, вся морда в крови. Потом куски тел на телегу сгрузили, повезли по Москве, на радость и страх обывателям. Теперь уж никто не смел заикнуться, что я сам — не сам. Теперь народ московский с наслаждением расправлялся с моими врагами, клеветниками. Я не был против, надо сказать. Ежели народ их растерзывает, то вот и отлично. Я же обещал не казнить. А народ не обещал не растерзывать. Давай, Простоперов, начинай, как проспишься. Толку не было в этом, как потом оказалось. Мелкие рыбешки пожирают рыбешек мельчайших. А большие рыбы тихо плавают себе среди водорослей, ждут своей минуты, чтоб наброситься на главную рыбину.

*

Это я теперь понимаю, теперь думаю, скрежеща зубами, проклиная свое безрассудство, что уж мой замечательный батюш-

288

ка не допустил бы кровь толикую проливать без ума, проливал бы с умом, и уж никаких бы семерых дураков не выдал на растерзание другим дуракам, но отправил бы в застенок к Малюте, палачу ума превеликого, чтобы тот их пощупал каленым железом, да и Шерефетдинова из-под земли бы достал, с того света бы приволок, каленым железом обработал бы и его, уж вырвал бы из дикого дьяка имя главного злодеянца, вместе с ноздрями, и на этот раз покончено было бы с Шуйским, покончено было бы с Муйским, не получил бы ни Муйский, ни Шуйский своего счастливого третьего шанса, выигрышного билета; а тогда-то я думал, из дураков главный дурак, все о забавах, да о потехах, да о будущих подвигах, да о том, как отучу зверолюдин откусывать уши товарищам.

*

А мы с Ксенией народ московский наблюдали на большой демонстрации в поддержку свободной Литвы, свободной Латвии, заодно и свободной России; точнее: я наблюдал, она демонстрировала. Демонстрация есть борьба с монстрами, Ксения; сперва демонстрируем, потом демонтируем. Она соглашалась, смеялась; все же ей было не до моих шуток; борьба за свободу, братство и прочее равенство, главное: против проклятой Совдепии, захватывала, увы, почти целиком ее высокую душу. Она пришла ко мне, помню, без торта, даже без лимонных долек в кармане волшебного *дутика*, зато с сообщением, что демонтирование монстра назначено на другой день; пришлось нам ограничиться засохшей пастилой, пролежавшей в кухонном шкафчике с какого-то прошлого раза. Я ведь пойду с ней, не правда ли? Даже и мысли не допускает она, чтобы я с ней не пошел… Нет, мадам, я вовсе не утверждаю, что не хотел идти; я хотел; московитских опричников, избивавших и убивавших жителей вольной Вильны при взятии телебашни, я ненавидел не меньше вашего; мне только очень не понравилось вопрошающее выражение прекрасных Ксениных глаз, когда она говорила мне, что и мысли не допускает, чтобы назавтра я не пошел с ней: тем самым показывая, что все-таки допускает она эту мысль, уж куда бы ни допускала она ее: в душу ли свою, ум ли свой, в сердце ли, не знаю еще куда.

*

Мне это не понравилось, но я пошел. Не только пошел я, но даже не предложил ей (не посмел предложить) присоединиться к марширующим в будущее единомышленникам возле Центрального, например, телеграфа (неподалеку от моего, Цербером охраняемого, дворца), что было бы удобней и мне, и ей самой, если бы она осталась у меня ночевать (что она теперь иногда делала, не знаю уж, как объясняя это своим барбароссищам): нет, я честно поехал куда-то на, кажется, Беговую, где она встречалась со своими прогрессивно-православными приятелями, смотревшими на меня так, словно я сам был механическим цербером, умевшим лишь разевать пасть, издавать нечленораздельные звуки, покуда они беседовали об Аверинцеве и аккадо-шумерах. В отличие от них я смотрел по сторонам; видел то, чего они, наверно, не видели. Они видели толпу заединщиков; были частью этой толпы; растворялись в этой толпе; в утробном тепле толпы. Было холодно, но утробное тепло толпы превозмогало московский мороз, заодно и холод истории. К тому же вся толпа была в кроличьих шапках (не лисьих, не львиных). Кроличьи шапки несли самописанные плакатики, долой КПСС, за Литву не отмоешься, Горбачева в отставку, Горбачева к ответу. Горбачев на одном из плакатиков явлен был со сталинскими усами, на другом — в более или менее эсэсовской форме, с (почему-то) ярко-накрашенными педерастическими губками бабочкой. «Лучший немец года», сообщал плакат изумленному человечеству. Бесплакатная, разумеется, Ксения только детскими варежками похлопывала. А вот ее главный приятель, главный шумеро-аккад (тот, которому некогда объяснил я простые истины в благопристойнейшем туалете консерватории; с тех пор он в моем присутствии на Ксению даже и не косился; долговяз был, кстати, не менее Сергея Сергеевича) нес в далеко вытянутой руке злобный плакат на шумеро-аккадском; но этого никто не заметил: плакат был невидимый, метафизический; зато другой приятель Ксении, вовсе не долговязый, но патлатый и горбоносый, знаток древнего Вавилона, оказался (в той компании редкость) обладателем отменного чувства юмора: вдруг, в случайном перерыве между криками «Позор!» (три раза), «Долой!» (бис), «Да здравствует!» (неизвестно что), пустился изо всех сил орать «Вавилон! Вавилон!» — и теплая толпа единоревнителей уже, похоже, приготовилась заорать вслед за ним «Вавилон!», и соседние с нами кролики уже и вправду начали орать «Вавилон!» — но потом осеклись, захлебнулись, решив, по-видимому, что лозунг не подходит к событиям (хотя он-то, в рассуждении дальнейшего, к событиям подходил еще как: Вавилон в России, пусть не сразу, побеждает всегда).

*

Поклонники всеподавляющих тираний, бывшие, будущие обожатели Навуходоносора и Мардука наблюдали за шествием с тротуаров; Ксения их, скажу еще раз, не видела; единоумные ушанки тоже по сторонам не смотрели, устремляясь в светлое царство свободы; лишь я один, наученный рябиново-горьким, полынно-горчайшим опытом предыдущих моих воплощений, моих поражений: один лишь я, с моей трагической трезвостью, по сторонам смотрел, видел все. Видел народ московский, плебс вавилонский, глухо проклинающий энтих вот отщепенцев, дерьмократов, безродных космополитов, за компанию с заграницей, капитализмом, либерализмом, правами личности, верховенством закона и прочей омерзительной чепухой, оскверняющей бессмертную русскую душу. Они пока что безмолвствовали, беспощадно-бессмысленно, но это были они, бе и бе, — стрельцы, стрельчихи, посадские люди, боевые холопы, холопы просто, подъячие, дети боярские, слобожане, бабы, слесаря и прочие пэтэушники, — недавние гегемоны, готовые утратить свое гегемонство, готовые, пусть не сразу, отмстить за утрату. Пусть когда-нибудь; пусть через пару десятилетий. Наконец, один корявый мужичонка, сплевывая папиросный бычок в чавкающую хлябь, грязную хлюпь, отчетливо, никем, кроме меня, не услышанный, произнес: *пидарасы*. Почему: *пидарасы*? Спроси его; отыщи его и спроси. В общем, я рад был, когда мы дошли до Манежной, такой огромной, что уж ни тротуаров, ни народа на тротуарах не различить было за лесом вольнолюбивцев, шатавшимся и понемногу двигавшимся вперед, как Бирнам в сторону Дунсинанского замка.

*

В лесных дебрях обнаружился А. Макушинский с какими-то своими собственными заграничнейшего фасона приятелями (возможно, англичанами; возможно, даже шотландцами, присланными лично Макбетом; просто- и светловолосыми, в куртках «алясках» — тогдашний шик, сэр, — с отороченными мехом, но бесшабашно отброшенными назад капюшонами). Их фотокамеры топорщили на толпу свои объективы; их глаза излучали доброжелательство, за которое стрельчихи со слесарями растерзали бы их на куски. Но слесарей со стрельчихами они тоже не видели; в своих репортажах для «Эдинбургских новостей» и «Абердинского вестника» наверняка не отметили. Макушинский был, в резком от них отличии, в самом драном кролике этого дня, превосходно сочетавшемся с его безмерно-бесформенною дохою (мухояром не на куницах). Макушинский жался, ежился, зримо избегал соприкосновений с сомышленниками; сообщил мне и Ксении, что вообще-то на демонстрации он не ходит, но тут не смог удержаться, тем более заманивали его, вот, друзья-журналисты, прямо из Глазго, такие глазастые; Марину, однако, заманить ему, к несчастью, не удалось. Это значит, он ее все же заманивал? Ну еще бы; он с ней должен встретиться вечером. Сказал это с непривычным блеском в круглоочковых глазенках, тряхнул драным кроликом, растворился в толпе, предоставив нам самим делать выводы о его любовных успехах.

*

Ксении было не до того; да Ксения и не могла поступиться принципами викторианского воспитания, так что сплетничать о любовных успехах Макушинского пришлось мне с Басмановым, Петей, верным другом, неизменным наперсником, всегда готовым обстоятельно обсудить чужие грехи, подробно побеседовать о проделках товарища. Наш (неуверенный и неокончательный) вывод был: да. Да, Макушинский, Марина… счастливец Макушинский, черт бы побрал его. Тем сильнее мы удивились, когда (в конце зимы, уже собравшейся таять, чернеть и стынуть на влажном ветру, налетавшем из-за Засечной черты) — когда вдруг объявила Марина, холодная по-прежнему, аки гелий, что есть у нее актер на роль Второго Лжедмитрия, как омерзительно она выразилась (словно был какой-то Первый Лжедмитрий, смешно даже слышать), и что уж он встречался с Сергеем Сергеевичем и Сергей Сергеевич одобрил его: что тот, Сергей Сергеевич, тут же и подтвердил шевелением всех своих пальцев — и не только шевелением всех своих пальцев, но и такой язвительно-снисходительной, понимающе-намекающей улыбкой, с высоты своего роста, что всем присутствующим сразу же стало ясно: он есть у нее, в смыслах разных и многих. И у самой Марины лицо было при этом другое, какое до сих пор не доставалось ни Макушинскому, никому, никогда. На Макушинского не посмотрел я в эту минуту; Басманов, может быть, посмотрел, а я не посмотрел, не решился. Али гелий растаял? шепнул мне Басманов, стараясь не хохотнуть. Может ли гелий таять? Гелий — не знаю, но Марина растаяла, в чем мы с тем же Басмановым, Петей, и Мосальским, Рубцом, на другой день смогли убедиться, повстре-

293

чав их обоих в кафе с поэтическим названием Хрустальное, на пересечении Кутузовского проспекта с Дорогомиловской улицей; кафе огромном, очень горизонтальном.

*

Басманов, Петя, жил там неподалеку, в партийно-правительственных дебрях, возведенных дядей Джо на месте былых хибарок. А мы с Мосальским поехали на троллейбусе № 2, тогда ходившем, теперь уставшем ходить по проспекту Всесоюзного Старосты, чтобы с ним, Басмановым (вовсе не с Мариной и не с ее Лже), в кафе этом встретиться, съесть щедро политое шоколадом или (для гурманов, вроде меня) смородиновым вареньем мороженое, которое по-прежнему, как в лучшие, уже уходящие советские годы, подавали там в железных валких вазочках на длинной-предлинной ножке, заодно посмотреть на (никому, кроме нас не зримый) призрак триумфальной арки (вообще самой первой в Москве триумфальной арки), поставленной мною, Димитрием (без всякого удовольствия пишет Димитрий), в честь ее, Маринина, долгожданного прибытия в столицу моего невозможного царства, невыносимого государства: именно здесь (по утверждению всезнайки и зануды Макушинского) я, Димитрий, повелел поставить ее, то есть арку, на том самом месте (утверждал и убеждал нас Макушинский, всезнайка), где нынче расположено упомянутое кафе, огромно-горизонтальное, — и вовсе, значит, не там (всякий раз добавлял Макушинский, занудствуя), где стоит теперешняя триумфальная арка, то есть дальше, как известно всем, по Кутузовскому, — арка, впрочем, перенесенная туда с Тверской заставы, от Белорусского, следовательно, вокзала.

*

Макушинского, на счастье его и наше, не было с нами. Что ж до Рубца Мосальского, то с Рубцом Мосальским я готов был ехать куда и на чем угодно — хоть на троллейбусе № 2, хоть

294

на автобусе № 89 (ходившем по почти тому же маршруту). Рубец Мосальский был записной злодей, добрейшей души, в плечах широк, взглядом остер, при всем том молчалив, надежный друг, отличный попутчик. А хороши были тогдашние троллейбусы, мадам (с внезапным умилением пишет Димитрий); хороши особенно были эти кассы в троллейбусах, эти широкие и прозрачные кассы в троллейбусах (трамваях, автобусах), куда нужно было бросить (в широкую щель) четыре копейки (в трамвае хватало трех; зато в автобусе плати пять и не рыпайся), потом повертеть сбоку колесико, чтобы вылез из другой (узкой) щели бумажный билетик, оторвать его от всех прочих билетиков, скрученных в недрах кассы в рулон, положить в карман, или самому скрутить в пальцах, или спрятать в сокровищнице воспоминаний, до лучших времен, и если никто на тебя не смотрел, можно было монеток в широкую щель не кидать, или вместо двух двухкопеечных (с венками и колосками, серпочком и молоточком, с двуглавым орлом, с Георгием Победоносцем) бросить только одну, или, если ты ехал с приятелем (Басмановым, краснощеким, Мосальским, широкоплечим), бросить три, допустим, копейки (отчеканенные еще Юрием Звенигородским, отцом Шемяки, любимого моего), оторвать же целых два бумажных билетика; и если вы мне скажете, сударыня, что ничего этого уже не было и быть не могло, что Юрий Звенигородский, он же Галицкий, совсем недолго поцарствовал на Москве, что и Шемяке (любимому моему) не удалось в ней, Москве, удержаться (к несчастью нашему), если, дальше, скажете вы, что в эпоху Слюнькова и Чебрикова, эпоху Гласноперестройкости, Ускорительной Трезвости, уже не было этих чудных бумажных билетиков, отрываемых сознательными гражданами самой счастливой страны согласно внушениям их собственной совести, а были мерзкие широкие билеты, оскорблявшие наше чувство прекрасного, — билеты (по десять штук, склеенных наподобие, что ли, блокнотика), которые нужно было сперва купить в каком-то, что ли, киоске (газетно, что ли, журнальном), затем вставить в (узкую, мерзкую) щель аппаратика (называемого, если память меня не подводит, оскорбительным для нашего эстетического чувства словом компостер; не путать с компостом; компоста тогда еще не было, был просто мусор), затем залихватски хлопнуть по широкому рычажку, издававшему в ответ резкий скрип, ржавый стук, — если вы мне все это, сударыня, скажете, то я, нет, спорить с вами не стану, зачем мне спорить? из-за чего мне, черт возьми, волноваться? Все пропало, все сгинуло; волноваться уже нет никакого резону.

*

На Кутузовском проспекте такой стоял грохот, что не понять было ни словечка из того, что мы говорили друг другу (Рубец был, впрочем, неразговорчив); партийно-правительственные машины (*членовозы*, мадам) проносились из опричнины в земщину, обгоняя друг друга, мимо партийно же правительственных громад, со всех сторон стоявших неколебимо; лишь на мгновение все стихло — в длинном-предлинном, потому что двойном — и под Кутузовским, и под Дорогомиловской — подземном переходе, — который мы не прошли до конца, снова выбравшись на грохот и свет на смыке и стыке двух улиц, в скверике, опозоренном очередным патриотическим памятником — о Московия, Совковия, как же я ненавижу тебя! — где одно только и радовало мой измученный глаз: кафе, в самом деле, Хрустальное, даже Очень Хрустальное, длинное-длинное, горизонтальное-горизонтальное, громадное, как все здесь, но прозрачное, построенное при Беспокойном Никите в пику дяде Джо со всеми его ассирийскими изысками, вавилонскими выкрутасами. А мы ведь снова вступали, уже вступили, в эпоху стеклянную, эпоху прозрачную, горизонтальную, легкую, быструю. Вы же понимаете, сударыня, что слово *гласность* происходит от немецкого Glas, шведского glas, английского glass, индонезийского gelas? Не понимаете? Значит, поймете. А мы это понимали. И мы еще верили в какое-то будущее, в какое-никакое, но все-таки будущее — и Ксения верила, и даже Рубец Мосальский, добрейшей души, записной злодей, еще верил. Я один, похоже, нес в себе, не знал куда девать ее, ту сухую скорбь разуверения, о которой, как уже говорилось, говорит Боратынский в великих, незабвенных стихах.

*

Басманов, за столиком у стеклянной стены, заменявшей окно, ожидал нас в обществе старого толстого Мнишка, своего, как выяснилось, соседа по партийно-правительственным дебрям, которого, встретивши у подъезда под аркой, позвал в Хрустальнейшее, раз уж, если верить Макушинскому, именно здесь, а не где-нибудь стояла первая в Москве триумфальная арка, сооруженная по моему приказанию в честь его с дочерью и в сопровождении, кстати, посланного им навстречу Мосальского, прибытия в стольный град, Третий Рим. Долго же, однако, вы ехали. Они ехали, еще не доехали. Они только должны были доехать, перед самой развязкой. Все медлили, все оттягивали нашу с Мариной кровавую свадьбу, хоть я посылал им и подарки, и письма, и секретаря моего Яна Бучинского, и толстого (прям как Мнишек) думного дьяка Афанасия Власьева, чтобы тот с ней обручился от моего имени, в присутствии самого Сигизмунда. Афанасий Власьев (и толстый, и бородатый: истинный представитель Московии; впрочем, человек умный и ловкий) все сделал как надо, с соблюдением всех бесконечных, бессмысленных церемоний, ни на мгновение не забывая о своем московском, моем царском достоинстве. И все-таки они не спешили; боялись, видно, ехать в столицу скифов; выговаривали для себя условия такие, другие; требовали новых подарков; а только выехали, так Марина и встретила своего фаворита, будущего Лжедмитрия Второго, как оскорбительно для моей чести прозвали его потомки (словно первый Лже — я; а я не Лже, я — Сам и не Сам), будущего Тушинского Вора,

297

безвестного человека. История об их встрече умалчивает, ну и черт с ней. Зато Макушинский так придумал, написал в своей пьесе, и это правильно, потому что, сударыня, так оно, конечно, и было.

*

А я настаивал, я торопил их. Зачем настаивал, зачем торопил? Я упорствовал; зачем я упорствовал? Спроси меня, Мнишек. Вот я сижу здесь, в кафе Хрустальном, за столиком круглым, вместе с Мосальским, Басмановым и тобою, в огромном, уже почти весеннем свете, падающем на нас из стеклянной стены, в ожидании мороженого (в валкой вазочке, по советской старинке), которое все никак не несет нам злобно-нервная (по той же старинке) официантка; вот сижу здесь, смотрю, в этом огромном свете, на твою окончательно постаревшую, брыластую, кадыкастую физиономию: и сам спрашиваю себя, какого черта я так упорствовал, настаивал, торопил ваш приезд. Любовь к твоей дочке? Дело не в любви, как уже много раз было сказано. Если же и в любви, то не к твоей дочке, пан Мнишек, с ее гелиевой душой, ледяной красотою, ее жаждой власти, ее равнодушием ко всем и ко мне. Если я и влюбился в кого в Польше, то не в Марину, пан Мнишек, и ты это знаешь. Могу ли я забыть, как мы заехали к тебе в Самбор с князем Константином Вишневецким, твоим зятем, мужем другой твоей дочери, по пути в Краков, где я должен был предстать и предстал пред несветлыми очами Жигимонта, злосчастного короля, по-прежнему мечтавшего о шведской короне, готового ради нее на любые авантюры, любые интриги? А ты сам-то помнишь, Мнишек, как это было? спрашивал я у Мнишка в Хрустальном, сверяясь или уже не сверяясь с ксерокопией макушинской пьесы, которую таскал повсюду с собою, не в силах заучить свои монологи и реплики — потому-то и не в силах их заучить, что они не были и вправду моими; мои — вот, мадам (вдруг и вновь рассердившись, пишет Димитрий) — вы

298

их если не слышите, то читаете, — и неужели вы подумали, что
я позволю какому-то Макушинскому вкладывать в мои цар-
ственные уста им, занудой, сочиненные речи?

*

Ты помнишь ли, Мнишек, как встречал нас в своем замке в Самборе? Мы ехали торжественно, как положено ехать царскому
сыну, претенденту на московский престол, потомку самого
Рюрика, в сопровождении князя Вишневецкого, знатнейшего
во всей Речи Посполитой магната, будущего воеводы Русского, потомка самого Гедимина. Юный Рюрикович не высидел
с Гедиминовичем в карете. Уж слишком славного объездил он
аргамака, в гостях у князя Острожского, тоже Рюриковича, как
и он сам. К Самбору подскакал я верхом, во всем блеске моей
молодости, лихости, грядущего императорского величия. Ты
моего блеска не испугался, пан Мнишек. У тебя был свой собственный. Ты очаровал меня балами, пирами, прелестью польских дам, изыском кушаний, изяществом обращенья. Все это
чепуха, все это мелочи. Не в том было дело, Мнишек, вот что
я должен сказать тебе и скажу, со сцены в очарованный зал,
когда, в конце пьесы и перед самым кровавым финалом, вы
с Мариной доедете, наконец, до Москвы. А дело было в том, что
ты напомнил мне кое-кого. Ты напомнил мне Симона, вот что
главное, вот в чем соль, вот в чем суть. Если б не это, ничего бы
не было, Мнишек. То есть ты не напомнил мне Симона, не будем преувеличивать, а если напомнил, то я тут же отогнал от
себя эти воспоминания, сказав себе, вернее — тебе, но про себя:
прости уж, Мнишек, хоть ты и польский магнат, сенатор Речи
Посполитой и бывший наперсник Сигизмунда Августа в его
похождениях, его развлечениях — избегнем, уж так и быть,
сладкого слова *разврат*, — а далеко тебе, не сердись, до моего
Симона, великого замыслителя, фабрикатора моей доли, которого мне никто никогда не заменит.

*

И все-таки оно всплыло во мне, воспоминание о Симоне, когда я тебя увидел. Ты на Симона не тянул, смешно даже сравнивать. Но что-то было в тебе... дальний отзвук, тайный намек. Симон был учен и умен. Ты был не столь же учен, извини, но умен едва ли не менее. Ты был дерзок и опытен. Уже тогда был толст, как твой же придворный обжора. Едва на коня мог взобраться, так что особенную скамеечку тебе подставляли. А планы строил, как юноша, как я сам и вместе со мною. Мыслил широко, глубоко: целыми странами, всей историей этих стран. Понимал, что мы живем и действуем не в одном своем времени, не одним своим временем. И вкусы у тебя были не без Симонова уклона. Я же следил за тобою, я же видел, как ты сам следишь глазами — и какими глазами — за своим гайдуком венгерским, Кайдашем, помнишь, помнишь, тоже мастером объезжать аргамаков, смельчаком, застенчивым, как девица. Так Симон смотрел на Эрика приглушенными алмазами своих глаз; так ни ты, ни Симон на меня не смотрели. А я бы и не позволил так на себя смотреть; мне не того было надобно, после всех моих скитаний и мыканий.

*

Мы друг друга поняли сразу же. И великие планы сразу же стали строить; великие замыслы, в первый же вечер, овладели нашими душами. Не в том дело, хитрый царедворец, что ты взялся руководить мною в Кракове, сводить с влиятельными людьми, играть на слабостях Жигимонта, глупостях Жигимонта, убеждая его если не прямо вступить в войну с Годуновым — такой власти у него в Польше не было, король все же не самодержец, — то поддержать меня тайно, деньгами, влиянием, и уж во всяком случае не мешать своим магнатам и подданным — тому же Вишневецкому — набирать частные армии, вести их со мной на Москву, в надежде, которую ты пробуждал и поддерживал в нем, Жигимонте, что, когда я отвоюю престол моих московских предков, я помогу ему, Жигимонту, отвоевать престол его шведских, победить, наконец, дядю Карла; — нет, не только в том было дело, а дело было, разумеется, в том, что ты мыслил дальше и шире, ты верил, и я готов был верить вместе с тобою, что когда я отвоюю с твоей помощью престол моих предков, а вольная Польша избавится, тоже не без твоей помощи, от ничтожного короля, к которому ты вынужден был подлизываться, проклиная его в душе, — вот тогда-то, ты верил, я, уже царь Московский, просто выдвину свою кандидатуру на новых выборах польского короля — как в свое ужасное время едва не выдвинул свою кандидатуру мой батюшка, Иоаннус Террибилис, после бегства из Польши Генриха Валуа, устремившегося из Кракова в Париж, едва представилась ему такая возможность, чтобы сделаться там Генрихом Третьим и уже насладиться, наконец, жизнью и властью в окружении своих миньонов, в ожидании рокового фанатика со стилетом за пазухой. До Генриха Валуа и его миньонов нам с тобой дела не было; у тебя были свои, а мне было плевать; что до моего ужасного батюшки, всегда готового развестись и жениться (не получилось жениться на Катерине Ягеллонке, жене Юхана, матери Жигимонта, то почему бы не жениться на сестре ее Анне, покинутой не прикасавшимся к ней развратным французом? а выбранный в тот раз королем на ней жениться быть должен, даже если ему этого совсем не хотелось, как не хотелось этого, я так понимаю, и Стефану Баторию... все это в скобках, пан Мнишек): что же, еще раз, до моего страшного батюшки, то батюшку моего поляки побаивались (правильно делали), вряд ли бы выбрали (а если бы выбрали, то совершили бы ошибку величайшую, роковую... все это с поправкой на *бы*: он не стал баллотироваться, считая, видимо, для себя, Террибилиса, зазорным участвовать в предвыборной гонке: чтобы какие-то шляхтичи посмели куда-то там выбрать или не выбрать его, помазанника Божьего, потомка самого Августа, наследника самих Палеологов, самих Чингизидов); меня же, воспитанника их вольности, поляки не только бы не стали бояться (говорил я Мнишку в Хрустальном кафе), но, ты был уверен, выбрали бы с восторгом, с воплями вдохновения, и получил бы я, с твоей помощью, в дополнение к престолу московскому — краковский, и Марина, твоя дочка, холодная аки гелий, — вот было твое условие, — стала бы и польской королевой, и царицей московской — и в конце концов царицей морскою, — и Великая Северная Страна, о которой мечтал когда-то мой Симон, пусть поначалу без Швеции, приблизилась бы, не на полшага, но на целый огромный шаг, громадный прыжок, к своему осуществлению, своему воплощению.

*

Условие тяжелейшее, Мнишек; ты это понимал; я это понимал; мы все это понимали. Не только не влюбился я в твою дочку, Мнишек, прости уж, но она страшна была мне своим змеиным взглядом, своими тонкими язвительными губами. В своем теперешнем театральном воплощении она привлекательнее. К тому же мог я претендовать на более блестящую партию, прости, опять-таки, Мнишек, говорил я Мнишку в кафе Хрустальное, почти не заглядывая в макушинскую пьесу, под одобрительные кивки и улыбки Мосальского с Басмановым, моих верных друзей, в огромном свете, падавшем на нас из стеклянной стены. В этом свете Мнишек был страшен, с его брыльями, его кадыком. Вот этому человеку я верил? этому я доверился? Я доверился и я верил, но я и сам мыслил дальше, продумывал свою партию на много ходов вперед. Ежели я отвоюю, действительно, престол моих предков, то невместно мне будет жениться на обыкновенной шляхтенке, то невеста королевских кровей надлежит мне, московскому государю. Мало невест, что ли, на матримониальном рынке Европы? Али я самозванец какой? спрошу еще раз у почтеннейшей публики. Я тоже потомок Августа, наследник Чингизидов с Па-

302

леологами. Главное, что я Рюрикович, дальний отпрыск бесстрашных варягов. Почему бы мне, к примеру, не породниться с очередной Катериной, дочерью короля Карла, Жигимонтова дядюшки, подраставшей, мне на радость, в далекой Стекольне? А мне в Стекольне понравилось; там друг мой Эрик ездит на «Вольво»; там замок Грипсгольм и змеиные руны на камне, разгадка моей судьбы, моей жизни. Да я затем и ездил, быть может, от себя же втайне, в Стекольню, чтоб взглянуть хоть быстрым глазком на будущую столицу моей великой державы… Вот я царь московский; вот я выбранный польский король; вот женюсь на дочери шведского короля, принцессе из дома Ваза: и великая Симонова мечта, Северная Страна, повторное объединение с варягами еще на один, решающий, шаг приближается к своему воплощению. А Марину — что ж? — Марину, если что, в монастырь, по примеру предков, пращуров, ящеров… Так я думал после очередного пиршества, очередного бала, которыми, Мнишек, ты тешил меня в Сомборе, лежа в объятиях очередной Крыштины, отнюдь не Марины, пока что не Катерины, каковых Крыштин и Крыштинок у тебя в замке было прекрасное множество, не могу, Мнишек, не отдать тебе должное.

*

Басманов восторженно захохотал всеми своими щеками, Рубец Мосальский одобрительно дернул могучим плечом. Оба, похоже, подумали о Нюрке и Маньке, ожидавших дорогих гостей в темном переулочке у Киевского вокзала, от кафе Хрустального, как вы понимаете, по московским меркам очень недалеко. Я не позволил им предаваться развратным мыслям, тем более соблазнять Мнишка на непотребные подвиги, уверяя бедного старика, что Манька с Нюркой — нет, вряд ли, а вот есть там одна Лариска, которая, они уверены, охотно его приголубит. Оставь это, Мнишек, не по летам тебе похабные эти проказы. Ах вот как, я с самого начала, ты теперь утверждаешь, задумывал тебя обмануть? Возможно; но возможно, только задумывал. Мало ли, кто что задумывает? Разные мысли, всевозможные замыслы бродят у нас в голове. Разве это важно? Важно, как мы потом поступаем.

А ты ведь так себе поступил со мной, Мнишек, когда наконец мы двинули войска на Москву. Ты помнишь ли это? Ты сидишь здесь, в Хрустальном, и делаешь вид, что не помнишь. А ты ушел со своими поляками из-под Новгорода-Северского, якобы на сейм спешил, да и подагра у тебя разыгралась. А не ушел бы, кто знает, не разбили бы нас под Добрыничами. Все это в прошлом, Мнишек, я зла не помню. А сам я все условия выполнил, дал тебе больше, чем обещал. Я все сделал, как мы задумали и решили. Мог бы уже и не делать, а сделал. И вот сижу теперь и спрашиваю сам себя почему. А потому что нравились мне наши замыслы, наши широкие планы, наши тайные советы, наши ночные беседы, после всех пиров, всех Крыштин. Ты на Симона не тянул, а все же я вспоминал его, как и теперь вспоминаю, с его глобусом земным и небесным; я смотрел на тебя в Сомборе и видел Симона с его круглой головой, созерцающего земной глобус с материками и реками, и главное, глобус небесный, обожаемый мною, с добродушно-язвительным Львом, копьеносным Кентавром, пронзающим Волка, беззащитными голенькими Близнецами: так долго созерцающего этот магический глобус, как если бы он и там, среди созвездий, надеялся создать и построить какую-то новую, замечательную, на земле не виданную страну. А с тобой, Мнишек, мы задумали династический брак, личную унию, по примеру Ядвиги с Ягайлом, и ничего в этом не было такого уж необычного для эпохи первого моего воплощения, первого, по крайней мере — под именем Димитрия, появления в истории. Если Литва и Польша прошли свой славный путь от Кревской унии до Люблинской, то почему бы и Польше с Московией не пойти тем же славным путем. А конфессии? что ж с того что конфессии? Разве уния Брестская не подает нам пример, пусть не очень удачный, но для начала сгодится? Дело не в религии, дело в свободе, как сам же ты любил повторять (золотые слова). А что московским людям все это не понравится, то о московских людях мы с тобой в Сомборе не думали. Кто у них будет спрашивать, у московских людей?

*

Да и то сказать, разве не был Василий Дмитриевич, сын Дмитрия Донского, ни много ни мало, женат на Софии Витовтовне, дочери великого Витовта, литовского князя, разве не она-то и родила для него Василия Темного, безглазого монстра, на наше всеобщее горе, подобно тому, как Елена Глинская, тоже литвинка, беззаконная жена моего дедушки Василия Третьего, родила ему монстра отнюдь не безглазого, еще более страшного, моего батюшку, Террибилиса Иоанна? Ты московитскую историю, пан Мнишек, знал назубок, не хуже меня самого. А Елена Ивановна, сестра этого самого Василия Третьего, моего дедушки, дочь, следовательно, Великого Иоанна, собирателя и закрепостителя русских земель, вышла же, черт возьми, замуж за литовского князя, затем и польского короля Александра, с позволения сказать, Ягеллончика, и ничего страшного, ты знаешь сам, не случилось, она была православная, он католик, и собственную часовню ей построили в Кракове, и мир не провалился, небо на землю не рухнуло, даже Висла не вышла из берегов. Если наша Елена могла, то почему твоя Марина не может? А что я будто бы в брачном договоре отдал тебе Смоленск и Северскую землю, так и это, как ты знаешь, вранье, позднейшая клевета. Я их отдал тебе и дочери в вечное владение, но «в нашем Московском государстве»; так прямо и записали мы в договоре, отдаю, мол, тебе, пан Мнишек и потомкам твоим Смоленское и Северское княжество в вечное владение «в нашем Московском государстве». А что тут тако-

305

го? Обычный феод, даруемый сюзереном вассалу. Да и какая разница, если с самого начала нам грезилось одно великое государство, русско-польское, скифско-сарматское? Увы, недооценили мы скифов, недооценили, в сущности, и сарматов, говорил я Мнишку, иногда все же заглядывая в макушинский ксерокопированный текст. Сарматы, когда придут с тобою в Москву, будут пьянствовать, буйствовать. А скифы, что? скифы известное дело. Скифам лишь бы бучу устроить. Скоро будет буча, большая буча, огромная буча, так что ты уж береги себя, Мнишек, да и дочку свою, холодную аки гелий, получше спрячь в каком-нибудь армуаре.

*

Тут она вдруг обнаружилась: у стеклянной стены и вовсе не в армуаре, через пару столиков от нас, все такая же холодная (аки гелий). Она там не одна обнаружилось, вот что было удивительнее всего, и я до сих пор не знаю, почему она там обнаружилась, почему не одна. Вы верите в случайности, мадмуазель? Я раньше верил, теперь разуверился (со вздохом пишет Димитрий). Возможно, Мосальский сказал им, что мы едем в Хрустальное, или Басманов сказал им, что мы там собираемся быть. Где теперь тот Басманов? где тот Мосальский? Да и какое это имеет значение, теперь, когда все кончилось, погибло, пропало? Вот он, Лже, уже одобренный Сергеем Сергеевичем. Это Басманов сказал? или Мосальский сказал? или я сам сказал себе, вслух? Обидно стало мне, когда я его увидел, их увидел — вдвоем. Не потому что вдвоем, а потому что с таким Лже, такой пародией на меня самого. Конечно, противоположности притягивают друг друга (и да простится мне сей трюизм, несовместимый с моим царским достоинством; но иногда и в трюизмах есть правда). Красавицы любят уродов, уроды тоже влекутся к красавицам. Второе понятно; первое — загадка Натуры (вообще загадочной во многих своих проявлениях; и да, мадам, я знаю, что красота по-польски *урода*; мне ли

306

не знать этого после моих волынских приключений, краковских похождений?) Хладнодушная Марина уж такой, видно, считала себе *уродой*, что не могла остановить свой выбор не на уроде. Опять же: двойник мой — разве мог он, после такого Аполлона, как я, быть — не говорю: красив — хоть пригож? Пригожий Лже — что за чушь! А все-таки мне обидно стало, когда я их увидел вдвоем. Уж такого косенького, такого плюгавенького, такого плешивенького Лже я не ожидал от Марины. Что ни говорите, а право на пристойную пародию должно быть у человека. Он еще, гад, за ручку ее держал. То есть просто положил свою корявую ручонку — с пальцами как сосиски-колбаски — на ее, панны Марины, благородную шляхетскую руку. И ей это явно нравилось, вот ведь какое дело. Не только ей это нравилось, но, клянусь Юпитером и Гераклом, еще не заметив нашу притихшую компания, вдруг, склонившись — она была на голову его выше, — склонившись, вдруг, клянусь Гераклом, Юпитером и даже самой Афродитой, она поцеловала его прямо в плешь, словно клюнула. Я это видел, своими честнейшими глазами, сударыня. Тут они нас заметили; тут же принесли им мороженое в жестяных вазочках на курьих ножках, на славу облитое — у нее шоколадом, у него смородиновым вареньем (даже это он у меня подсмотрел, у меня украл, негодяй); вместе с курьими ножками шумно переместились они, под скрип стульев, к не менее шумному неудовольствию официантки в белом передничке (ненавидевшей неожиданности, как все советские официантки, в передничках и без оных) за наш, слишком маленький для такого пиршества, столик.

*

Он был весь кожаный, этот Лже. Не пригожий, но кожаный. То была эпоха черных кожаных курток, если вы, мадам, еще помните; нелепых и бесформенных курток с идиотическими подплечниками. На нем куртка была без всяких подплечников — он сам широк был в плечах, — зато с искрой и изыском,

307

со многими молниями, блестящими бляхами. Он, видно, с нею не расставался, не снял ее даже в Хрустальнейшем, к очередному неудовольствию официантки в белом передничке (привыкшей, что чинные московские люди, добронравные советские граждане свои *польты*, шубы и мухояры оставляют в обмен на жестяной номерок в гардеробе, в объятьях очередной старушки-вешательницы, мечтающей вздернуть самого посетителя с его барышней). Марина номерком и поигрывала, крутила его на пальце. Должно быть, думала о красном, очень красном, прекрасном и препрекрасном пальто, как раз и дожидавшемся ее, как потом выяснилось, на вещевой *вешалке*, в обществе прочих *польт*. На ней и сейчас было все красное, нисколько не кожаное. Кожаное на нем, на ней красное. Отчетливое распределение ролей. Он панк? Нет, он лыжник. Он кто? Лыжник он. Они с Мариночкой — с Мариночкой! о боги! о демоны! — на лыжах ходят, сегодня утром ходили. Раньше-то здесь неподалеку можно было ходить, на Поклонной горе, а теперь срывают, сволочи, Поклонную гору. Как же, проговорил с ненавистью Басманов, нас в школе на Поклонную гору гоняли, на лыжах кататься. Да уж, ответил ностальгически Лже, теперь-то уж на Поклонной на лыжах не покатаешься. Да и лыжни уже нет, уже тает все, сплошные лужи вместо лыжни. Ложь луж, лажа лыж. Облыжные лыжники в лужах лежат. Облажались на лужах лыжники ложные. Компривет Крученыху он передаст, но лыжник он не облыжный, объявил обиженный Лже. Он мастер спорта по лыжам. И Мариночка — о бесы! о боги! — лыжница преотменная, не облажается ни на лыжне, ни на луже. Может, он и плюгав, но силен. Он мастер спорта по лыжам, по боксу, по бегу, прыгу, дрыгу и вздрогу. И вообще он… он… Ты — чудо! провозгласила холодная, аки гелий, Марина, клюя любимого в подставленную им плешь.

*

Его-то точно звали не Димитрием (пишет Димитрий); его звали как-то до боли банально (ну, типа, Колей), так что уж я и забыл. Да и кто он такой, чтобы помнить его настоящее имя? История тоже забыла его настоящее имя — и правильно сделала. На фиг оно нужно нам с Историей, его настоящее имя? Забудем вместе его настоящее имя, сударыня, и это нас свяжет навеки (с удовольствием пишет всегда галантный Димитрий).

*

Он оказался, однако, не глуп: к немалому нашему, моему и Басманова, изумлению. К тому же он хорошо подготовился, прочитал всякое-разное о приезде Мнишков в Москву, почитал, похоже, и Костомарова, и Ключевского, и даже, может быть, отца Павла Пирлинга, русско-немецко-французского замечательного человека, иезуита, величайшего знатока моей (не вашей, сударь) истории, хотя уж где он раздобыл Пирлинга в тогдашней Москве, я не знаю. Но где-то, видимо, раздобыл, пару раз помянул его в разговоре, то ли на меня (истинного Димитрия, пишет Димитрий) пытаясь произвести впечатление, то ли перед Мариной *выделываясь*. Свет, помню, падавший из нехрустальных, но огромных окон Хрустального, бежал по его плеши, его черным плечам, его бляхам и молниям, заодно бежал и по железно-мороженым вазочкам, по их курьим ножкам, по раструбам тоже, до некоторой степени, хрустальных бокалов с не-помню-чем, уж не шампанским ли, в них. Советское шампанское: вот, наверное, что мы пили; шампанское пенилось; свет бежал; Лже говорил. Настоящая смута, государь мой Димитрий, началась с вашей гибелью. С воцарением Шуйского, он же Муйский, с моим выходом на историческую сцену, каковой выход мы с Мариночкой — тьфу ты пропасть! — так долго и втайне готовили, провозгласил он, вновь кладя на ее шляхетскую руку свои колбаски-сосиски, с нежнейшей улыбкой, — вот только со всем этим и начинается настоящая смута, а у вас еще был шанс, если бы вы вели себя по-другому. Если бы вы власть любили, вот в чем все дело. Беда державы нашей, что реформаторы не очень-то любят власть. Да вот и нынешний наш пятнистый, боюсь, недолго продержится. Власть любят деспоты, вроде вашего батюшки, уж простите. Деспотам оно и положено. А вы власть саму по себе и ради нее самой не любили. — А вы? — А я люблю, самодовольно провозгласил он, поглядывая, как же иначе, на одобрительно, страшно холодно улыбавшуюся Марину. Я, может, по-вашему, и плюгав, но я силен, я крут, я зол и жаден, если хотите знать правду, я Наполеон Наполеонович, вот я кто. В общем я — да, а вы, сударь, — нет. Ваша карта бита, и вы это знаете… В театре, кстати, быстро переходят на *ты*, но он упорно говорил мне *вы*; уважал.

*

Вы смотрите в прошлое, я смотрю в будущее; вы все вспоминаете — то Курляндию, то вашего Симона, то, вот, Вишневецкого, то ариан в Ракове и Гоще, — а мне вспоминать нечего; я все зачеркнул, когда встретился с моей панной; отдался в руки Марины, Фортуны. Потому-то никто обо мне ничего и не знает: кто я, откуда. Ниоткуда, никто. Я авантюрист, значит: верю в судьбу и судьбе. А вы-то — Димитрий. Или не Димитрий, но вы не авантюрист, нет в вас этого бешенства, этой бесшабашности, этой отчаянности… А во мне есть, во мне этого много, так много, что я сам не знаю, куда девать это бешенство. Я всю Россию готов напоить моим бешенством: и Северскую землю, и Тушино, и Москву, и Калугу. Оттого-то моя Мариночка-панночка и полюбила меня. Правда, панночка Мариночка, холодная аки гелий, жаркая как геенна? Меня, сударь, не вас. А мы с Мариночкой теперь все: два сапожка — вечная пара. Мы еще родим с ней ребеночка, так ли, Мариночка? Ребеночка, вореночка произведем мы на белый свет, а что дальше с нами будет, да и с ним будет, неважно. Будет все плохо, но уж мы погу-

ляем по белу свету, уж побуйствуем, поярримся, повеселимся.
А может, и победим? Побеждает тот, кто бросает вызов судьбе.
Кто верит судьбе и в то же время бросает ей вызов. Она любит
отважных, безрассудных, задиристых. Правда, пан Мнишек?

*

Правда, сын мой, отвечал Мнишек, буйно жуя. Мнишек, покуда мы беседовали с пародией, объявил во все- или почти
всеуслышание, что не может польский магнат, сенатор Речи
Посполитой удовлетвориться каким-то мороженым, пускай
и политым шоколадною жижей; даже двумя порциями такого
мороженого на курьей ножке — kurwa cholera! — не может
удовлетвориться польский сенатор; посему, пусть подагра его
сожрет, пусть замучает, но уж он закажет сейчас у курвы-о-
фициантки и салат «Столичный», и жульен с грибами, и зра-
зы с картофельным пюре: весь советский набор; а ежели кто
к нему хочет присоединиться, пущай тоже заказывает, он уго-
щает. Ксении не было с нами, уж она бы наверняка захотела.
Зато официантка, я помню, преобразилась при виде Мниш-
кова живота, под действием его сдобной улыбки, к зримому
удовольствию веселых друзей моих, Рубца Мосальского и Басманова, Пети, поздравлявших сенатора со славной победой.
Никакой Лариски с Киевского тебе уж, ясновельможный пан,
и не надобно, как мы поглядим. Мне лишь было не до веселья.
Правда, сын мой, отвечал Мнишек моей пародии, буйно жуя,
сопя, подмигивая преображенной официантке. To prawda, mój
synu, отвечал он пародии, dokładnie tak, synu mój.

*

Ты ли это, Мнишек? Не узнаю тебя. Не ты ли говорил мне еще
в Сомборе, еще в Кракове, что будешь мне как отец, во всем
поможешь, направишь, если нужно спасешь, все простишь?
Я тебе, конечно, не верил; как отец был мне Симон, мой фабрикатор; а Симона ты заменить мне не мог, на Симона ты не тя-

нул. Но мне это было приятно, не скрою, я сам в моих письмах называл тебя паном отцом, себя — сыном и другом. Demetrius filius et amicus. Вспомни, Мнишек! Неужели эти слова ничего уже больше не значат? Ты будешь делать вид на сцене, что значат. Но я уже не верю тебе, окончательно не верю тебе. И разве не ты, Мнишек, учил меня бросать вызов Фортуне. Это ведь ты говорил мне, что судьба любит задиристых. Ему, значит, тоже? Кому еще ты говорил это, Мнишек? Что ж, ты прав, судьба любит задиристых. Я бросаю ей вызов каждый день и час моей жизни. Посмотрим, посмеет ли она возразить мне. Устал уж слышать от умных людей, что погублю себя, на твоей дочке женившись. А я женюсь, я так решил, я от слов своих не отказываюсь. Талдычат мне, что охрану надо усилить, без стражи по улицам не ходить. Вот Басманов, что ни день, то талдычит, и Мосальский о том же толкует, и Маржерет толкует, токует. А я хожу как ни в чем ни бывало. Я не тиран, я не готов жить в укрывище. Зачем и жить-то в укрывище? Лучше сразу в аду. Так-то, сударь, говорил я в Хрустальном, оставляя Мнишка доедать свою зразу, обращаясь к пародии: так-то, сударь мой, Лже. Я — настоящий, но я тоже — авантюрист, авантюрист не меньше вашего, Авантюрист Авантюристович Авантюристов. Что ж до Наполеона Наполеоновича, как изволите вы выражаться, то не он ли (поправьте меня, если я что-то путаю): не он ли рассказывал, уже на Святой Елене, что никогда у него, Наполеона, не было возможности поступать так, как он хотел, по собственной воле? У Наполеона, подумайте! У самого Наполеона, вообразите! Еще подумайте, стоит ли вам, милый Лже, с такой наглой улыбочкой сравнивать себя с Бонапартом, если даже он, по его же словам, не был властен над своей жизнью? А кто из нас властен? Оставим вопрос без ответа; просто заплатим по счету. Заплатим по всем счетам, а там как Бог даст.

Не могу теперь вспомнить, почему, всей гурьбой, пошли мы дальше по Кутузовскому, по другой его стороне. То ли мы старика Мнишка провожали домой, то ли собирались зайти в славный кинотеатр с великолепным названием «Пионер», то ли в соседний с ним, и совершенно такой же, славный кинотеатр под не менее великолепным названием «Призыв». Один для верных слуг Навуходоносора, другой для подданных Ашшурбанапала. Наследственность? Смешно мне даже слышать о какой-то там наследственности Басманова. Что его наследственность в сравнении с моей наследственностью? Вот моя наследственность, так уж это наследственность; поди поживи с ней. (А я и не живу, мадам; я внутренне вою; потом в окно смотрю; потом опять пишу свой умопомрачительный текст. Это в скобках, замечает Димитрий; скобки закроем; сделаем вид, что ничего не случилось). «Призыв» с тех пор исчез, призывать уже некого, не к чему. А пионеры всегда готовы начать все сначала, хранят свои горны, берегут свои галстуки. Как повяжешь галстук, береги его — он ведь с красною икрою цвета одного. Шуточка так себе, из школьной антологии. Но пусть будет; не пропадать же добришку.

В «Пионере» шел «Рэмбо Четыре», в «Призыве» шел «Рэмбо Пять». «Рэмбо», мадам, через «э». Рембо, мадам, в России тоже писали некогда через «э», да и Верлена писали «Верлэн». Макушинский, хохоча до слез, любил рассказывать, как за пару лет до того, впервые съездив в Париж (где познакомился, по его словам, с каким-то замечательным архитектором, из старых эмигрантов, но я не помню подробностей, да и какое мне дело до них, мне, непобедимому императору?) — съездив и возвратившись, обнаружил на стене уже помянутого мною кинотеатра Маловысокохудожественный, что на Арбатской площади, многоаршинную надпись «Рэмбо», которую прочитал как «Рембо». Вот эта любовь к поэзии, подумал он (по его словам, почти проглоченным его же, соответственно, хохотом); вот это любовь к литературе, в особенности и в частности — к французской; вот это класс; вот это я понимаю. Рембо Три, Верлен Два. Малларме Четыре, а Один, конечно, Бодлер. Эх, Макушинский, Макушинский, где-то ты шутишь теперь свои шуточки (с внезапной грустью пишет Димитрий)? Терпеть тебя не мог, а вот теперь жалко. А вы смотрели «Рембо» или «Рэмбо», сударыня? В ту пору все смотрели этого Рэмбо в исполнении Сильвестра С-талоном. Помните, были такие талоны, по которым изголодавшиеся по ширпотребу московиты и московитки могли купить, через полгода после получения талона оного, пару ботинок, хорошо, что не валенок? А помните шуточку про Сильвестра С-талоном и Сильвестра Без-талона? Шуточка тоже так себе; но пускай и она остается в закромах и запасниках измученной памяти нашей.

*

А кто не смотрел Рэмбо С-талоном, тот смотрел, понятно, Арнольда, он же Шварц, он же Черный Негр (вот эта шутка не прижилась, но и ее сохраним), а большинство смотрело обоих, один день Шварца С-талоном, другой день Арнольда Сильвестровича. Шварц всех *мочил*, и Талон всех *мочил*. Это слово напоминать вам не нужно. Оно чудовищно, но вы его помните. Оно омерзительно, но вы долго еще забыть его не сумеете. А в ту пору уже все всех мечтали *мочить*. Талон был *качок*, и Шварц был *качок*. Это слово тоже вы помните, я полагаю. А в ту пору все уже хотели быть качками-раскачками, самыми накачанными, раскачанными, перекачанными, и если не все жители Арбата, Тверской улицы, Кутузовского проспекта, то уже все раменские, все люберецкие. Уже страшно, в сущности, становилось. Уже опасность подстерегала за любым углом и в любой подворотне, уже вся пригородная шпана, вся люберецкая, раменская, солнцевская, щелковская, ореховская, подольская устремилась в столицу, лихие люди бродили по стогнам Первопрестольной, уже все громилы, верзилы, амбалы, обиралы, жулики, лиходеи, ушкуйники, башибузуки, головорезы и просто мазурики, предчувствуя, что их звездный час настает, вот сейчас настанет, вот, вот, настал, с неизменным наслаждением калечили и мочили друг дружку, заодно уж и случайных прохожих, подвернувшихся под горячую руку. И если еще не калечили, не мочили, то уже начинали калечить, уже готовились замочить (что у них, впоследствии, так хорошо получилось; много раз получалось; в ночь моей кровавой свадьбы с Мариной получилось лучше всего).

*

Становилось страшно, но мы не боялись. Кто другой, быть может, боялся, но мы не боялись. Мы с Басмановым, мы с Мосальским не боялись вообще ничего, я уж точно ничего не боялся. Есть великое счастье смотреть опасности прямо в пустые глаза. Смотришь в них и знаешь, что ты сильнее, смелее. Потому нам не нужен был никакой Рэмбо С-верленом, Сильвестр С-бодлером. Мы и не пошли ни в «Пионер», ни в «Призыв». Мы простились, помню, со старым Мнишком, нырнувшим в одну из партийно-правительственных арок (их там много, в нечеловеческий рост); потом простились с Мариной и Лже, устремившимися к метро «Кутузовская», взявшись за руки, он в куртке черной и кожаной, она вся в красном, вся блондинка, на голову его выше, прекрасно-гелиевая даже издалека. Все опять грохотало и буйствовало, — опрично-окольничьи *членовозы* проносились по проспекту, обгоняя друг друга, — не расслышать было, что мы говорили друг другу (Мосальский был молчалив, а Басманов — болтун, временами); посему, по очередному подземному переходу проспект пересекши, отправились мы, я помню, к реке, где все в ту пору заканчивалось: и город, и грохот. Куда мы шли, собственно? Мы шли просто по набережной, просто так. По крайней мере, я шел просто так и по набережной; я еще собирался встретиться с Ксенией, был чист душою и помыслами; они же, Басманов с Мосальским, шли, делая круг, в сторону Киевского вокзала, в те интересные переулочки, где всегда есть шанс столкнуться с мазуриками, посмотреть опасности в пустые глаза, где, помимо мазуриков, поджидали их восхитительная Нюрка с упоительной Манькой, с добросердечной Лариской, зажигательной Катькой, наставницы патетической юности нашей.

*

Еще не было никаких автострад, эстакад, эскапад, эстремадур и эскуриалов (с наслаждением пишет Димитрий); никаких тебе сверкающе-сумасшедших небоскребов на другом берегу, завинченных вокруг своей же оси; никаких стеклянных мостов с магазинами, пиццериями; всего, что вы так любите, сударыня; чем вы так наслаждаетесь, выходя из своего Мини Купера (не Фенимора, Чингачгук Большой Змей) в своей мини курточке (черной, кожаной, с золотыми застежками), в своих макси ботфортах (по самые стёгна), ощущая себя такой молодой, крутой и продвинутой, такой прикинутой (да простят меня Музы! как имел обыкновение выражаться зануда А. Макушинский), настоящей столичной красоткой, заправской жительницей метрополии, давно отринувшей печальное прошлое. Это прошлое состояло из каких-то скатов, складов, строек, стоянок. Железнодорожный мост пересекал его, соединяя непонятно что с непонятно чем, заводы с задворками; бесконечный, как все они, товарный проезд проходил по мосту через прошлое, один ржавый вагон за другим, еще более ржавым вагоном, отражаясь в воде, среди небрежно нарезанных льдин. Нас было трое, а ушкуйники шли оравой. И там было одно место, на этой заброшенной набережной, где чугунная решетка, отделявшая прохожих от бездны, отсутствовала (почему, уж не знаю); там-то (вовсе не у вокзала) и столкнулись мы в тот день с люберецкой шпаной, солнцевскою урлою. Людишки были меленькие, серенькие; шли навстречу нам, покуривая, поплевывая; глазками зыркая; издалека нас приметив. Ишь, какие тут все гладкие, сообщил один другому, ткнув его локтем. Другой задел Мосальского, первый меня. А я шел ближе всех к воде и погибели. И похоже, поскользнулся я на талом снегу; хорошо, Басманов, верный друг, на краю пропасти успел меня поддержать. Все же я заглянул в нее. Иссиня-черной показалось мне вода между льдинами. Вдруг увидел я, как буду, булькая, в нее погружаться, увидел даже какие-то железяки на дне. Потом мы их били. У Басманова, к изумлению моему, в руке оказался кастет, у Мосальского, что ли, булыжник. У меня была только ярость, но ярости было много. Они не ожидали этого, прямо оторопели. В конце концов, пустились наутек, огрызаясь. Одного, белобрысого, ухватил я, помню, за шарф. Вода была по-прежнему близко и соблазн велик. Все-таки, посмотрев в его расквашенное моим ударом лицо, в его хлюпающие, смертельно испуганные глаза, я бросил его на снег, пнул ногою. Он побежал, всхлипывая, за прочими прохвостами, другими сквернавцами. Мы долго стояли, глядя на трубы Трехгорки, стараясь отдышаться и успокоиться. Мы чувствовали себя героями, но успокоиться было трудно. Они уж теперь далеко, проговорил, наконец, Мосальский. Надо нож носить с собой, а лучше бы пистолетик, иначе плохо нам всем придется.

*

Плохо нам и пришлось, но мы этого еще не знали (только втайне догадывались). А вот помните ли вы, сударыня, теорию парности событий? События, если верить этой славной теории, всегда идут парами — сперва одно, сразу за ним другое, похожее. Назавтра, возле Киевского вокзала, где уж я не помню теперь, зачем в тот день оказался (нет, мадмуазель, не ради Нюрки, даже не ради Катеньки, уж поверьте; душою и помыслами так я был чист в ту зиму, уже, впрочем, таявшую, как ни до, ни после, никогда не бывал) — возле Киевского, еще раз, вокзала, там, где богиня Лабазия теперь правит бал роскошный, блестящий, вместе со всей своей Армадой, Эскадрой, где в ту пору она лишь начинала веселье среди ларьков и киосков, картонок, перевернутых ящиков, шерстяных носков, мохеровых шарфиков, поддельных джинсов, тридцатикопеечной «Явы», беляшей и чебуреков с котятиной, — там два мерзавчика, неотличимых от наканунешних, в шапочках с надписью, если память меня не подводит, «Динамо» (на жопе яма), попробовали взять меня в клещи, один оказался справа, другой слева, давай, говорят, познакомимся, купи у нас *адидасы.* На мое *мне не нужно* один сообщил, что у него пика в кармане — не нож, не финка, не кастет и не пистолетик, но именно пика, — другой, сладким голосом, что стоит мне рыпнуться, получу я этой пикою в бок; увы, ребятишки, они же ребятушки, не знали с кем связались, на кого напали; пришлось объяснить им это в проходе между двумя ларьками, где черная снежная жижа чавкала сперва у нас под ногами, потом под их шапочками. Одного, мадмуазель, я вырубил быстрым ударом в селезенку, другому, мадам, так руку вывернул, что, будем надеяться, нескоро она зажила. Уж я такой, синьора, хотите верьте, хотите не верьте. Бей, так с болью, как очень правильно говорят бейсболисты. Пресловутая пика оказалась любовно заточенным на конце напильником; потом еще долго она у меня валялась, напоминая о славных днях бесшабашной молодости моей; потом пропала в одном из бессчетных моих переездов; после одного из громогласных разводов Стрептофуражкина. Я разводился чаще, чем женился, как знаменитостям оно и положено. Знаменитости ведь только и делают, что разводятся, на радость всей нашей необъятной державе — и городам, и земству, и посадским людям, и всем остальным телезрителям. А если вы мне не верите… а впрочем, вы всему уже верите, вижу по глазам вашим, мадмуазель, по вашим прелестным, манящим, ночнейшим, восточнейшим, даже, втайне и вдруг, напоминающим те, по которым всю свою бессмысленную жизнь обречен вздыхать Стетоскопкин.

*

Что-то сломалось в нас. Мы победили мазуриков (ушкуйников, мерзавцев, сквернавцев); на другой день (вот она, парность-то событий-то) я один победил лиходеев. Мы и чувствовали себя победителями, чувствовали себя, да, героями, сильвестрами с самым большим талоном. А все же сломалось что-то, сместилось и сдвинулось. Я это заметил не сразу; может быть, через несколько дней. Сместилось и сдвинулась что-то во мне, в городе и в театре. Во-первых, выяснилось, что Ксения способна на ревность. Моя Ксения! Моя Ксения, чистая девочка с невинными извращениями, трепетная красавица с аппетитом Пантагрюэля, начала ревновать меня — и к кому? — к холодной, аки гелий, Марине, законченной блондинке и окончательной лыжнице. Я честно пытался ей объяснить, что не к Марине меня бы следовало ей ревновать. Я не говорил, к кому, говорил только, что если уж ревновать, то, разумеется, не к Марине. Мои слова не производили на нее впечатления. На Марию Львовну она не смотрела, как и я старался на нее не смотреть, а на Марину, на репетициях, смотрела исподлобья, из-под и так уже союзных бровей, теперь окончательно сведенных в одну сплошную, очень черную линию, а после репетиции объявляла мне, негодуя, что это не она ревнует, это я ревную, это я сам, с появлением облыжного Лже, начал ревновать к нему ее — не ее, Ксению, но ее, Марину — вот кого, Марину — вот кого ревновать я начал к этому Лже, облыжности чрезвычайной, из чего она, Ксения, своим чюдным домышлением делает вывод, что я к ней, Марине, все же неравнодушен — и нечего мне ссылаться на государственные дела и всемирные планы, на старого Мнишка и скифов с сарматами, — оставь это для сцены, пожалуйста, — она, Ксения, видит то, что видит, чего не может не видеть, да я и не первый мужчина, которого привлекают та-

319

кие холодные, как гелий, блондинки, с такими правильными чертами, что даже смотреть на них страшно. Она знает, она читала об этом в книжке самого... я не запомнил, кого самого: какого-то, поди, психологического пророка, которого имя, как ни стараюсь, не могу теперь выудить из забвения (Карл Густав Юный, Эрих Благочестивый...).

*

Я все отрицал, разумеется. Никогда, о Ксения, милая, никогда, никогда я не мог бы влюбиться в этот лед, этот холод. Как, о Ксения, милая, могла ты подумать, что я неравнодушен — к кому? к ней? к вот этому холоду, этому льду? Да мое равнодушие — к ней равняется ее равнодушию — к миру, к жизни, ко всем людям (кроме, как теперь оказалось, моего двойника, облыжного лыжника). Вот в том-то и дело. Теперь — оказалось, и теперь ты — ревнуешь. Да как она посмела утратить свое равнодушие благодаря пародии, копии, презревши оригинал? Тебе это обидно, я вижу. Для тебя это оскорбительно, я чувствую. Ты возмущен и ничего не можешь поделать с собою. Ты втайне всегда был в нее влюблен, как вы все влюбляетесь в ледяных блондинок, и не сознавал этого, а как только появился соперник... Не злись, пожалуйста. Поезжай лучше в монастырь со мной и моими друзьями... Ни в какой монастырь я не поехал, ясное дело; после этого разговора разозлился всерьез; оставил ее, помню, возле консерватории (перед ПИЧем на постаменте); рвущимися шагами зашагал по Никитской (по опричной стороне), по лужам (вполне весенним); потом обернулся — ее уже не было.

*

Она была права, приходится признать теперь (страдая, пишет Димитрий). Уже не мог я притворяться перед самим собою, себя же обманывать. Перед Ксенией притворялся, но перед самим собою не мог. Да просто сил у меня не было смотреть,

320

как она — кто? — не Ксения, нет, но Марина, Марина, Марина — как она позволяет кожано-курточному Лже класть свои колбаски-сосиски на ее шляхетскую руку, как, того более, сама кладет свою шляхетскую руку на его сосиски-колбаски, с выражением ледяного блаженства на ледяном же лице, как вновь и вновь, склонившись, клюет его в самую плешь, как она вообще преобразилась, как расцвела, какое все носит теперь весеннее, яркое, какой бюст у нее образовался под новыми весенними платьями, яркими блузками, которые он, очевидно, дарил ей, какие коленки вдруг обнаружились, как они вместе выходят из театра в уже весеннюю ночь, к последнему метро не спешат, как спокойненько, улыбаясь друг другу, идут к его машине — «девятке» — еще помните, что это, сударь мой? или уж все позабыли с вашими «мерседесами»? — «мерседесы»-то что? а вот «девятка» тогда был шик, самый крик самой моды, — каковая «девятка», гадина, дожидалась их целый вечер за ближайшим к театру углом, — как он открывает ей дверь, как под локоток, подонок, подсаживает ее, как уезжают они — поди, в Тушино, — куда ж ему, грядущему Тушинскому вору, и ехать? — прямо садятся в «девятку» и уезжают, сволочи, в Тушино из-под наших (с Басмановым, с Маржеретом) негодующих взоров.

*

Просто сил не было у меня смотреть на все это, а не смотреть я тоже не мог. А потому что есть что-то, да, да и да, что-то есть в этих законченных блондинках с совершенно правильными, неподвижными чертами ледяных лиц, — есть в них что-то невыносимое, непобедимое, неотразимое; есть в них вызов; есть в них опасность; есть в них и гибельность: — все, что радует сердце авантюриста. Вот и Маржерет, я видел, изнемогал. Маржерет, соблазнявший подряд всех Аглай и всех Не-Аглай, уступил мне Ксению и к Марине, ежась, не приближался. С появлением Лже он и за Мариной пустился приударять, и Ксе-

321

нии стал подмигивать, и даже Марии Львовне, с невиданной прежде развязностью, начал руку класть то на коленку, то на плечо, свободной рукою подкручивая свой мушкетерский ус. Мария Львовна смотрела на него с изумлением, явно деланным; похоже, ей это нравилось. Нет, ему она не говорила: *ты*, как не говорила и мне, отражаясь в зеркалах гардероба, выбирая себе провожатого во все более опасным делавшееся Беляево (отнюдь не Бердяево); но говоря: *ты* осчастливленному Хворостинину, облагодетельствованному Мосальскому, начала как-то так на Маржерета посматривать, что тот, всегда уверенный в себе и своих мушкетерских усах, терялся, и вздрагивал, и даже оглядывался, проверяя, к нему ли, Маржерету, — или, может быть, совсем не к нему, а к кому-то, стоящему за ним, Маржеретом, — обращен ее взгляд, изумленный и обольстительный, теперь опять, бывало, обращенный и ко мне, Димитрию (пишет Димитрий): что, в свою очередь, не ускользало от Ксении, которой кто-то (интересно, хотя и неважно кто именно) рассказал, разумеется, о том высоком балконе в Тайнинском, где (как уже давно это было) почти целовались мы с Марией Львовной, делая вид, что никто нас не видит (а все видели, только виду не подавали).

*

Да и Сергей Сергеевич (в роли Сергея Сергеевича) начал косенько, остренько посматривать на меня и на Ксению, как будто раздумывая, не слишком ли скоро согласился он с нашим союзом. Что ж это, в самом деле, Ксению он в театр привел, а тут я? Он ее и в кафе выгуливал на Никитском бульваре, предлагал ей булочку большую и *малую*, разыгрывая рассеянного профессора в москвошвеевском пиджачке, а тут нате, пожалуйста? Да можно ли такое стерпеть? Да как они смеют? Да не пора ли их приструнить, призвать к порядку, показать им, кто они и кто он?... Зато в роли Шуйского-Муйского он (Сергей Сергеевич) смотрел на меня слаще некуда, приторней не бывает. Смотрел на меня глазами самыми сахарными, самыми паточными, читай: пыточными (втираясь в доверие). Тяжело тебе, государь. Все, все злоумышляют против тебя. Я один не злоумышляю. Я злоумышлял, это правда, настраивал против тебя народ, в приятном лице Простоперова, науськивал против тебя москвичей, москвичих, даже и москвичишек, мальчишек. И достоин был казни, сам бы себя казнил, будь я тобой, будь я, не прогневайся, на твоем месте, на твоем троне. А уж твой бы блаженной памяти батюшка такую пытку бы учинил мне вместе с Малютой, дедушкой уважаемой Ксении, что я своему бы дедушке позавидовал, Андрею Михайловичу, отданному псарям. А ты помиловал меня, государь. Помиловал, из ссылки вернул. Неужели я предам тебя после этого? Ведь есть же и в моей кровипивственной душе остатки, ну самые остаточки, чего-то хорошего, светлого… Да и мне ли посягать на царство, после всего, что я сделал в жизни, после всех обманов, предательств? Эх, русские люди, русские люди! Много зла вы берете на совесть, Бога вы не боитесь, все законы небесные попираете, о земных и не говорю. А я уже не такой, государь, я старый человек, я чист пред тобою. Твоя милость очистила от всякой скверны мою грешную, ох же, грешную душу. Положись на меня, государь, доверься мне, да и на кого еще ты можешь здесь положиться? Все обманывают тебя, все тебя используют для своей жалкой выгоды, своих низменных целей. Разве не видишь ты этого? Или думаешь, Мнишек тебе поможет? Мнишек здесь никто. Это он у ляхов кто-то, а здесь он никто. И все эти ляхи, что вместе с ним в Москву заявились, все эти спесивые паны, эти буйственные жолнеры… Да они только дразнят народ наш. Ненавидит их народ наш от всей своей чистейшей души, только и ждет, как бы ихнюю душу поганейшую отправить на вечные муки. Расфуфырились, гляди, разрядились, отъелись тут на русских хлебах. А наш народ их дрекольем. Узнают, поди, как над верою нашей отцовской, над обычаем нашим, над правдой-истиной насмехаться. Но ты не бойся, батюшка-государь, уж я народ наш уйму, народ наш сдержу, уж я с ним свыкся, уж норов-то его изучил, да и он меня слушает, прекословить не станет. Так что женись, женись преспокойненько на своей польке, справляй с ней свадьбу, закатывай пир на весь мир, крещеный и некрещеный, а уж о безопаствии твоем-то я позабочусь. Я один тут знаю все выходы и ходы, все потайные лестницы и лазейки, все подкопы, норы, норушки, все гадючьи гнезда, все змеиные уголки, всю подлую науку кремлевскую. Я буду тебе как отец, а ты мне как сын. Ты еще так молод, так неопытен, мой Димитрий! А я старый пес, старый хрыч. Я буду опекать тебя, руководствовать тобой, если что, даже, будь не во гнев, тебя одергивать, если очень уж ты увлечешься. А ты увлекайся, ты дерзай, мечтай, осуществляй свои великие замыслы, воюй турка, иди на Константинополь, хошь, так и эту самую… как ее?.. ученость учреждай на Руси, открывай университет, заводи академию. Только ты поосторожней все это учреждай. А то народ наш не любит учености, ох не любит. Вот Густав, свейский принц, на что был учен, а не прижился на Москве. Потому и не прижился, что слишком учен был. А ты не торопись, государь, мечтай, дерзай, а все же не торопись. А я уж направлю тебя, неопытного, помогу тебе в чем могу, своими слабыми силами. Что мне, старику, еще надобно? Вот нет у меня детей, не позволял мне Борис проклятый жениться, не к ночи будь помянут, диаволово отродье. А ты мне как сын теперь, прям как сын. Никому не верь, а мне верь, я уж не подведу, не предам.

*

Мне становилось скучно, вот что я вам скажу. Я всех их видел насквозь. Все от меня хотели чего-то, все ждали, что я буду петь их песенки, плясать под их визгливую дудку. Нагие, обретенные родственники, хотели денег, чинов и поместий. Иезуиты хотели не просто унии, наподобие Брестской, что мы задумали с Мнишком, а прямого, тупого подчинения Риму, прямого, тупого обращения всей страны в католичество, на что она, страна, наверняка бы не согласилась, да и я не соглашался, потому что противно мне подчиняться кому бы то ни было, играть роль в чужой пьесе, выступать ручной обезьянкой, комнатной собачонкой. Сигизмунд не признавал меня императором, хотел, чтоб я с ним пошел войной против шведов, отвоевывать престол у Карла Девятого, его дяди, а я ни одной минуты не собирался ссориться с Карлом Девятым, наоборот, я мечтал о союзе со Швецией, даже, когда-нибудь, об унии со Швецией, если, например, разведясь с неверной Мариной, женюсь я на принцессе Катерине, дочке этого самого Карла Девятого, так удачно для меня подраставшей в Стокгольме. Старый толстый Мнишек, забывая наши великие планы, тоже, казалось мне, хотел теперь только денег, поместий, волостей, областей. Марина только подарков, соболей, драгоценностей, балов да танцев, да уединенных свиданий со своим полюбовником, своим Лже. Теперь уже был я уверен, что и вправду разведусь с ней, когда все успокоится, как Василий, дед мой, развелся с Соломонией несчастной Сабуровой, как отец мой разводился со всеми своими Собакиными. Об этих моих мыслях никто не догадывался, ну разве что Басманов, разве что Маржерет, самые верные, самые умные. Но и они, конечно, помалкивали, только, бывало, поглядывали на меня, на нее… Плюнь на них на всех, поступи совсем иначе, совершенно по-своему, говорил мне некогда Симон, великий врач, влах, под грохот волн и шум ветра, на берегу моря, где он вообще говорил мне все важное, незабвенное. Можешь и на меня наплевать. Я придумал тебе великую жизнь, но это я придумал ее для тебя, за тебя. Возьми и придумай себе другую. Она ведь одна. Сочини себе другую одну — другой другой жизни не будет, только та, которую ты сам сочинишь. Я так бы, наверно, и поступил, если бы в мой последний приезд он не умер, не упал лицом в Парацельса, едва успев заговорить о том, что пришла пора действовать. Когда он упал лицом в Парацельса, а мы с Эриком смотрели на него, друг на друга, еще не понимая, уже начав понимать, что случилось, затем попробовали поднять его, оказавшегося таким большим и тяжелым, я поклялся себе, что выполню все им задуманное, что сохраню верность и ему самому, и его алмазным глазам, и его фантастическим замыслам. Я поклялся, а Эрик, нет, не поклялся. Эрик спокойно уехал в Швецию, потерялся в жизни, среди людей. Он даже со своим отцом Густавом не попробовал, мне кажется, встретиться; впрочем, Густав тогда уже был в России, приглашенный Борисом Годуновым, тоже строившим великие планы. Где теперь его планы? А где мои планы? Я и года не процарствовал, а уже мои планы мне самому казались неисполнимыми, словно я упирался руками во что-то — совсем не похожее на тот бархатный мрак, в который погружался в детстве, после угличского убийства, — что-то серо-каменное, углистое, жесткое, не пускавшее меня дальше. Время шло дальше, а меня не пускало. Время идет, все портит, нас не пускает.

*

Время само по себе идет и само собою все портит (с отвращением пишет Димитрий). То, что так славно, так счастливо начиналось, теперь казалось скомканным, сломанным, нескладным, нелепым. Я этого не видеть не мог, а Сергею, скажем, Сергеевичу совсем не нравилось, что я это вижу и показываю, соответственно, зрителю (до премьеры только воображаемому). Мы все знаем — и зритель знает, что ты обречен; все вокруг знают, что ты обречен; весь мир знает, что ты обречен. Ты один не знаешь этого, говорил Сергей Сергеевич (выходя из роли Шуйского-Муйского, входя в роль режиссера); ты легкомыслен и беззаботен; ты веришь, что все сойдет тебе с рук; что Фортуна, вознесшая тебя так высоко, вознесет тебя еще выше; ты не хочешь думать об ее колесе, имеющим привычку вращаться — всегда, не прекращать вращения своего — ни на миг... А ты кого играешь (вопрошал он с возмущенной высоты своего роста)? Ты играешь не просто обреченного, но ты играешь обреченного, знающего, что он обречен. Ты нам какого-то гибельного Димитрия изображаешь тут, хоть мы тебя совсем о том не просили.

*

А кого я еще мог играть, сударыня (с уж точно неменьшим возмущением пишет Димитрий), когда я и был этим знающим, этим гибельным? Я вовсе не был тем легкомысленным дурачком, каким выставляют меня разные историки, всякие драматурги, прочие дурачки. Я все видел: видел интриги Шуйского, предательство Муйского; подлость придворных; раболепство черни; угодливое изуверство попов и холопов; самодовольную свирепость так называемого народа. Я понял главное: понял, что главного не пойму. Не пойму, кто я; не узнаю этого; от сомнений своих не избавлюсь. Когда Мария Нагая признала меня в Тайнинском, я поверил (легкомысленный дурачок), что вот теперь — все, теперь мои сомнения разрешены, теперь я знаю, кто я такой, могу спокойно царствовать во благо отчаянного отечества, могу и просвещение вводить на Руси, и университет открыть на Руси, могу все, могу то и это — и турка воевать, и Крым покорить, — но время, сударыня! время само собою все портит, все комкает; разрушает наши замыслы; размывает контуры нашей судьбы, очертания нашей доли (так ладно, так хорошо сфабрикованной); не успеешь оглянуться — и уже все иначе; уже опять возникают сомненья, воскресают мученья; и ты снова стоишь перед партийной парсуной твоего страшного батюшки, и он смотрит на тебя с прежней издевкой, и на твои вопросы не отвечает; и другие парсуны на тебя надвигаются, в стиле politburusse: и Василий Третий, и Василий Второй, Кровавый Слепец в черной маске, смотрящий без глаз; и ты снова чувствуешь себя маленьким мальчиком, среди этих косматых чудищ, заблудившимся в собственных снах; и Мария Нагая, прекрасно сыгранная Марией Львовной, снова от тебя отдаляется, и ты не знаешь, верить ей или нет, верить ли ей, что она верит, что ты — это ты, я — это я, — вдруг она вовсе не верит в это, а только делает вид, что верит, потому что ей это выгодно, покуда ей это выгодно, а как перестанет быть выгодно, так она и вид перестанет делать, — тебя предаст и от тебя отречется, — как справиться с этим подозрением, если оно уже зародилось в тебе? — а она смотрит на тебя глазами такими темными, теплыми, лживыми, — а Марина Мнишек глазами такими правдиво-холодными, что и ей ты не веришь, — веришь только в ледяной блеск ее глаз, обращенных к корявому Лже, твоей жалкой пародии, — и понимаешь, что положится не на кого, кроме Басманова, Пети, но Басманов, Петя, с тобой погибнет, тебя не спасет.

*

Ксения (мне казалось; возможно, я ошибался) тоже была готова разделить со мной мою гибель, но спасти меня было и ей не под силу. С Ксенией быстро мы помирились: на другой день, наверное, после того, как я оставил ее возле консерватории, в обществе довольного ПИЧа, уже сочинившего всю свою теле-музыку для неотвратимо грядущего путча. Вновь и по-прежнему она приходила ко мне, раздевалась до блядских чулок и блядской же комбинации, заставляла меня запихивать ей в рот большие куски возможно более кремового торта, купленного иногда в соседней булочной, иногда в кулинарии ресторана «Прага» — куда я нарочно ходил за ним, всякий раз (почему-то) выбирая другой маршрут (то по Калашному, то по Кисловскому), — одновременно усаживаясь на меня в позе пресловутой маленькой Веры, вдохновительницы стрельчих и купчих; неправду всего этого я чувствовал каждый раз все отчетливей. Неправда была, разумеется, в том, что ни на грош не было в ней разврата. Ей так трогательно хотелось, чтобы разврат в ней был, но разврата в ней не было. Так мальчики из хороших семей начинают курить, обмусоливать бычки, мерзко сплевывать, ругаться матом пятиэтажнейшим, подзаборнейшим — не становясь от этого ни шпаной, ни урлой, ни пацанами, ни мазуриками из электрички, оставаясь собою. Так и Ксения оставалась собою — чистой девочкой, ничего не знавшей о жизни, властелинкой лохматых собак, читательницей стихов.

*

А душа ведь жаждет разврата несыгранного, разврата всамделишного; порока подлинного; блядства безусловного, безоглядного. Катьку с Нюркой у Киевского вокзала: вот чего жаждет душа. Басманов с Мосальским приохотили к ним Маржерета; после каждой второй репетиции и меня звали с собою. Душа жаждала, но я с ними не шел. Еще был чист помыслами, еще думал только о Ксении. А Ксения, увы, покончив с игрою в лахудру, по-прежнему думала о Брамсе и Брукнере. Ксения тоже (пишет Димитрий, вдруг сам пораженный этой простой мыслью; пораженный тем, что так поздно набрел на нее; отрываясь от писания, подходя к окну и снова принимаясь писать): Ксения тоже чего-то хотела от меня, при всем своем уме и всей своей прелести (вот что ужасно). Ксения хотела, чтобы я был не я. Чтобы я оставался собой и в то же время был не собой. Сам и не сам, сударыня, сам и не сам. Чтобы я оставался таким же молодцом, удальцом, искателем приключений, каким я был, и чтобы продолжал играть с ней в те невинные, но казавшиеся ей восхитительно и возбудительно распутными игры, в которые играли мы с ней, которые мы даже усовершенствовали с течением времени, с приближением к премьере и гибели (вы жаждете примеров, сударыня? не хочу смущать вашу скромность), а вместе с тем, чтобы я сделался одним из ее православно-прогрессивных приятелей, читателей Аверинцева, почитателей Гаспарова, знатоков поздне-аккадской и ранневизантийской культуры, каковым я сделаться, конечно, не мог, даже если бы сам захотел этого (но я этого и не думал хотеть). Смешно же, вот что я думаю, по крайней мере теперь

329

(вновь склоняясь над своей рукописью, пишет Димитрий). Тогда так, наверно, не думал, а теперь вот думаю так. То есть она меня потому-то и выбрала (вот как я думаю), что я не был похож на всех этих прогрессивно-православных, — а вместе с тем и в то же самое время хотела меня сделать похожим на них (вот они, сударыня, противоречия-то человеческого сердца, особенно женского); едва меня выбрала за несходство с ее приятелями, православнейше-прогрессивными, как тут же от меня потребовала, чтобы я стал, как они, чтобы я и в Бога уверовал — не в того непостижимого, неуловимого, в которого учил меня верить Симон, мой фабрикатор, учили верить мои незабвенные наставники в Ракове и Гоще, а вот прямо в этого, иже еси на небесех, которому темные бабки и примкнувшие к бабкам интеллигенты поклонялись в своих храмах и капищах, — чтобы с ними в церковь ходил, всю службу отстаивал, как они, — всю эту бесконечную, изуверскую московитскую церковную службу, которую я не мог выдержать до конца, на которую заявлялся со своей польской свитой, своими жолнерами и жонглерами (это было ошибкой, сударыня, признаю; но я так молод был, так дерзок и бесшабашен; поймите же, пожалейте меня...); и чтобы я не ради нее, из любви к ней ходил на все эти Страсти-мордасти (по Матфею и Иоанну) в Большой зал консерватории (БЗК, по прекрасному выражению Басманова), а ради них самих, чтобы я полюбил, с ней вместе, и Брамса, и Брукнера, а я их обоих чем дальше, тем сильней ненавидел. Брамс еще ладно, но Брукнер! Брукнер был ужас мой, мое наказание. Как я высидел до конца симфонии, неважно какой по счету (они все одинаковые), сам не знаю, не помню. Я высидел, но вышел в ярости. Затащил ее в кафе в Брюсовом переулке, хлопнул стакан водки, ей на зло, впрочем, и себе не на радость. На том наш Брукнер и кончился.

*

Я велел послать за Густавом в Углич; сцену нашей встречи, по его словам, Макушинский расписывал с особенным наслаждением. Густав тогда еще был не стар — ему, впрочем, не суждено было состариться, — просто я был молод, Эрик еще моложе. Густав был сед, длинноволос, длиннонос. Не совсем сед, но точно длинноволос; его прекрасно-волнистые волосы, когда-то темные (какими я их и помнил), но теперь с бисенью, с долгими пепельными прядями, сбегали ему на узкие плечи ученого; нос тоже был очень ученым. Я же был мальчиком, когда в прошлый раз его видел; мне хотелось бегать с Эриком по насыпи курляндского замка; показывать ему тайные места моего детства. Теперь Эрик был журналистом, жил в Стекольне, ездил на «Вольво». А Густав стоял на сцене передо мною, такой же рассеянный, так же сосредоточенный на своих мыслях. Я долго в него всматривался, стараясь его узнать. Неужели это он посадил меня вдруг на плечи, побежал со мною по насыпи и вдоль рва? А вот и Ксения; теперь мы их познакомим. Ксении явно он не понравился; он сам, похоже, даже и не подумал, что, не будь злосчастной замужней кабатчицы, мог бы взять в жены вот эту ослепительно-прелестную девушку, с этими ночными таинственными глазами, этими фациями волос. А думал ли о своих правах на шведский престол, о том, что мог бы сидеть сейчас на этом престоле, а не парацельствовать в разоренном после моего убиения Угличе, если бы сыграл по правилам, подыграл Годунову. Есть счастливые люди, не думающие об упущенных случаях, провороненных возможностях, прошляпленных шансах. Ты не хотел играть по правилам, Густав? Как я тебя понимаю. Ты не хотел власти, Густав? Что ж, я и это могу понять, пускай вчуже. Но слава, Густав. Но память потомков. Но из рода в роды бегущий звук, могильный глас, хвалебный гул. Но мечта и стремленье до звезд дотянуться макушкой. А разве ты не читал «Илиаду», Густав, скажи мне? Разве не стяжать славу стремятся Ахилл и Гектор, сходясь у стен Трои? Эта слава есть доступное им бессмертие. И что же, Густав, разве не стяжали они это бессмертие, эту славу? Неважно, кто за кем гнался, кто кого победил; мы помним обоих. И обо мне, Густав, пусть я и погибну, еще будут сочинять трагедии, комедии, романы и... что еще? Что захотят, то и будут сочинять, вот что скажу я тебе. А как ты живешь там в Угличе, Густав, в трагическом углу чуждой тебе истории? Зимой выходишь ли к Волге, по льду идешь ли куда глаза глядят, куда ноги несут? Или думаешь об одной ятрохимии, одной спагирии? А пономарь Огурец еще жив? Или тоже сгинул в Пелыме? А Суббота Протопопов? Да уж вижу, не до Субботы тебе Протопопова. Давай позвоним Эрику, Густав? Не хочешь? Стыдно тебе перед ним? Что ж, понимаю. И мне стыдно: за все, перед всеми. Да и рано еще звонить ему. Скоро будет поздно ему звонить, но сейчас еще рано.

*

На столе, на авансцене стоял телефон, большой и черный (по замечательному замыслу Сергея Сергеевича): один из тех телефонов, какие тогда уже редко, но еще можно было встретить в каких-нибудь учреждениях: жилконторах, химчист-главкотрестах; телефон утробных дооттепельных времен; тех чудных времен, когда алыча еще росла для Лаврентийпалыча, когда еще не потерял он доверия. А у меня доверия ни к кому уже не было, разве что к Маржерету, только к Басманову. По этому-то телефону, в случае чего, собирался я звонить в Стокгольм, звать на помощь Эрика, нареченного моего брата. Случай чего приближался; злоумышлял и все решительней, сызнова, злоумышлял против меня Шуйский (вместе с Муйским), Сергей вместе с Сергеевичем (в роли Шуйского-Муйского). Главное — возбудить народ к революционному действию, говорил Шуйский Муйскому (удовлетворенно раздваиваясь); пропаганда решает все. Шуйский вместе с (наскоро подобранным) Муйским выходили теперь на авансцену, злоумышляя;

прочие участники драмы (переходившей в трагедию) в тот момент действия уже и тоже были на сцене (готовясь к финалу), но в глубине ее, так что зритель не видел их. Да и зрителей еще не было, но и зрители уже готовились появиться, собраться, рассесться в угодливых креслах. А в глубине сцены сидели мы, кто на чем. Мария Львовна сидела, конечно, на троне. Марина и Лже на очень обыкновенной скамеечке, рука в руке, в отраде и неге своих собственных злоумышлений; свет софитов, по замечательному замыслу Сергея Сергеевича (в роли Сергея Сергеевича) вдруг выхватывал их.

*

Возбудить народ к революционному действию — вот что главное, говорил Шуйский Муйскому, злоумышляя на авансцене; пропаганда решает все. Они царька своего любят по-прежнему; так скажем же им, что иноземцы на царька покушаются, что поганые латиняне, проклятые ляхи царя извести собрались, что немчины из его же охраны посягают на жизнь на его драгоценную. Куют, скажем, кровавые ковы против нашего государя возлюбленного. Винные погреба откроем, правильно, Муйский? Правильно, Шуйский! Народ перепьется, так бузить пойдет, что вздрогнет земля, твердь небесная — и та зашатается. Заодно и тюрьмы откроем, выпустим всех воров, всех грабителей, всех убивцев и кровопивцев, всех громил, всех верзил, всех обирал, лиходеев, головорезов и просто мазуриков. Уголовный элемент — наш вернейший сподручник в решении задач государственной важности. Такая замятня начнется, такая буча поднимется, что ой-ой-ой, спасайся кто может; тут-то мы его и прикончим. А потом скажем, что и царек был неправильный; снова и снова скажем, что царек был неправильный. Что он Святую Русь продал полякам, продал папистам, иезуитам, латинянам и всей прочей нечисти, что сам он — Гришка Отрепьев, беглый монах, вор и самозванец, чернокнижник, колдун, ведун, погубитель душ православных.

Много раз скажем. А если много раз сказать, и много раз повторить, и снова сказать, и опять повторить, то начинает тебе верить народ-то. Поначалу так себе верит, с оговорками, с переглядами. А еще тыщу раз скажешь и тыщу раз повторишь, со всех амвонов и на всех перекрестках, поверит уже безоглядно. Да не мешает схватить где-нибудь в кабаке, на виду у всех, парочку таких переглядчиков, да свести в околоток, да отдать псарям, да бросить трупы на площади, — народная вера мигом вырастет до небес. Крепка будет вера народная, уж никакие ироды иноземные не поколеблют ее. А все от них, все несчастья. И неурожай от них, и засуха от них, и голод от них, и воровство от них, и пьянство тоже от них. Вот что надо народу внушать и вдалбливать, со всех амвонов, на всех перекрестках. А народ только рад, народ это любит. Покажи ему виноватого, побежит с вилами, все кишки выпустит инородцам, иноплеменцам, заодно и предателям, инодумцам. А того мальчика, что в Угличе закололи, мы выроем, в столицу перенесем, в святые произведем, да в соборе положим. Пусть все знают — нет больше никакого Димитрия, заколот, свят, уже не воскреснет.

*

Или думаешь, Муйский, другой Димитрий появится? Муйский только руками разводил да подбородком грыбился, не знаю, мол, Шуйский, что тебе и сказать. А он уже появился, другой Димитрий, настоящий самозванец и действительный Лже, уже сидел в глубине сцены в своей многомолнийной черной куртке, вдруг выхваченный светом софитов, рядом с гелиевой Мариной, положив колбаски-сосиски на ее шляхетскую руку, понимая, как и мы все понимали, что народ, хоть он и миф (по неизменному утверждению Макушинского, инодумца-предателя), а все-таки еще верит в подлинного царя, избавителя от неправды, что еще не удалось и так запросто не удастся Шуйскому со товарищи-бояре вытравить из него эту веру, как удалось ее вытравить из московской черни в когда-то симпатичном, раздвоенно-подбородочном, с течением времени все менее симпатичном лице Простоперова, все более, с течением времени, налегавшего на бормотуху.

*

Нет, сударыня, не утверждаю, что он заявлялся прямо пьяным на репетиции, но после репетиций переходил к бормотухе немедленно. Так удачно переходил, что на репетиции заявлялся если не прямо пьяным, то уж точно с похмелья. Руси есть веселие пити? Святой Вольдемар не прав, а если прав, то лишь в рассуждении той Руси киевской, новгородской, о которой мы с вами, уж скажем друг другу правду, не имеем понятия. Московия пьет мрачно, и чем больше пьет, тем больше мрачнеет. Московия пьет с остервенением. Сперва стервенея, потом стекленея. А потому что ей нравится стервенеть. Сперва стервенеть, потом стекленеть. Потом опять стервенеть. Готов ли ты, народ московский, на лихое дело — ляхам кишки пускать, готов ли ты напасть на них на сонных, на безоружных, готов ли руки-ноги им отсекать, глаза выкалывать, уши и носы обрезать, женщин насиловать, потом избивать, потом убивать? Готов, боярин-батюшка; как же не быть готовым-то? Да мы завсегда, да только слово молви. А понимаешь ли ты, народ московский в приятном лице похмельного Простоперова, что мы тебя этим убивством-кровопивством привяжем к себе навсегда, на века? Что уж нам отныне одна дорога и другой тебе нету? Что стоишь, в затылке чешешь? Стой прямо, смотри веселей. Думаешь и меня предать, если что? Меньше думай, московский народ. Пей, гуляй, режь и грабь. А уж мы за тебя подумаем, мы за тебя решим. Мы ж тебя любим. Кто тебя еще полюбит такого-то? Ну иди, опохмеляйся, московский народ. Позовем, когда понадобишься. Так-то, брат, во всем на нас полагайся. А уж вместе-то мы всех победим — и ляхов, и немчинов, и свейского короля, и турского, если надо будет, салтана. Иди, чего встал? Ишь дурень-то, честное слово. Славный детина, но дурень…

335

Долго, помню, тянул это «у» в слове «дурень» Сергей Сергеевич (в роли Шуйского-Муйского). Слишком высок был Сергей Сергеевич для роли Шуйского-Муйского, известного своей плюгавостью, гнилозубостью, гнойноглазостью. Но другого не было у нас Шуйского-Муйского; какой был, тот уехал в Америку. Да и прекрасно, что тут скажешь, изображал Сергей Сергеевич Шуйского-Муйского; руки складывал на груди и пальцами шевелил, как истинный Шуйскомуйский; прямо вылитый получался у него, из него Муйскошуйский. Да и Мнишек, следует признать, блистал в роли Мнишка. Мнишек все толстел и толстел по мере приближения к премьере; в последних сценах на стуле уже едва помещался. В кресле б не поместился. А на стуле помещался, но сваливался. Причем сразу в обе стороны, как направо, так и налево. Впрочем, стул на сцене был хлипенький, у столика с телефоном. Тяжело, сменяя Перова, опускался на этот стул старый Мнишек, но уж сидел так сидел, вывалив живот, упирая руки в колени, расставленные так широко, что казалось, ножки его тоже сейчас отвалятся: одна налево, другая направо. Решил побеседовать с ним хитрый Шуйский перед началом решительных действий. А то что ж это, пан Мнишек, живем тут можно сказать бок о бок, делаем общее дело, а так-то ведь поближе и не познакомились. Пора уж нам побеседовать по душам. Я знаю, пан Мнишек, ты царя нашего любишь как сына, и я его полюбил как отец. Он меня помиловал, простил мне прегрешения мои, от казни лютой меня уберег, обрел во мне слугу верного, соратника и направника. Царь-то у нас молодой, горячий, неопытный, всюду бегает, ведет себя как нецарь. Так уж мы, старики, должны его образумить, наставить, уберечь от ошибок. Согласен ли ты со мною, пан Мнишек? Уверен, что согласен, ты же человек многоумный, видавший всякие виды… А что это, ясновельможный пан, поговаривают, будто дочка твоя Марина, ясновельможная панна, сошлась с неведомым человеком, завела себе сопостельника, то ли жида крещеного, то ли нехристя, басурмана, то ли черти знают кого? Показал бы ты нам, пан Мнишек, человечка этого, ежели он существует? Не хочешь? Ну, не хочешь не надо, твое дело вольное, а мы царевы холопы, нам что, наш терем с краю. Ежели нет такого человечка, то и ладно, то и отлично, а ежели вдруг есть такой человечек и дочка твоя его любит, а ты ее любишь, во всем потакаешь ей, я же вижу, то и нет тебе никакого резону вмешиваться в наши дела московские, ежели они вдруг начнутся. Они не начнутся, но ежели вдруг начнутся и ежели есть такой человечек, который дочке твоей дороже… э… как бы сказать?.. других-разных, то и нет тебе никакого смысла спасать разных-других, где-нибудь их, к примеру, прятать, ежели тут начнутся наши дела. Нет, нет, не думай, пан Мнишек, они не начнутся, завтра вот свадьбу твоей дочки с царем нашим отпразднуем, но ежели все-таки начнутся кой-какие дела, которые не начнутся, то лучше тебе, пан Мнишек, тихо сидеть у себя в палатах, и дочке твоей, ясновельможной панне Марине, лучше тихо сидеть у себя в светелке, и полюбовнику ее, ежели таковой существует, во что я не верю, но предположим, лучше спрятаться у нее под кроватью, али вместе с ней в каком-нибудь армуаре, тогда вы все и выберетесь отсюда, это уж я, Шуйский-Муйский, по дружбе к вам постараюсь устроить, а ежели не будете вы все тихо сидеть, а станете разных-всяких спасать, то народ московский может ведь и не посмотреть, что ты польский магнат, может и не подумать, по неистребимой своей дурости, что король твой Жигимонт наверняка осерчает, узнав, как плохо с тобой поступили, а нам, московским людям, не надо этого, мы люди мирные, ни с кем ссориться не хотим, но это я, поверь, так просто болтаю, на случай чего, а так-то случаев никаких не случится, все тихо в Москве, завтра свадьбу отпразднуем, да и охрана какая у государя у нашего, вон посмотри, немчины стоят с мушкетами, вон и наши стрельцы с бердышами, на них-то уж точно можем мы положиться, они уж не подведут, все сделают чисто.

*

Так понемногу добрались мы до премьеры и гибели. Это была премьера еще предварительная, для друзей и родственников, для мам и пап, как говорят на театре, но все же премьера, со всем набором предпремьерных волнений (с колосниками у Хворостинина не заладилось, помнится, что-то, так что партийно-правительственными парсуны моих царственных предков, бородатых монстров, косматых чудищ двигались толчками, тычками, скрежеща и кренясь, грозя вообще обвалиться, завалить всю сцену и всех нас погрести под собою… как, в сущности, оно и случилось), но все же (еще раз) премьера, с предпремьерными волнениями и публикой в темном зале. Макушинский бегал, бедняга, весь красный, бесконечно и бессмысленно протирая свои очки. Мария Львовна была само спокойствие, словно все это ее не касалось. А Марины касалось, у Марины даже румянец на щеках появился, глаза загорелись. Ксении перед спектаклем я почему-то помню. Да и вообще, что я помню? Что было и чего не было? Вы вот, сударыня, все меня донимаете своими вопросами, кто я такой, мол, правда ли я ваш любимый актер, будущий исполнитель роли Стрептофуражиркина в бессмертных боевиках «Возвращение Волосатого» и «Месть Мокроватого», или я сумасшедший и сижу сейчас в Кащенке, глядя в больничный садик на уже желтеющие деревья, сквозь грязное стекло в прутьях тюремной решетки, или я вправду (вы в это поверить не можете, но вдруг все-таки вправду) Димитрий, сам Димитрий (вечный Димитрий, эйдос Димитрия, архетип русской литературы), и за окном у меня райский сад, не желтеющий никогда, и души моих убийц, моих предателей, моих погубителей сейчас проходят передо мною, прощенные мною и потому избавленные от ада, и души всех, кого я любил на земле, тоже появляются в поле моего орлиного зрения: и Симон с его круглой головой, врач, влах и волхв, и Эрик с его сияющими глазами, да и вы сами, сударыня, уже здесь, вот же вы, я так ясно вижу вас среди этих вечных деревьев, и я сейчас спущусь к вам, допишу и спущусь, и здесь вам уже не важно, что было, чего не было, кто я такой, здесь все всегда есть то, что есть, и тот, кто есть, просто есть, и поэтому то, что есть, не имеет названия, а тот, кто есть, не имеет имени, ведь то, что есть, есть само по себе, само из себя, и тот, кто есть, есть он сам, не — сам и не сам, а просто, вечно, окончательно сам. Вот вам, мадмуазель, почти под занавес, краткий курс райской науки. Запомните его хорошенько.

*

Что было и чего не было (спросим себя еще раз)? Костюмов, разумеется, не было; костюмами были те вещи, в которых мы все и ходили. Москвошвеевский пиджачок Сергея Сергеевича радостно обращался в наряд Шуйского-Муйского; линялые джинсы Маржерета возбуждали к революционному действию похмельно-пьяный русский народ. В ту пору в моде были двухкассетные магнитофоны, вы еще помните их, мадам? Чудесная была вещь, эти двухкассетные магнитофоны, такие длинные, вытянутые, иногда — такие черные, бывало — такие серебряные, с такими круглыми динамиками по бокам, всегда готовыми стереоорать во всю мощь; в правую пазуху вставляешь кассету орущую: Led Zeppelin, Rolling Stones; в левую совсем не орущую: Монтеверди, Рамо, Вивальди, Корелли и Альбинони. Такой-то двухкассетный магнитофон (привезенный кем-то, кажется — Мосальским, Рубцом добрейшей души, из я уж и не помню какой заграницы: а двухкассетные магнитофоны в ту пору прекрасную многие московиты привозили из той заграницы, в какую уж им удавалось попасть, не из любви к Монтеверди и не затем, чтобы слушать на них Pink Floyd, а скорее затем, чтобы продать их в комиссионке, потому что советская власть той прекрасной поры, Софья Власьевна в ее тогдашней мутации за границу своих подданных уже, в общем, пускала, но твердую иностранненькую валюту еще отбирала у них при возвращении в родную Совскифию, двухкассетные же, к при-

меру, магнитофоны или, например, синтезаторы — если так
они называются, — фирмы, скажем, Yamaha по не понятным
никому причинам позволяла ввозить, так что их и ввозили,
затем загоняли, получали свой навар, делали свой гешефт...
ах сударыня, как же давно было все это! и куда с тех пор по-
девалось? куда провалилось?) — вот такой-то двухкассетный
магнитофон стоял теперь рядом с черным дооттепельным
телефоном, оттеняя его дооттепельность своей блестящей
ширпотребною новизной, в сцене нашей с Мариной Мнишек
кровавой свадьбы, которую Сергей Сергеевич (в роли Сергея
Сергеевича) задумал показать как своего рода балет (а что там
еще показывать? не свадебные же речи толкать? конечно, Сергей Сергеевич, говорил ему, помнится, Макушинский; да и не
сочинил он, Макушинский, никаких свадебных-то речей; нечего толкать-то; только друг друга); и да, мадам, я вовсе с вами
не спорю, ничто не мешало и никто не мешал Хворостинину
(отвечавшему и за декорации, и за звук) записать всю фоно-
грамму на одну кассету (левую или правую), чтобы сперва звучал Альбинони, потом уж Led Zeppelin, то есть чтобы участники нашей с Мариной Мнишек кровавой свадьбы сперва
танцевали торжественно, чинно, до боли благопристойно, на
какой-то, что ли, псевдопридворный манер, затем все менее
торжественно, все более буйно, расхлябанно и развязно, под
конец уже рок-н-рольно (я непременно закончу эту фразу, сударыня; неужели вы не видите, что я лишь оттягиваю, только
отсрочиваю неизбежную мою гибель?), но в том-то и заключался — не знаю уж, замечательный или на сей раз не совсем
замечательный — замысел Сергея Сергеевича (от которого
Ксения, голубица, робко попыталась отговорить его: он только
воззрился на нее с высоты своего роста с возмущенным недо-
умением, как, мол, смеет она, пусть голубица, пусть царская
дочка, пусть даже его, Сергея Сергеевича, до поры до времени
не состоявшаяся любовница, с ним спорить, ему возражать?) —
в том-то, значит, и заключался не совсем замечательный за-

мысел Сергея Сергеевича, что менуэт и хип-хоп, Корелли и Rolling Stones не только и не просто сменяли, но периодически перебивали друг друга, когда кто-нибудь (все по очереди) из участников дьявольского действа, продолжая приплясывать, подходил к двухкассетному (вот зачем он нужен был) магнитофону, нажимал окровавленным пальцем одну кнопку, затем, не менее окровавленным пальцем, другую, вырубая Вивальди, врубая Black Sabbath; в конце концов они зазвучали одновременно, сливаясь в одной сплошной какофонии, под которую каждый дрыгался на сцене, как мог.

*

Леди долго руки мыла. Никакая леди не мыла никаких рук. Они даже не видели, что у них пальцы в крови, руки в крови. Они все, танцуя, лапали друг друга руками, оставляя на платьях, рубашках, блузках кровавые пятерни. Вот кровавая пятерня, вот еще кровавая пятерня. На кровавой свадьбе, сударыня, кровавые руки должны быть у всех. За исключением жениха. Это кто здесь жених? Это я здесь жених, дурак, любящий другую, обреченный погибнуть. За исключением верного и тоже обреченного погибнуть Басманова. За исключением, конечно, Ксении, наблюдавшей за финальной сценой из-за кулис (с приездом проклятой польки отправленной без пострига в монастырь). Моя белая T-Shirt-маечка (белые маечки с круглым горлом, как и белые носочки были тогда, к теперешнему стыду нашему, в моде, если вы, мадам, еще помните), привезенная мной из Стекольни (вместе с пальто, вельветовыми штанами, прочими предметами гордости), вся была уже в красных пятернях и отметинах; утверждение пигалицы Юлечки, что ее можно будет потом отстирать, замочив в специальном порошке (не для собственно стирки, а для размягчения, ублажения и усмирения маечек, кофточек, блузочек), оказалось, впоследствии, в послесмертии, чистейшей неправдой: специальный порошок специально вонял, но кровавые пятна не отошли уже никогда. Кровь не отстирывается. Кровь всегда настоящая. Кровью пахнет только кровь, даже выдаваемая за краску. Что до клюквенного сока, мадам, то клюквенного сока в ту пору в Московии купить было негде — или никто его не искал, все о нем позабыли.

*

Бал закончился, все легли спать. Все спали прямо на сцене, погруженные в темноту. Я один не спал, в кровавой маечке сидя у дооттепельного телефона, в одиноком свете на меня направленного софита. Приезжай в Москву, Эрик, ты нужен мне здесь. Я не знаю, что происходит, но ты мне нужен. Что-то намечается, я чувствую это. Я тебя разбудил? Уже поздно. И поздно звонить тебе. Время упущено. Почему мне так кажется? Я чувствую, я предчувствую. Я сегодня свадьбу отпраздновал, но поздравлять меня не с чем, свадьба кровавая. Ты мне нужен, немедленно. Немедленно приезжай. Конечно, он приедет, отвечал мне Эрик из черной трубки дооттепельного телефона. Он приедет. Не завтра. Завтра нет, послезавтра тоже нет. Нет, никак. Никак невозможно. Он очень занят. Ему нужно первым делом ехать в Германию, в город Аахен, где будут вручать премию им. Шарлеманя, сиречь Карла Великого, Вацлаву Гавелу, президенту Чехословакии, бывшему диссиденту; потом ему нужно непременно в Непал, где должны состояться первые в истории этой таинственной страны демократические выборы; потом он устремится в Южную Корею, где премьер-министр как раз подал в отставку; а сразу после этого — обратно в Стокгольм, где его ожидает повышение по службе, не исключено (хотя окончательно еще неизвестно), что он возглавит международный отдел самой (подумай!) «Свенска дагбладет», главнейшей, первейшей и стариннейшей шведской газеты; так что — нет, оторваться от всего этого никак невозможно, сразу прилететь в Москву никак невозможно, о том, чтобы завтра утром прилететь в Москву, и речи не может быть; но чуть попозже, в июне, он прилетит в Москву обязательно — на президентские выборы в Российской Федерации, и выборы мэров Москвы и Ленинграда, и выборы президента Татарстана: такие события он, Эрик, уж никак не может оставить без внимания, любопытствующие шведские читатели никогда не простят ему, если он оставит без внимания такие события; тогда-то мы с ним и увидимся, он уверен, не может ведь быть, чтобы я уехал из столицы и не принял участия в выборах: это мой гражданский долг, не правда ли? гражданский долг мой — принять участие в выборах если не президента Татарстана — выборы в Татарстане он готов мне простить, — то уж точно в выборах президента России и мэра Москвы; он будет счастлив новой встрече со мной; но сейчас — нет, сейчас он чертовски занят, в дьявольской спешке; а что у меня дурные предчувствия и мне кажется, что он, Эрик, мне нужен в Москве, то он бы мне посоветовал поменьше обращать внимания на предчувствия, предсказания, приметы, сны, карточные гадания, но относиться к миру более трезво, более рационально, раз уж, вместе со всей моей страной, я стремлюсь войти в семью европейских просвещенных народов, давно отбросивших предчувствия, заодно с предсказаниями, волхвованиями, ведовством, колдовством, жаль, что не кумовством, в темное средневековое прошлое. Пока, пока, он бежит. До скорого, милый друг, обнимаю. Гудки, в тех старых черных телефонах, были не такие приятно трескучие, отрадно дребезжащие, как в более поздних, пластмассовых, но гудки в тех старых черных телефонах были окончательные, бесповоротные, как приговор ОСО, постановление ЦК.

*

Главное в заговоре — внезапность. Даже если кто-то предупреждает тебя — не ходи в Сенат, Цезарь! — сиди дома, Линкольн! — да и вам бы, Петр Аркадьевич, лучше забыть про театр, — театр он вообще до добра не доводит, — даже если

343

Басманов говорит тебе: берегись! — и Маржерет говорит: берегись! — и Буссов говорит: берегись! — и все трое умоляют усилить охрану, — и ты усиливаешь, еще бы, — а все равно заговорщики застигают тебя врасплох, часть охраны подкуплена, другая часть слишком слаба, как бы ты ее ни усиливал, — и в решающую минуту исчезают самые верные — где Буссов? где Маржерет? — остается только Басманов, готовый разделить с тобой твою участь. Ахти, государь, не верил ты своим верным слугам. Спасайся, я умру за тебя. Но уже не спастись. Уже беготня на сцене, вспышки, шум, дым, порох, топот и грохот. Подсоби, робята! Царя убивают! Где царя убивают? Ах, вот где царя убивает! Давай, братва, налегай, налетай. Вперед, вперед, православный народ. Бей, так с болью. Бей, не жалей. Что стали, аль оробели? Бегите ляхов резать, а с царем мы уж сами. Что сами? А сами с усами. С вооооот такими усищами. То-то же.

*

Только что все лежали, теперь все стоят. Все стоят неподвижно, по вновь замечательному замыслу Сергея Сергеевич, изображая одновременно себя самих и двери покоев, стены светелок, по которым они попрятались, в которые меня не пускают. Я стучу и не могу достучаться. Белокурый Сабуров стоит, мечтает об Астрахани. Андрей Нагой похабно подмигивает, но с места не сдвигается, стучи не стучи. Нагой Михайло, тяжеленный мужчинище, стоит как одна из тех градирен, что мы видели когда-то в Тайнинском; и воняет от него не простым перегаром, а чем-то сероводородным, очень химическим. Нагой Афанасий? Все без толку, даже не смотрит. Бучинские? Сгинули в буче. Мнишков огромный живот гудит как газгольдер в ответ на мой стук. Марина заслоняет своего Лже, как ребенка, спрятавшегося в ее юбках. Никакого армуара они, видимо, не нашли или Хворостинин для них не нашел, да армуар и не нужен им. Он в юбках у нее прячется, плюгавец, паршивец,

а сам-то выглядывает, рукой машет, сюда, мол, бегите, здесь
он, Димитрий, скоро я займу его место. Что до Хворостинина,
то Хворостинин хворостинкой и гнется, не отзывается. Мария
Львовна просто стоит, просто смотрит.

*

Она сыграла эту роль прекрасно, незабываемо. Ее глаза вдруг
сделались прозрачными и пустыми. Может быть, из заднего
ряда не все увидели пустоту ее глаз, но даже самый заднеряд-
ный, заурядный зритель не мог, не видя, не почувствовать этой
губительной пустоты, беспощадной прозрачности. Ну и что,
собственно? говорили ее глаза. Убиваете? Убивайте. Я этого
мальчишку не знаю. Кто это такой здесь валяется? Мой сын
умер в Угличе, давным-давно, и никогда я не перестану его
оплакивать. А это — кто это? Проходимец, авантюрист… А что
я его признала, так мне это тогда было выгодно. А теперь вот
невыгодно, теперь отрекаюсь. А что мне пообещали Шуйский
с Муйским, посулили Сергей с Сергеевичем, так дело, знаете
ли, не в этом. Есть чистая радость предательства, вот что я вам
скажу. Вы думали, он мной играет, а это я им играла. Он верил,
что я в него поверила, проходимца. Не на ту напал, дурачок.
Это не я в него верила, это он в меня верил. Он верил, дурачок,
что я — это я, и поэтому он — это он. Но я — не я, я — злая, я —
вдова Грозного, я знаю такую ненависть, какая вам и не снилась. Я Годунова погубила, теперь и его погублю. Мне хорошо.
Вы думаете, мне плохо? или страшно? или я о чем-то жалею?
О нет, мне так хорошо, как вам хорошо не бывало. Моя злоба сладостна, сладострастна. Я замыкаюсь в своей злобе. Моя
злоба защищает меня от всех ваших злоб. И даже ваше добро
перед моей злобой бессильно. Вы его убиваете с восторгом,
с криками, с упоением своей злобой. А ваша злоба по сравнению с моей злобой ничтожна. Ваша злоба еще что-то делает,
движется, вот бежит, вот кинжалами машет, вот втыкает их
в несчастного, уже, поди, мертвого. А моей злобе ничего и де-

345

лать не нужно. Моя злоба божественна. Для моей злобы довольно пожатия плеч. Отворот ледяного взгляда — вот и вся моя злоба. Убивайте, приканчивайте, мое дело сторона, мне все безразлично. Неважно даже, что будет потом со мною. Пускай отправят обратно на Белое море, оно же Белое озеро. Запасы злобы неистощимы в моей душе, огромней всех озер, всех морей, всего океана, даже и Ледовитого.

*

Она сделалась похожей на Марину в это мгновение; она и отличалась-то от нее одной буквой (хорошо, полутора буквами; какой вы, сударь, все же педант). Она стояли по-прежнему неподвижно, безмолвно, как две судьбы, по двум краям сцены. Лже уже не было; Лже сбежал из юбок, плюгавец: подмогу звать, распахивать двери. Вновь надвигались на меня и на зал, на скрипящих, грозно дрожащих колосниках, партийно-правительственные парсуны, в стиле politburusse, в стиле parteigenusse, косматые чудища, доадамовы бороды — и мой безудержный батюшка (вправду ли батюшка?), мой ничтожный дедушка-двоеженец (вправду ли дедушка? двоеженец-то вправду), мой страшный великий прадед, собиратель русских земель, мой, страшнее всех, пращур, кровавый слепец, — они-то и добивали меня, по опять замечательному замыслу Сергея Сергеевича, вместе со все новыми, новыми, похожими на них заговорщиками, такими же бородатыми, — откуда и набралось-то их столько? — выбегавшими из-за этих портьер, из-за этих парсун, играя в тычку, вот тебе, гадина. Вот тебе, вот тебе. Хотел нас Европой сделать? Получай в селезенку. Хотел университет учредить? Вот тебе в печень. Иноземцев пустить на Русь? Вот тебе в легкие. Свободу на Руси устроить? Вот тебе прямо в сердце.

*

А ты кто? Как зовут? Валуев, Григорий, боярский сын? А под армяком у тебя не ружье ли? Вот и стреляй, Валуев, чего еще медлить? Благослови этого польского свистуна. Вот. Сейчас. Благословляю польского свистуна. Молодец, Григорий Валуев, славно выстрелил. Благословил.

*

Нет, не так было дело (в отчаянии пишет Димитрий). Сначала я испугался; страшно стало мне; так страшно, как никогда еще не было. Я в первый раз испугался в начале пьесы, когда вышел один на сцену, когда остался один на один с кровавыми предками. Этот страх был ничтожен по сравнению с теперешним. Но если вы думаете, что я за жизнь свою боялся, то вы лишь отчасти правы. Повторение прошлого: вот что было страшнее всего. Тот майский день и майский день этот. Именины моего сердца, моей смерти. Сердца смерти моей именины. Они снова шли на меня с ножами, как в Угличе. Пусть не было среди них Битяговского, не было Микиты Качалова, не было Осипа Волохова: они тем ужасней казались в своей безликости, в своей одинаковости: они были сплошной серой массой, вылезшей из-за парсун моих кровопивственных предков, чтоб уж наконец-то со мной расправиться, наконец-то меня добить. И Симона, врача и волхва, не было рядом, на сцене, на свете, чтобы меня спасти. А был ли среди убийц моих Петя Колобов, был ли Важен Тучков, был ли Ваня Красенский, — этого, в смертных схватках, я, сударыня, не успел разглядеть.

*

Симон (которого больше не было, чтобы меня спасти) читал мне, в моем потаенном курляндском детстве, своего любимого Лукреция, латинскими гекзаметрами рассказавшего миру все, или почти все, что миру надлежит знать о природе вещей.

Черт с ней, с природой вещей, а природа людей такова, что лишь в горестях, в нужде и страданиях они, люди, говорят своим истинным голосом и показывают свое истинное лицо. Личина спадает с них, остается их сущность. Eripitur persona, manet res. И другой любимец моего Симона (которого не было рядом, на свете и сцене, чтобы меня спасти), многажды читанный, перечитанный и зачитанный нами в моем потаенном детстве, в нашем курляндском замке, — Монтень: Монтень цитирует бессмертные эти строки, рассуждая о том, что человек познается только в час его смерти и судить о нем можно лишь по тому, как разыграл он последний, самый трудный акт пьесы, выпавшей ему на долю (le dernier acte de sa comédie), и это, конечно, та же самая пьеса, та же самая comédie, о которой говорит и Паскаль: комедия, возможно, и хороша (говорит Паскаль), но последний акт кровав; набросают земли на голову, вот и конец тебе, навсегда (et en voilà pour jamais). Паскаля, в отличие от Лукреция и Монтеня, мы в моем детстве и нашем замке читать, разумеется, не могли: он и родился-то лишь через семнадцать лет после моей гибели, моего последнего акта, который я играл плохо, до самой последней минуты. Я бежал, я кричал, я бился, я еще на что-то надеялся. Я не выдержал испытания, окончательной проверки всего, что совершено нами в жизни (как, цитируя Лукреция, называет это Монтень). Если он прав, говоря, что наш последний день — верховный день, судья всех остальных наших дней, то пред лицом этого судьи мне нет оправдания. Мой приговор окончателен, уничижителен, уничтожителен.

*

Но (с просветлевшей душою, посмотрев на небо, пишет Димитрий) последний день завершается последней минутой. В минуту самую последнюю я сыграл хорошо. Я сыграл хорошо, я был прекрасен в ту последнюю минуту на сцене. Страх от меня отступил. Я уже не боялся и не боролся. Я понял, что все кончено; что гибель неотвратима; что я всегда это знал. Я согласен был умереть. Я даже счастлив был, умирая. Когда я умер, все личины упали, осталось только лицо. Наконец это было, я знаю (я — знаю), мое истинное, мое подлинное, мою всю жизнь искомое мною лицо. Это был я сам, во всей моей самости, Сам Самыч, свободный от любого несамства. Я смотрел на него, на себя откуда-то сверху, слева. Немного сверху, слева. Я видел себя, лежащего навзничь, заколотого, застреленного, с кровавыми подтеками, пятнами и пятернями на маечке, с открытыми глазами — и совершенно своим, совершенно спокойным, навсегда обретенным, вечным и прекрасным лицом. Это был точно я, сам-сам-сам — и уже, пожалуй, не я, уже — он, уже только Димитрий, возвышенная идея Димитрия, отрешенный эйдос Димитрия во всей его несказанной димитрийности, непобедимой димитриевости, посреди жалких убийц, ничтожных людишек, копошившихся вокруг него и над ним.

*

Они выдержать этого лица не могли. Они посмотрели — и в ужасе отвернулись. Посмотрели еще — и отвернулись в ужасе еще большем. Они вытащили откуда-то маску и бочком-бочком, полупятясь и страшась подойти слишком близко, набросили ее мне на лицо (мое истинное, мое настоящее). Эту маску Хворостинин накануне купил в магазине «Дом игрушки» на Кутузовском проспекте; показывал ее всем, хохоча. Она была и вправду смешная, дурацкая, с клоунской картошкой красного носа, с фиолетовыми губами, до лопухов ушей растянутыми в идиотской ухмылке. Тихонечко, на меня не глядя, подкрался ко мне Я-не-видел-кто-именно, натянул резинки скоморошьей маски мне на уши, чтобы, не приведи Господь, не попутай черт, она с меня не свалилась. Басманов, верный друг, лежал со мной рядом, ничком и без всякой маски; его они не боялись.

А что мы сделаем с трупами? А пущай себе валяются эти трупы, говорил Сергей Сергеевич в роли Шуйского, пиная меня ногою, так что я перекатывался по сцене. Я сам перекатывался, но делал вид, что перекатываюсь от его, им почти не сыгранного, пинка. Да уж, пущай поваляются, говорил другой (обильно-, но ложно-бородатый) боярин (Воротынский... или я уж не помню кто именно), проделывая то же с Басмановым. А когда они наваляются, тогда что? А тогда мы Басманова отдадим его родичам, али мы нехристи? Родичи его и похоронят, али мы исчадья кромешные? А вот этого нехристя, самозванца, пришлеца без роду без племени, латинянина-бусурманина, — этого мы сожжем. Правильно, товарищи? Правильно, правильно, заголосили товарищи, так его и разэдак, одобряем решенье Боярбюро. Думаю, вопрос на голосование ставить не стоит. Чувствую единодушную поддержку присутствующих товарищей. Решения партии — воля народа. Позвольте внести дополнительное предложение, товарищи, заговорил Сергей Сергеевич в роли Шуйского, но с незабвенным грозно-стальным акцентом, от которого публика вздрогнула, потом засмеялась, потом снова вздрогнула. Предлагаю, товарищи бояре, не просто сжечь вот этого самозванца, иностранца, засранца, но прэдлагаю вот этого, отдельно взятого и особенно злостного засранца сначала сжечь, гори он адским огнем, а потом его, так сказать, пэпэл, тавариши-баяры, взять и запихнут в балшую, очен балшую, прэбалшую пушку и выстрэлить им в сторону прадажнаго, развратнаго и загнываюшего Запада, чтоб убирался, откуда пришел. Этим мы пакажым, таварищи-баяры, всем нашым идеалагическым пратывникам, что шутыть с намы нэ стоит, шутыть с намы апасно. Мы вэсолые луды и никогда нэ тэряем чувство юмора, но на всякую шутку находым дастойный атвэт. Правильно, правильно, снова заголосили тут другие бояре, прекрасное предложение, товарищ Шуйский, особенно радостное тем, с каким драгоцэнным для нашэго сэрдца акцэнтом вы произнесли его, как если бы обожаемый Иван Виссарионович, Иосиф Васильевич вновь, пускай на мгновение, явил нам свой царственный лик. Всегда-то приходят вам в голову гениальные мысли, замечательные идеи. Стоишь прямо и диву даешься, товарищ Шуйский. Именно, в пушку его поганый пепел засыпем да и пульнем в ту сторону, откуда он заявился. Так пульнем, что земля дрогнет. И чтоб никто к нам больше не сунулся, ни одна собака заморская, птица поганая чтоб уж больше к нам не проникла, и будет у нас на Руси тишь да гладь да божья, как ее? благодать, не блягодать, а благодать, понимаете, божья, а если еще пролезет к нам какой иностранец-засранец, предатель родины, жидомасон и безродный космополит, то весь народ наш встанет как один человек, что ж до чужой земли, то чужой земли нам не нужно, мы своей ни пяди не отдадим, а если кто нашу землю считает не нашей, когда мы ее считаем нашей кровной вотчиной, исконной отчизной, то уж мы с теми так расправимся, что мир содрогнется, звезды с неба попадают. Кожу сдерем с них заживо, всех баб у них перетрахаем. Здесь, я считаю, товарищи, должны быть продолжительные аплодисменты, переходящие в овацию (объявил все тот же Сергей Сергеевич, обращаясь в замерший от ужаса зал). А если не будет здесь продолжительных аплодисментов, переходящих в овацию, то уж за нами дело не станет, покажем вам бабушку Лигачева во всей ее непреходящей красе.

*

Мне вставать совсем не хотелось. А что вставать, в самом деле, если я там лежал, на этой стоптанной сцене, в роли еще не сожженного трупа, со своим истинным и абсолютным лицом под картонной, клоунской маской из «Дома игрушки», пахнувшей помадой, краской, бумагой, я три дня так должен был пролежать — а пролежал, может быть, всего три минуты — по замечательному замыслу Сергея Сергеевича, в глубине, в темноте, покуда все они (будто бы, в отличие от нас с Басмановым, живые) на освещенной авансцене кланялись публике, потом расступались, позволяя ей, то есть публике, в неожиданном свете софитов, на нас направленных, увидеть, как мы лежим, как все еще не встаем — да и зачем вставать, в самом деле?; наконец, когда труппа снова сошлась, трупы встали; один труп снял шутейную маску; у другого и маски не было; трупы, присоединившись к труппе, тоже, как болванчики, как большие болваны, пустились кланяться публике, похоже, и вправду поверившей в их, то есть наше с Басмановым, волшебное воскресенье.

*

Публика, может быть, и поверила — да ты сам не поверил, вот в чем беда (стеная, пишет Димитрий, удивляясь не тому, что пишет, а тому, что сам к себе обращается на ты, как к другому). Ты лежишь и лежишь, на стоптанной сцене, чувствуя ее запах, театральный запах пыли, дерева, раскаленных софитов, смешанный с запахом самой маски, пропотевшей картонки, а потом ты все же, превозмогая себя, встаешь, и выходишь на поклоны, и уходишь за кулисы, и снова выходишь, и снова уходишь, и думаешь, что это сойдет тебе с рук, пройдет тебе даром. Но это даром тебе не проходит и с рук не сходит тебе. Все празднуют премьеру, пьют бормотуху, пьют по такому случаю даже самый заветный коньяк, извлеченный Сергеем Сергеевичем из самого заветного шкафчика, а ты себя чувствуешь сломленным, скомканным. Премьера предварительная, но дело не в этом. И при мысли о том, что тебе предстоит вновь и вновь проделывать это — умирать, оживать, гибнуть, падать, падалью валяться на сцене, вставать, отряхиваться, уходить за кулисы, — тайный трепет, скребущий скрежет при этой мысли пробирает тебя до костей и хрящей, до косточек, хрящиков, и как бы часто ты ни говорил себе, что ты же хотел этого, стремился к этому, все делал для этого, — ты несчастен, ты чувствуешь облегчение, когда Сергей Сергеевич, после нескольких таких премьер, еще предварительных, объявляет тебе и всем прочим, что подлинная премьера, заправская премьера, безоговорочная и окончательная премьера состоится все-таки осенью, откладывается до осени, потому что уже весна, уже почти лето, а летом какая публика? — летом вся публика на даче, летом вся публика копает свои огороды, сажает свои огурцы, свои помидоры, свой укроп и петрушку, а также потому, что его, Сергея Сергеевича, зовут на театральный фестиваль — и не просто на театральный фестиваль, а на театральный фестиваль в Авиньоне — слышали про такой город? — ну как же, как же, пленение пап, — как же, как же, прекрасная Франция, — да, он передаст привет Генриху Наваррскому, моему брату, хотя уже, пожалуй, и поздновато передавать-то приветы, — и не просто зовут его, Сергея Сергеевича, на этот фестиваль в Авиньоне, знаменитый фестиваль в Авиньоне, самый знаменитый на всю Европу фестиваль в Авиньоне, — но (тут он сделал паузу, и даже руки распустил на груди, помахал ими в воздухе перед собою) — но грозно-усатый полковник в Отделе крошечных Виз и могучей всепобедительной Регистрации уже выдал ему, Сергею Сергеевичу, самую заграничную паспортину со всеми печатями — вот ведь какие времена наступили! кто б мог подумать! — и не просто выдал ему в Отделе веселых Виз и радостной Регистрации заграничную паспортину усатый полковник, но он (полковник) выдал ему (Сергею Сергеевичу) ее (паспортину) — вот ведь времена-то! — с улыбкой, да-с, хотите верьте, хотите не верьте, с у-лыб-кой, ясно различимой под его (полковничьими) усами, с мягким блеском в полицейских глазах — поезжай, мол, Сергей Сергеевич, деятель культуры, на фестиваль в Авиньоне, развивай культуру нашу на благо родины и всего прогрессивного человечества, в частности, провансальского, передавай и от него, полковника, нижайший поклон и нежнейший привет Генриху Четвертому, если вдруг его встретишь, а ежели встретишь вдруг саму королеву Марго, то и королеве Марго не забудь поклониться, можешь ей и ручку поцеловать, лично от него, от полковника, на что другое он, полковник, рассчитывать уже и не смеет, да ему и так хорошо здесь в ОВИРе, под крылышком у могучей Регистрации, в окружении покорных Виз, — короче, он (не он, полковник, но он, Сергей Сергеевич) уезжает на фестиваль в Авиньоне, и не просто так уезжает на фестиваль в Авиньоне, но он уезжает со своим спектаклем «Дядя Ваня в вишневом саду», со своим спектаклем «Иванов и чайки», который он, Сергей Сергеевич, так удачно поставил в одном из самых главных, известнейших, академичнейших московских театров, отнюдь не вот в этой, любимой, но задрипанной студии (на маленькой площади), а когда вернется и если все пройдет хорошо, то, похоже, возглавит (ему сделали такие намеки) тот (не этот, этот он уже и так возглавляет) академичнейший московский театр (но об этом пока молчок, чтоб не сглазить, да и ничего еще толком не решено, приказ еще не подписан), а что будет с этим театром, с этой студией (на маленькой площади), задрипанной, хотя и любимой, он еще не знает — qui vivra verra, как говорят в Авиньоне, — во всяком случае, он, Сергей Сергеевич, бросать ее не намерен, он с ней уже сроднился душою, — наоборот, он своих лучших учениц, любимых учеников заберет с собой в тот театр (всех забрать не получится, для всех места нет), — но это все в будущем (говорил Сергей Сергеевич, очень торжественно шевеля пальцами своих снова сложенных на груди длинных рук), это все осенью, осенью и премьеру проведем, когда люди в город вернутся со своих огородов, от своих огурцов, а вы пока отдыхайте, или пока репетируйте, с Марией, вот, Львовной, или вот с Просто, любимым нашим, Перовым, и ты, Басманов, старайся не унывай, и ты, Маржерет, mon ami, и ты (помедлив, крякнув) Димитрий: — когда ты слышишь все это (пишет Димитрий), тогда ты, Димитрий (восставший из мертвых, но не оживший) все же чувствуешь хоть какое-то, хоть отдаленное облегчение, успокоение; ты, Димитрий (поднявшийся с черных подмостков, но притворяться живым еще не готовый) сразу же, выходя вместе с Ксенией из театра, предлагаешь ей уехать куда-нибудь — на фиг, нет, не в Авиньон, даже и не в Стокгольм, ведь виз у вас нет, паспортов тоже нет, да и денег, в сущности, нет, а просто куда-то, куда-нибудь, она же, Ксения, глядя на тебя своими чудными, черными, роскошно-раскосыми, годуновскими глазами, говорит тебе, что есть дом в деревне у ее православных друзей и прогрессивных приятелей — и почему бы вам туда не поехать, тем более что друзей там не будет и приятелей тоже не будет, а если они и будут, то никто никому не помешает, дом большой, она там бывала, да и приедут друзья, приедут приятели разве только на выходные или только на одну неделю, а вот вам с ней вдвоем, нам с ней вдвоем, почему бы не поехать туда надолго, в безлюдье природы, в чистоту и подлинность не тронутой вот всем этим жизни (она обвела рукой горько и грозно рычащую Тверскую, на которую мы как раз выходили), кто знает, кто знает, может быть, сгладится, сотрется, срастется там трещина, пролегшая между нами, кто знает, может быть, сгинет там все то смурное и смутное, что так мучает ее последнее время, надо только взять с собой побольше тушенки, побольше сгущенки, а то там в деревне есть будет нечего, разнесчастнейшей ветчининины будет там не найти.

*

Деревня называлась Чижово, а если не Чижово, то Стрижово, а если не Стрижово, то Пыжиково; разве это важно? Важно, что она была на озере, очень большом, очень пустынном, таком же безымянном, как и она сама. Разве нужны названия в безмерном пространстве немыслимой державы моей (с содроганием пишет Димитрий)? В безмерном пространстве немыслимой, меня отвергшей, державы моей названий нет, имен нет, есть только сами вещи; например — озеро; скажем — лес. Озеро огромное, и лес тоже огромный. А деревня маленькая, жалкая, жавшиеся друг к другу домишки. Мы туда не сразу, конечно, поехали; сперва я снялся в кино, уже не в массовке — в ментовке. Я еще был не главный мент, но уже бежал, кричал, ловил, выкручивал руки. Можете мне верить, можете мне не верить. Я сам себе не хочу верить. Нет уж, лучше быть насельником психушки, обитателем кощеевой Кащенки; а еще лучше было бы погибнуть вместе с верным Басмановым, не вставать со стоптанной сцены, отправиться, хоть в виде пепла, на запад. Но мы на запад не отправились; мы на север поехали, в деревню Чижиково, или Пыжиково, или даже Мартышкино. Нет, Мартышкино было по-соседству, на другом берегу. Или это было Гаврилово? Или даже Горелово, которое мы называли Гавриловым, отчего оно запомнилось как Мартышкино? Да нет же, мы его называли Горилловым, мы его даже называли Орангутанговым. Поедем в Орангутангово? Но в Орангутангово было не проехать, да и делать там было нечего. До него можно было доплыть, но делать там все равно было нечего. Чтобы доплыть дотуда, нужен был катер, а к катеру прилагался обыкновенно мужик. Задача заключалась в том, чтобы найти на берегу мужика, еще не успевшего напиться. Уже успевшие предлагали свои услуги навязчиво и крикливо, но я боялся за Ксению. Вечером задача была не решаема. Утром и даже пару раз днем еще не успевший напиться мужик чудесным образом находился; трешницу нужно было отдать ему после плавания, по возвращении в Чижово (Стрижово), ни в коем случае не в Макакине, где тоже была сельская лавочка, с продавщицей Валей, бойко торговавшей из-под прилавка коленоподгибательной, лодкопотопительной бормотухой, сиречь самогонкой.

*

Дело было не в Макакине, даже и не в Гориллове; дело было, во-первых, в самом озере, огромном, безмолвном, неподвижном, пустынном, с перевернутыми облаками и опрокинутым небом в нем, где редко-редко, по дальнему его краю, проплывал еще какой-нибудь катер, теряясь в тени высокого, замчато-зубчатого соснового бора, повторяемого, вместе со всеми зубцами, недосягаемой темной водою; дело было, во-вторых и для Ксении, в белом монастыре, почему-то невидимом с нашего берега, но возникавшем, всякий раз ожидаемо, но и всякий раз внезапно, стоило нам проплыть сколько-то минут и метров, за выступом непонятного мыса, о существовании которого говорило лишь это внезапное видение монастыря, с золотыми и зелеными башенками, маковками и луковками, дробившимися, в свою очередь, в обычно серой, иногда светлевшей и синевшей воде.

*

Монастырь был разграблен, разорен, почти разрушен безбожными большевиками, антихристовым отродьем (формулы Ксении); за пару лет до нашего появления его начали восстанавливать. Это была еще стройка и все-таки уже монастырь. Там были монахини, полумонахини, инокини, полуинокини, послушницы и совсем непослушницы, трудницы одни и еще другие какие-то трудницы, отнюдь не бездельницы, полузащитницы, ожидавшие центрфорварда. Возможно, там не было всех представительниц этой новой для меня монастырской номенклатуры; но Ксения, помню точно, произносила все эти слова, подчеркнуто и обиженно не замечая моих каламбуров. На прекрасном лице ее появлялось будирующее выражение, очень ее портившее, до той поры ей не свойственное. Вот вы как со мной, а я этак, и ничего-то вы от меня не добьетесь, так и знайте, так и запомните. В монастырь она плавала без меня; какая-то матушка Маланья, молодая и отнюдь не малиновая, постная, желтая, косившая быстрым глазом из-под платка, заплывала за ней на протекавшей моторке, на которой лишь с Божьей помощью и при молитвенной поддержке Николая-угодника можно было доплыть до чего бы то ни было. Все в нашей жизни сложилось бы, возможно, иначе, не будь там этого монастыря за невидимым мысом; возможно, впрочем, что мы потому туда и поехали, что монастырь за невидимым мысом был. Неужели она надеялась, что я вдруг уверую во Христа? Меня уже от этого «во» начинало подташнивать. Что я приду ко Христу? От «ко» тошнило меня не меньше. А вот как уживались в ней все эти *заутрени*, на которые уплывала она в четыре часа ночи, оставляя меня досыпать в одиночестве, эти *тропари* и *кондаки*, которые она разучивала с матушкой Маланьей, молодой и отнюдь не малиновой, эти поездки, точнее — поплавки (ударение на втором слове) к исповеди и причастию, эта душеспасительные брошюрки, еще очень по-любительски распечатанные на желто-газетной бумаге, едва ль не оберточной, которые она привозила с собой из поплавок (ударение по-прежнему на втором слоге), которые читала, сидя на крылечке, сведя союзные брови в одну строгую линию, потом задумываясь, глядя своими чуть-чуть (совсем чуть-чуть) косящими и (тоже чуть-чуть) раскосыми глазами на неподвижную озерную гладь (с повторенными в ней облаками), словно стараясь увидеть монастырь за мысом и выступом, — так глубоко задумывалась она, так далеко уходила от меня и от мира в своих мыслях и помыслах, может быть, и молитвах, что я уж и не надеялся вызволить, выманить ее обратно, в суетную и случайную жизнь, но сам уходил в дом — где, кстати, тоже полно было книг, и светского, и духовного, и главное, диссидентского содержания, за долгие советские годы свезенных в эту деревню ее, Ксении, православно-прогрессивными приятелями или родителями этих приятелей, очевидно прятавшими здесь неподцензурную прозу, неодобряемую поэзию — и Солженицына, и журнал «Грани», и американского Мандельштама, — подальше от всевидящего ока, — похоже, они и приезжали сюда, чтобы ловить рыбу, собирать грибы в лесу и, главное, читать без помех, да без помех же, во всех смыслах слова, наслаждаться передачами радио «Свобода», подальше от всеслышащих ушей и всезабивающих глушилок, для чего и взгромоздили на почетную тумбочку, не в углу, но как бы во главе обеденного стола в единственной большой комнате с окнами на все то же озеро (прочие были клетушки, темнушки) неправдоподобно громадную радиолу — один из тех допотопных деревянных ящиков со светящимся передком и красной кремлевской стрелкой, ползавшей по фантастическим городам, от Каракаса до Катманду, — как (еще раз) уживалось в ней все это с пряниками, не медовыми и не мятными, скорее уж мыльными, которые покупали мы в местной лавочке (местном сельпо, местной сельпопке), за отсутствием эклеров, кремовых трубочек, пирожных миндальных и пирожных «картошка», — кроме пряников и водки ничего и не было в том сельпо, — водка не волновала нас, а пряники мы покупали авоськами, едва ли не тачками, — как (еще раз) все это божественное, молитвенное уживалось в ней со сгущенкой, завезенною из Москвы, с вареньем, найденным нами в огромных банках в кладовке, — сгущенкою и вареньем, которые не только по прямому их назначению использовала она, но (как вы уже догадались, мадмуазель), которые она поглощала, вместе с пряниками, в кровати, в одной из темнушек, где мы располагались с ней на ночь, которыми (как вы, мадам, уже поняли) измазывалась почти вся, заставляя меня слизывать и варенье, и сгущенку, и крошки пряников с ее пальцев и губ, ее сосков, еще девически маленьких, в крошечных пупырышках, отчетливо ощущаемых языком, — как (еще и еще раз) уживалось в ней то и это, одно и другое, я не знаю (пишет Димитрий). В сущности (пишет Димитрий), я вообще ничего не знаю; простите меня.

*

Если вы не простите, то кто же меня простит? Мы все (до поры до времени) прощали друг другу (или так мне казалось): и кондаки, и каламбуры (даже сельпопку). Я так точно все готов был простить ей. И вообще там хорошо было, в этой деревне у озера. Там древесный дымок был над крышами, и запах этого дымка, мешавшийся с запахом вяленой рыбы, с запахом земли и травы, запахом, конечно, грибов, которые начинали расти уже на околице, продолжали расти на опушке соседнего леса и росли уже без всякого стеснения в чащобах, в березняке. Мы только подберезовики и находили первое время, потом сказали себе, что часть подберезовиков будем называть подосиновиками, а другую часть белыми (потому что какая, в сущности, разница? главное, что мы любим друг друга, целуемся вот у этой сосны, под тем дубом); на скромные сыроежки вообще не обращали внимания. Ксения, как выяснилось, роскошные свои волосы мыла если не каждый день, то каждый второй, а баню сосед дядя Вася с женой своей бабой Маней топили нам раз в неделю, в субботу (потому что как же иначе?). Они (не соседи, мадам, а волосы) падали ей чуть ли не до колен, когда она вынимала все шпильки, расплетала и распускала все фации, в которых и величайший стратиграф вряд ли бы сумел разобраться. Двух ведер, которые я приносил из колодца, подогревал на газовой плитке, едва хватало, чтобы их намылить и смыть; и как же мне нравилось запускать в них пальцы, одной рукой поливая их из ковшика, другой — запуская в них пальцы, когда она стояла, склонившись, на огороде за домом, где бурно пахло зеленью, глиной, укропом и огурцами, а все же небесный запах ее намыленных мною волос перебивал все прочие запахи, земные и здешние. В этой скользящей стихии хорошо было пальцам моим; им хотелось навсегда там остаться. А мне всего хотелось одновременно: и пальцами перебирать у нее в волосах, и целовать, и смешить, и щекотать ее, хотелось обнять ее, повалить ее между грядок или вот хоть похлопать ее, пока она так стоит, по очаровательной, круглой, маленькой попке (не сельпопке нисколько), отчетливо обозначавшейся при этих огородных склонениях. Я знал, что она разозлится. Она только наедине со мной, в темнушке, клетушке и комнатушке изображала из себя (не очень удачно) юную развратницу, маленькую бесстыдницу; даже на огороде за домом, где могла увидеть ее соседская баба Маня, вела себя скромницей; разгибалась, меня отстраняя; чинно говорила мне: спасибо, вот, хватит; перекидывала, отжимая их, мне уже не подвластные волосы через одно, потом через другое узенькое плечо.

*

Ведь можно же быть счастливыми, просто быть. Затеряться в этом русском пространстве, безмерном и безымянном, как мои пальцы в Ксениных волосах; исчезнуть в этой русской безмерности, безымянности, где озеро просто озеро, лес просто лес, деревня просто деревня, мужики просто мужики, мечтающие, как мужикам оно и положено, с тобой выпить, тебя напоить. Мечта их однажды сбылась, как я ни отбивался, как ни отнекивался. Напоили они меня (самогонкой с солеными огурцами и вяленой рыбой *на закусь*) до полного, как легко догадаться, бесчувствия, заодно сообщив мне, что вся эта перестройка — чепуха на постном масле, пустая затея, потому как нельзя русскому человеку воли давать, да и не верят они ни в какую волю, все равно их надуют, только распустят народ, а этого делать не следует, потому как русские мужики, говорили русские мужики, умеют только пить да глотки драть друг у друга, а все эти *дерьмократии* русским мужикам ни к чему, говорили русские мужики, ломая рыбу, хрустя огурцами, вот товарищ Сталин молодец был, всех в ежовых рукавицах держал, так и надо, а эти распустят народ, народ-то и покажет им, где раки зимуют. Большая раскачка пойдет, ух большая. Вот только девку твою жалко. Девка-то у тебя прям блаженная. Ты уж не обижай ее, Митрий.

*

Я и не обижал (даже напившись). Все-таки мы с ней ссорились, все-таки она вдруг начинала на меня злиться (с будирующим

361

выражением лица, которого я не знал за ней прежде). Когда очень злилась, просила не называть ее Ксенией. Случалось даже, позволяла себе усомниться в моем царском достоинстве (это мне уж совсем трудно было простить ей; этого, мадам, я никому не прощаю, как вы понимаете; но ей прощал; прощал, потому что любил). Я любил, мадам, не сомневайтесь, как и я не сомневаюсь ни минуты в своей любви к ней. Я любил, но я начал скучать, вот что ужасно. О нет, вы совершенно неправильно меня поняли, мадмуазель. Дело не в идиотизме сельской жизни и даже не в кондаках с тропарями. Мне другое стало наскучивать. Во-первых, я ненавижу сладкое, во-вторых и в особенности, я ненавижу пряники, вот что хотелось бы мне заявить со всей решительностью, мадам. Пряники — ненавижу. Ну, пирожное «картошка» еще ладно, еще пойдет. Эклер тоже сгодится. Но мыльные пряники, но варение, но сгущенка из сине-ромбистой жестяной банки — весь этот детский набор сладостей как подсобье для детских же вакханалий, подспорье для ребяческих оргий, — все это понемногу перестало меня умилять, начало утомлять. Она так старалась быть блядью, курвой, лахудрой, шлюхой, шалавой, даже в деревне, в соседстве с монастырем. Лучше бы не старалась. Да и зачем старалась-то? Оставалась бы той чистой и трепетной девушкой, которой была. Или она думала, что мне это нужно? Мне это было, пожалуй, нужно, но не с ней и не от нее. Что мне этот ребяческий разврат, иногда я думал, оставаясь один, глядя на серое озеро? Душа ведь жаждет разврата несыгранного, разврата всамделишного. Или это ее душа жаждала разврата, которого я не мог дать ей? Или этот детский разврат вообще позволял ей со мною *трахаться*, говоря тем ужасным языком, которым она, Ксения, при всех своих играх со сгущенкой и пряниками не говорила, отдадим ей должное, никогда. Это было, кто знает, ее падение, а без падения она не понимала, как *трахаться*? Она, кто знает, не *трахалась*, а *грешила*? Если уж падать, то совсем низко, если грешить, то уж прямо превращаясь в шлюху, в лахудру? А сама она ни в кого, конечно, не превращалась, оставалась ребенком. Оттого и разврат был детский, в городе — эклерно-кремовый, в деревне — сгущеночно-пряничный? Все это лишь мои домыслы, в которых и тогда я терялся, и теперь я теряюсь. Я начал думать о других женщинах, когда в очередной раз она на меня садилась в пресловутой позе маленькой Веры, обучившей сексу стрельчих и купчих, тянулась к моему рту своим ртом в земляничном варенье: о тех, кого я когда-то имел, когда-то желал, или о той воображаемой женщине, которую, смешно даже вспомнить, тогда еще надеялся встретить. А она, Ксения, со мной ли она действительно *трахалась*, проделывая свои дурацкие штуки, или *трахалась* со своей же несбыточною (они все такие) мечтой? Штуки казались мне все более дурацкими, с течением времени. Как, опять сгущенка? Сгущенки уже почти не осталось. Значит, скоро в Москву. Да и погода вот портится, вот и озеро уже совсем серое, уже темная рябь пробегает по нему все чаще, уже и дождь все чаще по нему пробегает, да и облака уже, прямо скажем, какие-то стали нерадостные.

*

Я сидел, я помню, на сходнях, дожидаясь ее, когда она в последний раз уплыла в монастырь с немалиновою Маланьей. Была рябь, дождя не было. Была серь, была ширь. Было полное мое одиночество на этом пустом берегу. Берег был, меня не было. Я был, но меня все-таки не было. Я уже умер, меня кинжалами закололи, из ружья застрелили. Ты умер и ты свободен, говорил я сам себе. Умри и не будь. И можешь теперь делать, что хочешь. Как просто быть, когда тебя нет. Тебя нет, есть только эта рябь, это озеро. Эта свобода, этот покой, эти отраженные облака. Что значит: нерадостные? Все лучше, чем пустая, пошлая жизнь.

Мы вернулись прямо в путч (пишет Димитрий); прямо в бучу путча; прямо в бучу-пучу; прямо к сидящим рядком в телевизоре товарищам Янаеву Г. И., Пуго Б. К., Бакланову О. Д., Стародубцеву В. А., Тизякову А. И., при незримой и недейственной поддержке товарищей Павлова В. С., Крючкова В. А., Язова Д. Т., с трясущимися от страху и перепоя руками сообщившими миру, что все, шутки кончены, пожалуйте обратно в Совдепию. Но никто не хотел обратно в Совдепию, надоевшую до зубовного скрежета, все хотели вперед в Европу, в цветной мир изобилия, многоголосый мир потребления, в семью цивилизованных наций, просвещенных народов, и Ксения, на другой день, с нисколько не косящими, так ярко они горели, глазами, с восторженно-нежным лицом объявилась у меня на пороге, сразу же сообщив мне, что все ее друзья — и православные, и прогрессивные — уже отправились к Белому дому и что она заехала только за мной, потому что ведь не может быть, чтобы я не пошел туда, к Белому дому, защищать свободу, демократию, прогресс, стремление к счастью, будущее России. Она опять сказала это именно так — не может быть, чтобы не, — словно в тайне и глубине души полагая, что как раз очень может быть, чтобы не. Она не ошиблась. О конечно, сударыня, я был всей душой и всеми ее тайнами, ее глубинами — за свободу, даже за демократию (со вздохом пишет Димитрий); еще в детстве, когда с Симоном, волхвом и врачом, фабрикатором моей доли, замышляли мы Великую Северную Страну, еще в юности, когда с паном Мнишком мы задумывали русско-польскую унию, я за свободу готов был на любые приключения и подвиги; я не хотел лишь делать того, чего от меня ждут; вновь я почувствовал это внутреннее возражение во мне, это роковое нежелание соответствовать образу, созданному другими; и я вдруг так ясно представил себе (рядом с Ксениными, уже с упреком горящими) не горящие, но алмазно-играющие глаза все того же Симона, моего фабрикатора, когда он говорил мне, бывало, что не имеет вообще, ну вот вообще никакого значения, чего кто ждет от меня, а значение имеет только то, что я сам от себя жду, только это и более ничего, — так ясно представил себе его алмазные глаза при этих словах, что почти увидел их, как если бы он сам и тоже смотрел на меня, вот сейчас, — Ксения спросила меня: что с тобой? — я же, чувствуя на себе его невозможный взгляд и в то же время предлагая взгляду чуть-чуть подождать, с печалью в сердце подделываясь под Ксенино гражданское вдохновение, пытаясь вызвать в себе это гражданское вдохновение, — ответил ей: да, да, конечно, конечно, идем к Белому дому, спасать свободу, защищать демократию; и обнял ее за плечи, вдруг показавшиеся мне совсем узенькими и хрупкими под моими руками; и навсегда запомнилось мне (с отчаянием в почерке пишет Димитрий) ее, ко мне и вверх повернутое лицо — в это мгновение даже не лицо, а личико, на фоне знаменитого дождя за окном, струившегося и падавшего с рассерженных небес на грешную землю все путчевые деньки, — это ее ко мне обращенное личико с этими ее раскосыми, опять, хотя и чуть-чуть, косящими, непостижимо черными, все и снова простившими мне, меня любящими глазами; когда же я крепче обнял ее, когда потянулся губами к ее горьким, обкусанным, уже никогда с тех пор не целованным мною, да и в тот день уже не поцелованным мною губам, подумав (и она угадала мою мысль, не сомневаюсь), что почему бы нам, собственно, прежде чем отправиться на спасение демократии и свободы, прогресса, цивилизации, западного пути развития, рыночной экономики, — почему бы нам не предаться простой русской любви, без кремового торта и черных чулок, — она отстранилась от меня возмущенно, мягко, решительно, выскользнула из моих рук навсегда, и на лице у нее вновь появилось то упрямое, будирующее, детское выражение (вот вы как со мной, а я этак, и теперь хоть бейте меня, режьте меня, ничего не добьетесь), от которого уже в деревне Чижово (Прыжово, Орангутангово) хотелось мне удавиться.

Я не удавился, и даже мы не поссорились, хотя и оба (мне кажется) почувствовали в эту минуту, что вот теперь и вправду закончилось то, что так долго не хотело заканчиваться, а что было бы, если бы я не потянулся своими губами к ее и не подумал того, что подумал, — этого, мадам, я не знаю. И никто не знает, и вы не знаете, и даже Шиллер не знает. Кое-чего я просто не помню. Не помню, например, как мы дошли до театра (на маленькой площади). Не помню даже, зачем мы туда пошли. Но там все были (кроме Сергея Сергеевича, продолжавшего быть в Авиньоне). Там был и Басманов, и Мосальский, и Хворостинин. Была Марина со своим Лже, была Мария Львовна со своей красотою. Кто-то собирался идти к Белому дому, кто-то не собирался. Спектакля не было так и так, репетиции тоже не было, да и занятий в августе не было. Кажется, все просто пришли в театр, потому что не знали, куда еще идти, что еще делать. Ксения знала куда и что; пришла, наверное, со мной за компанию. Все происходило быстро, смутно, как в Смутное время оно и положено. Ксения, помню, сразу условилась с Хворостининым ехать вместе к Белому дому. Потом стала звонить из вестибюля своим прогрессивно-православным друзьям, договариваясь о встрече, все никак не могла дозвониться, все крутила и крутила диск того черного, допотопно-дооттепельного телефона, который, сыграв свою роль, снова, тихо стоял в гардеробе; крутила и крутила его, левой рукой откидывая разметавшиеся фации своих великолепных волос, правой продолжая крутить; потом кто-то ей перезванивал; она, в свою очередь, перезванивала кому-то. Да, мадам, я тоже счастлив, что в ту пору еще не было страшного слова *движуха*. Но это была она самая; это даже был *хайп*, как говорят нынешние подростки (которых мы понимать не обязаны). Хорошо хоть, что это не был *зашквар*. Нет, сударыня, и я не ведаю, что это (с удовольствием пишет Димитрий); но это был явно не он. *Движуха* — да; *зашквар* — нет. Басманов,

Петя, планировал что-то очень революционное; пока суть да дело подкреплялся пахучими чебуреками, которые только он один умел покупать в тайном таксистском кафе. Вообще было много еды. Было много пирожков (с кислой капустой, крахмальной картошкой); были очень обветренные буфетные бутерброды, происхождения неведомого; были домашние бутерброды, принесенные пигалицей Юлечкой (ее главная роль в театре и в жизни); были пряники (которые ненавижу). Все это, я так понимаю, предназначалось грядущим защитникам демократии. Жизнеопасные чебуреки, из насквозь промасленного кулька извлекаемые краснощеким Басмановым, забивали собою все прочее: весь театр пах чебуреками. Чебуреки, что бы уж у них ни лежало внутри, были, надо признать, в этот исторический день особенно вкусные; на всю жизнь запомнил я те чебуреки. Конечно, они остывали, так что их надо было есть быстро. Мария Львовна осторожно съела один, стараясь не забрызгаться мясным соком; на лице ее с уголками улыбок изобразилось удовольствие, которого не ожидал я на нем увидеть; да и мне, когда потянулся я за вторым чебуреком, улыбнулась она заговорщицки, как не улыбалась уже давно. Ксения чебуреков не ела; Ксения рвалась в бой. Чтобы Ксения — и не ела чебуреков? А вот не ела, вот до чего довел ее проклятый Янаев. Мария Львовна смотрела на нее с откровенной издевкой, которую только я один, наверное, и заметил. Как-то сразу все собрались уходить, то ли потому что чебуреки съедены были, то ли потому что вечер уже приближался и надо было куда-то идти, ехать, участвовать в судьбоносных событиях (или не участвовать в них).

*

В фойе, он же и гардероб, в толчее и путанице всеобщего ухода, выхода на улицу, пропускания в дверях, прощаний и поцелуев — холодная, аки гелий, победительная Марина удалилась под руку со своим Лже, явно в Тушино и явно уже мечтая поскорей забеременеть, родить несчастного Воренка (убитого Романовыми, едва они дорвались до власти; но это в скобках, речь не о нем) — в фойе, в толчее Мария Львовна, отраженная во всех зеркалах, проговорила, ни к кому в отдельности не обращаясь — обращаясь к зеркалам, к гардеробу, — что на улицах как-то уж неспокойно, а ей ведь еще в Беляево ехать (что она, Мария Львовна, тоже поедет защищать свободу и Белый дом: эта мысль никому и в голову, похоже, не приходила; к чему Белый дом прекрасным жительницам Беляева? у них и так все белое, кроме душ); ей даже не нужно было говорить мне: *ты*, вот что самое странное (с так и не прошедшим за бог-знает-сколько лет содроганием пишет Димитрий); ей достаточно было просто посмотреть на меня, и даже не посмотреть на меня, а просто скользнуть по мне взглядом, чтобы все решилось во мне и со мною (хотя я сам же, глядя со стороны на себя, на этот гардероб, на всех нас, только диву давался, внутренне разводил руками, даже, может быть, за голову ими хватался); во внешней (что бы мы так ни называли) реальности за голову отнюдь не хватаясь и рук нисколько не разводя, но стараясь все же не глядеть на Ксению, не видеть ее, Ксениных, безудержных глаз, объявил, что раз так, раз Мария Львовна так боится ехать одна домой (хотя Мария Львовна ничего не говорила о том, что она боится ехать одна домой, она говорила лишь, что на улицах не спокойно), то я, как джентльмен, не могу, конечно, не проводить ее в Беляево, такое все белое, но что проводив ее, я, понятное дело, приеду к не менее Белому дому, найду их всех там; и Ксения легко, небрежно, но тоже в глаза мои не глядя, ответила, что раз так, значит, так, отлично, договорились; хотя ни она, ни я уже, я теперь полагаю, не верили, что так может быть, потому что где бы и как бы я их там всех нашел, да и кто мог знать в ту историческую минуту, как все сложится, кто мог представить себе, что дело обойдется тремя жертвами, бессмысленными, как все жертвы, тремя мальчишками, задавленными в тоннеле; тремя мальчишками дело ведь не всегда обходилось; я, во всяком случае, выходя вместе с Марией Львовной на маленькую площадь, в начинавшие намечаться сумерки, в мокролиственный дождь, — я думал (как легко догадаться) о том, что творилось и вершилось в Белокаменной после нашей с Басмановым чудовищной гибели, после нашей кровавой свадьбы с Мариною Мнишек — о великой резне, иными словами, устроенной (Шуйский-Муйский все рассчитал как надо) чудесным московским народом в тот майский чудесный день, о страшных сценах грабежа и насилия, описанных у разных историков (у Карамзина, у Костомарова… не помню уж у кого), о том, как расчудесные московские люди, которых мечтал я превратить в свободных граждан свободной страны, врывались к безоружным полякам, расселенным по городу, и не просто так убивали их (вот еще!), но сперва им глаза выкалывали, уши и носы отрезали, руки и ноги отсекали, женщин насиловали, раздевали, в голом виде гоняли по городу; в общем, наслаждались по полной.

*

Теперь народ московский никого бить не шел, никому глаз не выкалывал, ушей не резал, даже ног не отсекал, удивительным образом; просто смотрел исподлобья; безмолвствовал беспощадно-бессмысленно; жался, помню, по стеночкам бесконечного подземного перехода под все той же Пушкинской площадью, по которому шли (сразу видно было) сплоченной и счастливой толпою уже готовые к историческим свершеньям (сверженьям) защитники демократии, свободы, Хазбулатова, Руцкого и Бурбулиса, явно ехавшие на Красно-так-сказать-пресненскую, она же и Так-сказать-баррикадная, от которой до Белого дома им уж было недалеко (разберешь баррикады 1905-го, пойдешь строить баррикады 1991-го); народ московский, по стенкам жавшийся, произнес, наконец, устами одного корявого мужичонки (того же, которого видел я в январе), очень отчетливо: *пидарасы*. Вот бы вас всех… Почему же все-таки *пидарасы*? А неважно почему *пидарасы*. Нипочему *пидарасы*. Мы с Марией Львовной, спустившись на ту же линию, по тому же вечному эскалатору, поехали в обратную сторону, до Площади-так-сказать-Ногина (где же все-таки его ноги?), затем по оранжевой (как говорят теперь, как не говорили в ту пору) ветке до самого до Беляева, где я к тому времени давным-давно уже не бывал. Чем дальше мы уезжали от исторических событий, тем обыденней становилось в метро. Просто люди. Едут с работы. А что случилось-то? Случилось, что такая красавица в вагон зашла, в таком плаще, розовом, таком платке, красном и манком, пропущенном под волосами, такими рыжими, слегка сбрызнутыми пресловутым путчевым дождиком, на таких каблуках и с такими, плащом не скрытыми, тонко-девическими лодыжками, переходившими в умопомрачительно-полные икры, что все мужское население вагона испытало блаженный шок, яростный вздрог, приготовившись к истинно революционному действию по изничтожению хмыря, имевшего наглость еще и поддерживать красавицу, вот же сволочь, под локоток.

*

Ничего белого в Беляеве не было; был тот же, навсегда начавшийся дождик, те же зонтики, кожаные куртки, те же мужики у табачных киосков. Прошло так много лет, сударыня (с привычной горечью пишет Димитрий); неужели все это было? А потом было всякое-разное, но и всякое-разное сплыло: всякое пронеслось, разное растворилось. Как смириться с этим непрерывным умиранием жизни? А мы с ним и не смиряемся; мы иногда лишь о нем забываем. Я все и всех готов был забыть, идучи рядом с Марией Львовной (на автобус мы не надеялись), под двумя (не одним, как вы, наверно, подумали) зонтиками, точнее — сперва под двумя зонтиками, затем уже под одним зонтиком, мадмуазель (ничто ведь так не препятствует сближению, как два раскрытых зонтика, толкающихся друг в друга: на полпути это так надоело мне, что я свой зонтик закрыл и сложил, она же немедленно отдала мне свой, тоже красный и *манкий*, повелев нести его над ней и самому, соответственно, укрыться под ним от дождя, — что, как вы понимаете, можно было сделать, лишь приобняв ее за после и по сравнению со Ксениной нетонкую талию) — все и всех готов был забыть я, идучи рядом с нею, помогая ей (на ее каблуках) перепрыгивать через бесчисленные безнадежные лужи, по безудержно брызжущей водою из-под колес мимолетящих машин Профсоюзной улице, понемногу отдаляясь от этой улицы, по пешеходным дорожкам между низенькими зелененькими заборчиками, через один бескрайний двор, скорее, пустырь с беззаботно горящими окнами посеревших домов, затем через другой двор, ее двор, с незабвенным катком.

*

Не было, разумеется, никакого катка; то есть каток, разумеется, был, но льда на нем не было, и снеговиков с ним рядом не было тоже. Был мокрый бурый гравий за железной сеткой и деревянными бортиками. Был фонарь и металлическое струение капель под фонарем. Все же какие-то мальчишки пытались гонять футбольный мячик по мокрому гравию, презрев и дождь, и даже ГКЧП. В тычку они не играли, не играли и в свайку, а мячик, какой уж был у них, пытались гонять. Так отчаянно пытались, что мячик перелетел у них через сетку прямо к моим ногам. Они мне знаки делали, давай, мол, дяденька, закинь нам мячик обратно. Я его не руками закинул, а на голкиперский манер, руками только подбросив, так поддал его сводом стопы, что он чуть не через всю площадку перелетел. Мальчишки восхищенно загикали; сама Мария Львовна произнесла иронически-неподдельное: *браво!* как если бы это вообще было первое, чем я сумел ее поразить (а вот не прилети этот мячик от мальчиков, как бы все повернулось?). На руках у меня оставалась ржавчина гравия; я стер ее мокрыми листьями, сорванными с трепетавшего, уже у самого подъезда, куста давным-давно отцветшей сирени.

*

Из чего вовсе не следует, мадмуазель, что я ожидал услышать от нее не *вот* в смысле *нет*, но *вот* в смысле *да*, когда мы стояли в затхло-пластмассовом, непристойно-расписанном лифте, где опять сквозь все запахи отчетливо и мучительно пробивался запах ее горьковатых вербных духов и в тесноте кабинки все ее прелести опять оказывались от меня так мучительно близко: и перси ея, и стегна, и лядвия, проступавшие сквозь юбку и джемпер. Она и не сказала мне никакого *да*, но безмолвно, просто, отперев дермантинную дверь (быстренько, остренько посмотревшую на меня своим единственным, зато и самым шкодливым глазком), пропустила меня в прихожую; и даже прежде чем снять плащ, вытащила из-под волос пресловутый *манкий* платок, отчего лицо у нее сразу же распустилось всеми своими улыбками; и если вы станете теперь утверждать, ясновельможная пани, что ее поцелуи должны были отзываться, пардон, чебуреками, что и мои поцелуи должны были отзываться, пардон, чебуреками, то я не стану с вами спорить (зачем?), скажу лишь, что, во-первых, это нам не мешало, во-вторых, что вкус и запах того коньяка не коньяка, но тогда мне неведомого (теперь — очень ведомого), ошеломительно заграничного (даже для меня, уже съездившего в славный Стокгольм), не менее крепкого, чем коньяк, но гораздо более сладкого, сладко и горько пахучего напитка в пузатой и тоже ошеломительно заграничной бутылке с красной печатью и красными ленточками, — той торжественно французской смеси коньяка с апельсиновым ликером (вот что это было, как я вскоре понял и выяснил), которую (я теперь думаю) ей мог бы привести из Авиньона Сергей, к примеру, Сергеевич, если бы он оттуда уже возвратился (но он еще не возвращался оттуда), — запах, короче, и вкус этого восхитительного напитка

(сколько раз я потом пивал его, в трагическом моем одиночестве) отбил и вытеснил вкус советских чебуреков с котятиной,
так что поцелуи ее, не знаю уж как мои, были сладкие, апель-
синовые, коньячные, горькие, пьянящие, с ног и на пол сши-
бательные.

А мы и начали пить наш Grand Marnier на полу в прихожей,
вот что я вам объявляю очень торжественно, хотя вы мне, возможно, и не поверите. Как он оказался на полу в прихожей,
не знаю; как мы там оказались, не помню. Помню ее, Марии
Львовны, шальные смеющиеся глаза. Помню ее коленки, вдруг
снятые крупным планом, очень круглые, тоже шальные. Вдруг
и сразу мы оказались с ней на полу в прихожей, не в силах идти
дальше, втроем с бутылкой Большого Марнье. Да нет же, сударыня, мы никак не могли там лежать, в той прихожей, опять
вы неправильно меня понимаете (рыдая, пишет Димитрий);
прихожая была крошечная, как и вся квартирка была крошечная, хрущобная, хотя и двухкомнатная. Там были куклы повсюду, в этой крошечной хрущобной квартирке: и в ближней,
и в дальней комнатке, и в прихожей, где не помню как оказались мы сидящими на полу с бутылкой коньячно-оранжевого
ликера, который пили прямо из горлышка. А его нельзя пить
из горлышка. Он неохотно вытекает из горлышка и кажется
более горьким, менее сладким, чем если пить его, как это делают цивилизованные люди, из каких-нибудь ликерных, что
ли, рюмочек (я не знаю, мне наплевать). И нам наплевать было
на рюмочки, да и на цивилизацию тоже. В рассуждении цивилизации мы были ближе к куклам, свисавшим с потолка,
качавшимся и смотревшим на нас. Одни куклы свисали с потолка, другие сидели на шкафах и на тумбочках. Они были
разные, среди них были страшные. Были смешные, были очень
красивые. Были буратины, были и бармалеи. Была, конечно,
и Коломбина. Была смерть с косой, черт с рогами. Был печаль-

нейший Пьеро, птицеклювый Полишинель в треуголке. Я все это не сразу увидел. Зато я сразу вспомнил ту церковь в Тайнинском, где вечность назад впервые мы целовались, и то, что там некогда была мастерская по изготовлению буратин с бармалеями. Уж не оттуда ли они к ней попали? Она тоже подумала о Тайнинском: не только из-за кукол, но из-за кукол, может быть, тоже. — Помнишь Тайнинское? она спросила, прижимаясь ко мне так плотно, что я почувствовал ее всю, всё ее — ее вавилонский бюст, ее библейские бедра, — и в то же время кивая одному из своих буралеев, как если его и вправду там сделали; а я, если что вообще помнил и помню в жизни, так именно это Тайнинское, эту речку Сукромку, эту тайну и кромку души; я знал в эту минуту, что люблю только ее, всегда любил ее, всегда и буду любить.

*

А что она, Мария Львовна, вообще имела какое-то отношение к кукольному театру, этого как раз я не знал; никто никогда не говорил мне об этом в театре некукольном. И если она сама шила этих барматин, пьеротин, — а там была швейная машинка — разумеется, Зингер, и если не Зингер, то все равно Зингер, — и разбросанные вокруг нее лоскутки пестрых тканей, в дальней комнатке-комнатушке, — то и об этом никто никогда на маленькой площади не говорил. Она засунула руку в прекраснейшую из кукол — совсем на нее не похожую, златовласую, лучистоокую — но такую же красавицу среди кукол, какой она была в жизни. — Ты же всегда хотел этого, милый мальчик, — произнесла она между двумя поцелуями, голосом этой куклы, которого до сих пор я не слышал, не слышал и после и в котором столько было любви ко мне, столько прелести и печали, что я подумал (успел подумать, я помню), что никогда, до старости и смерти не прощу ей этого *милого мальчика*, и тут же подумал, что буду не прощать ей этого *милого мальчика* позже, когда-нибудь, в старости и в преддверии смерти, а что сейчас, вот сейчас, мне это все равно, пусть называет меня как хочет. — Пойдем, — произнесла она тем же голосом, перебираясь в комнату на кровать, вместе со мной, и куклой, и Большим, в ту минуту даже Великим, Марнье.

*

Наконец я познал ее библейские бедра в смысле самом библейском — они были правда особенные, каких я не встречал уже никогда, ни у одной из моих трех жен и трехсот тридцати трех любовниц: очень низкие и в самую (вавилонскую) меру широкие, с таким склоном к ляжке, таким падением в талию, таким скруглением к попке, каких ни раньше, ни позже не доводилось мне (признаюсь) ощупывать своими полыхавшими от возбуждения ладонями. Любовь, сударыня, есть лучший, в сущности — единственный способ познания, что бы ни думал по этому поводу мой младший современник Ренатус Картезиус, тоже бывавший в Швеции, на службе у королевы Кристины, внучки Карла Девятого. В одном он был прав: лишь познавая (cogitans), существуем мы (sumus). И черт с ним, с ergo. Черт с ним, с ergo, и даже черт с ним, с Grand Marnier, не одну бутылку которого я выпил, покуда писал мои бессмертные, во всех смыслах, признания (а упомянул о нем только в самом начале, чтобы вы потом спрашивали себя, куда это он подевался; или прочитали, потом забыли; а потом вдруг смотрите: да вот же он, наш Гран, наш Марнье, и радуетесь ему, как другу юности, встреченному на лиссабонской набережной, в лондонской портретной галерее...; вот как делаются эти дела; не забывайте мои уроки). В ту ночь я о таких уроках, таких кунштюках не думал, а если думал о кунштюках, то совсем о других. Она в постели, конечно же, была мастерица. Куклы шить была мастерица и в постели была мастерица; ее уроки усвоил я на всю жизнь. Детскими играми занимались мы с Ксенией; грубым трахом, грубейшим трахтарарахом — с Нюрками у Киевского вокзала, Катьками с Дорогомиловской. Покуда танки шли по

375

Дорогомиловской, мимо Киевского вокзала, и другие танки по Кутузовскому проспекту, по проспекту Козлинобородого Старца, по проспекту Лысого Гриба, по Камер-Коллежскому валу, по Скородому, по Земляному городу, по Мясникам, по городу Белому, по Садовому кольцу, по туннелям под Садовым кольцом, где самый славный танк под командованием капитана Суровкина, или Сукровкина, или как его звали — противно помнить имена палачей, — показал, на что способны советские танки, если не мешать им опричничать, — покуда все это, нам неведомое, происходило от нас так близко, мы были счастливы. Я уверен, что и она была счастлива. Еще я уверен, что счастье все-таки возможно на этой злодейской, дождем и кровью политой земле. Пускай один раз, в одну историческую ночь, или ночь какую-то, ни на одном календаре не отмеченную, но все-таки возможно оно, как бы это ни было для нас самих удивительно.

*

Что было на другой день, мадам? Ваш вопрос удивляет меня еще больше. На другой день мы проснулись в другой стране: в стране свободы, прогресса, демократии, прав человека, уважения к достоинству личности; в стране, отринувшей мрачное советское прошлое, преодолевшей былые ошибки, изгнавшей пособников кровавого режима, обрекшей на забвение, презрение и прозябание в безвестности былых кагэбешников, палачей, стукачей и сексотов; в едином порыве устремившейся в семью цивилизованных народов, в то блестящее будущее, которого, просыпаясь, мы даже представить себе не могли, которым так теперь наслаждаемся, так гордимся. Кто проснулся, тот и гордится, мадмуазель. Вы проснулись, я не проснулся. Я, если хотите знать правду, так и остался лежать там, в объятьях Марии Львовны, среди свисающих кукол; там, на сцене среди смыкающихся партийных парсун; на кремлевском дворе среди склонившихся надо мною убийц. Вы не хотите знать правды? Тогда думайте и воображайте себе, что хотите.

*

Воображайте себе, если хотите, как и каким образом Ксения узнала о случившемся в небелом Беляеве, покуда она сама, с друзьями и дождиком, героически отмывала Белый дом от последних пятен тоталитарного прошлого; я никогда не узнал, как и от кого узнала она. Она перестала мне звонить, я перестал звонить ей; в юности все бывает довольно просто. Если же вы думаете, что Ксения после приезда Сергея Сергеевича из Франции — где он встретился или не встретился с Генрихом Наваррским, с королевой Марго, — что Ксения с ним все-таки сблизилась и вместе с ним перешла в солидный и серьезный театр, до боли академический — по-прежнему не хочу говорить какой, чтоб не рассыпались все придуманные мной псевдонимы, не распутались запутанные мною следы, — то я не буду ни подтверждать, ни опровергать этого — думайте себе, что хотите, — а если, наоборот, полагаете — или предполагаете, — что Ксения — или как бы ее ни звали на самом деле — но где оно, это *самое дело*? кто его видел? — что она сошлась-таки с Сергеем Сергеевичем, получившим свой серьезный и солидный театр, до боли академический, но вместе с ним в этот театр не только не перешла, а вообще бросила сцену, к которой явно не была предназначена ни судьбой, ни природой, поступила в университет на какой-нибудь очень изысканный, очень экзотический факультет — к чему природа, да и судьба тоже, очевидно предназначали ее, — и там принялась-таки изучать препадежные полупредлоги в синтагматических деконструкциях авалакитешварского диалекта брахмапутрийского языка, — если так вы думаете, так полагаете или предполагаете, — то я, опять же, ни опровергать, ни подтверждать этого не собираюсь, думайте себе, что взбредет вам на ум, думайте себе, что вам вздумается, — а мне-то думать уж надоело,

377

устал я думать, вот что я вам скажу. Сколько можно думать-то? вот что спрошу я у вас. Все думаешь, думаешь, так ни до чего додуматься и не можешь. Да и писать устал я, при всем Гран Марнье. Пишешь, пишешь… вон уж сколько страниц исписал, а дописался-то до чего? Да и мешают мне, отвлекают меня. Все в окна заглядывают — и Сергеич, и Константиныч, и Фридрихи, один и другой, и Лопе даже де Вега, и Островский, и Погодин, и Хомяков, — видать, не терпится им завладеть моей рукописью, а мне и не жалко — пущай читают себе на здоровье. Узнают хоть, как все было, поистине и взаправду, без романтических выдумок, исторических выкрутасов.

*

Оставляю, сударыня, этот загробно-задорный тон; попробуем проститься с достоинством. Мария Львовна уехала после путча в Америку. В Америку, по непроверенным слухам, сманил ее не кто-нибудь, но гнилозубый Шуйский, гнойноглазый Муйский, вот кто, уехавший туда еще до всякого ГКЧП, женившись на богатенькой и безбровой жительнице Чикаго (или Филадельфии, или Детройта, или Какаяразница, или Намвсеравно). Уж не знаю, как удалось гнилоглазому совместить свой безбровый брак с устроением новой жизни — в Новом Свете — нашей львицы, нашей красавицы, моей безнадежной любви, только она уехала, отбыла, исчезла, затерялась среди антиподов; а встречались ли мы с ней или не встречались в те несколько, сразу же после путча посветлевших и разгулявшихся дней (хотя, возможно, это были недели, возможно даже и месяцы), что прошли между нашим стремглавным счастьем и ее отбытием к антиподам, где ждала ее (поройтесь в Википедии) карьера умеренно-голливудская, не вознесшая ее к звездам, — разве это важно, сударыня? Думайте, что встречались, что счастье продолжилось и продлилось — сколько-то недель, даже месяцев. Или вам жалко? Или вы собрались ревновать меня к этому давным-давно, сломя голову, пролетевшему и промелькнувшему счастью? Ради меня, во всяком случае, она не осталась в Московии, моей посмертной, где мне и самому теперь, в сущности, нечего было делать. Все было сделано, сыграно. Осталось разве что изображать Фуражиркиных.

*

Вы правильно угадали, мадмуазель: конечно, я видел Ксению еще пару раз в жизни и, конечно, в метро. Она входила, я выходил, в вагон, из вагона, в толпе густейшей и злейшей. Мы даже выдохнуть не успели. Ее глаза расширились; мои, наверное, тоже. Глаза сузились; двери закрылись. Сквозь верхние мутные стекла этих дверей я не смог разглядеть ее; в окне, одном и другом, тоже не смог; проклятый поезд уехал, шипя. Даже не помню, что на ней было надето. В другой раз она была в большой компании сомышленников, может быть состудентов, на станции Парк культуры. Была какая-то весна, междупутчевая. Она спускалась вместе со всеми по правому отрогу двустворчатой лестницы, ведущей и по-прежнему ведущей на радиальную линию, той трагической лестницы, с которой фурия в фуражке, эринния в форме метрополитена согнала нас в некую незабвенную ночь; я с тех пор тоже хожу лишь по левому отрогу, point d'honneur для избранных душ. По нему я и поднимался; даже не сразу узнал ее, так сильно она изменилась. На ней было что-то пижонское, коротенькое, малиново-кожаное, страшно испортившее ее. Не помню ее волос; неужели она постриглась? Помню ее глаза, разумеется, их расширение, их сужение, когда она заметила меня на том самом месте, у тех торжественных перил с ферзевыми балясинами, в двух ступеньках от той колонны, в которую она упиралась, обнимая меня руками, ногами, чего, теперь я думаю, ее состуденты-сомышленники даже в своих рискованнейших, раскованнейших фантазиях вообразить себе не могли. Нам бы улыбнуться друг другу, рассмеяться бы, бросить все, помириться, перевернуть свою жизнь, но мы прошли по отрогам как ни

379

в чем ни бывало, друг на друга едва взглянув, не окликнув, мимо всех балясин, все потеряв.

*

В окно смотреть весело, пишет Димитрий, понимая, что пишет на последней странице своего манускрипта, удивляясь этому, сам не веря, что на последней. Весело смотреть в окно, зная, что ты волен выйти, пойти куда хочешь. Там свет и небо, там каскады многосиятельных облаков, там деревья колышут своими переливчатыми кронами, возвышенными ветвями. Жаль, конечно, что все так повернулось, как повернулось. Могло бы и не так повернуться. Зря вы думаете, если думаете, что все было правильно, что иначе быть не могло. Все могло быть иначе, но, наверное, так же неправильно, как и было. Все было, могло быть иначе, неправильно, правильно, как-то, никак, не имеет значения. Но в окно смотреть все же весело, пишет Димитрий, не в силах, в который раз, разобраться в своих собственных чувствах, своих собственных мыслях, — наконец отрывается, теперь уже навсегда, от бумаги, думает, в который раз, что он есть просто тот, кто смотрит в окно, кто видит это небо, эти водопады облаков, эти лавины и ливни ветвей, или он есть тот, кто всегда их видел, кто их завтра увидит, или еще кто-то, и он сам никогда не узнает кто именно, или он всегда знал и навсегда знает кто именно; вдруг решившись — встает, выходит, уходит.